LE TESTAMENT DU CHEVALIER

DU MÊME AUTEUR

Notre-Dame sous la terre, Grasset, 1998 ; Le Livre de poche, 2000 (prix Relay du roman d'évasion, prix Charles-Oulmont de la Fondation de France, prix du premier roman de Ruffec).

L'Église de Satan, Grasset, 2002 ; Le Livre de poche, 2004 (prix Jean-d'Heurs du roman historique).

La Musique des morts, Grasset, 2003 ; Le Livre de poche, 2006.

Le Piège de Dante, Grasset, 2006 ; Le Livre de poche, 2007.

La Lance de la Destinée, Robert Laffont, 2007 ; Le Livre de poche, 2009.

Les Fables de sang, Grasset, 2009 ; Le Livre de poche, 2010.

Le Jardin des larmes, Grasset, 2011 ; Le Livre de poche, 2013.

Notre espion en Amérique, Grasset, 2011 ; Le Livre de poche, 2015.

Le Piège de Lovecraft, Grasset, 2014 ; Le Livre de poche, 2016 (prix Masterton du roman fantastique francophone).

Révolution (vol. 1 et 2), Grasset, 2017.

Memory, le cherche midi, 2021 ; Pocket, 2022.

Arnaud Delalande

LE TESTAMENT DU CHEVALIER

roman

Robert Laffont

Avec le soutien de la région Normandie
et de la ville de Domfront-en-Poiraie.

ISBN : 978-2-221-25518-6
Dépôt légal : mars 2024
Éditions Robert Laffont – 92, avenue de France, 75013 Paris

PROLOGUE

Le chevalier au dragon

Domfront
Octobre 1161

Vive Aliénor !

Les oriflammes dansaient dans le vent sous un ciel d'azur. Il faisait pourtant frais, en ce mois d'octobre. Des oiseaux tournaient autour des remparts du château de Domfront. Depuis la splendide église de Notre-Dame-sur-l'Eau, en bordure du gué de la Varenne, montaient les clameurs d'une foule en liesse. Outre la population locale, l'imposante église accueillait d'ordinaire manants, nobles et hauts dignitaires qui faisaient halte sur la route menant de Paris au Mont-Saint-Michel. Guillaume le Conquérant lui-même n'avait-il pas remporté l'une de ses premières victoires à Domfront, en y triomphant de son puissant voisin, Geoffroy Martel, comte d'Anjou et du Maine ? Une étape clé de sa montée en puissance, bien avant Hastings. Or, en ce jour d'octobre 1161, le village accueillait de nouveau des invités dont la gloire, sans nul doute, passerait les siècles.

Vive Aliénor !

Dix ans auparavant, Henri II Plantagenêt, fils de Mathilde, alors comte d'Anjou et duc de Normandie, devenu depuis roi d'Angleterre, avait épousé la plus belle et convoitée des souveraines : Aliénor, duchesse d'Aquitaine. Aliénor en ses longs voiles, l'indomptable, la protectrice des troubadours et des arts libéraux, ancienne épouse de Louis VII ! De celui-ci, elle avait eu Marie et Alix ; avec Henri, elle avait déjà conçu cinq enfants : Guillaume, Henri le Jeune, Mathilde, Richard futur Cœur de Lion et Geoffroy d'Angleterre. Mais à sa dernière-née, elle avait donné le nom d'Aliénor, comme elle. Aujourd'hui, on célébrait son baptême à Domfront, place stratégique majeure aux confins de la Normandie et du Maine, que la souveraine avait reçue en douaire. Aliénor mère, reine de France puis d'Angleterre, baptisait Aliénor fille ! Pour l'occasion s'était rassemblée sa cour sublime et acclamait-on, avec Henri, tant la reine que son enfant. La fin de la cérémonie à Notre-Dame sonnait aussi le coup d'envoi des libations : elles commenceraient dès cette après-midi, avant que la fraîcheur d'octobre ne bascule dans le soir ; et bientôt s'allumeraient les feux ardents d'un crépuscule de fête.

Dès qu'Aliénor avait accouché, ici même, le 20 octobre au château de Domfront, on s'était empressé d'organiser le sacrement. La mort prématurée des nouveau-nés était courante, et il était toujours important de porter au plus vite à leur front l'onction salvatrice du baptême. D'autant plus lorsqu'il s'agissait d'une telle héritière ! On avait hésité quant à l'endroit de la cérémonie : à Notre-Dame on eût pu préférer Saint-Symphorien, qui avait l'avantage de se trouver au pied du château, voire l'église Saint-Julien, en plein cœur de Domfront. Mais il était impensable pour la famille royale de porter l'enfant sur les fonts baptismaux sans le présenter au peuple, qui se faisait une joie d'être associé à l'événement ! Dominant une immense étendue en bordure du bois et de la rivière, Notre-Dame paraissait se prêter plus facilement à l'accueil de cette foule nombreuse – même si l'église, à l'extérieur des remparts, se trouvait également au pied de la barrière de grès armoricain qui servait d'écrin à Domfront. Elle obligeait ainsi le long et spectaculaire cortège à descendre du centre du village et des alentours du château qui surplombait la région, jusqu'à cette verte esplanade en contrebas, avant une remontée en grand équipage. Noble ascension que celle-ci, à laquelle le monde entier attendait de participer en trépignant ! Car aujourd'hui, oui : le monde entier semblait rassemblé à Domfront.

Vive Aliénor !

Alors claquaient les oriflammes, sonnaient les cloches à la volée ! Devant Notre-Dame-sur-l'Eau, on lançait des pétales de fleurs, comme pour un beau mariage. Quiconque se fût trouvé là en cet instant eût assisté avec émotion au plus émouvant des tableaux : le couple royal venait de sortir, entouré de sa progéniture ; et Aliénor, souriante, d'exposer à la foule sa fille au petit front encore humide, toute fraîche de l'onction du baptême. Robe verte et cape rouge, longue natte tressée tombant sur ses épaules, la reine montrait son bébé aux Normands, en lui murmurant de douces paroles à l'oreille. Sa tête était ceinte de la couronne, comme celle de son mari qui, lui, bombait d'une force tranquille son torse écarlate, frappé de léopards d'or, le pied en avant, l'épée au flanc. C'était Henri de Pise, cardinal et légat du pape Alexandre III, qui avait été chargé de la cérémonie – et donc de conférer solennellement à la petite le prénom de sa mère. Et Robert de Torigni lui-même, l'abbé du

Mont-Saint-Michel, était également présent en tant que parrain ! L'enfance de cette royale fillette était déjà toute tracée : que ce fût ici en la verte Normandie, là-bas à Poitiers, dans les comtés d'Angleterre ou en tout autre territoire appartenant à ses parents, on savait déjà que ses tendres années seraient marquées par la poésie, l'apprentissage des arts et de la langue d'oc ; elle grandirait bercée par les chansons des troubadours et le récit haletant des croisades, à l'ombre des vergers et des voûtes gothiques naissantes. Du moins si sa vie n'était précocement interrompue par quelque fléau ou maladie mortelle. On la marierait aussi, tôt, très tôt, en fonction des possibles alliances.

Ainsi, en ce jour faste, la population de Domfront et de toute la région s'était unie à la famille royale. Nobles et nobliaux, gueux et manants, clercs et marauds, soldats, écuyers et chevaliers, serfs et paysans, marchands et colporteurs, tous tonnaient, la poitrine gonflée d'allégresse : *Vive Aliénor !*

Bon, quand est-ce qu'on mange ?

Parmi cette cohue se tenait un jeune trouvère d'une trentaine d'années, dont le ventre tendu commençait en effet à gargouiller. Les cheveux châtains, mi-longs, un peu en bataille sous le galure, l'œil rieur et pétillant, il tenait à la fois du clerc religieux et du poète ; juché sur la pointe des pieds, il tentait d'apercevoir la royale famille au milieu de la forêt de têtes et d'épaules qui lui gênait la vue. Pouvoir lorgner, même d'un peu loin, les grands de ce monde, la reine éblouissante et le bras puissant du fier roi Henri, ne tenait-il pas déjà du privilège, voire du miracle ? La souveraine des chansons au sourire d'ambre continuait de caresser du doigt la petite dans ses langes, tandis qu'Henri de Pise, écartant les bras, bénissait encore cette famille insensée. Et le trouvère venu célébrer le moment avec cette cour glorieuse, cintré dans sa tunique de tissu vert et de cuir brun, cape cramoisie sur le dos, luth et besace encombrée de parchemins en bandoulière, se rengorgeait de la gaieté communicative de ces instants. *Vive Aliénor !* continuait-il de clamer lui aussi, d'une voix qui commençait toutefois à s'érailler.

Notre poète songeait déjà à trouver de quoi versifier pour célébrer l'événement qu'il lui faudrait rapporter à Marie de Champagne. Car c'était d'ordinaire à la cour d'Henri le Libéral et de son épouse Marie qu'il était attaché – en Champagne, la région dont lui-même était issu. On eût pu s'étonner de sa présence en ces lieux, mais elle s'expliquait facilement : Marie, dix-sept ans alors et autre fille d'Aliénor, n'avait pu – ou pas jugé nécessaire – de faire le voyage pour assister au baptême, peut-être sous l'influence de son époux, lettré mais fidèle soutien du roi de France et probablement hostile aux Plantagenêts. Pour autant, on n'avait pu ignorer l'imminence de l'accouchement, et, le terme approchant, notre trouvère s'était proposé d'accompagner la délégation dépêchée par la Champagne pour transmettre avec de hauts chevaliers les compliments de rigueur. Il était donc arrivé la veille avec une petite troupe, qui s'égaillait partout depuis pour participer à la fête. Le jeune homme, le regard brillant et tourné vers l'horizon, le verbe toujours vif et enthousiaste, respirait au rythme de ce monde qui l'entourait, en ce siècle tumultueux ; mais tel était son métier : il *écrivait.* Il rêvait, flairait, s'inspirait des lieux, griffonnait, gribouillait, soufflait, mettait en scène l'idéal aristocratique de toutes ces belles dynasties, des grands et puissants de ce monde, des preux chevaliers qui faisaient fleurir et frémir d'épiques poèmes, mêlant aventures merveilleuses et amour courtois, don de soi à Dieu et esprit de croisade. Avant d'entrer au service de Marie de Champagne, il s'était un moment destiné à la vocation religieuse, et avait appris à lire et à écrire. Cependant, notre fringant poète n'avait fait ses débuts en littérature que deux ans plus tôt : deux ans seulement ! Débuts prometteurs, il est vrai, et même audacieux – voire un peu présomptueux, puisque de sa verte plume il s'était attaché à traduire rien de moins que *L'Art d'aimer* et des passages des *Métamorphoses* d'Ovide ; il venait en outre de se lancer dans un premier roman, *Du roi Marc et d'Iseut la blonde*, qui mettait en scène les déjà légendaires Tristan et Iseut, dont les aventures orales circulaient à la cour d'Henri de Champagne, et qu'il rêvait de consigner par écrit. Depuis peu, enfin, sa foisonnante imagination songeait aussi à l'écriture d'*Érec et Énide* – autre récit de prouesses chevaleresques et d'amour fou.

La vie, quoi.

Vive Aliénor ! cria-t-il encore en s'égosillant, tandis qu'une partie de la foule suivait maintenant le cortège royal. Puis, entouré d'une abondante soldatesque, il commença son ascension en compagnie du peuple pour remonter vers Domfront et le château. En temps normal, celui-ci n'était surveillé que par une vingtaine d'hommes en armes. Pour la venue d'Aliénor, la garde habituelle avait été doublée, et il fallait compter quelque deux cents personnes en plus, dont une centaine de la cour, le reste en renforts de troupes, qui avaient investi les lieux du jour au lendemain.

... Et donc j'ai faim.

Le trouvère sifflotant se glissa dans le sillage de cette foule chamarrée ; qu'ils étaient beaux, ces drapeaux dressés dans le vent, la famille royale ouvrant la marche, encadrée de sa garde rapprochée et des nobles chevaliers, puis des hauts personnages de la cour, enfin du peuple et du tout-venant ! Quelques mendiants clopinaient en les suivant sur les bas-côtés, en agitant leur sébile. L'air était frais mais limpide, la lumière d'une clarté de cristal ; le défilé grimpait vers le promontoire où s'étirait, tout le long de la falaise, cette sorte d'éperon de grès, Domfront, bastion de Normandie que dominait la haute stature du château. Il fallait se représenter ce spectacle : le donjon carré et massif surplombant les fortifications du château lui-même ; puis une série de murailles, impressionnantes et encore inachevées, que l'on coifferait de multiples tours à mesure du temps pour protéger la ville, drapée de ses barbacanes, de ses poternes et de ses hourds, trouée sans doute de deux grandes portes d'accès voûtées. À flanc de falaise s'étendaient de solides et jolies maisons, le tout étagé de terrasses, de vergers clos et de jardins aux odeurs de chèvrefeuille, ruisselant littéralement jusque vers Notre-Dame-sur-l'Eau, son lavoir et les tanneries en contrebas, les pieds dans l'eau le long de la Varenne ! Partout enfin, et à mesure que l'on montait en direction du village, on découvrait l'immense forêt, les bois juchés sur les vallons, les collines, les prés verts et gorgés d'humidité, et non loin le marais de Rouellé.

Quelle journée !

Aliénor avait semblé resplendissante au trouvère ; apprêtée certes, et un peu cernée, mais comment ne l'eût-elle pas été, à peine sortie de couches ? Après une telle naissance, les fêtes se prolongeraient presque toute la semaine, selon la coutume ; sans parler des trente jours de « relevailles », le temps que la glorieuse maman se remette de sa maternité. Oh, Aliénor ne resterait sans doute pas à Domfront les trente jours durant, se disait le trouvère. *Mais peut-être quelques-uns encore ?* Tout en continuant de grimper parmi la foule colorée et joyeuse, qui à présent s'épandait à l'envi de terrasses en jardins, il lorgna à nouveau le château de Domfront vers lequel se dirigeait la famille royale. Quelques corneilles et bergeronnettes y voletaient et s'y attardaient. Il ne manquait pas d'allure, le castel de Bellême, massive silhouette de pierre grise qui paraissait l'aigle de la région, projetant aux alentours de Domfront son ombre rassurante, ce cœur de la cité ceint de fortifications fantastiques ! On voyait de très loin ses contours déchiquetés sur le piton de grès. Oui, on l'eût dit presque d'une pièce, ce beau château normand posé tel un dé sur la falaise. Il semblait invincible. Invincible comme Henri d'Angleterre. Comme Aliénor, l'étoile d'Aquitaine ! Comme leur pouvoir. On était encore en plein jour, mais déjà on allumait des flambeaux le long des murailles, et le château, ce centre du monde pour ce soir, brillait de mille feux.

Quand enfin il franchit l'une des portes massives plongeant au cœur du bourg, le trouvère laissa échapper un rire. Claquaient encore les étendards, couraient les enfants dans la Grande-Rue et les ruelles, émaillées d'une foule d'attractions. Lorsqu'il s'y était promené pour la première fois, notre poète avait été charmé par ce Domfront un peu tortueux et labyrinthique ; petites rues et venelles s'y enlaçaient, s'y enroulaient, s'y ramassaient sur elles-mêmes ; et voici que soudain l'on tombait sur une enfilade de courettes, qui elles-mêmes venaient sans prévenir se heurter à une tour d'accès, à une corniche ou à un dégagement de pierre inattendu. Mais dans la Grande-Rue, seule vraie perspective tout en longueur, on avait installé partout des tables sur des tréteaux étroits, dressées pour les ripailles.

Toujours souriant, le cœur chantant tel un rossignol, comme pour contrarier la morosité d'octobre, notre trouvère ne pouvait plus s'empêcher de prêter attention aux cris de son estomac et à la sécheresse de son gosier. Deux contrariétés auxquelles il allait vite remédier : aux quatre coins du village, les auberges ouvraient également leur perron.

Il avançait maintenant dans le cœur du bourg.

De la musique montait de toutes parts. Trouvères du Nord, tel notre poète, ou troubadours du Sud ne l'avaient pas attendu pour donner de l'archet, de la mandoline ou du rebec, coiffés de leurs chapeaux à plumes, la voix claire et sonnante, le soulier en avant et le menton fier. Le Nord, le Sud ! Cette improbable rencontre entre les pays de l'oc et de l'oïl avait toujours représenté un enjeu crucial dans les alliances d'Aliénor, d'abord avec Louis de France, puis avec Henri. Trouvères et troubadours écrivaient eux-mêmes ces poèmes qu'ils chantaient à la gloire des rois ou des princes, quand les ménestrels, eux, se contentaient de les interpréter ; mais tous étaient heureux lorsqu'un puissant les prenait à son service : c'était l'assurance du gîte et du couvert. À deux pas de notre poète, une volée d'enfants, du haut de leurs cinq ou six ans, crapahutaient entre les tréteaux en riant, prompts à échapper à la vigilance de leurs mères qui les houspillaient. Soudain, le trouvère dut s'arrêter net pour éviter… la flamme d'un cracheur de feu, qui venait de le surprendre au détour d'une ruelle ! Des attroupements se créaient autour de scènes improvisées, où comédiens et saltimbanques, protégés de la reine ou des seigneurs de Normandie, jouaient gaiement leurs saynètes. On sentait l'humus, la pomme, la poire, la viande braisée. Sur la place suivante, pavée de pierre, des jongleurs et même un montreur d'ours impressionnaient eux aussi les badauds. Au fil des rues, on croisait quelques preux chevaliers, portant parfois écu et bannière, ou les membres d'une soldatesque aguerrie, la pique au poing. La vigilance, pourtant, se relâchait un peu : les conversations, grasses ou sémillantes, allaient bon train, et de toutes parts dans le village montait cet indistinct brouhaha coutumier en ce genre de circonstances. Rires et mots d'esprit fusaient, au-dehors comme dans les auberges du *Cochon fumant* ou du *Lièvre sauteur*, dont les enseignes ouvragées brinquebalaient dans les lumières du soir venant.

Mordant dans une cuisse de poulet attrapée au vol d'une rôtisserie improvisée, notre poète poursuivait sa marche sans autre but que de se remplir la panse et de profiter de ces réjouissances. Celles-ci étaient naturellement l'occasion pour tous et toutes, particulièrement les seigneurs, gentes dames, damoiseaux et damoiselles, d'exhiber leurs tenues les plus raffinées. Chapeautés ou tête découverte, les hommes pavanaient dans des manteaux de lourd tissu richement brodé et liseré de fourrure, par-dessus de longues tuniques et des chausses de laine. De leur côté, les belles avaient passé robes de lin ou de laine, et affichaient bagues, colliers, broches et ceintures à boucles d'or, cachant les volutes de leurs cheveux sous des coiffes élaborées ; voiles aériens tombant sur leurs épaules ou dans leur dos, nattes de blondeur tressée – comme elles étaient élégantes ! Lorsqu'elles n'avançaient pas au bras de maris plus ou moins vigilants, les donzelles minaudaient volontiers, paradant devant écuyers et chevaliers. Et soudain, elles se taisaient au passage d'un homme d'Église ou d'une volée de moines en procession. Les domestiques et serviteurs n'étaient pas en reste : eux aussi avaient revêtu leurs plus beaux habits, même s'ils étaient sans ornements, et dans leur «version courte» pour faciliter leur service… ! Particulièrement comme ici, lorsqu'ils devaient circuler au milieu de tables déjà bondées. Un sanglier tournait à la broche.

Plus loin encore, au seuil d'un jardin surplombant la falaise, un fauconnier, le poing ganté de noir, faisait démonstration de son talent. Il ôtait à l'instant le capuchon de cuir de la tête de l'oiseau pour le laisser s'envoler ; au premier lièvre ou à la première perdrix venus, le rapace fondrait sur sa proie. Et tout là-bas, en contrebas, se préparait malgré l'heure tardive une chasse improvisée dans le bois voisin. Y jetant un œil amusé, le trouvère s'aperçut qu'on achevait de harnacher les palefrois, rapides et élégants, idéaux pour la traque ou la parade, moins lourds que les fiers destriers des grands chevaliers, mais bien plus toutefois que les haquenées, ces juments réservées aux dames qui les montaient parfois, non à califourchon, mais assises sur sambue – comme Aliénor elle-même. Une meute de chiens aboyait en se rassemblant près de la troupe des chevaux ; ceux-ci exhalaient une fumée chaude, hennissant et raclant la terre du sabot. Voilà qui fleurait bon la campagne et la Normandie ! Bientôt, la palanquée hurlante se jetterait à la traque du gibier, et les chevaliers talonneraient leurs proies jusqu'à les épuiser ; avant le coucher du soleil, ils descendraient de leur destrier pour les «servir», achevant les bêtes d'un coup d'épée. Et l'on rentrerait préparer la venaison et festoyer dans la joie et la bonne humeur. Avec la fourrure des animaux, en particulier de ceux qui menaçaient les troupeaux comme les ours ou les loups, on confectionnerait de bons vêtements bien chauds ou des tapis d'ornement.

Sinon, j'ai toujours soif, songea notre poète en s'approchant de l'un des improbables estaminets montés pour l'occasion. Retournant au cœur du village, il se paya d'une piécette un plein broc qu'il porta aussitôt à ses lèvres. Ah, la première gorgée de bière ! Tout près de lui, diverses corporations avaient monté leurs tables et arboraient fièrement leurs bannières, comme en prélude à quelque défilé : ouvriers, maçons… Le poète reconnut dans ces discussions animées des compagnons, bâtisseurs d'églises et de cathédrales sans doute, ces artistes capables de faire s'envoler leurs flèches et leurs dentelles de pierre jusqu'à tutoyer le ciel. Il les regarda, non sans admiration et, peut-être, une certaine envie. Ceux-là venaient-ils du Mont-Saint-Michel, le *mont au péril de la Mer*, pas si lointain, ou s'y rendaient-ils ? Que verraient-ils de là-haut, dessus la grève miroitante, à discuter des fins dernières devant la baie de l'Archange ? Un vieillard à barbe blanche, qui devait être architecte, rouleaux de parchemin sous le bras, les apostrophait d'un air malicieux ; des mains calleuses l'invitaient à se joindre aux agapes. Plus loin, portes ouvertes, un forgeron cognait dur dans des étincelles dignes de Vulcain et, juste à côté, l'enseigne du ferronnier grinçait en cadence, comme en écho à ses coups sourds et répétés. Quelques carrioles et chevaux clopinants arpentaient les rues, et le trouvère dut s'écarter pour laisser passer un marchand pressé qui encourageait ses montures, roulant sur les pavés.

Déambulant et tournoyant ainsi jusqu'au point culminant du village, il se rapprocha presque sans s'en rendre compte du château lui-même ; montrant patte blanche aux soldats disposés près des douves et du pont-levis grinçant, il franchit sans encombre la dernière ceinture de remparts. Nombreux, d'ailleurs, étaient les gens du peuple qui en ce jour se pressaient autour du donjon. À proximité du château se trouvaient toutes les dépendances nécessaires au service particulier et à l'approvisionnement immédiat de la cour – poulailler, écuries, étables, citerne à eau, maison du chapelain et du jardinier. Et au sommet, dominant, pour ne pas dire embrassant tout le paysage, ondulait le grand drapeau d'Aliénor et d'Henri, toute la mémoire de la Normandie de France et des terres d'Angleterre, léopards d'or rugissant de plus belle sur leur fond écarlate.

Lorgnant les murailles imposantes, le jeune homme plongea en imagination à l'intérieur du château. Il savait qu'en ce moment même, on y préparait le banquet du soir, pour la famille royale et les proches courtisans. La grande salle, qui servait d'habitude de salle à manger autant que de tribunal pour le règlement des affaires sociales, voire d'abri aux voyageurs et aux pèlerins exsangues, ressemblait un peu, lui avait-on dit, à la salle de l'Échiquier de Caen, que lui-même connaissait pour y être passé. Là, on accueillerait bientôt Henri, Aliénor et les cours mêlées d'Aquitaine, de France et d'Angleterre. Le trouvère n'avait qu'à fermer les yeux pour que s'anime en songe ce spectacle, auquel il avait assisté à la cour de Champagne. Le roi et la reine y étaient-ils déjà entrés ? Attendaient-ils dans le donjon que tout fût prêt ? Il était encore un peu tôt malgré tout pour lancer le souper. Mais, assurément, l'intendance d'Aliénor avait donné ordre aux servants et aux servantes de contrôler les réserves pour l'occasion et de surveiller les cuisiniers du seigneur de Domfront, en y associant les leurs dans la préparation du festin. L'ensemble serait chapeauté par Robert : Robert le Saucier, cuisinier en chef de la souveraine ! Déjà, il devait tonner ses instructions, déployant son armée de commis en prévision de la bataille qui s'annonçait. Poste de confiance que celui de Robert, tout proche de la reine et du roi !

Le trouvère sourit ; il s'y croyait ; il *voyait* les serviteurs et cuisiniers nerveux, confectionnant les plats, arrangeant les tentures, vaquant tous en fourmilière ; on parait la salle de ses richesses, lissant les rideaux et les drapés de couleur bleue, rouge, émeraude ou vert profond ; on rassemblait les bûches et le petit bois, car, à la nuit tombée, sous le brasier furieux de la grande cheminée, lorsque la lumière des armes et des armures se surprendrait à miroiter au jeu de torches incandescentes, la salle se réchaufferait ; commencerait alors le délirant service de la cour, de plats d'abondance en mets étourdissants, autant pour les papilles que pour les yeux. Tout serait goûté au préalable par Robert en personne, bien sûr : ces grands personnages avaient tant d'ennemis qu'un empoisonnement était toujours possible. Dès que les contrôles seraient franchis avec succès, les serviteurs apporteraient sur les tables les immenses plats recouverts de serviettes blanches, assortis, naturellement, des breuvages adéquats. Ceux-ci défileraient au son des exclamations et des rires des convives. On pouvait s'attendre aux victuailles et aux présentations les plus excentriques, à une avalanche d'une trentaine de services tout aussi incroyables les uns que les autres. Des poissons, accompagnés de crêpes ou de galettes, et du gros gibier plutôt que de la viande bouillie, en ces moments de fête. Qu'on en juge par ce que les chefs et rôtisseurs avaient prévu, du moins selon l'imagination du trouvère.

Il se représentait sans mal Robert le Saucier, récapitulant sur ses doigts le savoureux menu qu'il avait concocté pour les agapes nocturnes. Premiers mets : *pâté de lapin de garenne au beurre de cassis* ; puis *tourte d'escargots avec ses pommes*; premier entremets : *crème douce accompagnant un héron du marais de Rouellé paré de ses plumes.* En deuxième mets, *civet de cerf à la purée de marrons, avec brochet et sa sauce aux airelles.* Second entremets : *faisan, également paré de ses plumes et accompagné de sa liqueur de coquelicot.* Le tiers mets assurait la montée en puissance : un *aloyau de bœuf* faisant conversation avec un *cochon de lait, les deux rôtis, et mâtinés de bouillie aux épices.* Une bonne grosse *tête de sanglier* serait le clou du spectacle. Sans compter les cuisses de chevreuil, les perdrix, poulets et autres volailles, que l'on trancherait à tout-va avant d'y plonger des doigts graisseux ! Suivraient enfin des *fromages frais* de Normandie et, en dessert, des *fruits secs et gaufres au miel.* Le tout arrosé d'eau des puits de la haute ville, d'alcools de pomme et de poire, de vins fins et moins fins, breuvages à la cannelle, aux clous de girofle et aux pétales de rose, bière et hydromel servis dans des coupes ciselées ou dans de simples gobelets de bois brut.

Le trouvère envieux se pourléchait les babines rien qu'à l'idée de tout cela.

Dans la galerie en surplomb, tribune décorée pour l'occasion, plateforme de bois que l'on gagnait par l'escalier aménagé dans le mur, les mêmes chanteurs et musiciens joueraient du luth, de ce « chalumeau » qui ressemblait au hautbois, ou de la harpe et de la trompette. Ils évoqueraient les grands événements du règne d'Henri et d'Aliénor et entonneraient des hymnes de baptême triomphants. Seuls les hommes, cependant, avaient le droit de chanter. Répétant lui aussi, non sans trac d'avant-scène – ce soir, il serait devant le roi et la reine ! –, le bouffon de la cour, rieur et bondissant, ferait son office. Peut-être oserait-il grimper sur la table (il faudrait qu'il calcule son coup et prévoie l'espace nécessaire pour ne pas glisser dans les volailles) et se risquerait-il à quelques conseils de politique avisés. Lui seul, d'ailleurs, avait le « droit » de parler ainsi d'égal à égal avec Leurs Majestés. Telle était la licence du bouffon ! Il pouvait taquiner les convives, singer leurs manières, railler leurs vêtements – mais que quiconque autre que lui s'autorise à faire de même, et c'était la bastonnade immédiate. Entre les services, les invités seraient distraits par les acrobates, ces jongleurs ou ce montreur d'ours que notre poète avait croisés, voire par quelque mage venu d'Orient avec son singe savant ! On coucherait les enfants en leur donnant du vin à boire : c'était bon pour leur santé. Enfin, on jetterait aux chiens des morceaux de pain imbibés de sauce. Puis Aliénor, Henri et la cour gagneraient le vaste donjon carré, les hôtes ordinaires se rassembleraient sur l'esplanade intérieure et, sans doute ivres de leur vin d'hypocras parfumé au miel et aux épices, tous s'endormiraient en ronflant après s'être repus des vestiges du festin. Quant au reste de la populace, hors l'enceinte du château, il sombrerait sur l'herbe, dans les auberges, au bord de l'eau et sous les pommiers et poiriers encore décharnés – ils ne fleuriraient qu'en avril –, sur leurs terrasses ou dans les maisons du village.

Et *vive Aliénor*.

Soudain, le trouvère fut alerté par des bruits de coups à répétition : on plantait, tout près de lui maintenant, les grands clous de bois en prévision d'un autre genre de spectacle… La lice ! Car, demain, on ferait tournoi à Domfront. Déjà, on achevait d'aménager les gradins, et des petits drapeaux de couleur dansaient dans le vent. Le trouvère s'arrêta un instant, mains sur les hanches, pour considérer ce nouveau tableau. Devant lui se trouvait l'imposante église du prieuré Saint-Symphorien, aussi énorme que Notre-Dame-sur-l'Eau, avec ses quarante mètres de nef, tandis que, plus au sud, les ombres s'étendaient sur la vaste lice légèrement en contrebas où les préparatifs de la joute du lendemain allaient bon train. L'organisation du tournoi exigeait la participation active de moult habitants de Domfront. Les femmes fabriquaient et montaient des tentes de couleurs vives, où les chevaliers iraient enfiler leur haubert avant le combat… et s'y faire soigner ensuite. En cette fin d'après-midi, une grappe d'artisans et d'ouvriers achevait ainsi de consolider la tribune, dotée de tentures sur les côtés et d'un toit pour protéger les invités d'honneur des intempéries. Chaque famille témoignerait de son soutien à son chevalier en portant un voile de même apparence que ses armoiries. Aliénor et Henri, sûrement, assisteraient aux duels ! Henri lui-même y participerait-il ?

Amusé, le trouvère fit quelques pas pour dépasser la petite troupe qui terminait ces préparatifs, s'apprêtant à quitter les lieux pour rejoindre la fête. Et, le sourire aux lèvres, il pénétra dans la lice encore vide.

Enfin, pas *entièrement* vide…

Car ce fut là qu'il le vit pour la première fois.

Le chevalier – non pas à la rose, mais au dragon.

Le chevalier était revêtu du heaume et de l'armure, sur son destrier caparaçonné et prêt pour la parade – l'un de ces lourds chevaux capables de supporter plus de cent kilos. Il raclait le sol du sabot, et son maître semblait le faire trotter et tourner au seuil de la lice, comme pour un échauffement. Mais, outre cette lance, de quatre mètres de long, que l'homme en armure gardait vissée sous le bras et l'épaulière, c'était son écu qui interpellait. Celui-ci était orné d'un dragon rouge, à crête perlée et crachant des flammes, sur fond blanc. Si le visage de ce chevalier restait dissimulé derrière son heaume, quelque chose, cependant, alerta tout de suite le trouvère. Quelque chose d'*anormal*. Le guerrier s'échauffait sans quitter la lice du regard : les duellistes étaient censés s'affronter de part et d'autre de la bordure de tissu attachée à ses poteaux de bois, pour éviter aux chevaux de se rencontrer tout en permettant à chaque combattant de rester rivé à l'ennemi. Mais ici, maintenant... il était tout seul ! *Il n'avait point d'ennemi !* Pas même de ces mannequins de chiffon, sortes d'épouvantails tournoyants dont les nobles guerriers usaient parfois pour s'entraîner ! Alors ? Le poète n'aurait su exprimer pourquoi avec précision, mais il eut le sentiment que l'homme qu'il avait sous les yeux était *tendu*, comme si... comme s'il était sur le point de jouer sa tête ! Une sourde anxiété flottait dans l'air. Voilà qui était insensé ! Et si les ouvriers goguenards vaquaient en désertant les lieux sans plus faire attention à lui, le chevalier, de son côté, harnaché de pied en cap, prêt au combat, paraissait se concentrer... avant l'assaut de sa vie !

Mais... que fait-il ?

Le soleil allait être avalé par l'obscurité ; quelle vision insolite ! Dans le crépuscule, tandis qu'au loin résonnaient les trompettes de l'hallali et les aboiements des chiens, un dernier rayon pâle s'inclinait sur la forêt ; les ombres s'étendaient telles des serres le long de cette lice encore vierge et envahie de curieux fantômes. Puis le chevalier au dragon, soudain, s'avança vers son couloir. D'un geste, il assura de nouveau du gantelet la prise de sa lance. Elle seule, alors, parut au trouvère resplendissante de blancheur, et il se dit que ses sens le trompaient lorsqu'il crut voir à la pointe du fer de celle-ci perler une goutte de sang vermeil, qui allait glissant jusqu'à la main du chevalier. Il y eut un ultime éclair de soleil, comme le feu d'une chandelle brûlant ses derniers instants. Puis, d'un bref mais incisif coup de soleret sur les flancs de sa monture, le chevalier s'élança, dans une ahurissante cavalcade !

Les yeux du trouvère s'agrandirent.

Le chevalier pointait sa lance devant lui en hurlant, les sabots de son destrier soulevant des mottes de terre et de boue ; le chevalier au dragon chargeait dans le soir, semblant défier la nuit elle-même, fonçant sur un ennemi invisible !

Mais enfin… il est FOU ! ? Il n'y a personne !

Et l'on peut dire que ce fut précisément *là*, face à cette vision mêlant autant d'épique beauté que de poésie folle, d'absurdité que d'élan chevaleresque, là dans ce soir penché parmi les ombres, ce fut à cet instant que naquit dans l'esprit de notre trouvère l'amorce, la première intention, l'esquisse, l'image prime du plus grand, du plus fantastique, du plus incroyable chef-d'œuvre de la littérature médiévale.

Car l'inspiration, croyez-moi, est un vaste mystère.

Et sa quête – *notre* quête – en est un autre…

ENTENDRE L'APPEL

1.

Judith Guillemarche

Collège des Bernardins
Mars 2023

— Il faut mesurer, disait l'intervenante, la révolution qui secoue l'Europe au XIIe siècle, et en quoi elle va faire de la littérature médiévale un phare pour l'humanité, qui demeure dans notre inconscient collectif ! Les monastères, jusqu'alors principaux centres intellectuels, cèdent peu à peu le pas aux universités qui fleurissent dans les grandes villes. Beaucoup de ces universités existent encore aujourd'hui et sont restées les plus extraordinaires du monde : Bologne, Paris, Oxford, Cambridge, Heidelberg… Vous vous rendez compte ! Dans une bulle de 1245, le pape Innocent IV encourage les cisterciens à faire leurs études à Paris pour y étudier la théologie et transmettre leur savoir à leurs frères. Ici même, au collège installé dans l'ancien clos du Chardonnet, les Bernardins ont précédé de trente ans la Sorbonne ! Celle-ci a en effet été créée en 1253 par un autre théologien, Robert de Sorbon, et confirmée par Louis IX en 1257…

Elle est douée, c'est certain.

Le collège des Bernardins, ou collège Saint-Bernard, avait été fondé par Étienne de Lexington, abbé de Clairvaux, et construit à partir de 1248, sous le règne de Saint Louis, pour former les moines cisterciens – en particulier les abbés. Sis dans le 5e arrondissement, entre la Seine et la rue des Écoles, le bâtiment des « Bernardins », d'après « saint Bernard », réformateur de l'ordre, était classé monument historique depuis 1887. Menacé d'effondrement, il avait été racheté par le diocèse de Paris après une histoire longue et tourmentée, puis rénové en profondeur. Les espaces dégagés en sous-sol avaient permis de découvrir les anciennes voûtes gothiques d'un niveau qui, avec le temps, s'était enfoncé dans le sol meuble. On s'était évertué à consolider l'édifice, à stabiliser les voûtes et à restituer au toit ses dimensions médiévales par une charpente métallique. Les terrassiers avaient même dégagé une pierre tombale, datée de 1306, celle d'un moine cistercien prénommé Günther, originaire de Thuringe, dont la présence attestait le rayonnement européen du collège à son origine. Le bâtiment restauré avait été inauguré par l'archevêque de Paris, Mgr André Vingt-Trois ; Benoît XVI y avait prononcé un discours devant sept cents personnalités de la culture, et, depuis, le collège avait comme reconquis sa vocation initiale, éducative, culturelle et d'échange. Siège de l'Académie catholique de France, il s'appuyait notamment sur un centre de formation théologique et biblique sous forme d'école cathédrale, et proposait une programmation faite de travaux de recherche, de colloques, d'expositions, de concerts, d'activités pour la jeunesse, de débats et d'autres prestigieuses conférences... Comme celle qui se tenait aujourd'hui.

La rencontre se déroulait à l'entrée même du collège, auprès de la petite librairie ouverte pour l'occasion, et portait un titre éloquent : « L'essor de la littérature médiévale, du temps d'Aliénor à la naissance de l'imprimerie, des monastères aux universités ». Entrer dans ce collège était un vrai bonheur : la vaste salle d'accueil, sous ses croisées aériennes et bercée de colonnes élégantes, apaisait instantanément le visiteur ; des éclairages discrets, incorporés au sol pour ne pas altérer la pureté tranquille des voûtes, avaient permis de préserver la dimension historique du lieu en renouant avec sa vocation initiale et son éclat originel. Une quarantaine de spectateurs se trouvaient là, étudiants en histoire ou en lettres, chercheurs, théologiens, une poignée de religieux et de retraités devant la tribune recouverte d'une nappe blanche qui accueillait les invités. Non loin, une modeste table était dressée et assortie de quelques rafraîchissements. On eût pu préférer pour cadre l'un des auditoriums du lieu, ou le cellier, dont on disait qu'il était le plus grand et peut-être le plus beau de Paris : avec ses trois nefs, au sol de béton ciré qui évoquait la terre battue de l'origine, il en imposait en effet ; et les savants du lieu aimaient à s'y retrouver. Était ce dû au prestige des intervenants, à la proximité de la librairie pour les dédicaces, à la volonté audacieuse d'en faire un événement « grand public », un peu de tout cela ? En définitive, il ne réunissait que quelques *happy few* – mais cela n'enlevait rien, naturellement, à la haute tenue du moment. Aussi, à peine avait-on franchi les belles portes vitrées, en cette fin d'après-midi, que l'on tombait sur la digne assemblée. Et au milieu de la tribune, légèrement penchée sur son micro, l'une des invitées – sans doute la plus étonnante – continuait son discours.

— Paris, fortifiée dès la période gallo-romaine, s'est vue renforcée d'une nouvelle et plus vaste enceinte dans les années 1200 sur l'ordre du roi Philippe Auguste. La ville est alors en plein essor. C'est le temps où les « marchands de l'eau » ont tout pouvoir sur le commerce fluvial. Comme je disais, ici même, le collège, prévu à l'origine pour une vingtaine d'étudiants, aura formé du XIIIe au XVe siècle des milliers de jeunes moines cisterciens, venus du nord de la France, de Flandre, d'Allemagne, d'Europe centrale et de la péninsule Ibérique – l'élite de leur ordre ! Ici même, dès sa création en 1253, le corps principal du collège, comprenant alors plusieurs bâtiments sur quatre niveaux avec salles de cours, réfectoires et dortoirs, fut un foyer de cet épanouissement. Comme vous le savez, on y enseignait chaque jour la théologie, de 6 heures du matin à 9 heures du soir. Et les élèves devaient argumenter en latin. La réputation du collège s'étendit jusqu'à fournir un pape, Jacques Fournier, devenu le fameux Benoît XII ! Mais je voudrais que nous revenions aux manuscrits médiévaux qui ont accompagné cette efflorescence… Les « supports de cours » et autres « rapports de stage » des moines, si vous voulez ! Et puis nous nous arrêterons aussi quelques instants sur la poésie, la beauté des enluminures et d'une iconographie qui…

Aux côtés de l'intervenante se trouvaient en lice d'autres sommités : les pères Jean-Baptiste Hébert et Émile Ruech, de l'École biblique et archéologique de Jérusalem, respectivement archéologue et épigraphiste de notoriété mondiale, spécialisés dans les rouleaux de la mer Morte et les manuscrits de Qumrân, deux universitaires du département de recherche de la Sorbonne consacré à la littérature médiévale, et un journaliste d'*Historia* également modérateur de la conférence. Ce fut lui qui relança l'oratrice : une singulière bonne sœur, Fille de la Charité de Saint-Vincent-de-Paul. Elle avait délaissé foulard et cornette, mais portait pour l'occasion une longue robe noire religieuse.

— Sœur Judith, si vous voulez bien revenir sur un point…

Judith Guillemarche.

Ancienne étudiante en histoire de l'art, confidente en son temps du cardinal Spinelli di Rosace, conseillère spéciale au Vatican, proche du directeur des collections Dino Lorenzo. Jeune quinquagénaire aujourd'hui, longtemps restée laïque, elle avait été par le passé chargée d'enquêtes impliquant l'Église catholique de par le monde : quête de reliques, étude de miracles, réels ou supposés tels, exploration de « cas limites », fouilles archéologiques – dont certaines en relation avec la même École biblique de Jérusalem… Étrange experte que celle-ci, qui avait travaillé autant auprès de la Sapinière, les discrets services secrets du Vatican, qu'aux Archives et sur les terrains de fouilles les plus improbables ! Elle avait aussi étudié les plus anciens codex, dont le fameux *Codex Sinaïticus*, pour ainsi dire la première bible conservée au monde, redécouverte par Konstantin von Tischendorf au XIXe siècle. Si elle n'avait jamais été très médiatisée – et pour cause –, cette érudite et aventurière singulière était réputée dans les milieux religieux pour diverses redécouvertes insensées de reliques sans prix, comme une partie du trésor du temple de Jérusalem à partir de l'épigraphie des rouleaux de Qumrân[1], la Menorah enfouie de Notre-Dame-sous-Terre[2]

1. Bandes dessinées de la série *Codex Sinaïticus* avec Alessio Lapo, Yvon Bertorello, Glénat, 2008-2012, et l'album *Les Explorateurs de la Bible*, Glénat, en partenariat avec l'École biblique et archéologique française de Jérusalem (EBAF), 2015.

2. *Notre-Dame sous la terre*, Grasset, 1998.

ou la fameuse Lance de la Destinée[1] qui, disait-on, avait percé le flanc du Christ au soir ténébreux du calvaire !

Cette dernière expérience s'était malheureusement soldée par un drame dont, aujourd'hui encore, il lui était interdit de parler et qui, pourtant, avait fait basculer sa vie. Au point de la faire revenir à son intention première, qu'autrefois elle avait d'abord éludée : admettre, finalement, sa vocation religieuse. Lorsqu'elle était étudiante, son entourage la trouvait un peu « illuminée » : elle était prompte à la sublimation en effet, souvent déçue par la marche du monde, mais éprouvait une foi fraîche et entière ; elle s'était alors mis en tête d'entrer chez les Sœurs silencieuses de Bethléem ! Mais son épopée à Notre-Dame-sous-Terre, sa rencontre mouvementée avec les hautes sphères du Vatican, qui auraient pu accélérer ce processus, l'avaient au contraire conduite à embrasser le monde plutôt que le couvent. Plus tard, après le drame qui avait bouleversé sa vie, elle avait traversé une longue période de dépression. L'introspection et une recherche de sens plus que jamais ardente l'avaient réconciliée, contre toute attente, avec ce silence qu'elle avait fui si longtemps. Elle avait prié, prié… et fini par choisir de s'engager dans un noviciat tardif, avant de prononcer ses vœux en mars 2009.

Dans le même temps, elle avait de plus en plus renoué avec sa passion pour l'histoire de l'art ; et, se souvenant de ses premières amours, elle s'était plus particulièrement orientée vers la littérature médiévale, nouvelle expertise qu'elle s'était mise à développer durant plus d'une dizaine d'années. Miniatures, enluminures, manuscrits anciens, chansons de geste, récits épiques courtois, jusqu'au passage

1. *La Lance de la Destinée*, Robert Laffont, 2007.

à Gutenberg et à l'imprimerie : elle avait le sentiment, depuis, de travailler sur ce qu'elle appelait le « cœur battant de la civilisation européenne », qui avait engagé et construit sa conception de l'amour, sa mythologie chevaleresque, ses codes culturels fondamentaux, depuis la naissance des cathédrales. L'image de la culture comme une cathédrale : voilà qui ne pouvait que lui plaire. Pour autant, Judith était une œcuménique tout aussi amoureuse de l'Orient, où elle était allée souvent, en mission ou pour le plaisir. Mais aujourd'hui, bien que d'un abord enjoué et enthousiaste, au moins en façade, elle vivait recluse avec sa communauté. Si elle avait gardé de nombreux contacts et diverses amitiés au Vatican, notamment celle de son cher Dino Lorenzo – maintenant octogénaire –, elle continuait de se consacrer à la prière, à l'entraide et au travail intellectuel sur ses manuscrits anciens : plus que jamais spécialiste, mais identifiée d'un milieu très fermé. Ainsi seule, avec les siennes, non loin d'ici, d'ailleurs, au 140, rue du Bac, dans la maison des Filles de la Charité.

Judith Guillemarche était donc devenue bonne sœur.

Cependant, quiconque regardait la nonnette hésitait entre le sourire et l'admiration, car elle véhiculait toujours, en dépit de ce chagrin qu'elle masquait, le caractère solaire que ses proches lui avaient connu autrefois. On était d'abord frappé par la beauté de son visage, lisse encore et lumineux malgré la pointe des rides qui gagnaient le coin de ses paupières. Un teint de porcelaine, un regard bleu, des yeux magnifiques, et cette blonde chevelure, pour ainsi dire médiévale, que cachaient parfois coiffe et cornette. Elle était belle, en somme, et à l'écouter, à regarder ses longues mains blanches et tranquilles dessiner d'étranges arabesques comme à l'appui de son intervention, tandis qu'elle parlait avec sérénité, de sa voix au timbre clair et posé, elle inspirait de nombreux sentiments ; une inclination amusée et concentrée qui se muait en profond respect, une admiration pour cette étrange impression d'harmonie qui se dégageait d'elle – comme si elle était une enluminure elle-même ! – et une sorte de fascination pour ce parcours secret, cette trajectoire intérieure que l'on devinait à la fois blessée et emplie de mille feux.

Oui, elle est douée, et elle rayonne, d'une certaine manière. C'est bien celle qu'il me faut.

Du moins était-ce ce que se disait le jeune homme qui, assis au dernier rang de l'assemblée, continuait de la regarder. Il serrait curieusement sa sacoche sous le bras, comme si on allait la lui voler, presque sans s'en rendre compte. Florent Nicolas croisa les jambes, un peu nerveux, tandis qu'au centre de la tribune Judith achevait :

— Dans une prochaine conférence, nous reviendrons sur l'évolution du contenu des textes et leurs illustrations dans l'art et dans l'imaginaire collectif, en partant de l'analyse des premières chansons de geste, en particulier de *La Chanson de Roland*, mais aussi de *Tristan et Iseut* bien sûr, les débuts du récit épique, et du roman courtois. Je vous remercie.

Le parterre salua la conclusion par une salve d'applaudissements. Judith se redressa, acheva son verre d'eau, et, à l'issue de la conférence, chacun commença de s'égailler. Quelques spectateurs et spectatrices vinrent complimenter les intervenants. La Fille de la Charité fut vite entourée d'un aréopage, qui se dissipa ensuite comme un nuage. Après quoi, selon un usage éprouvé, les débatteurs se congratulèrent entre eux. Judith serra chaleureusement les mains de ses amis de l'École biblique, Émile et Jean-Baptiste, en promettant de les revoir bientôt.

— L'an prochain à Jérusalem ? dit-elle avec un sourire.

Les deux hommes, Jean-Baptiste élancé au regard bleu comme le sien, et Émile caressant sous ses lunettes sa barbe de patriarche, lui rendirent son sourire. Ils furent eux-mêmes rattrapés par le père Christian Eerhout, chargé lui aussi de disséminer de par le monde la bonne parole de l'École biblique. Tous discutèrent encore quelques instants, puis, passé les félicitations d'usage, on se sépara, non sans que chacun ait, au seuil de la librairie voisine, dédicacé ses œuvres. Judith avait accouché d'une somme quasi biblique, *Entre légende et historicité, une étude analytique du récit médiéval*, avant d'enchaîner sur ses *Prolégomènes à une refondation de l'exégèse comparée des récits mythologiques du Moyen Âge*. Deux œuvres majeures publiées chez Champion et qui, il fallait l'admettre, avaient peiné à conquérir leur public. S'y ajoutait, enfin, un opuscule sommairement intitulé *À la recherche du Moyen Âge. Techniques d'analyse scripturaires et manuscrites*, qui lui aussi avait défié la gravité éditoriale avec exactement deux cent quatorze exemplaires écoulés.

Judith n'était guère à l'aise au milieu de la foule. Heureusement, cette fois, l'assemblée n'avait pas été si nombreuse. Sœur Guillemarche comptait revenir bien vite au silence de la prière, dans son couvent des Filles de la Charité, pour les offices du soir.

Au moment où elle s'apprêtait à quitter les Bernardins, ses amis et les derniers spectateurs avaient disparu, à l'exception d'un seul. Elle allait sortir lorsqu'un jeune homme, qui semblait l'avoir attendue tout ce temps, tenta de s'interposer entre elle et les grandes portes vitrées. Au-dehors, le ciel était morne, annonciateur de giboulées.

Judith, surprise, détailla le garçon qui venait de surgir devant elle.

— Madame… Euh… Je veux dire, ma sœur… Judith Guillemarche ?

Il avait probablement la trentaine. Assez maigre, la mèche châtain en bataille, il portait des lunettes rondes sur lesquelles il donnait une pichenette à intervalles réguliers, et qui offraient à son visage allongé un air sympathique, presque immédiatement familier. Judith remarqua aussi que le pardessus qui tombait sur ses épaules était mal ajusté, fripé et légèrement trop long pour lui. Il semblait en outre crispé plus que de raison sur la grande sacoche de cuir passé qu'il tenait sous le bras. Du même côté, sous l'épaule, étaient coincés des rouleaux qui ressemblaient aux cartes militaires de l'IGN. Le garçon avait tout de l'hurluberlu de charme – cependant, il paraissait à la fois excité et très fébrile.

Judith retint un sourire et cilla : dans son esprit, un étrange signal rouge s'était allumé.

— Oui… C'est moi, répondit-elle.

Le jeune homme lui tendit une main moite, qu'elle n'eut pas le temps de serrer, tout en continuant de jeter de petits regards vifs autour de lui. Ce faisant, il craignit de faire tomber cartes et sacoche. Il eut l'air de se sentir stupide et enchaîna :

— J'ai assisté à votre conférence, mademoi… ma sœur. Bravo. Et j'ai lu tous vos livres. Je… Mais pardon, mon nom est Florent, Florent Nicolas. Enfin, Florent, c'est mon prénom ; Nicolas, c'est le nom. Certains m'appellent Nico, mais non, c'est *Florent*, et *Nicolas* le nom, et pas l'inverse. Bref. Ma sœur… Je suis conservateur.

Judith leva un sourcil.

— Formidable. Et que conservez-vous ?

— Comment ? Ah, pardon. Je veux dire : bon, j'ai fait l'École du Louvre, vous savez, j'ai failli être commissaire-priseur, et puis… Bref. Je suis venu de Normandie pour vous voir.

Il avait prononcé ces mots comme s'il débarquait à peine d'un drakkar du bout du monde. Il poursuivit :

— … Depuis l'Orne. Plus exactement, d'une petite ville qui s'appelle Domfront. Domfront-en-Poiraie. Enfin, elle a été baptisée ainsi en 2016 comme commune nouvelle, en regroupant les anciennes communes de Domfront, La Haute-Chapelle et Rouellé, voyez-vous, parce que… Mais bref. Ça vous dit quelque chose ?

Judith joignit les mains dans un nouveau sourire.

— Domfront ? Domfront… J'ai des notions. Je vous écoute.

— Je voudrais vous voir, euh… « en privé ».

— En privé ?

— Oui !

Il crut à la méprise, rougit presque ; il semblait d'un autre temps.

— Enfin… Pas ici. Je vous l'ai dit, j'ai lu toutes vos œuvres. Je sais qui vous êtes. Ce que vous faites en matière d'analyse de textes anciens, et… *je pense que vous êtes la meilleure.* Vous êtes extraordinaire. Mais ici, entre nous, ce n'est pas possible… Il faut qu'on soit au calme. Dans le silence, et dans l'idéal sans personne.

Judith était de plus en plus intriguée. Ce garçon était-il sérieux ?

— Vous me paraissez très… exalté, tempéra-t-elle. Que voulez-vous exactement ?

— Ce que je veux ? Mais enfin…

Il se figea et la regarda dans les yeux. Ses prunelles vibraient derrière ses lunettes. Il semblait soudain presque en sueur, et ne put refréner son geste : il posa une main insistante sur l'avant-bras de Judith.

— Ma sœur… Écoutez-moi…

Elle sursauta.

— J'ai un trésor à vous montrer !

2.

La nuit du chevalier fou

Domfront
Octobre 1161

Le chevalier chargeait dans la nuit.

Le trouvère écarquilla les yeux.

Mais que fait-il ?

Ils se trouvaient dans la lice, sur le front sud du château, du côté le moins escarpé de l'éperon de grès, qui plongeait non loin vers Notre-Dame-sur-l'Eau.

En temps de paix, les joutes étaient l'occasion pour ces chevaliers de s'entraîner au maniement des armes et au combat à cheval ; on se battait pour la gloire devant un public en liesse. Les tournois étaient souvent annoncés longtemps à l'avance, les hérauts passant de château en château ; des dizaines d'impétrants se rendaient alors au lieu-dit, où ils étaient logés sur place, dans des tentes. Parfois, comme ici à Domfront, on organisait un tournoi à l'occasion d'un événement particulier – une victoire, un mariage, une alliance –, et les seigneurs, les princes, le roi lui-même venaient à concourir ! Mais, bien que ces affrontements fussent considérés comme des jeux, ils pouvaient représenter un réel danger. Notre poète avait assisté à de nombreux tournois déjà à la cour de Champagne. Lorsque les chevaliers se défiaient en « mêlée », le dernier concurrent encore debout faisait gagner son équipe. Mais rien, aux yeux de la foule, n'égalait le combat singulier. Bien sûr, quand deux combattants chargeaient l'un vers l'autre, on usait de lances « courtoises », à pointe émoussée : il s'agissait de renverser l'adversaire, pas de le tuer. Une fois ce dernier tombé à terre, l'épreuve, d'ordinaire, s'achevait. Les combattants pouvaient cependant continuer s'ils le souhaitaient, le code de chevalerie exigeant alors que le vainqueur descende de cheval et poursuive le duel à l'épée. Normalement, les chevaliers concouraient pour l'honneur d'arborer le voile de leur dame à l'extrémité de leur lance, ou pour la récompense : la monture et les armes du vaincu, ainsi qu'une bourse bien remplie.

Mais, ce soir, un chevalier inconnu dansait avec les ombres. Il chassait la nuit au hasard, et il n'y avait aucune trace d'assemblée.

Pas de foule. Pas de dame. Pas de voile.

Qui espère-t-il renverser ainsi ? Il n'y a personne !

Pourtant, le chevalier fou avait abaissé sa lance et chevauchait maintenant à tout rompre dans un fracas de sabots. Le peuple absent faisait partout ripaille à Domfront – sauf ici ! Certes, quelques marchands avaient commencé de préparer leur étal : demain, autour de la lice, au pied du château, on vendrait force paniers de fruits, pâtisseries et œufs durs, armes, vêtements, parfums, bijoux et tissus d'Orient, sur un marché improvisé. Mais, pour l'heure, aucun produit disponible, nul valet d'écurie ou soldat recevant leur coupe de vin des domestiques du château, nulle fanfare de trompettes ! Nulle parade devant les dames, chacune remettant au chevalier de sa préférence un foulard à ses couleurs ! Résonnaient-elles pourtant, ces trompettes, sous le crâne de ce chevalier qui semblait perdu – ou dément ? Où était la nuée, cette nuée de spectateurs levant la tête à l'heure de sonner l'affrontement ? Et la belle ronde des combattants patientant sur leur destrier, avant que le mouchoir enfin jeté ne signale le début des duels, les lances se brisant sur le bouclier adverse, l'enchantement du peuple criant son allégresse depuis les loges ? Le chevalier fou l'entendait-il dans sa tête, cette clameur absente ? Imaginait-il, de part et d'autre de la lice, d'autres fantômes, une foule dressée pour saluer ses prouesses ?

Quelle était cette étrange poésie ?

Le trouvère, lui, vit passer devant lui comme une flèche cet écu frappé du dragon écarlate à crête perlée. Le chevalier filait et semblait faire corps avec la nuit…

Lorsque arriva ce qui devait arriver.

Parvenu en bout de lice sans avoir rencontré personne, le chevalier chancela sur son fier destrier, tel un pantin désarticulé – et soudain s'inclina, sous le poids de sa lance, de son armure, de sa folie sans doute. Il vacilla, la monture ne comprenait plus les injonctions de son maître. Mais allait-il s'arrêter enfin, ou s'écraser contre les tribunes ?

Il va se tuer, cet imbécile !

Dans un râle, le chevalier versa en effet, de gauche puis de droite… Et il bascula pour de bon ! Sa monture hennit dans une posture bizarre, incapable de se cabrer vraiment, tandis que son hôte s'affalait au-dessus d'elle dans des cliquetis. Sa lance se ficha entre deux montants de la lice et alla se briser absurdement, au moment où lui-même s'effondrait sur le sol – soit quelque deux cents kilos de chute, si l'on comptait le poids du cavalier et de son armure. Il en lâcha son écu, qui valsa dans la boue sèche. Le trouvère ne connaissait que trop la chanson : l'armure était si lourde que, bien souvent, l'homme ainsi jeté à terre peinait à se relever seul. Dans ce cas, il restait parfois au sol, à agiter les bras et les jambes comme une ridicule tortue sur le dos… Du moins, s'il n'était pas déjà mort, ou même seulement blessé ! Pour le hisser de nouveau sur son destrier, il fallait l'aide de deux personnes et d'un petit escabeau ! L'écuyer y concourait : mais justement, se dit le trouvère, en fait d'écuyer, ce chevalier n'en avait-il point ? Était-il seul ?

Le poète se gratta la tête.

Et ce râle… Ce râle qu'il avait entendu ne lui disait rien de bon !

Soudain, son sang ne fit qu'un tour. Il regarda autour de lui : les quelques ouvriers restants avaient déserté les lieux, et si un ou deux avaient pu voir cette silhouette délirante se fondre dans sa chute, au seuil de la nuit, cela ne leur eût sans doute arraché qu'un bâillement ou un haussement d'épaules. Épuisés, pressés de se mêler eux aussi à la fête, se seraient-ils seulement retournés ?

Et ce chevalier qui faisait la tortue ! Quoique, précisément… il ne bougeait plus. Sa monture, elle, encore fumante, s'était arrêtée littéralement en bout de course. L'animal trottait tout seul au fond de la lice sans plus savoir quoi faire. Il secouait le crin, s'ébrouant comme s'il sortait de l'eau, mais enfin débarrassé de son maître indigent.

Avec une agilité que son attirail ne laissait pas supposer, jetant aux orties sa cuisse de poulet, le trouvère inquiet sauta en avant. Prenant appui sur le bois de la lice, il la franchit d'un bond et se précipita en direction du chevalier fou.

Arrivé auprès de lui, en sueur, il ne sut comment procéder.

Il ne bougeait plus – mais respirait-il ? S'était-il cassé quelque chose ? Il tenta de lui toucher l'épaulière en ayant bien conscience de l'absurdité de son geste. Était-il seulement vivant, ce... ce sot ? Fallait-il lui enlever son casque après ce choc ? Était-il tombé sur la tête ? Déjà que cela ne semblait pas brillant, là-dedans...

— Messire... Ohé, messire ! Vous allez bien ? Mais qu'est-ce qui vous a pris ? Comment vous sentez-vous ?

À cet instant précis, le crâne du chevalier bougea, dans un autre râle. Le pauvre fit de nouveau la tortue, puis essaya de porter en suffoquant les mains à son heaume. Gris liseré d'or, il était travaillé de volutes ouvragées, mais ternies par le temps et la guerre sans doute. Poussiéreuses et fatiguées comme lui. Au même moment, le trouvère releva la tête : avec la nuit revenaient de gros nuages... Ils roulaient abondamment dans le ciel. Un crachin pénétrant, annonciateur de hallebardes plus sévères, commença de tomber sur cette triste scène.

— Mais non... grommela le trouvère. Tu verras, en Normandie, il fait toujours beau...

Au temps pour la fête et le peuple, qui en prendrait son parti ; de toute façon, tentes et pavillons étaient couverts, et l'on irait se réfugier dans les auberges déjà gorgées à plein ; quant à l'averse, elle passerait sans doute rapidement. Par ici, on avait l'habitude. Le trouvère lui-même logeait avec quelques chevaliers à la *Perdrix hurlante*, qui...

Mais il fut vite rappelé à l'urgence de la situation : le chevalier fou avait *vraiment* l'air de suffoquer. *Seigneur, pourquoi moi ?* songea brièvement le poète, serrant les dents, avant d'aider le pauvre guerrier à relever la tête... *Pourquoi serait-ce à moi de sauver mon prochain ?* Il ôta néanmoins le casque de fer avec précaution. Rien que ce heaume chevaleresque à fentes presque invisibles pesait déjà son poids. Mais enfin, le chevalier en fut libéré et put respirer ; encore plongé dans la pénombre, il ne s'en priva pas : il aspira l'air à grandes goulées contrariées. Sous la coiffe dont il venait d'être délivré, il portait encore son camail, la cagoule de mailles serrées. Il fit signe au trouvère de lui enlever aussi ses deux lourds gantelets. Celui-ci obtempéra en ahanant, leur tira dessus comme un damné et les envoya rouler plus loin dans un tintement. Le camail ôté, apparut au regard du trouvère le visage pâle et suant d'un homme qui devait avoir plus de cinquante ans, solide mais les joues creusées par l'effort ; des yeux bleus de fou halluciné, profondément enfoncés dans leurs orbites, mais qui roulaient dans tous les sens : des traits bruts du Nord, cernés d'une chevelure et d'une barbe rousses. Il semblait comme un poisson jeté hors de l'eau. Cependant, au cœur de la lice, on n'y voyait presque plus à présent… et la pluie commençait de tomber bien plus dru.

Il ne fallait pas rester là. Le terrain serait vite froid et boueux.

— Messire, allez, je vais vous aider ! Il faut vous relever. Je vous en prie… !

Le guerrier fatigué prit appui sur sa cubitière et se tordit en grinçant, tandis que le trouvère le tirait de toutes ses forces par les bras.

— Voilà. Le bassin d'abord… Asseyez-vous… Haaaaaannn… !

Enfin, l'homme parvint à s'asseoir. Ce leur fut un nouvel et titanesque effort pour qu'il puisse poser un genou en terre. Puis, avec l'impression de lever à lui seul un bloc de pierre de cathédrale, le trouvère se cambra et accompagna le chevalier dans son mouvement, de façon qu'il se remette sur ses deux pieds. Sitôt que ce dernier fut debout, son bon Samaritain craignit cependant de le voir retomber, car il vacillait encore, portant une main à sa tête. Puis le guerrier fou ferma les yeux, écartant les bras. Enfin, il réussit à se stabiliser. Il cligna des paupières, hébété, murmurant des jurons pour lui-même… Il se remit en marche, ses solerets s'enfonçant dans la boue naissante, sans se préoccuper davantage du trouvère qui venait de le secourir, ni de sa monture – ni même, constata notre poète, de ses gants, du heaume ou de l'écu qui gisaient non loin ! Le trouvère en fut estomaqué tandis qu'il regardait s'éloigner la silhouette chancelante.

— Mais enfin… Vous êtes impossible !

Il lorgna l'écu, hésita, grommela encore, puis alla s'en saisir, l'astiquant d'un geste absurde comme s'il craignait qu'il ne se salisse, puis il le prit avec lui – *Bon Dieu, que c'est lourd, cela aussi, comment fait-il pour porter ce… ce machin ?*

— Messire… Messire… !

Il se lança à sa poursuite sous la pluie, essayant tant bien que mal de glisser son bras dans les grosses lanières de cuir de l'écu qui, de loin, tout de même, lui avait semblé bien plus petit. Mais on ne laissait pas derrière soi un tel objet, avec ses armoiries de famille, même si ces armoiries – *surtout* si ces armoiries – figuraient un dragon rouge ! Et puis, il y avait autre chose. Une chose que ledit écu, lorsque le chevalier était encore sur sa monture, avait masquée aux yeux du trouvère… et dont il ne prenait conscience que maintenant, alors que l'homme s'était relevé.

La croix. La grande croix, rouge elle aussi, que l'homme portait à sa poitrine.

Mais alors… Un templier ?

Le poète savait que l'ordre du Temple avait été créé plus de quarante ans auparavant, en 1120 à Jérusalem, par Hugues de Payns, à partir d'une milice appelée «les Pauvres Chevaliers du Christ et du temple de Salomon» – d'après les vestiges de ce temple sur lesquels était bâtie la mosquée al-Aqsa, dans la Ville sainte. La règle de l'ordre avait été fixée en 1129 au concile de Troyes. Il avait pour mission de protéger les pèlerins dans le contexte de la guerre sainte et des croisades. Il avait activement participé aux batailles d'Orient et, afin de satisfaire à ses devoirs et d'en assurer le financement, il s'était constitué à travers l'Europe et grâce à d'importants dons fonciers un réseau de monastères appelés «commanderies», dotés de nombreux privilèges, notamment fiscaux. Si l'ordre avait commencé à monter en puissance, le récent désastre de la deuxième croisade n'avait pas aidé à sa gloire. Lancée en décembre 1145 par le pape Eugène III à la suite de la chute d'Édesse, conduite par Louis VII et, chose incroyable, par la reine Aliénor, la croisade avait débuté en 1147 et s'était soldée deux ans plus tard par un échec cuisant pour les croisés… qui étaient rentrés en Europe sans avoir remporté de victoire militaire.

Un templier, donc? Mais… un templier perdu, tout seul?

Et voilà que le chevalier claudiquant passait sous la bretèche désertée de sa garde, là-bas, au-dessus de… des Cent Marches? Oui, se dit le trouvère: c'étaient bien ici les Cent Marches; il en avait repéré l'emplacement en discutant avec les teinturiers et les tailleurs, tout en bas, près de la Varenne. Ce chemin de pierre, un peu raide, était emprunté régulièrement par les porteurs d'eau depuis la rivière jusqu'au pied du château des ducs de Normandie et sinuait entre les terrasses et les jardins d'agrément. Mais, voyons, le sentier n'était pas du tout fait pour un homme en armure, surtout s'il était, en plus, ivre, fou, ou les deux ! Templier ou pas, ce damné croisé allait encore se casser la figure ! Le trouvère hésita un instant, regarda en direction du château et de la fête – là-bas, on s'amusait, au moins, on allumait des flambeaux et des feux de joie malgré la pluie –, et il jura. Puis, prenant une inspiration, il se lança de nouveau à la poursuite du chevalier brinquebalant.

Misère de misère !

Il trottait, toujours l'écu au poing, et le croisé semblait se moquer de lui comme du monde entier. Si tous deux avaient bifurqué vers le village, on n'aurait pas manqué de rire avec ironie de ce drôle de petit équipage, le guerrier branlant suivi d'un page pataud et improvisé, deux ombres insolites dans le soir. Mais, sourd à toutes les agapes, indifférent au paysage et aux contours de la falaise de grès qui lui étaient presque brutaux au regard, le chevalier descendait, enfin, se balançait maintenant dans de nouveaux grincements et bruits de casseroles, oscillant de droite et de gauche sur ce chemin de perdition qui chutait en pente vers la rivière. *C'était bien la peine d'en être remonté !* pesta le trouvère. D'autant que la pluie tendait à transformer les Cent Marches en torrent de boue. Et bien entendu, l'inévitable se produisit : à un moment, le chevalier glissa dans un rugissement ; il s'effondra et roula sur lui-même, dans un bruit de tonnerre. Il dégringola sur quelques marches, mais, de façon presque comique, se retrouva miraculeusement sur les fesses, et dans le bon sens. Crachant, haletant et suant, la croix maculée de boue, profitant du dénivelé, il put cette fois s'aider de la pente pour se relever tout seul…

Mais par Dieu, ce n'est pas vrai ! grommela le trouvère.

Il repartait !

Son ange gardien manqua lui aussi de s'entraver et de trébucher dans l'écu trop grand pour lui ; pour un peu, il aurait dévalé la pente jusqu'en bas. Tous deux approchaient d'ailleurs du pied de la falaise. Rendue plus tenace encore par le vent et l'humidité, l'odeur puante des tanneries sises au fil de la rivière ne trompait pas. Le trouvère aperçut les petites maisons tassées sur la berge, un pont de bois, une roue à eau.

Le chevalier, quant à lui, clignait toujours des yeux ; il ne parvenait plus à démêler ce qui relevait de son ivresse – car oui, il avait *aussi* beaucoup bu – et de la sourde fièvre qu'il avait contractée là-bas, à Antioche, à Jérusalem ou à Damas, peut-être. Il se sentait si lourd. Pourtant, ce n'était pas seulement du fait de son plastron ; mais aussi du terrible secret qui le hantait, qui le rongeait depuis son retour de *là-bas.* Seigneur, pourquoi lui ? Comment avait-il pu vivre ? Sa barbe rousse gouttait de sueur. Il ne savait même plus, songea-t-il soudain, ce qu'il avait fait de son heaume, de ses gants, de son... son écu ? Non, pas le bouclier ! Quelle honte ! Et jusqu'à... jusqu'à son cheval ? Il ne méritait plus son titre de chevalier, de soldat du Christ. Le dragon des armoiries de sa famille passa dans son esprit. Il viendrait le dévorer ! Il n'était plus digne des siens !

Je... Je n'en peux plus...

Et son épée... mais, Dieu du ciel ! Et Aedd, où étaitelle ? L'avait-il abandonnée près du banc où il s'était lourdement assis, hagard, tentant en vain de se joindre aux ripailles en vidant pichet sur pichet, avant de se hisser sur son cheval perdu, avec le concours du premier venu ? Cela, déjà, lui paraissait un siècle. Depuis que son écuyer avait déserté, malade lui-même, le chevalier était à l'abandon.

Mais décidément, s'il avançait encore, c'était toute honte bue – et comment pouvait-il toujours tenir sur ses deux jambes ? Toute honte bue, jusqu'à la lie ! C'était… la fin, n'est-ce pas ? Ce serait pour ce soir ! Cette nuit ! Un chevalier égarant son épée ? Mais qui était-il désormais ? *Aedd ! Aedd !* éructait-il soudain, car c'était le nom dont sa longue épée avait jadis été baptisée : de la forme galloise du prénom irlandais *Aed*, lui-même issu d'*aedh*, qui signifiait « feu ». C'était son grand-père qui l'avait nommée ainsi, puis son père l'avait reçue ; jamais elle n'avait été émoussée, et lui avait réussi à la perdre ! Aedd aux quillons d'argent ? Comment était-ce possible ? Et pourquoi avait-il si mal ? Pourquoi… pourquoi était-il tombé si bas ? Il n'avait plus de feu du tout. Le feu… l'avait quitté. Et tout cela le rendait plus lourd que jamais.

Et oui, il portait encore le bliaud et les braies, ses chausses pesantes et sa cotte de mailles aux milliers de petits anneaux crissant à chacun de ses mouvements ; et par-dessus encore, le plastron et le surcot, frappé en effet du flamboyant symbole de sa gloire passée ! Gloire bien éphémère et bien vaine en vérité, maintenant corrompue, à l'image de son âme souillée de sang, de sable et de boue ! Le soleil de Damas et de Jérusalem avait eu raison de la croisade, provoqué la déliquescence du couple royal de Louis et d'Aliénor, et assisté à son propre échec, son échec absolu, dans un combat absurde, sans fruit et sans gain. Louis et Aliénor s'étaient séparés, et, quelque temps après, l'étoile d'Aquitaine avait épousé le Plantagenêt ! L'Angleterre… qui n'avait eu de cesse de conquérir le pays de Galles – son pays ! *Quelle gloire, ah oui, vraiment, que celle-là !* songea Peredur. Car il se nommait ainsi, ce chevalier jailli d'un conte perdu : *Peredur ab Arthvawr ap Aberthol ap Dafydd ap Gruffudd ap Meredydd*, chevalier gallois de Barry, comté de Glamorgan !

Et il cracha son amertume en passant sur ses lèvres sèches le revers de la main, pour en chasser des larmes d'ours. *Oui, quelle gl…*

Subitement, il se cassa en deux dans un nouveau râle, vomissant ses tripes. Il entendait les cloches sonner dans sa tête – mais était-ce le souvenir du glas de la retraite d'Orient, celui des bourdons tintants du baptême de ce jour ou cette saleté de fièvre qui lui martelait le crâne ? Le sang battait à ses tempes. Mais ça y était : il était au bas des marches ; sans même s'en rendre compte, il était arrivé ! Enfin, arrivé *où ?* Car il ne savait pas où il allait. Et il titubait maintenant sur un autre chemin. Il avisa au hasard un pont de bois qui enjambait la Varenne, dont les remous se faisaient de plus en plus amples. La rivière charriait des branchages de petites cascades en tourbillons. Le templier s'arrêta un instant au bord d'une charrette abandonnée, pour assurer son équilibre.

Puis il s'aventura, vacillant, sur le pont grinçant !

Mais que fait-il encore ? Il va basculer ! Il va tomber ! songea le trouvère.

Et cette fois, s'il passait par-dessus bord, il n'aurait aucun moyen de le sauver, même si le trouvère venait à lui tendre une épée, ou quoi que ce fût d'autre : le pauvre coulerait à pic, serait fracassé par le courant contre les pierres ! Et il se noierait pour de bon. Mais enfin… Cherchait-il quelque chose ? Quoi ? Quel était ce chevalier à la quête perdue ? Le trouvère dut abandonner là, à l'orée du pont, à moitié enseveli dans la boue, l'écu au dragon rouge. Et de l'autre côté, le croisé levait la main, en pleurant, comme si, tout à coup, il avait enfin trouvé – quoi, son salut ?

Mais il ne saisit que le vide.

Il s'effondra encore à la sortie du pont, près d'une rigole où venait de se former un ru en furie.

Cette voix qui le poursuivait depuis un moment, méchante guêpe, la voix de cet étrange petit bonhomme qui le talonnait – *Messire, hé messire !* – retentit encore. Au milieu de ses larmes, Peredur, hébété, faillit en rire : chaque pas le dépouillait d'un attribut supplémentaire. Un *dépouillement*, oui. Jusqu'au nu de la vie, de *sa* vie. Jusqu'à l'os, sans plus d'oriflamme ou de beaux discours. Fini les fiers destriers caparaçonnés de gloire, les écus scintillants et les armes d'apparat, fini Aedd !

Il haletait dans le ru maintenant, l'œil grand ouvert, la face contre la boue, ses propres vomissures se mêlant à la terre et à l'eau ; la pluie continuait de tomber, les rouillant encore davantage, son armure et lui. Pourquoi ne pouvait-il toujours pas assumer son choix, le drame qui avait été le sien ? Avait-il eu raison ? Qui le dirait, le saurait, le jugerait par-delà les siècles ? Ha, ha ! Personne, puisque son histoire et lui seraient avalés par l'oubli ! De toute façon, qui aurait pu le croire ? Personne sinon le Christ, Dieu seul ! Et Lui, que dirait-Il lorsque Peredur se présenterait devant Lui ? Sa créature hagarde serait-elle sauvée, ou… – et Peredur frissonna de tous ses membres dans cette fange, qui lui semblait de glace, ou de feu – serait-elle damnée pour l'éternité ? Non ! Il ne voulait pas de l'enfer ! Mais au retour d'Orient, lui, *Peredur ab Arthvawr ap Aberthol ap Dafydd ap Gruffudd ap Meredydd*, chevalier gallois de Barry, comté de Glamorgan, n'avait-il pas baissé, rendu, perdu les armes, comme son âme ? Peredur égaré, dépouillé de tout, jusqu'à son âme ? Peredur d'abandon !

En attendant, le poète gauche et épuisé lui aussi s'était approché et tirait non sans mal sur le croisé, criant au hasard :

— Aidez-moi… Ohé, aidez-moi ! Y aurait-il quelqu'un pour m'aider ?

Mais la pluie avait fait se terrer les passants à l'abri des tentes ou d'une auberge, lorsqu'ils n'étaient pas restés là-haut au village. Un marchand, dont on se demandait ce qu'il faisait là – peut-être venait-il d'un rendez-vous avec l'un des tanneurs du bord de la Varenne ? –, sortit de l'ombre. Affublé d'un bonnet de crêpe à losanges ruisselants, il hésita, eut pitié, et accepta de se salir un instant pour aider le trouvère à rétablir le chevalier au souffle rauque. On répéta le cérémonial – redressement du buste, stabilisation sur les fesses, appui sur un genou, puis l'autre. Le poète envoya enfin un regard reconnaissant au marchand inconnu… qui haussa les épaules et s'en fut.

Mais, décidément, il fallait trouver un abri : le trouvère ne pourrait relever le chevalier une fois de plus. Cassé en deux à son tour, il passa le bras du croisé exsangue autour de son propre cou, cisaillé par l'épaulière, et, réunissant ses forces pour le soutenir – *Seigneur, mais qu'il est lourd, ce colosse !* –, il avança avec lui, un pas après l'autre. Avancer ensemble… mais pour aller où ? Et voilà qu'ils glissèrent sous les yeux d'un moine, qui lui aussi sembla surgir de nulle part. Il se tenait là à l'angle d'un chemin, près d'un calvaire, dans sa robe de bure, la croix autour du cou. Jailli des ombres, il ne bougeait pas et restait sous le rideau de pluie, énigmatique comme un fantôme, sans personne à exhorter. Le moine se contenta de les regarder passer. Le trouvère croisa longuement ses yeux, sans comprendre. Il voulut dire quelque chose, mais ne savait pas vraiment quoi… et il était à bout de souffle. Les mots s'échouèrent sur ses lèvres. À moins que le moine, ce spectre, n'eût été là… pour les orienter ? Toujours est-il que lorsqu'il releva le regard, sous son galure qui ruisselait également, le trouvère avisa, derrière ce même rideau de pluie, la silhouette imposante et immobile de Notre-Dame-sur-l'Eau. Notre-Dame ! Le havre près de la rivière ! Havre qui, sans doute, n'avait jamais si bien porté son nom. Notre-Dame sous l'eau ? En tout cas, serrant les dents de plus belle, avec le chevalier ahanant, le poète se dirigea en claudiquant vers l'édifice. Alors qu'ils allaient l'atteindre, une autre présence se manifesta, qui sembla tout aussi étrange. Un éclair déchira la nuit. Une demoiselle vêtue comme une sorcière, jeune et pourtant prématurément vieillie, hideuse et en haillons en vérité – une mendiante ? –, surgit à son tour de sous la pluie ; avisant le chevalier, elle écarquilla ses grands yeux gris et, ouvrant une bouche édentée, pointa l'index vers ce dernier en répétant à tue-tête :

— Sois maudit ! Comment as-tu osé, comment ? Sois maudit ! Sois maudit !

À ces mots de malédiction, le chevalier fut comme saisi de terreur. Et soudain, galvanisé, il accéléra le pas tel un damné !

Le trouvère jeta un coup d'œil par-dessus son épaule : la hideuse demoiselle avait disparu, noyée à son tour dans la pluie.

Ils parvinrent enfin à l'église, trempés et dégoulinants. Là-haut sur l'éperon de Domfront, le peuple et la cour faisaient ripaille, mais ici, l'église, désertée de son curé ordinaire et du cardinal Henri de Pise, qui avait dirigé la cérémonie de baptême, était ouverte aux pèlerins. Nulle clé, ce soir-là, n'avait scellé les lourdes serrures ornant les portes immenses. Plus que jamais harassés, le chevalier et le poète se jetèrent contre elles.

Les portes grincèrent…

À l'intérieur, des flambeaux agonisants vacillèrent.

Et ils entrèrent dans Notre-Dame-sur-l'Eau.

3.

Les parchemins oubliés

Maison des Filles de la Charité
Mars 2023

Les flammes d'une myriade de bougies vacillaient sous les voûtes.

Au 140 de la rue du Bac, dans la chapelle Notre-Dame-de-la-Médaille-Miraculeuse, desservant la maison des Filles de la Charité, dans le 7e arrondissement de Paris, Judith priait. Elle était restée quelque temps après l'office de prime afin de poursuivre sa méditation. Elle ne se lassait jamais de l'atmosphère du lieu. Les Filles de la Charité de Saint-Vincent-de-Paul avaient installé ici leur maison mère en 1813, dans l'ancien hôtel de Châtillon, sur décision de Napoléon Ier. La chapelle, quant à elle, avait été consacrée en août 1815 et dédiée au Sacré-Cœur de Jésus. L'appellation de «Notre-Dame-de-la-Médaille-Miraculeuse» lui avait été attribuée plusieurs années après sa construction, à la suite des apparitions de la Vierge à Catherine Labouré ici même, et surtout à partir de 1834 et de la diffusion de la médaille fabriquée en témoignage de ces événements – médaille qui avait connu un succès foudroyant. La chapelle avait été progressivement agrandie, ouverte au public et rénovée plusieurs fois. Elle accueillait en temps ordinaire quelque deux millions de visiteurs par an, venus du monde entier ! Voilà qui en faisait l'un des lieux les plus fréquentés de la capitale française, et le deuxième site de pèlerinage en France après Lourdes.

Judith caressa machinalement la petite médaille qu'elle portait elle aussi.

Catherine Labouré avait raconté que, dans la nuit du 18 au 19 juillet 1830, elle avait été réveillée par un enfant qui l'avait enjointe de le suivre. Croyant rêver, la novice s'était levée, habillée et avait suivi l'enfant, dont émanaient sans faiblir des rayons de clarté. Arrivée devant l'autel, elle avait entendu bientôt « comme le frou-frou d'une robe de soie ». C'était, avait-elle assuré, la Sainte Vierge qui, resplendissante, était venue s'asseoir dans l'église ! La religieuse s'était agenouillée à ses côtés. Deux heures durant, la Vierge lui avait parlé, lui confiant que Dieu avait pour elle une délicate mission. Elle lui était apparue de nouveau le 27 novembre 1830, lors de l'oraison du soir, en lieu et place d'un tableau de saint Vincent de Paul, debout sur un globe, écrasant du pied un serpent et portant à ses doigts des anneaux de différentes couleurs d'où jaillissaient des faisceaux de lumière. Tout autour dansaient les mots : *Ô Marie conçue sans péché, priez pour nous qui avons recours à vous.* Puis le tableau avait semblé se retourner, dessinant un grand M, initiale de Marie, surmonté de la Croix. Au-dessous, deux cœurs : celui de Jésus, couronné d'épines, et celui de Marie, percé d'un glaive, le tout entouré de douze étoiles. Marie avait alors enjoint à Catherine de requérir de son confesseur qu'il fasse frapper ces images sur l'avers et le revers d'une médaille, car *tous ceux qui la porteraient recevraient ses grâces*.

Miracle, élucubrations ? Vérité ou folie ? Judith sourit. Après deux ans d'enquête et d'observation de la conduite de Catherine, le père Aladel, ledit confesseur, avait informé l'archevêque de Paris de l'obstination de la novice, sans révéler son identité. La requête fut finalement approuvée, les médailles frappées ; à partir de l'épidémie de choléra de 1832, elles connurent un succès défiant l'imagination. En quelques années, plusieurs millions d'entre elles avaient circulé et, très vite, de nombreux autres « miracles », relations de guérisons et conversion spectaculaires lui furent associés, dont la plus célèbre, celle d'un juif du nom d'Alphonse Ratisbonne, en 1842, à l'église Sant'Andrea delle Fratte de Rome. La médaille avait inspiré des papes et de prestigieuses figures telles que le curé d'Ars, Frédéric Ozanam ou encore le martyr Maximilien Kolbe, qui donna sa vie pour sauver celle d'un prisonnier polonais à Auschwitz. Qui savait encore que le créateur du drapeau européen, Arsène Heitz, avait choisi les douze étoiles du drapeau de l'Union dans le droit fil du symbole biblique de la médaille ?

Judith regarda avec un petit sourire la statue de la *Vierge au globe* de Maxime Real del Sarte, à droite de l'autel principal. Catherine avait demandé son exécution plusieurs années après, pour répondre à un autre appel de la Vierge. Après sa mort, son corps avait été installé dans une châsse de bronze au pied de cette statue et déclaré myroblyte, « en odeur de sainteté » : exhumé en 1933 à l'occasion de sa béatification, il avait été retrouvé parfaitement intact. Il reposait ici, non loin de celui de sainte Louise de Marillac, fondatrice de la congrégation des Filles de la Charité, et du célèbre cœur de saint Vincent de Paul. Aujourd'hui encore, plus de deux milliards de médailles étaient en circulation, et les récits de Catherine étaient à l'origine du regain de la doctrine de l'Immaculée Conception. L'accueil des visiteurs et l'animation spirituelle de la chapelle étaient effectués par la centaine de religieuses du couvent, dont Judith, plus des bénévoles. Tout cela exigeait une sacrée organisation pour éviter l'engorgement du site ; et avait toujours permis à Judith, depuis une dizaine d'années, de rester connectée au monde, même si heureusement elle pouvait et s'efforçait de ne pas y sacrifier son introspection et ses longs moments de prière en profitant de chaque instant – comme *maintenant*.

Mais, pour moi, le temps des miracles est terminé.

Elle revint à ses méditations.

Judith pensait souvent à cette médaille et à son histoire. Elle aurait bien aimé – quel orgueil ! – voir la Vierge elle aussi, tiens ! Et recevoir ses conseils. Au lieu de cela, elle luttait contre son propre dragon intérieur. Ce chagrin, rampant, qui revenait sans cesse par vagues et depuis si longtemps. Elle aurait pu espérer qu'avec les années, il se serait éteint pour de bon, ou au moins adouci. Mais non. Cette douleur lancinante, sœur fidèle de sa quête de sens, ne l'avait jamais quittée. Bien sûr, Judith arrivait davantage à la contrôler, parfois même à la faire taire – *Sois sage, ô ma Douleur, et tiens-toi plus tranquille. Tu réclamais le Soir; il descend; le voici…* Alors, elle lui chuchotait de s'endormir avec elle au cœur de la nuit. Et de temps en temps, elle parvenait à jouer les indifférentes, à la rejeter au loin. Mais la souffrance revenait, telle une enfant têtue, turbulente, en perpétuelle demande. Elle la réclamait, elle réclamait son âme.

Une enfant…

L'enfant.

Encore et toujours. Cet enfant qu'elle n'aurait jamais plus. Mais aussi… celui qu'on lui avait confié. L'enfant… qui était mort dans ses bras.

Oh, mon Dieu. Pourquoi ?

On était loin de l'image christique de la *Pietà*. Judith, hésitant entre deux univers, voyageant sans cesse pour le Vatican, n'avait jamais rencontré d'homme et de père – en dehors du Christ et de Dieu. Elle savait bien qu'elle paraissait « à côté » du monde, des jours et des gens ordinaires, que cela semblait insensé à ces gens obsédés par la consommation, l'acquisition, les droits, la possession. Mais, à la faveur de circonstances ahurissantes, elle avait eu *cet* enfant. Un enfant « du miracle », oui… d'un *faux* miracle. Un être innocent conçu dans l'éprouvette d'apprentis sorciers, « construit » de toutes pièces par insémination à l'occasion d'une folle expérimentation génétique sur l'ADN[1]. Un enfant prétendument unique et prodigieux, détenteur d'une puissance insensée. Un enfant secret, qu'elle avait eu pour mission de protéger. *La main qui fait osciller le berceau gouverne le monde*, se souvint Judith. Et elle avait échoué.

Elle n'avait rien gouverné du tout ! Pendant six ans, elle avait tout fait, pourtant, pour être digne de sa charge. Elle avait aimé, choyé ce petit garçon comme l'eût fait la Porteuse, sa mère « biologique » décédée depuis. Non, Judith ne l'avait pas seulement aimé, mais adoré. Elle l'avait d'abord nommé. Elle avait dû le nommer.

Elle avait hésité… Samuel, Nathan, Emmanuel ? Elle avait finalement choisi Élie. Ce tendre prophète, elle l'avait découvert, nettoyé, langé, avait appris à le connaître, à le soulager, à le faire rire, à le consoler. Elle lui avait aussi

---

1. *La Lance de la Destinée*, *op. cit.*

appris à marcher, oh, cette chevelure dansant dans la lumière – *et ces petits pas, ces petits pas !* –, et puis à parler ! Elle avait commencé de répondre aux questions qu'il se posait, trop grandes, trop profondes, vertigineuses pour lui, sur Dieu, sur la folie des hommes, sur la raison et les circonstances de sa venue au monde. Elle revoyait la mine interrogative de cet enfant innocent et éperdu de savoir. Mais sur quelle planète l'avait-on jeté ? Qu'était-il, qui était-il ? Et ses grands yeux, et son petit nez levé vers elle, dans le couchant de Paris, puis de Rome où ils s'étaient installés.

Pourquoi ?

Et tout avait sombré. À l'âge de raison, le jeune garçon avait commencé à se plaindre de maux de tête, à vomir. Dès les premiers examens, ce fut l'horreur. En quelques semaines, il avait été assailli de cancers foudroyants, de métastases multiples, de polypathologies incompréhensibles. Judith, en pleurs, l'avait accompagné dans un torrent de douleur. L'enfant, devenu chauve et squelettique, puis terré au fond de son lit de morphine. Elle avait tenu sa main, nuit et jour. Elle avait épongé son front en lui murmurant des chansons et des poèmes sur la vie et l'humain. Elle avait prié sans cesse… Et un soir, dans ses bras, il avait expiré, sa poitrine s'était tue, son petit corps s'était affaissé, sa tête avait roulé légèrement de côté, ses lèvres restées entrouvertes sur ce dernier chuchotis, il était parti.

Élie. Eli, Eli, lama sabachthani ?

Certaines choses sont incommunicables.

Mais, cette fois-ci, il n'y avait pas eu de miracle.

Au matin, Judith était sortie de l'hôpital Gemelli à Rome et, devant deux médecins incrédules, eux-mêmes tenus au secret, elle avait franchi les portes vitrées, empruntant la rue soudain blafarde du quartier de Primavalle, ses traits exsangues guettant la pâle chaleur du matin.

Elle avait pleuré ce qu'il lui restait de larmes.

Oui, y avait-il encore du merveilleux en ce monde ?

La Terre continuait de tourner, pourtant un enfant était mort, et sa vie intérieure à elle venait de s'effondrer ; le monde se fichait de tout cela, Dieu Lui-même paraissait absent face à cette mascarade. Judith ne comprenait pas cette indifférence. Comment pouvait-Il faire souffrir à ce point ? Mais était-ce alors pour cela qu'elle avait endossé l'habit – pour une *mauvaise raison* : demander des comptes à Dieu ? Pour Lui faire la guerre, ou la paix ? Les vocations étaient éprouvées, toujours testées. Avait-elle menti ? Non, elle avait sans doute essayé, dans son désespoir, de se raccrocher *quand même* à Lui – de Lui tendre la main, de Lui donner une chance. Une dernière fois, renouveler l'alliance, le tester lui aussi pour qu'Il réponde enfin. Depuis ses vœux, pas un jour ne s'était passé sans qu'elle songe au curé de Bernanos, tendant vers le ciel un enfant d'agonie et exigeant un miracle, qu'il obtenait, malgré ce monde atroce – *Sous le soleil de Satan*. Mais ni elle ni cette victime innocente n'avaient connu de faveur. Alors, la résurrection, la justice, un jour ? Elle se souvenait des mots, ces mots qu'elle avait lancés d'une voix claire, lors de la prononciation solennelle de ses vœux, pour entrer aux Filles de la Charité :

Je, Judith Guillemarche, en la présence de Dieu et de toute la cour céleste, renouvelle les promesses de mon baptême et fais vœu à Dieu de pauvreté, de chasteté et d'obéissance, et de m'employer au service corporel et spirituel des pauvres malades, nos véritables maîtres…

Mais, après tout, *qui* était-elle, cette bonne sœur en crise si mal inspirée, qui s'était mise à l'histoire du Moyen Âge et à soigner les malades, qui doutait tant au cœur d'une foi qu'elle tentait de raviver chaque jour comme on souffle sur les braises d'un feu pour éviter qu'il ne s'éteigne – pour éviter le gouffre et l'abandon ? Et quelles réponses lui avaient-elles été accordées depuis, dans la secrète nuit de son cœur ? Ou fallait-il simplement accepter qu'elle était… humaine ?

Mais qu'aurait dit ta mère, Jésus ?

Les anneaux projetant leurs faisceaux sont à l'image des grâces que je répands sur les personnes qui me les demandent.

Ô Marie conçue sans péché, priez pour nous qui avons recours à vous.

Dieu a pour vous une mission difficile, mon enfant.

Judith caressait machinalement sa médaille.

Tout était-il mort, désenchanté, les anciens temps et l'espérance des nouveaux ?

Quelle était désormais sa mission à elle ?

Ce fut alors que Florent Nicolas arriva avec son « trésor ».

L'heure du rendez-vous qu'ils s'étaient fixé sonnait ; elle l'attendait.

Elle releva la tête en ravalant les larmes.

Florent avait franchi de bon matin la grande porte cochère de l'entrée au 140 de la rue du Bac et montré sa carte d'identité, avant d'emprunter le couloir donnant accès à une allée bordée de statues ; celle-ci conduisait à la chapelle où patientait Judith. L'œil professionnel, il avait remarqué, au passage, le petit clocher à abat-son posé sur le toit. La chapelle elle-même était comme sertie dans l'écrin des autres bâtiments de la congrégation. Au-delà se trouvait un cloître, inaccessible au public ; à cet instant, de toute façon, alors que le ciel se déchirait encore de couleurs, le site était fermé. Lorsqu'il entra dans la chapelle, osant à peine tousser, Florent fut aussitôt impressionné, et comme conquis par le silence du lieu.

Il repéra immédiatement Judith, debout et les mains jointes près des premiers bancs, devant l'autel. Elle se retournait vers lui. Il s'avança, épousant la beauté du lieu, son plan quadrangulaire composé d'une nef couverte d'une voûte en berceau plein cintre, flanquée de bas-côtés assez modestes ; il enregistrait presque inconsciemment le moindre détail : ce chœur peu profond, que précédait un arc triomphal réduit à une simple niche et lui-même coiffé d'une coupole aveugle sur pendentifs ; les tribunes surmontant les bas-côtés ornés de tableaux, dont celui de saint Vincent de Paul. Un orgue de tribune figurait à sa place habituelle, dans la nef centrale. Alors qu'il rejoignait Judith, Florent ne put manquer de noter, surmontant l'autel derrière elle, une fresque bleutée évoquant la première apparition. Les dorures entouraient deux statues de marbre : celle au globe, symbole de la deuxième apparition, mais aussi celle de la Vierge au rayon, symbole de la première, au-dessus de la châsse de Catherine. Bien qu'elle fût aveugle, il émanait de la coupole une douce lumière qui semblait tomber sur Judith elle-même.

Enfin, Florent arriva auprès de la religieuse.

Il tenait toujours contre lui sa sacoche encombrée et ses cartes.

Il se planta devant Judith, la mèche un peu en bataille au-dessus de ses lunettes. Judith retint un sourire. On avait l'impression qu'il sortait du lit. Ce qui en l'occurrence devait être le cas.

— Euh… bonjour. Je suis bien à l'heure ?

Judith se racla la gorge, et sa voix claire résonna sous les voûtes :

— Parfaitement. En revanche, ne m'en veuillez pas, je n'ai pas beaucoup de temps. Que vouliez-vous me montrer ?

Florent donna une pichenette sur ses lunettes.

— Pardon. Vous avez raison. Alors, venons-en au fait. J'ai parfois tendance à digresser, vous verrez. Si c'est le cas, n'hésitez pas à me le signaler et à me remettre dans le droit chemin, enfin, si j'ose dire ! Parce que sinon je parle, je parle… et je finis par oublier d'où je suis parti ! Dans l'absolu, ce pourrait être assez drôle, mais vous savez, après, on dit que je suis à l'ouest, ce qui au passage, pour quelqu'un de l'Orne…

— Florent ?

Il eut un sourire contrit, puis donna de nouveau de vifs coups d'œil autour de lui, comme pour vérifier qu'ils étaient bien seuls. Enfin, il prit une inspiration, défit un bouton de son pardessus et s'assit sur le banc qui se trouvait juste derrière Judith ; il y posa ses cartes et son sac.

Lentement, il ouvrit sa sacoche…

Et en sortit… un coffre.

C'était un petit coffre de métal rectangulaire, assez long, recouvert de cuir sombre et orné d'attaches d'argent. Attaches qu'il fit sauter en un instant, à la manière d'un prestidigitateur – comme s'il ouvrait la boîte de Pandore.

Judith ne put s'empêcher de hausser un sourcil stupéfait en découvrant ce qu'elle contenait. Debout sur le banc devant Florent, elle posa une main sur le montant et s'inclina légèrement.

Dans la boîte se trouvaient en effet des *rouleaux*.

Des *volumen* de parchemin, partiellement enluminés semblait-il, à moitié déployés et protégés de simple papier – jamais on ne les recouvrait de plexiglas –, avec les vestiges secs et morcelés d'un ruban réduit à l'état de poussière. À première vue, l'écriture en était gothique et tracée à la plume : une calligraphie médiévale que Judith reconnut aussitôt. Les rouleaux eux-mêmes étaient jaunis par le temps, parfois émiettés tels un puzzle, les coins écornés, reposant sur un molleton qui leur servait d'écrin. Florent les regardait, fasciné ; les parchemins se reflétaient dans ses lunettes tel le buisson ardent. Puis il leva le visage, plissa les yeux, guettant la réaction de Judith.

— Douzième siècle… ou début du XIIIe siècle ? dit-elle.

— Entre 1150 et 1200, je pense, renchérit Florent.

— S'ils sont authentiques ! Mais où et dans quoi les avez-vous trouvés, pour qu'ils soient restés dans cet état ?

— Protégés, dans un autre coffre. De pierre doublée de bois. Et enroulé dans un linge blanc, un peu comme un suaire. Ainsi que dans un ruban dont il ne reste plus grand-chose. Comme s'il avait fallu, justement, que ces parchemins traversent les siècles et arrivent jusqu'à nous.

Pichenette sur les lunettes.

— Écoutez, madame, mademoiselle, ma sœur, je veux dire : ma sœur…

— Appelez-moi Judith, on gagnera du temps. Même si nous avons toute l'éternité, n'est-ce pas. D'où viennent-ils ?

— De Domfront. Domfront-en-Poiraie. Bon. Je vais être bref. Tout est parti du vaste plan de relance et d'aménagement régional pour la valorisation du patrimoine normand, et notamment de l'Orne. En relation avec le conseil régional, les municipalités, les associations, un grand projet, particulièrem…

— Florent.

— Oui, pardon. Bref, nous avons voulu remettre notre patrimoine à l'honneur. Domfront a été choisie comme point d'ancrage, avec Les Andelys en Haute-Normandie. Les remparts, le donjon, le château de Domfront édifié par Guillaume de Bellême, les chapelles romanes, Notre-Dame-sur-l'Eau… Les gens l'ignorent, mais la prise de Domfront fut un jalon important dans l'épopée de Guillaume le Conquérant, sur la route de Hastings et de l'Angleterre ! La cour d'Aliénor d'Aquitaine et d'Henri Plantagenêt y venait souvent… Aliénor y a même baptisé sa fille, qu'elle a appelée Aliénor, comme elle ! Savez-vous qu'elle y séjournait avec sa suite ? Comme plus tard le petit Richard, devenu entre-temps Cœur de Lion, face à son salaud de frère Jean sans Terre… n'est-ce pas !

Il rit.

— Et surtout, surtout…

Puis il se pencha légèrement, et sa voix baissa d'un ton :

— On dit que Domfront et ses environs seraient le berceau de… eh bien, du plus grand cycle littéraire et romanesque du Moyen Âge. Et peut-être au-delà ! *On* dit, enfin *certains* disent, sans preuve réelle jusqu'à présent, que… que le plus fameux trouvère et peut-être le plus grand conteur de notre histoire se serait trouvé dans la région au temps d'Aliénor, et qu'il se serait inspiré des alentours pour…

Il marqua une pause.

— … pour concevoir *le* chef-d'œuvre de chevalerie courtoise et de quête spirituelle de la mythologie occidentale… Vous me suivez ?

Judith fronça les sourcils, se demandant une nouvelle fois si elle avait affaire à un fou, soudain un peu inquiète de l'avoir invité ici. L'autre parut deviner cette réaction et renchérit, retrouvant l'exaltation que Judith avait notée chez lui lors de leur rencontre aux Bernardins.

— Attendez ! Si je vous dis que l'auteur se serait inspiré de la région de Domfront pour décrire ses différents royaumes, c'est que… Judith, ma sœur… je vous parle du cycle arthurien. Des chevaliers de la Table ronde ! De la quête du Graal ! Dans *Lancelot ou le Chevalier de la charrette*, Gauvain traverse un pont nommé Pont-sous-l'Eau, qui ferait possiblement référence, dit-on, à l'église Notre-Dame-sur-l'Eau de Domfront. Lancelot, Guenièvre, Galahad, Perceval. Et donc… *Perceval ou le Conte du Graal*, roman inachevé ou prétendu tel. Bien sûr, vous savez qu'il est conservé et dispersé en quinze manuscrits et fragments : sept sont à la Bibliothèque nationale de Paris, deux à Londres, et un dans chacune des villes de Florence, Berne, Montpellier, Mons, Clermont-Ferrand et Édimbourg. Mais il reste impossible de dresser un stemma permettant d'élucider les liens de filiation qui pourraient exister entre eux…

— Où voulez-vous en venir ?

Florent continua :

— J'y arrive. Souvenez-vous : Perceval, jeune homme devenu depuis peu chevalier redoutable, se lance en quête du Graal. Dans une première partie, le roman s'intéresse aux épreuves de plus en plus complexes qu'il affronte, puis il passe le flambeau à messire Gauvain. Et le conte se termine abruptement après neuf mille vers, manifestement incomplet. Par la suite, d'autres auteurs ont ajouté jusqu'à cinquante-quatre mille vers… Mais *Perceval* est le premier texte où il est fait mention du Graal. Oui, ma s…

Incrédule, Judith eut un mouvement de recul.

— Florent, je suis désolée, vous êtes en train de me per…

— Attendez. Attendez !

Il chercha à se rassembler, joignant les mains sous son menton.

— C'est pourtant clair ! Je sais, je sais, ça paraît dément. Mais je ne suis pas là par hasard. J'ai connaissance depuis longtemps de vos talents en matière d'analyse de textes anciens. Judith, ma sœur, j'ai lu toutes vos œuvres ! Pardon, mais je suis quand même l'un des rares à – pardon, je veux dire à… Écoutez-moi. J'ai moi-même été chargé de fouilles et de missions de valorisation de ce patrimoine de Domfront. J'ai donc piloté un certain nombre de recherches archéologiques. En particulier autour de l'église Notre-Dame-sur-l'Eau, où Aliénor baptisa sa fille – enfin, c'était là ou à Saint-Symphorien, en vérité, nous ne sommes pas sûrs. Mais bref. Notre-Dame a la particularité de se trouver au pied du village actuel, hors des remparts. Nous voulions savoir pourquoi. Certains disent, sans aucune preuve, qu'elle aurait pris place sur un ancien site païen, gallo-romain. D'autres, simplement, qu'elle fut le berceau du village d'origine, déplacé ensuite sur la falaise pour des raisons défensives. Bref, nous avons mis au jour de nouvelles fondations à Notre-Dame-sur-l'Eau et… quelque chose en sous-sol qui… Mais je vais trop vite, pardon. Au départ, j'ai deux spécialités, l'archéologie médiévale et l'héraldique. Or savez-vous ce que j'ai retrouvé ?

Abandonnant une seconde le coffret au parchemin, il chercha parmi ses cartes et fit soudain apparaître aux yeux de Judith… une photo.

— Cela.

On y voyait un écu. Un écu brisé, sans doute rafistolé pour l'occasion. Il était terni par le temps, poussiéreux, ses deux pièces sagement posées contre un mur de pierre pour le cliché. On y voyait encore les contours d'un dragon rouge, à crête perlée, sur fond blanc.

Florent Nicolas étala ses cartes partout, tout excité.

— J'ai fait le lien entre le blason d'un chevalier gallois et l'un des dessins figurant sur ces parchemins, que nous avons donc exhumés récemment lors de nos fouilles à Notre-Dame-sur-l'Eau. Car oui, c'est là aussi que nous avons retrouvé ces parchemins. Et oui, je m'entoure de cartes IGN, de relevés d'archéologie, topographiques et de cartes militaires parce que… enfin, pour chercher…

Il rebattit ses cartes et planta de nouveau son regard dans celui de la religieuse.

— Judith, voilà pourquoi je suis venu vous trouver. Moi non plus je n'ose y croire, vous comprenez. On a lu tellement de conneries déjà, hein… Pardon, ma sœur. Alors, avant d'aller plus loin, je voudrais… Je voudrais justement mener une expertise quant à l'authenticité de ces parchemins. Expertise dont je n'ai pas les moyens, d'autant plus qu'elle doit rester discrète. Je veux… Vous pouvez le comprendre, il est *indispensable* que je sois *sûr*… Que je sois sûr qu'en effet, je ne délire pas. Et ce, avant de me couvrir de ridicule à vos yeux, dans le pire des cas. Mais, dans le cas inverse, vous imaginez ? Ma sœur… Non, mais *vous imaginez ?!*

Il y eut un silence.

Judith avait soudain la gorge sèche.

Elle hésitait entre de nombreux sentiments, mais elle choisit la prudence, considérant le jeune homme de ses grands yeux bleus étonnés.

— Florent… Vous êtes sérieux ? Vous débarquez de Domfront-en-Poiraie un matin, et vous êtes en train de me dire que ces parchemins…

Florent, comme piqué, se redressa et lui dit, de son air le plus docte :

— Ma sœur. J'ai commencé à les traduire. Vous savez que la légende nous dit qu'après *Érec et Énide*, *Cligès*, *Lancelot*, *Yvain ou le Chevalier au lion*, notre trouvère serait mort avant d'avoir pu terminer son chef-d'œuvre. Eh bien, je pense que ce n'est pas la vérité. J'ai toute raison de croire que les parchemins que nous avons ici renferment la fin de l'œuvre inachevée de *Perceval ou le Conte du Graal*. Vous me suivez ?

Sa main plana au-dessus du coffre et des parchemins.

— Non seulement la fin de ce récit, mais aussi, en quelque sorte… un appendice, dévoilant la réalité de l'inspiration de son auteur. Ses sources.

Il écarta les bras.

— Voilà. Environ deux cents lieux en Europe revendiquent d'abriter le Saint Graal. Eh bien, selon moi, il est quelque part dans les vestiges médiévaux de Domfront !

Judith hocha la tête, au bord de l'évanouissement.

— Ha, ha ! Vous plaisantez ! Et « notre trouvère », comme vous dites, serait…

— L'auteur de ces parchemins, coupa Florent, en levant l'index. L'inventeur, vous disais-je, du plus grand cycle de littérature médiévale de tous les temps.

Judith posa de nouveau les yeux sur les parchemins.

— Chrétien de Troyes.

RÉPONDRE À L'APPEL

4.

L'Agonie de l'ange

Bilbao, musée Guggenheim
Mars 2023

Allez, disons que je lui donne deux cent mille dollars, mais pas plus.

— Oui, c'est un trésor, un vrai trésor… concéda Richard.

L'Agonie de l'ange en était sans doute un, en vérité. Comme ce musée lui-même.

Le musée d'Art moderne et contemporain Guggenheim de Bilbao, au Pays basque espagnol, avait été inauguré par le roi Juan Carlos Ier d'Espagne en 1997. Construction colossale de vingt-cinq mille tonnes de béton plantée dans l'argile de la Ría de Bilbao, qu'il bordait, il était l'un des cinq musées de la Fondation Solomon R. Guggenheim. Son architecture unique, fruit d'un assemblage dessiné par Frank Gehry, l'avait aussitôt rendu célèbre. Comment ne pas être intrigué, en effet, par ce bâtiment de pierre et de verre couvert de fines feuilles de titane disposées en écailles sur de l'acier galvanisé, à l'étrange design matelassé – plutôt qu'ondulé, pour résister davantage au vent et aux vibrations dues aux tempêtes ? Richard avait entendu que les feuilles en question avaient été importées de Russie, puis découpées et laminées dans les usines de Pittsburgh, États-Unis. L'ensemble conférait au musée une légèreté presque aérienne. À elle seule, cette silhouette singulière si caractéristique avait tant fait pour le renouveau de la ville que les chercheurs avaient parlé d'« effet Bilbao » pour désigner l'étendue et l'exemplarité de son impact, érigé en référence mondiale. Depuis son inauguration, les touristes ne cessaient d'y affluer, autant attirés par la découverte des collections que par le bâtiment lui-même.

En cette après-midi, la voilure futuriste du Guggenheim luisait sous le soleil d'un mois de mars en Biscaye pourtant encore frais, et le jeune millionnaire Richard Pritchard souriait en admirant sa dernière acquisition.

Il plissa un œil tout en reculant d'un pas pour contempler de nouveau *L'Agonie de l'ange*. En fait d'ange, on n'y voyait qu'une silhouette orange, ailée, qui se détachait dans un éclair auréolé de jaune poudré sur un fond dégradé, allant du rouge au blanc. Le tout se déployait selon une composition verticale et donnait le sentiment que la silhouette était aspirée par un siphon noir que l'on devinait là, tout en bas. Aux yeux de Richard, une grâce mystérieuse, une beauté à la fois douce et inquiétante se dégageait de ce tableau. Richard était comme hypnotisé depuis qu'il l'avait croisé. Il le lui fallait. Il avait donc rapidement entamé les négociations avec le conservateur du musée – qui, en ce moment même, se trouvait à ses côtés.

Richard se targuait de savoir reconnaître une pièce de maître lorsqu'il en croisait une ; et l'émotion particulière qu'il avait éprouvée à la découverte de cette *Agonie* était le signe qu'il ne se trompait pas. L'œuvre était signée d'un jeune artiste du Monténégro encore inconnu – un certain, comment déjà, Branka Božiča… ? –, mais Richard, en lui achetant cette toile et peut-être une ou deux autres, pourrait le cornaquer sans mal. L'auteur lui-même ignorait encore que, par ce seul achat, avant même qu'il ne soit exposé, Richard s'apprêtait mécaniquement à faire monter sa signature dans le mercato de l'art contemporain international. Pritchard en souriait d'avance. La somme était arrêtée avec le conservateur – deux cent mille dollars, moins la commission, une offre que l'artiste slave ne pourrait refuser. Bon, ce n'était pas beaucoup, se disait Richard, mais voilà qui permettrait d'amorcer la pompe et d'initier quelque chose. Et, à tout prendre, cette toile valait mieux que *Fesses de lait posées sur un bidet*, *Ticket de métro sur fond urbain*, *Clitoris à Versailles* ou *Radiateur de lumière nimbé de blanc*, que le conservateur avait aussi, au passage, essayé de lui refourguer. Les œuvres que Richard achetait régulièrement étaient destinées à deux circuits, à la simplicité désarmante : soit elles allaient alimenter la collection de sa villa de Key West, soit elles irriguaient ses canaux de revente privilégiés, dans les galeries et autres salles de ventes aux enchères. Ses spéculations allaient bon train, mais Richard avait bien l'intention de garder son *Agonie.* Il avait déjà une idée de l'endroit où il l'accrocherait en Floride, dans la double galerie vitrée qui donnait sur sa piscine en forme de huit. Et il savait qu'il pourrait faire de ce – comment déjà ? – Branka Božiča – avait-on idée de porter un nom pareil ! – ce qu'il voudrait. Les artistes, il suffisait de connaître leur mode d'emploi ; de savoir comment leur parler, et le reste roulait tout seul.

— Vous me le ferez livrer juste après l'exposition ? demanda Richard à Julio, le conservateur, non sans une pointe d'excitation, tout en rangeant ses lunettes dans la poche de sa veste.

Ledit Julio s'inclina devant le collectionneur.

— Il n'a même pas été montré à la Biennale de Venise – à propos, nous nous y retrouverons sans doute ?

— Naturellement.

— … ni par aucun autre des circuits courants, d'ailleurs. Božiča devait aller au Brésil, mais l'exposition a finalement été annulée. Il a été très déçu, et ses finances sont au plus mal. Aussi, je pense qu'il acceptera sans nul doute votre proposition. Et donc, personne n'a encore vu ce tableau-ci. Nous venons à peine d'imprimer le catalogue. Si vous m'autorisez à communiquer au public et à la presse la nature de notre accord avant même l'inauguration, il va sans dire que cela facilitera les choses. Puis-je annoncer la bonne nouvelle à Branka dès ce soir ? Vous allez faire un heureux.

— J'allais vous le proposer.

Quiconque se serait trouvé en présence des deux hommes n'aurait pas manqué de noter entre eux un singulier contraste, pas tant dans leurs manières que dans leur accoutrement. Julio, hidalgo un peu dégarni au teint mat, lunettes noires, semblait hésiter entre son physique allongé et cette protubérance ventrue qu'il peinait à contenir au-dessus de sa ceinture ; il était néanmoins, comme sa fonction l'exigeait, tiré à quatre épingles, dans un costume bleu sombre impeccable, cravate bordeaux et chemise blanche. De son côté, Richard, trentenaire dégingandé aux airs postadolescents, arborait une veste bleue elle aussi, agrémentée d'une pochette rouge, mais par-dessus un T-shirt *Iron Man*, et d'un nœud papillon, une boucle discrète à l'oreille et la tête coiffée d'une casquette à l'envers. Son portefeuille lui autorisait ce genre d'excentricités. Le jeune millionnaire se passa la langue sur les lèvres, au-dessous de sa fine moustache. Ses doigts abondamment bagués, dont la chevalière à tête de mort de son défunt père, coururent encore un instant sur la calculatrice de son Nokia 5G, puis swipèrent quelques secondes sur les cours de la Bourse de New York – ah, son package Astrojet en partenariat avec Elon Musk montait. Il glissa nonchalamment son portable dans sa poche… pour se laisser de nouveau aspirer par *L'Agonie de l'ange.*

Drôle de parcours que celui de Richard. Il aurait aimé pouvoir confesser dans ses interviews à *Forbes* qu'il était un autodidacte et un self-made-man conforme à la mythologie américaine, mais cela n'était qu'à moitié exact. Son père, oui – son père, lui, avait été un self-made man, un vrai, parti de Brooklyn avec sa foi en la lune et six pences, pour devenir jeune informaticien, puis l'un des pionniers de l'Internet à la fin des années 1990 ; fondateur talentueux d'une start-up rachetée en 2004 par Bill Gates, qu'il avait d'ailleurs fréquenté un moment, il avait entre-temps épousé une jolie Française passée par l'École nationale des chartes et qui, lassée des querelles de chapelle universitaires, avait quitté son pays pour le rejoindre en Floride, où ils s'étaient installés. À la mort de son père, en 2014, d'un cancer foudroyant, Richard avait vingt-trois printemps et faisait de vagues études d'histoire de l'art et de philosophie à Paris. Il avait tout de même hérité d'une fortune de deux cents millions de dollars – merci au sens des affaires paternel et à des rachats d'actifs en cascade. Il cogérait cette fortune avec Florence, Madame Mère, qui, depuis, vivait dans une autre résidence de Key West et se moquait un peu du business tant que son rejeton continuait, sans mettre en péril l'empire microfamilial, d'assurer son train de vie pharaonique et ses livraisons hebdomadaires de gin.

En ce sens, on pouvait dire que Richard était un *héritier*, indubitablement. Mais, *en même temps* – et c'était là, bien sûr, sa fierté –, c'était lui, et lui seul, qui avait décidé, depuis six ans, d'investir le marché de l'art ; et il fallait bien reconnaître qu'il y était parvenu avec le même succès foudroyant que feu son père. Avait-il aussi hérité, digne fils de Midas, de son talent pour tout transformer en or ? Drouot, Christie's, Sotheby's n'avaient plus de secret pour lui. Et, à n'en pas douter, sa démarche était sincère : il avait commencé à fréquenter les salles de ventes à dix-huit ans, à Londres ou à Paris, pour son seul plaisir. Et depuis qu'il était passé « professionnel », il s'était rapidement fait connaître par quelques coups de maître. Il avait l'instinct. Au passage, il avait acquis un Degas, trois esquisses de Picasso, un Hopper, d'autres petites douceurs. S'il se piquait d'avoir, outre un réel talent, un certain goût, un peu *pop*, un peu *pulp*, ce narcissisme n'était pas totalement dénué de fondement. Alors oui, de temps en temps, il se plaisait à imaginer qu'il était lui-même l'un de ces superhéros de Marvel ou de DC Comics avec lesquels il avait grandi, le Bruce Wayne de *Batman* ou le play-boy millionnaire Tony Stark, selon son humeur. Bien que non dénué d'une vulgarité qu'il avait domestiquée, il aurait bien aimé être une icône de la pop culture.

— Bien. Vous verrez les détails avec Hector, acheva-t-il, satisfait.

Une troisième personne en effet se trouvait un peu plus loin. Raide, les mains jointes à la façon d'un premier communiant, placide dans son costume anthracite, lunettes noires et pochette blanche, Hector avait ce talent de se faire oublier tout en étant toujours là et sur le qui-vive. Il était pour Richard son fidèle Bernardo, son Jarvis, son Alfred, son homme à tout faire, son chauffeur, son confident, son exécuteur de hautes œuvres de confiance, et *tutti quanti.* Bien que baptisé du prénom du fameux héros de la guerre de Troie, Hector était né à Milan, en Italie. Et sous ses airs d'agent Smith échappé de *Matrix*, ceinture noire de karaté, c'était un cerveau, diplômé en sciences politiques et titulaire d'une agrégation de mathématiques. Richard l'envoyait souvent au front à sa place, lorsque lui-même était las de négocier et de surenchérir tous azimuts – ou simplement lorsqu'il ne pouvait, pour quelque raison matérielle, se rendre en personne là où son «devoir» l'appelait.

L'avantage de la situation de Richard était que, ne regardant guère à la dépense, il voyageait comme bon lui semblait. Aussi écumait-il toute l'année les grandes expositions et manifestations d'art contemporain. Il se passionnait aussi bien – mais de ce côté, davantage en amateur – pour les antiquités, les objets de curiosité ou les reliques historiques. Un morceau du mur de Berlin pouvait faire son bonheur ; il en avait d'ailleurs récupéré un pan entier, semé de graffitis multicolores. Il avait également récupéré un pantalon de Michael Jackson et une guitare d'Eric Clapton. Ou, plus sérieusement, des porcelaines Ming, des pièces d'orfèvrerie médiévales, des armes parfois – le tout guidé par sa seule et libre inspiration, ses intuitions, ses coups de cœur. Touche-à-tout aux goûts éclectiques, Richard avait trouvé dans la spéculation et l'enrichissement de son cabinet de curiosités personnel un sens à sa propre vie. Aussi, concernant l'art contemporain, n'était-il pas rare de croiser sa silhouette nonchalante au fil des saisons aux quatre coins du monde : Biennales de Venise, Florence, Istanbul, Paris, Pékin ou Dakar, Biennale internationale d'art miniature, Documenta de Cassel en Allemagne, sans compter les foires et salons – Art Basel de Suisse ou de Miami, tout près de chez lui, Artexpo de New York, FIAC ou Frieze Art Fair de Londres… Et, bien sûr, il fréquentait les plus belles expositions du monde. Rien qu'ici, au Guggenheim, il y en avait quatre à six par an, et elles changeaient souvent. Il fallait bien dire que Richard adorait particulièrement ce musée et son architecture aux formes géométriques si singulières, dont il se plaisait à penser, par certains de ses croisements de structure lui évoquant une infinitude de connexions neuronales, qu'elle symbolisait la complexité du vivant, ou un navire spatial, au choix. Ce bâtiment entre bijou technologique et subtilité des courbes, jaillies de la conception assistée par ordinateur sur les logiciels de Dassault Systèmes, initialement réservés à l'aéronautique et à l'automobile : voilà qui lui parlait, et lui rappelait aussi les intuitions fantasques de son père.

— Bien, dit Julio. Puisque nous sommes d'accord, je vous propose de fêter cette acquisition avec un doigt de whisky – ou de porto ? Qu'en dites-vous ?

— Porto. Et mettez-m'en toute une main ! Avec plaisir, Julio, sourit Richard.

Comme par miracle se présenta alors, jaillie de nulle part, une ravissante demoiselle à col Claudine, toute crinière dehors. Dans un sourire, elle leur glissa sous les yeux un plateau au bout de ses doigts fins, où se trouvait un carafon de Nikka, un autre de porto et quatre verres, dont deux à liqueur ouvragés. La demoiselle minauda et servit Richard, qui lui adressa un sourire à son tour en haussant les sourcils. Évidemment, la demoiselle n'aurait pu deviner que Richard préférait les hommes, ce qui, en la circonstance, était dénué d'importance. L'instant suivant, Julio indiquait au collectionneur millionnaire une porte dérobée dans l'angle de la petite salle où ils se tenaient, juste sous le toit en titane qui constituait la voile aérienne du musée.

— Je vous en prie. Peu de gens ont la chance de profiter de ce point de vue !

Julio lui ouvrit cette porte inattendue, et Richard s'avança sur une sorte de balconnet, en effet à peine visible. De cet endroit étonnant, il pouvait contempler l'extérieur du bâtiment, son esplanade recouverte de carreaux de calcaire beige venus des carrières de Huéscar, près de Grenade ; il devinait le miroir lisse du petit étang artificiel voisin, le pont de la Salve et les ouvertures qu'embrasaient durant la nuit les fontaines de feu d'Yves Klein ; les *Tulips* de Jeff Koons, même si Richard les aimait moins, toutefois, que son rigolo chien géant *Puppy*, habillé de fleurs, celui-là même qui accueillait à l'entrée le million de visiteurs annuel du musée.

Ah ! Que c'était beau, la vie, l'art !

Et l'argent aussi.

Enfin… Vivement Venise ! pensa Richard, tout en souriant et en remerciant son hôte, avant d'avaler une gorgée d'alcool qui le réchauffa. Oui, il faisait encore un peu frais à Bilbao, surtout maintenant, à l'heure du couchant ; mais le jeune homme songea une fois de plus à son *Agonie de l'ange*, à sa villa de Key West, et se dit qu'il avait de bons motifs de satisfaction. Il en était là de ses réflexions lorsqu'il sentit son Nokia vibrer dans sa poche.

Il l'attrapa d'un geste et fut surpris en identifiant son correspondant.

Unknown326.

— Allô ?

— Le petit de Domfront, là… Votre bled de Normandie… Il est allé trouver quelqu'un… Une bonne sœur.

Richard eut l'air sceptique.

— Une bonne s… ?

— Oui. Une certaine Guillemarche, Judith Guillemarche.

Richard fronça les sourcils, puis son visage s'éclaira, intéressé.

— Mmh… Tiens donc. Bien sûr. Et ce jeune homme… Il a toujours les documents ?

— Il a dû les lui transmettre. Qu'est-ce que je fais ? J'interviens ?

Le millionnaire esquissa un fin sourire.

— Surtout pas. Au contraire… Laissons-les faire le travail ! Avant d'agir, assurons-nous qu'il y a vraiment matière à nous intéresser de plus près à cette affaire. En revanche, tenons-nous au courant des conclusions, voulez-vous ? Et nous verrons s'il ne s'agit que d'une lubie de ma part, ou non. Après quoi, ce sera stop ou encore. Vous me suivez ?

— Parfaitement.

— Bien. Laissez-les bosser. Et revenez vers moi quand vous saurez.

Les bips lui indiquèrent que son interlocuteur avait raccroché.

Au sommet du Guggenheim, sur le balconnet dérobé, Richard sourit de nouveau.

Et si…

Il hésita encore quelques secondes, puis se décida à envoyer un simple SMS collectif. Oui, cela valait le coup de leur en parler dès maintenant.

Avengers, Assemble.

On ne convoquait pas pour rien une réunion du club de Cassel, mais il ne serait sans doute pas le seul à avoir du neuf.

La partie était engagée.

Ah, les grandes et belles histoires ! Les anciens récits ! Les mythes à la veillée !

Les trésors oubliés !

Quelle connerie. Mais que c'était bon.

L'air satisfait, Richard avala d'un trait la dernière gorgée de son verre, savourant les lumières de la nuit tombant sur Bilbao, tandis que son imagination fertile l'emmenait encore ailleurs – vers d'autres œuvres, sous d'autres cieux, en d'autres temps.

5.

Le testament du chevalier

Domfront,
Maison des Filles de la Charité
Octobre 1161 / mars 2023

Chrétien se pencha sur le chevalier.

— Vous êtes sûr que ça va ?

Sur les murs, des flambeaux achevaient de mourir.

Ils avaient remonté la longue et imposante nef, claudiquant entre les arcades et les demi-colonnes supportant les entraits de la charpente, tandis que leurs pas résonnaient dans le silence. Le chevalier avait insisté, râlant et soufflant, pour rejoindre l'autel, épaisse table de granite reposant sur un massif triangulaire et trois colonnes trapues ornées de tores. Ils avaient glissé, ou plutôt trébuché, sur les plaques funéraires encastrées le long de la travée centrale, par-dessus les corps ensevelis de grands personnages. Puis le guerrier solitaire et vieillissant était tombé à genoux, écartant les bras sous la Vierge à l'Enfant d'un côté et un grand Christ martyr de l'autre. Il avait failli vomir une nouvelle fois. Et avec l'aide de Chrétien, il s'était assis lourdement, engoncé dans ce qui lui restait d'armure, sur un banc de pierre naturelle aménagé à la droite du chœur.

Là, enfin, il s'était tu, respirant dans le silence.

Le reflet des flammes mourantes comme lui miroitait sur son armure.

Le trouvère se tenait planté face à lui, tous deux encore trempés de pluie.

Le silence se prolongea, puis, au bout d'un temps qui parut au poète une éternité, le croisé rouvrit des yeux vitreux. Il regarda fixement devant lui et considéra le jeune homme. Le voyait-il vraiment? Sans doute, puisque sa barbe rousse trembla et que sa voix caverneuse, jaillie sourdement des profondeurs de sa carcasse, se fit entendre :

— Qui que tu sois... Il *faut* que tu saches... Il faut... Avant que je meure... Quelqu'un doit savoir... Ce secret qui me ronge... qui m'a tué! Ce sec... ret que j'ai dû soustraire à la folie des hommes... J'étais obligé, tu comprends? Je...

Au château des ducs de Normandie, là-haut, la fête battait son plein; la cour ripaillait. Mais ici, dans l'église déserte, ils étaient seuls, baignés d'un silence parfait. Alors, le timbre d'ogre du croisé, pourtant mal assuré, retentit entre les murs de pierre de Notre-Dame-sur-l'Eau; il prit une inspiration profonde et commença son récit :

— Je... j'avais une ferme à Morgannwg, dans le comté de Glamorgan. C'était à Caerdydd[1], sur les bords de la rivière Afon Taf... Nous avions mille arpents de riche terre... du bétail... Mon père... Mon père, Arthvawr, la paix soit sur lui, était le seigneur du lieu. Tout jeune, il avait fait la première croisade lancée par Urbain II à la fin

1. Actuelle Cardiff.

du siècle passé. Il s'était enrichi en Orient et était revenu au pays fonder sa famille… Mais… mes deux frères aînés moururent ensemble au combat contre des mercenaires anglais… Et il y a quinze ans peut-être… mon père à son tour passa, des suites de ses vieilles blessures et d… de chagrin… Alors il… il me remit…

Il s'agita, tendit les bras, étreignit le vide.

— Aedd ! Aedd ! Où es-tu ?

Puis il se calma.

Chrétien s'avança, s'agenouillant près de lui.

— Aedd ! L'épée de mon père ! Sur son lit de mort. Mais alors… Seul héritier, j'avais encore espoir de faire fructifier nos terres. Cependant, ma mère… Ma mère ne voulait plus de ce monde de guerre. Elle avait toujours veillé à me protéger. Enfant, elle m'emmenait en forêt du pays de Galles, à l'abri des hommes. Était-elle à demi folle ? Elle espérait m'élever loin de la civilisation, dans l'ignorance du monde, de la guerre et de la chevalerie meurtrière, qui lui avaient enlevé tout ce qui lui était cher. Vaines précautions ! Je croisai un jour un groupe de chevaliers à brillantes armures. Ils partiraient bientôt, disaient-ils, en croisade ! Ils portaient si beau, semblaient si fiers… Je brûlais de quitter mon refuge, de tirer Aedd du fourreau et de me joindre à eux ! Mais ma mère, bien sûr, me supplia de renoncer à ce projet, persuadée que je me ferais tuer comme mes frères…

Le chevalier fit une pause, sa poitrine se soulevant péniblement à intervalles réguliers.

— Et j'avais… une promise, ce qui me fit en effet renoncer… provisoirement, et changer d'objectifs… Elle devint mon épouse. Un espoir de renouveau pour notre domaine ! Gwenhwyfar, Gwenhwyfar au teint de lys !

Si belle, si pâle qu'on la surnommait «la blanche fleur»... Voir les bourgeons refleurir ! Oh, Gwenhwyfar ! *(Ses yeux étincelèrent, se firent implorants.)* Sa chevelure était de boucles ruisselantes... Elle était de feu et d'eau ! Ses yeux bleus me transperçaient, oh, ce visage, ces seins lourds... Ami... Je l'aimais... Nous nous mariâmes dans une église comme celle-là... un peu plus petite. Mais quelques mois plus tard... alors qu'elle allait accoucher de notre premier enfant... je... je découvris qu'il n'était pas de moi ! Ha, ha, ha ! Et soudain, la santé de ma mère déclina, elle s'étiola elle aussi, telle une fleur se fanant. Et mon épouse... Mon épouse...

Le croisé poussa brutalement un rire tonitruant, porta le bras à son front.

— Je... je plantai Aedd entre elle et son amant... et menaçai de les tuer tous deux ! Lui, un chevalier, un ami ! Mon père, Arthvawr, m'avait appris le combat, malgré ma mère, et les règles de chevalerie. Je défiai Eliwlad, cet amant maudit ! Je le vainquis, oui... Je le vainquis avec Aedd, le feu, le feu de la vengeance, en combat singulier ! Et je m'emparai de son armure ! Je l'ai occis, tant et si bien qu'il ruissela de sang vermeil. Mais ainsi, je me damnai une première fois, en refusant la clémence au vaincu... Gwenhwyfar ne le supporta pas. Et elle mourut à son tour. Mais pas de ma main, oh, non ! De celle de Dieu, peut-être ? Car elle mourut en couches. L'enfant avec elle ! Ha, ha, ha ! Mon domaine... Cette imposture ! Tout n'était plus que ruine. Une terre de corruption, de marécage et d'orties ! Mon amour, mon tendre amour m'avait été infidèle ? J'irais combattre d'autres infidèles ! Mais nulle douleur, crois-moi, ne fut plus cruelle que celle de la perdre encore, dans le sang des langes d'un enfant que nous n'aurions plus jamais ! Bien sûr, c'en fut trop pour ma mère malade. Elle me prit les mains sur son lit d'agonie, en forêt ; elle me fit promettre de me racheter, de me souvenir des commandements courtois et des vertus chevaleresques, puisque tel serait mon destin : épargner les vaincus, faire preuve de réserve, protéger désormais toute dame, et… toujours prier Dieu. Alors… plus rien ne me retenait, comprends-tu ? Rien ! Aussi, quand j'eus vent qu'une nouvelle croisade partait bel et bien… fis-je comme mon père avant moi. Je me rendis à la cour de Caerdydd, qui se moqua de mes manières rustiques… Mais j'étais ardent ! J'avais avec moi le feu des étoiles et des chimères !

Il regarda encore fixement devant lui.

— Ainsi, je pris Aedd, ma fidèle épée. Je pris l'écu au dragon. L'écu qui portait les armoiries de mon père… et je partis.

Un chevalier gallois…

Un certain Peredur était cité dans les parchemins. *Était-ce lui ?* se demandait Judith. Dans sa chambre de la maison des Filles de la Charité, qui tenait de la cellule, la religieuse travaillait à la lueur d'une petite lampe à abat-jour. Elle méditait en secret à son bureau, assez étroit… mais pourvu d'un ordinateur laptop dernier cri. Elle avait commencé l'expertise des parchemins et requis le concours des services du Vatican. Depuis, tandis qu'à Domfront Florent continuait les fouilles, Judith était restée en relation avec lui dans l'attente de formuler ses propres conclusions, avec l'appui des analyses en cours à Rome qu'elle avait sollicitées en urgence.

Mais… Peredur, continuait-elle, était le nom de l'un des héros des chevaliers de la Table ronde. Peredur était un prénom masculin d'origine galloise… qui avait précisément été francisé par Chrétien de Troyes. Peredur, fêté le 29 juin…

Peredur *avait donné «Perceval»!*

S'agissait-il de la naissance des chevaliers de la Table ronde et de la quête du Graal? Réalité ou coïncidence? Jeu érudit ou véritable drame? Mythe, ou bien…

Une fois sa décision prise, Judith n'avait pas perdu de temps. Elle s'était rapidement renseignée sur ce Florent Nicolas – précaution élémentaire pour vérifier qu'il était bien celui qu'il affirmait être. Historien, chercheur spécialisé en archéologie médiévale et en héraldique, conservateur à Domfront mandaté pour revaloriser le patrimoine régional, membre de la société de paléographie du lieu : tout cela semblait tout à fait public. De nombreux articles de presse locale avaient rapporté et vanté les fouilles et les divers travaux de restauration en cours. Pour autant, Florent, prudent ainsi qu'il l'avait dit, s'était bien gardé de faire part de ses dernières découvertes, sitôt qu'il en avait flairé la mesure… Et pour cause. Bien entendu, il continuait de se taire. Il fallait espérer que sa hiérarchie, la municipalité, la Région mais aussi ses éventuels confrères et ses ouvriers ne fussent pas au courant – sinon de l'existence des rouleaux, du moins de leur teneur supposée. Même si, pour le moment, cela relevait surtout de la fable ou de la charade, les éventuelles découvertes, quelles qu'elles fussent d'ailleurs, méritaient d'être protégées dans l'attente de plus amples certitudes. Ne fût-ce que pour éviter de colporter n'importe quoi. Le monde entier n'avait-il pas cherché le Saint Graal pendant des siècles? Judith sourit. Elle hésitait à prendre cette piste au sérieux. Mais, à sa grande honte, il fallait bien reconnaître que cette énigme la divertissait et l'excitait. Et l'expérience lui avait suffisamment montré par le passé qu'on ne devait jamais rien exclure *a priori* par simple préjugé.

Même s'ils venaient en définitive à se tromper, le jeu en valait la chandelle.

— Qui est au courant à part vous ? avait demandé Judith.

— De l'existence des parchemins ? Un professeur d'université, un confrère archéologue et les deux ouvriers qui les ont trouvés. Mais aucun ne sait *de quoi* ils parlent exactement, et quand il m'a semblé comprendre, j'ai dit que j'allais chercher l'aide d'« experts », sans révéler quoi que ce soit. Évidemment, ils voulaient en informer aussitôt la presse, pour la photo, vous comprenez. Pour nos financements, aussi. Je leur ai fait promettre de se taire, dans l'attente des résultats.

— Vous avez bien fait.

— Je vous l'ai dit, je n'ai pas envie non plus de me couvrir de ridicule ! Si je me trompe, on aura vite fait de me discréditer… Les gens sont cruels, mais je ne vous apprends rien. Je serai rayé des cadres scientifiques, et toutes les chapelles du monde me tomberont dessus pour m'expliquer que la vérité est ceci et pas cela, etc., etc. Mais, ma sœur Judith, ici, nous ne parlons pas des… des fantaisies d'*Indiana Jones*, de Sean Connery, paix à son âme, et d'Alexandretta… Ou de Pétra en Jordanie ! Si vous confirmez effectivement ce que je crois, plus vous avancerez et plus vous comprendrez pourquoi le faisceau d'indices rend cette hypothèse… *plausible*, bien qu'apparemment folle. Vous savez ce qu'on dit de la science. Au départ, elle doit avoir de l'imagination… Être une artiste ! Sans quoi, pas de grandes découvertes ! Mais je m'égare. En tout cas… Bref, pour le moment, je crains surtout qu'on ne me rie au nez.

Si, pour Judith, cette perplexité *a priori* était de mise, elle n'en était pas moins intriguée et ne pouvait être insensible à ce défi insolite qui lui était jeté. Et, de fait, l'étude des parchemins ne faisait que l'éperonner davantage. Elle les avait aussitôt sécurisés en les faisant acheminer, avec l'accord de Florent, jusqu'à son « chevalier vieillissant » à elle : Dino Lorenzo, directeur des collections au Vatican, l'homme qui avait aussi la main sur les archives secrètes. Dino la connaissait depuis trente ans ; il s'était engagé à agir au plus vite, de manière conjointe et discrète avec une nouvelle venue : Cristina Gennacorsi, archéologue et épigraphiste, qui par ailleurs dirigeait la *Fototeca* des Musei Vaticani. Si les rouleaux avaient été envoyés pour expertise et prélèvements en Italie avec toutes les précautions nécessaires, Judith en avait conservé des clichés numériques pris pour son seul usage, aux fins de poursuivre ses propres analyses. Et depuis qu'elle s'était attelée à leur examen et à leur traduction, elle allait de surprise en surprise.

Premièrement, la texture. Le « trésor » de Domfront comptait exactement dix-sept rouleaux de parchemins, à l'évidence en deux parties de natures différentes : probablement ce qui devait être la fin du roman, un peu précipitée si l'on en croyait l'étrange « accélération graphique » qui la caractérisait – comme si, peut-être, son auteur avait voulu terminer vite. Puis une sorte d'*addenda* révélant de manière détaillée les circonstances de la genèse de l'œuvre et ses prétendues sources. L'examen carbone était inopérant sur ce type de matériau et ne permettrait pas de toute manière une datation assez précise : la meilleure façon d'estimer l'âge de cet écrit restait son style, et Dino lui confirmerait ou non son intuition après analyse de son côté. Judith subodorait en effet, comme elle l'avait envisagé au premier coup d'œil, que les parchemins en question pouvaient remonter à la fin du XIIe siècle. Peau d'animal, de mouton, de chèvre ou de veau, le parchemin était aussi utilisé en peinture, reliure, pour certains instruments comme les tambours ou les grosses caisses, ou encore la gainerie d'ameublement ; on savait qu'il avait succédé au papyrus, principal médium d'écriture en Occident jusqu'au VIIe siècle. Pline l'Ancien racontait que le roi de Pergame aurait introduit son emploi après un blocus de papyrus décrété par l'Égypte. Cependant, la technique du « parchemin » proprement dit – mot dérivé de *pergamena*, « peau de Pergame » – avait été perfectionnée dès le IIe siècle av. J.-C. en Asie Mineure. Les copistes européens l'avaient abondamment utilisé au Moyen Âge, bien sûr ; il avait même été leur seul support jusqu'à l'arrivée du papier. Les peaux étaient dégraissées et écharnées jusqu'à être réduites au derme, puis trempées dans un bain de chaux, débarrassées de leurs poils et des restes de chair, et enfin amincies, polies et blanchies avec une pierre ponce et de la poudre de craie. Cette préparation achevée, on distinguait une différence de couleur et de texture entre le côté poil, ou « côté fleur », et le côté chair ; mais l'on pouvait écrire sur les deux faces du parchemin. On avait toutefois calculé que la rédaction d'une bible complète requérait la peau de… six cent cinquante moutons ! Quant au vélin, issu de fœtus de veaux mort-nés, d'une structure presque semi-transparente, il était, sauf exception, plus tardif.

Dans le cas présent, l'épaisseur, la souplesse, le grain, la texture, la couleur : tout correspondait aux traditionnels *volumen*, feuilles cousues les unes aux autres formant rouleau, utilisées jusqu'au XIVe ou XVe siècle – et en tous points comparables à celles dont s'était servi Chrétien dans ses autres manuscrits connus. Ceux-là ne formaient pas codex, cependant, car ces feuilles n'étaient pas réunies dans ces « cahiers » que l'on pouvait considérer comme les ancêtres du livre moderne. Mais c'était aussi une indication utile : ce chapitre final, et cet *addenda*, s'ils constituaient bien la fin jusque-là inconnue du roman de Chrétien, avaient-ils été conçus justement *séparément* du reste du texte initial… Comme une clé ultime ? Leur état de conservation, quant à lui, n'était que modérément surprenant : aux Archives nationales de France, on en trouvait encore beaucoup parfaitement intacts, à l'encre inaltérée, malgré leur âge canonique ! Le parchemin était par nature extrêmement durable. Et comme il était de fabrication coûteuse, on évitait de le gaspiller. Aussi réparait-on les peaux abîmées avec du fil, de façon à les réutiliser après que l'écriture en eut été grattée ; ils devenaient « palimpsestes ». Or il semblait bien que, sur certains rouleaux du supposé Chrétien, l'écriture avait été biffée, grattée… Enfin, si le parchemin était donc, parfois, employé comme renfort et table d'harmonie dans divers instruments de musique à cordes, et membrane ou surface de vibration pour les percussions, Judith pensait que ces parchemins-là étaient de chèvre, utilisés justement pour… les luths, *rabâb*. Bien pratique pour un trouvère !

Mais bien sûr… tout cela ne prouvait rien.

Deuxièmement, l'écriture, l'art poétique. Tous les textes connus de Chrétien étaient rédigés en langue romane ; pas un seul en latin. Les cinq livres du cycle arthurien étaient composés selon un art fréquent dans les œuvres en vers du XIIe siècle : l'octosyllabe à rimes plates sans alternance. Les vers avaient donc huit syllabes, et rimaient deux à deux. Ils étaient de longueur constante : jamais Chrétien ne laissait l'un d'eux marquer le pas ou dépasser. Les rimes étaient parfaites, et il était exceptionnel qu'un mot rime avec lui-même. Au contraire, ces rimes étaient souvent riches, voire léonines. Selon les besoins du vers, Chrétien faisait varier l'élision et le hiatus, et des mots qui s'élidaient ordinairement pouvaient être gardés complets et créer un hiatus. Ainsi, par exemple, de la conjonction *se*, que Chrétien choisissait parfois de ne pas élider, comme dans *se aventure*. Pour jouer aussi sur la mesure des pieds, il usait de mots à double forme comme *encore/encor* ou *onc/onques*, etc. Toutes caractéristiques qui, en première analyse, semblaient également se retrouver ici – en tout cas dans la première partie des rouleaux.

Troisième indice de taille : la calligraphie elle-même. L'écriture « gothique » datait de la fin du Moyen Âge, mais il ne fallait pas confondre cette manière d'écrire l'alphabet latin avec l'alphabet gotique. Celle qui intéressait Judith était parfois appelée « lettre noire », *black letter* ou *blackletter* en anglais, quand les Allemands parlaient d'écriture « brisée », *gebrochene Schrift*, car les arrondis s'y faisaient anguleux, évoquant les arcs de l'architecture gothique. Ces caractères avaient longtemps été en concurrence avec les caractères « latins » ou « romains ». Or leur première forme, la minuscule gothique, ou gothique « primitive », était apparue au XIe siècle, dans les scriptoriums de l'abbaye de Corbie et de l'abbaye de Saint-Riquier, dans le nord de la France, en Flandre et en Angleterre, avant de se répandre en Allemagne. Mais sur les parchemins qu'étudiait Judith, autre point intéressant, il s'agissait de *gothique textura*, qui avait fait son apparition pile au milieu du XIIe siècle, avant de se généraliser dans toute l'Europe occidentale. Ce qui pouvait corroborer l'hypothèse initiale.

Et puis, s'y ajoutaient… les dessins !

Peu d'enluminures ou de lettres aux efflorescences travaillées, mâtinées de chimères ou d'angelots, mais une écriture constante bien que chargée : on pouvait penser raisonnablement que ce n'était pas là l'œuvre d'un ou plusieurs moines copistes, pourtant principaux pourvoyeurs des grands textes de l'époque. En revanche, il y avait bel et bien… des *croquis !* Voilà qui était bien plus inattendu… Ils ne pouvaient manquer de sauter aux yeux, essentiellement sur les trois derniers rouleaux, que Judith n'avait pu découvrir qu'ici, dans sa cellule, avant leur envoi. Et qu'y voyait-on ? Judith ne se lassait pas de cet examen : une épée. Une lance. Une charrette. Une figure grotesque. Un pont, sur une rivière. Un enfant. Un échiquier où étaient représentés grossièrement, à leur place, la dame, le roi, un cavalier. Deux anges. Et pour finir, sur presque une demi-feuille, un calice.

Un calice orné de pierres précieuses, semé de traits représentant des rayons d'or.

… Qui peut n'être qu'une représentation fantasmée, bien sûr.

Ne t'emballe pas.

Et sous le calice figurait… un poème.

C'est incroyable, tout de même.

Car, quatrièmement, il y avait… le contenu, bien sûr. Le texte proprement dit. Le plus important ! En attendant la traduction exacte et complète, sur la partie « roman », Judith avait rapidement identifié, en effet, la présence de personnages emblématiques du cycle de la Table ronde : Perceval à toutes les pages, ainsi que deux références à Lancelot et à Gauvain. Un canular, poussé à ce point ? Certes, Chrétien n'avait pas été seul à écrire sur le Graal, son roman avait eu des continuateurs. Judith y reviendrait. Et le travail de traduction qu'elle avait entamé, comme Cristina Gennacorsi au Vatican, s'annonçait ardu, car les mots, de calligraphie minuscule, étaient parfois effacés, manquants, incomplets, semés de trous, voire de lacunes, malgré le bon état de conservation général des parchemins. Sur la partie « sources », les *volumen* culminaient précisément par ce poème qui avait alerté Judith, et dont la transcription, en première analyse, lui avait paru assez incompréhensible. Autre particularité : à la différence de tout le reste du document, ce poème et l'exergue qui le surmontait non seulement rompaient avec les rimes octosyllabiques habituelles, mais étaient consignés cette fois… en latin !

Le poème commençait ainsi : *Hoc est, ubi vos have ut aperi oculos cordis vestri !* et se prolongeait sur près d'une vingtaine de lignes, disant…

C'est ici qu'il faut ouvrir les yeux de son cœur !
Car du centre de la Table au Relief
Jusqu'à surmonter le malheur
Au bout du bras sinistre et mensonger
Repose figure de Vérité.
Ployez genou, courbez le chef !
Du front grotesque le regard suivez
Et l'ombre du beau clerc enfin gagnez.
Alors vers le matin, pèlerins, marchez ! Sans oublier
De faire pénitence à l'ombre du clocher
Et à deux lieues de là volez
Au pont de l'eau vous abreuver
Dessous la chambre de majesté
Au vallon calme et secret vous comprendrez

Qu'à rebours il faut marcher
Où sur les pas du Christ enfin
Et selon le vœu du croisé
Au centre du Soleil de Vérité
Cent cinquante onces d'or du poids sacré
Le voyageur devra poser
Suivant les pions de l'Échiquier
Et enfin pour l'éternité
Divine Lumière sera donnée.

Bon, je n'y comprends rien. Mais ça fait beaucoup! concéda Judith en son for intérieur.

Elle s'en ouvrit à Florent au téléphone, lunettes sur le nez – car elle aussi portait maintenant de petites lunettes pour lire –, tout en continuant à compulser ses documents sur son ordinateur.

— Ce poème... dit-elle. On peut dire que j'ai commencé par la fin ! Il serait une clé ?

— Ou l'apothéose d'une farce très travaillée ! Mais dans quel but ? Ou encore, tout simplement, une conclusion au roman de pure fiction. Qui peut le savoir ?

— Bon... Florent, si on essayait de reconstituer le fil ?

— Essayons.

6.

Reconstitution

Maison des Filles de la Charité,
Domfront
Mars 2023 / octobre 1161

— Je sais que vous avez commencé à déchiffrer les parchemins, dit Judith, en particulier le début. Le Vatican s'en occupe aussi. Moi, j'ai commencé par la fin. Bizarrement, elle paraît davantage… cryptée. Et pour cause, il en manque peut-être, et il semble que des passages soient abîmés, fragmentaires, lacunaires… Nous avons un trou dans le rouleau 4, trois dans le 5, un autre dans le 6, etc. Il semble aussi qu'ils aient été grattés, ici et là, par leur auteur. Des renoncements ? Une volonté de faire disparaître certaines informations ? Nous… Nous allons devoir compléter le texte. Et ce poème… Dans l'exergue, le seul passage comme lui en latin, le trouvère raconte qu'il tente de sauver un *miles Christi*, lisons un soldat du Christ, *homo enim mori*, « un homme qui agonise », du nom de Peredur, *equitem Templarii*, « chevalier du Temple », qu'il mélange dans son roman avec Perceval. Il l'aurait emmené *in Ecclesia Dei*, «en l'église de Dieu», sans doute Notre-Dame-sur-l'Eau. Et cela, quel jour? *Regina Alienor apud Domnum Frontem filiam peperit, quam Henricus presbiter cardinalis et legatus Romanae ecclesiae baptizavit, et Achardus, episcopus Abrincensis, et Robertus, abbas Sancti Michaelis de periculos maris, cum aliis multis, de fonte susceperunt; et vocata est Alienor de nomine matris suae.* On trouve cela aussi dans la chronique latine de Robert de Torigni. Et il y ajoute l'*anno MCLXI*…

Judith s'exaltait à son tour. Elle enchaîna.

— En gros : *La reine Aliénor donna naissance devant Notre-Seigneur à une fille, qui fut baptisée par le cardinal Henri et légat de l'Église romaine, et qu'Achard, évêque d'Avranches, et Robert, abbé de Saint-Michel-de-la-Mer, avec bien d'autres, parrainèrent, et elle fut appelée Aliénor du nom de sa mère… en l'an 1161.* Le… Le crime est signé !

Judith fit une pause et reprit, dubitative :

— Mais pourquoi en latin ?

— Pour le distinguer du reste, justement… ? avança Florent.

— Eh oui, vous l'avez repéré aussi. Vous comprenez maintenant. Le jour même ?

— Oui, enfin… *S… Sive nocte… Ignis noctu.*

— *Ou plutôt dans la nuit. Une nuit de feu.*

— Si c'était le jour ou le soir même, on devait faire ripaille au château. Il semblerait, si on suit la traduction, que Chrétien et le chevalier se soient retrouvés de quelque façon dans l'église déserte… Ce chevalier Peredur, un templier *a priori*, dont le poète rapporterait les propos !

— *Qui aliquando monachus ad me, sacerdos, vel per angelum… Il me prenait tantôt pour un moine, un curé, ou bien un ange...* L'auteur explique que le chevalier se confessa à lui... et lui révéla... *quendam occultum !*

Sa voix baissa d'un ton :

— Un... *Un ahurissant secret.*

— Mais lequel ?

— Je ne sais pas ! Florent... Il faut continuer.

Florent se tut, cogitant au bout du fil ; sa voix au téléphone grésillait légèrement. On eût dit qu'il appelait lui-même du Moyen Âge ! Judith entendit un bruit de papiers froissés, comme s'il compulsait des documents de son côté.

— J'ai réfléchi au contexte et poursuivi mes recherches, Judith. Si la rencontre entre le chevalier et le trouvère a eu lieu en 1161 lors du baptême de la petite Aliénor, je pense... Je pense que tout a dû partir de la deuxième croisade, quelques années plus tôt. Les dates se tiendraient. Les chrétiens avaient reconquis Jérusalem lors de la première croisade, lancée en 1095. Après la bataille d'Ascalon et leur victoire sur l'armée égyptienne, ils ont fondé les quatre États latins d'Orient, mais ils se sont rapidement retrouvés coincés entre les Turcs et les Byzantins. La prospérité du royaume de Jérusalem n'a cessé de faiblir, et la forteresse frontalière d'Édesse est tombée aux mains de Zengi de Mossoul en décembre 1144... La situation du royaume chrétien est alors devenue critique !

— D'où *Quantum praedecessores,* se souvint Judith.

— Exactement. En apprenant la nouvelle, Eugène III a émis, le 1er décembre 1145, la bulle *Quantum praedecessores*, appelant à une seconde croisade. Mais souvenez-vous qu'elle n'a pas enthousiasmé les foules, comme la première... Jusqu'à ce que Bernard de Clairvaux, l'un des plus célèbres prédicateurs de l'époque, ait la brillante idée de promettre l'absolution de tous les péchés à ceux qui prendraient la croix ! Eugène a dépêché Bernard pour chauffer les foules et accorder les mêmes indulgences qu'Urbain II en son temps. Et c'est là qu'entre en scène…

— Aliénor !

— Oui ! Notre Aliénor ! Le 31 mars 1146, jour de Pâques ! En présence du roi des Francs Louis VII et d'Aliénor d'Aquitaine, Bernard prêcha la croisade à une foule immense à Vézelay, en Bourgogne. La tradition orale parle de cent mille personnes rassemblées à flanc de coteau non loin de la basilique, sous les bannières, les croix et les oriflammes ! Louis VII, Aliénor, les princes et seigneurs, puis toute l'assistance se prosternèrent aux pieds de Bernard et se mirent à réclamer des croix de pèlerin. À Spire, Conrad III de Hohenstaufen, l'empereur du Saint-Empire romain germanique, et son neveu Frédéric Barberousse reçurent eux aussi la croix des mains de Bernard. Eugène III vint en personne en France encourager l'entreprise…

— … Et la croisade était lancée.

— Oui. Et elle s'étendit à toute l'Europe ! Je vous épargne l'épisode saxon et les offensives parallèles contre les peuples slaves païens du nord-est de l'Empire ; mais, Judith… si notre chevalier est venu du pays de Galles, voilà… voilà ce qui aurait pu, aurait *dû* se passer.

Il s'éclaircit la gorge.

— Les historiens ont bien identifié un contingent comme étant parti d'Angleterre, à la mi-mai 1147. Il est attesté qu'une armée composée de Flamands, de Frisons, de Normands, d'Anglais, d'Écossais, ainsi que de quelques Germains et Français, a quitté alors le port de Dartmouth. Il n'est pas impensable que Peredur, s'il a bel et bien existé, ait épousé ce mouvement. Il aurait fait partie du contingent, et dans ce cas…

— Je vois. Si mes souvenirs sont bons… il serait passé par le Portugal ?

— Nous étions une flotte de près de deux cents navires, mon père…

Le trouvère, toujours agenouillé tout près du chevalier, cligna des yeux.

Voici que Peredur se mettait à le vouvoyer. Et dans son égarement, sa folie – son agonie ? –, il l'appelait « mon père », maintenant ! Se croyait-il à confesse ?

La voix du croisé tremblait, mais il s'animait soudain.

— Deux cents navires ! Imaginez-vous cela, mon père ? Toutes voiles dehors ! Deux cents voiles frémissantes, marquées de la croix, quittant Dartmouth pour la Terre sainte ! Nous longeâmes les côtes, mais le gros temps nous rattrapa assez vite et nous contraignit à nous arrêter… à Porto. Tout cela est encore si profondément gravé dans ma mémoire. L'évêque de la ville nous convainquit de pousser jusqu'à Lisbonne, pour y prêter main-forte à Alphonse Ier de Portugal contre les Maures. Nous prîmes la cité en octobre ; elle fut remise au roi. Mais ce n'étaient là qu'escarmouches à mes yeux ! Certains d'entre nous restèrent là-bas… mais la majeure partie de notre flotte reprit sa route. Et moi avec ! Puis… Puis…

Brusquement, le chevalier se cassa en deux. Il respirait si fort que la croix à sa poitrine se soulevait. Il avait la gorge sèche. Le trouvère chercha à droite, à gauche… *Hem… pas de vin de messe ?* Puis il eut une idée. Il se souvint du bénitier qu'ils avaient croisé en entrant.

— Attendez, euh, mon fils, je reviens !

Chrétien courut presque, tandis que le chevalier moribond reprenait son souffle. Le poète chercha sa propre gourde – malheureusement quasi vide – dans les replis de sa tunique, puis, arrivé au bénitier, se signa, levant les yeux au ciel… et la remplit copieusement. Il revint en hâte et la glissa sous le nez du chevalier qui, haletant, avait baissé les paupières, la salive dans la barbe. Quand il comprit, le croisé tendit les lèvres… et Chrétien le fit boire.

Il attendit quelques instants, puis le chevalier eut un sursaut, comme s'il reprenait ses esprits, et continua :

— Une partie d'entre nous… des Normands, des Écossais, des Gallois et des Anglais, voulurent rejoindre dès ce moment les troupes françaises. Mais nous apprîmes qu'elles devaient gagner Constantinople par voie terrestre…

Judith poursuivit :

— Il aurait rejoint l'armée française ? Ou celle des Germains ?

— Possible. De fait, les armées ont convergé, et si Peredur était du nombre, il aurait sans doute suivi, peu ou prou ! Pendant ce temps, Josselin II d'Édesse avait échoué à reprendre la ville à Nur ad-Din après le meurtre de Zengi. Vous vous rappelez qu'en février 1147, les croisés français se sont réunis à Étampes pour discuter de leur itinéraire avec les Germains. La voie maritime était impraticable, car Roger II, roi de Sicile, était un ennemi de Conrad de Hohenstaufen ; ils choisirent donc de passer par la Hongrie. Les Français se méfiaient : la route qui traversait l'Empire byzantin avait fait beaucoup souffrir les premiers croisés. Ils acceptèrent tout de même de suivre Conrad. Roger II fit l'offensé et refusa de participer plus longtemps !

— Et les deux armées partirent…

— Oui, mais les troupes de Louis furent ralenties par des problèmes d'indiscipline, de ravitaillement, des incidents dans les Balkans… et, certains le disent, par la suite des épouses ! Aliénor en tête, mais aussi Sibylle d'Anjou, Faydide de Toulouse et leurs bagages, ainsi que la présence de nombreuses servantes, qui selon les clercs détournaient le convoi de l'esprit de pèlerinage… *Castra non casta* : les campements n'avaient rien de chaste… Et les croisés mirent environ quatre mois pour atteindre Constantinople !

— Constantinople, mon père ! rugit le chevalier. La porte de l'Orient ! Ce fut là que… je découvris pour la première fois l'ordre auquel je décidai d'adhérer. Oh, j'en avais entendu parler, déjà ! Et en son temps, s'il l'avait pu, mon défunt père eût sans doute fait de même, et avant moi. Oui, je rejoignis alors les plus vaillants soldats de notre époque : les protecteurs des Lieux saints ! À ma demande, je fus reçu parmi eux. Ils avaient besoin de bras comme les miens : ainsi, à Constantinople, moi, Peredur, devins chevalier du Temple. Et nous repartîmes ensemble. Nous chevauchions désormais avec des souverains et des puissants de toute l'Europe ! Ah, mon père ! Nous tous, les croix dressées, allant braver la poussière du désert, chevauchions sous les bannières d'Aliénor d'Aquitaine, de Louis VII de France, avec Thierry d'Alsace, comte de Flandre, Henri le futur comte de Champagne, Robert Ier de Dreux, Alphonse Ier de Toulouse, Hugues VII de Lusignan, Guillaume II de Nevers et Guillaume III de Warenne, Amédée III de Savoie, sans compter les autres, nobles et évêques ! Quel défilé, ruisselant de puissance !

Il secoua la tête et eut une moue amère.

— Du moins, d'apparente puissance… Ah ! Quel orgueil ! Pauvre écheveau, pauvre château de cartes humain, qu'un souffle fragile ou un mauvais air suffit à abattre !

— Les relations entre Conrad et l'empereur byzantin étaient tendues, continuait Florent. Manuel Ier Comnène, le basileus, craignait que les croisés ne renforcent Antioche, où il voulait rétablir sa souveraineté, et n'affaiblissent l'alliance germano-byzantine contre Roger de Sicile. Louis et Conrad refusèrent de prêter hommage au basileus, alors même que Roger poussait son avantage à Corfou, à Céphalonie, à Corinthe et à Thèbes[1]. Conrad, arrivé le premier à Constantinople, voulut alors partir vers Édesse sans attendre et fit l'erreur de diviser son armée… Une partie fut annihilée à Dorylée par les Seldjoukides, l'autre massacrée en chemin !

— Et ce fut la débâcle !

— Un carnage ! Louis rejoignit malgré tout les survivants à Nicée, mais par un itinéraire plus long. Et à l'épiphanie 1148, dans les défilés du mont Cadmos, ce fut à son tour de subir une sévère défaite face aux Turcs !

— Deuxième catastrophe !

— Tout cela commençait bien mal ! Les rescapés des deux armées débarquèrent en Syrie par la mer. Louis VII suivit le littoral, mais, harcelé dans la vallée du Méandre, il dut embarquer pour Antioche avec ses seuls chevaliers. De son côté, Conrad, réconcilié en hâte avec le basileus, gagna Saint-Jean-d'Acre sur des vaisseaux byzantins. Mais au

1. Sur la deuxième croisade, voir la saga *Aliénor, la légende noire*, tome III, avec Simona Mogavino, Carlos Gomez, José Luis Rio, Delcourt, 2014.

total, avec toutes ces querelles et ces erreurs, les forces croisées étaient réduites aux trois quarts ! Encore retardé par une mer tempétueuse, Louis fut accueilli à Antioche par Raymond de Poitiers, oncle d'Aliénor d'Aquitaine. Celui-ci espérait son aide, toujours face aux Turcs, pour une expédition à Alep. Louis refusa, préférant finir son pèlerinage à Jérusalem plutôt que de poursuivre les manœuvres militaires de la croisade. Mais Aliénor voulut continuer. La mésentente du couple éclata publiquement lorsque Aliénor prit le parti de son oncle contre Louis VII ; la question était bien la poursuite ou non de la croisade !

— Et refusant d'écouter sa femme, Louis fit passer ses troupes d'Antioche à Tripoli. La séparation du couple royal fut consommée sous le soleil d'Orient… Je sais. Et laissez-moi deviner…

Dans le même temps, Judith exhumait ses propres travaux. Elle eut un petit sourire, puis redevint sérieuse.

— Début avril, un autre Germain qui avait levé des troupes, Otton de Freising, arriva à Jérusalem, suivi de Conrad. Foucher d'Angoulême, patriarche latin de Jérusalem, fut envoyé pour inviter Louis à se joindre à eux. Et là…

— À ce moment, j'eus une bonne surprise, dit Peredur. Car la flotte qui s'était arrêtée un temps à Lisbonne nous rejoignit, avec les Provençaux qui avaient quitté l'Europe, sous les ordres d'Alphonse Jourdain, comte de Toulouse ! Je retrouvai nombre de mes anciens camarades… dont certains vinrent encore gonfler les rangs du Temple ! Mais Alphonse mourut à Césarée. On murmura même qu'il avait été empoisonné par Aliénor, ou par Raymond II de Tripoli, qui redoutaient ses ambitions politiques dans le comté. Le but originel de la croisade était Édesse – mais le roi Baudouin III de Jérusalem et nous, chevaliers du Temple, voulions d'abord prendre Damas…

Judith fronça les sourcils.

— Oh, je comprends… S'il était parvenu jusque-là, et s'il était devenu templier à un moment ou à un autre, Peredur dut suivre les chevaliers… À Damas, juin 1148, n'est-ce pas ? La noblesse de Jérusalem s'est félicitée de l'arrivée des croisés d'Europe, et un concile s'est réuni pour décider de la stratégie. Damas était une ancienne alliée du royaume de Jérusalem, si je me souviens bien…

— Oui. Jérusalem avait changé d'allégeance en faveur des Zengides et attaqué en 1147 le royaume allié de la cité de Bosra.

— Voilà. Du côté de Louis et d'Aliénor, pendant ce temps, le torchon brûlait ! Certains disent que Louis VII était de plus en plus furieux des rapports trop « amicaux » entre sa femme, Aliénor, et l'oncle de celle-ci, Raymond de Poitiers. En vérité, nous n'avons aucune preuve d'une liaison. Ragots ? Il est possible que certains historiens français aient voulu noircir l'image d'Aliénor. On l'accusait aussi d'avoir couché avec le frère d'Henri II ! Elle était surtout coupable de ne pas avoir donné de fils à Louis VII… Toujours est-il que ce dernier tenait à entrer à Jérusalem en même temps que Conrad III, qui, lui, s'était entendu avec Baudouin III pour attaquer d'abord Damas, plus proche. Mais… il existait une trêve entre cette ville et les Francs. L'attaquer, c'était briser la trêve !

— Exact ! Et le siège de Damas commença, le 24 juillet 1148…

Les yeux du chevalier brillèrent d'un éclat soudain, comme s'il revivait ces moments furieux. Le trouvère était suspendu à ses lèvres.

Mais *pourquoi* lui racontait-il tout cela ? Où voulait-il en venir ?

— À Palmarea, près de l'éblouissante Saint-Jean-d'Acre, l'une des plus glorieuses cités du royaume croisé, la haute cour de Jérusalem se porta à notre rencontre. Et, mon père, ce fut la plus extraordinaire, la plus formidable, la plus splendide assemblée de cour jamais vue en Orient ! Des milliers de personnes, des chevaliers en armes, des drapeaux claquant au vent, les chevaux hennissant et frémissant d'impatience, les rois, les nobles, les templiers, les soldats du Christ et tous les ordres de chevalerie rassemblés là ! Finalement, nous décidâmes d'attaquer… Damas. Alors, toutes les armées croisées se réunirent à Tibériade. En juillet, nous marchions sur la ville, près de la mer de Galilée, par le biais de Baniyas. Cinquante mille âmes, mon père, croyez-m'en ! Nous allions reprendre Damas, Édesse, Alep, frapper au cœur la puissance de Nur ad-Din ! Quand soudain…

Le chevalier eut alors un rire gigantesque, qui de nouveau souleva sa carcasse moribonde. Il cracha du sang. Chrétien se précipita et, ne sachant plus que faire, épongea le sang de sa propre manche. Peredur râla encore, reprit sa respiration. Sa main s'éleva brusquement et saisit l'épaule du trouvère avec une force inattendue.

— Après quoi courions-nous tous, mon père ? Quelle gloire, quelle immortalité ? Ne fut-ce pas ici que notre quête se perdit ? Le siège de Damas… Il ne dura que quatre jours. Quatre jours ! Ha, ha, ha, HA, HA, HA, HA, HA ! Nous…

Il haleta encore. Sa main se serra.

— Nous donnâmes l'assaut par l'ouest. Il y avait… Oh, mon Dieu…

Tout aussi brutalement, sa poigne s'ouvrit, et sa main s'étendit devant ses yeux hagards.

— *Il y avait* ? demanda le trouvère.

— Là, il y avait… un verger… un verger magnifique ! Ceint de murs, que l'on eût dits… des miroirs de lumière… Il nous promettait des provisions constantes… ce verger… Des fruits d'abondance sous le soleil, un paradis, et ces remparts au loin… Oh, mon Dieu… C'était… de la poésie pure. Mais pourquoi, mon père ? Pourquoi ne suis-je pas mort, ne me suis-je pas couché pour de bon, là-bas ? Plutôt que de devoir porter ce secret, qui m'a tué plus sûrement encore ? Le lendemain de notre arrivée à Daraiya, tout près de Damas, les musulmans nous attaquèrent. Ils nous harcelèrent sans relâche. Et ce paradis devint un piège ! Les défenseurs avaient demandé l'aide de Saif ad-Din Ghazi de Mossoul. Nur ad-Din en personne mena l'assaut sur notre camp ; les flèches pleuvaient sur nos tentes et nos pavillons ! Le feu prit, les chevaux paniquaient ! Ô mon père, Dieu, la foudre tombait, le cri des cimeterres résonnait avec nos râles, l'ennemi se couvrait, s'abreuvait de notre sang ! Nous fûmes repoussés contre l'enceinte du verger, où d'autres embuscades nous attendaient ! Nous tentions en vain de riposter de nos lances… Je me vois… encore… Le souffle… Ce soleil… Ce goût de cuivre dans ma bouche… Comme maintenant… Et cette chaleur…

Commençait-il, ou continuait-il à délirer ? Il hoqueta. Il se tut un instant, son menton s'affaissa sur sa poitrine. Il resta ainsi, respirant profondément. Chrétien hésita : il n'allait pas le caresser, ou le gifler, tout de même ! Courir chercher un médecin ? Mais, dans ce cas, le croisé ne risquait-il pas de mourir tout aussi bien en l'attendant ? Et… le trouvère ne connaîtrait jamais la fin du récit… Mais, allons, il ne pouvait le laisser ainsi ! Il… Il fallait remonter au village au plus vite, le croisé resterait là, peut-être ne ferait-il qu'un petit somme, après tout ? Et…

Comme s'il l'avait entendu, le chevalier, menton toujours baissé, saisit encore le poète de sa poigne vigoureuse.

— Attends ! Ne t'en va pas ! Je vais mourir… Mais tu dois comprendre. Entendre…

Il reprit.

— La pointe de nos lances tentait de transpercer les armures ennemies… Frappe l'épée, tranche l'entaille ! Quelques-uns parvenaient, de leurs haches d'armes, à décapiter nos assaillants… Je vois encore, entre les fentes de mon heaume, rouler à mes pieds la tête de l'un de ces musulmans, barbe noire, ses yeux pleins de stupeur braqués sur moi, la bouche ouverte, figée dans un cri… Aedd frappait, frappait avec moi. Mais le dragon me protégeait ! Le dragon… Et mon écu, mon père ? Où est-il ? Vous l'avez, n'est-ce pas ? Vous irez le chercher ? Promettez-le-moi ! PROMETTEZ !… Cognaient les masses d'armes dans des bruits sourds, tournoyaient les fléaux hérissés de pointes ! Ils sifflaient comme des serpents du désert, avant de s'abattre, écrasant les crânes sous le soleil. Le sang se mêlait au sable parmi les fruits du verger. Certains d'entre nous tenaient leurs hallebardes calées sous l'épaule et piquaient à l'aveugle, tentaient de désarçonner les cavaliers ennemis, mais, mon père, ils attaquaient en myriades, jusqu'à nous cacher la lumière ! Et moi… je tournoyais lourdement au cœur des combats, soufflant tel un bœuf sous le casque, je… je crevais de chaleur, frappais aussi au hasard, sans savoir d'où viendraient les coups, où je pourrais les porter. Combien de temps cela dura-t-il ? Je l'ignore. Le soleil déclina, s'embrasa à son tour comme ces rigoles de sang qui ruisselaient à nos pieds, le ciel se déchirait de couleurs et de la colère de Dieu, et puis, enfin…

Peredur eut un rictus amer.

— … Et puis à un moment je fus au milieu de cadavres, seul, hébété, et là, mon ami, je compris… que nous courions à une défaite certaine… En effet, au bout de quatre jours, nos chefs décidèrent de lever le camp ! Nous… Nous nous dirigeâmes vers les plaines, à l'est de la cité. Certes, elles avaient moins de fortifications – mais aussi moins d'eau et de vivres ! Avions-nous le choix ? Mais nous n'aurions pu imaginer pire mouvement ! Nous nous retrouvions sur une plaine étale, craquelée, sèche, une vallée de mort, sans point d'eau, en plein soleil ! La rébellion gronda vite dans nos rangs, y compris chez les plus valeureux chevaliers. Beaucoup refusèrent de poursuivre le siège… et les trois rois durent abandonner la ville ! Conrad s'en fut d'abord, puis le reste de l'armée se retira pour Jérusalem le 28 juillet, tandis que des archers, turcs cette fois, ne cessaient de les harceler. Et c'est ainsi, mon père, que moi-même…

Le croisé leva soudain des yeux exaltés, étincelants, et les planta dans ceux du trouvère.

— C'est ici qu'il faut que vous écoutiez bien, mon père. C'est ici qu'il faut vous souvenir, comme jadis vous entendiez les plus beaux récits à la veillée… Comme… Comme vous réchauffez vos fidèles de vos sermons et brûlez leurs âmes de vos oraisons. En mémoire d'un homme crucifié il y a, déjà, presque mille deux cents ans ! Et dont nous parlons encore… C'est ici, car… alors que je rêvais de Jérusalem, de me rendre au tombeau du Christ libéré, la veille de notre retraite de Damas… il se produisit quelque chose. Un événement qui… qui allait décider de mon sort. Du sort… peut-être… de la Chrétienté tout entière ! Oh, Dieu, diable ! Mais comment, après tout ? Comment un petit homme tel que vous, si mesquin, sous ses oripeaux d'Évangile, perdu dans cette contrée, pourrait-il le comprendre ? Quand j'ai vu, quand je croisai, moi, sous un soleil de bout du monde… DIEU LUI-MÊME ! Pourquoi, petit homme, a-t-il fallu que…

— Que… Quoi ? Mais quoi donc ? demanda Chrétien, qui s'était redressé. Qu'avez-vous vu ?

— Peredur se serait replié à Jérusalem avec le reste de l'armée ? Oui, ce serait logique, commenta Judith. Une fois à Jérusalem, les Français apprirent la décapitation de Raymond de Poitiers par Nur ad-Din à la bataille d'Inab. Ce fut la goutte d'eau… Conrad et Louis décidèrent de rentrer en Occident sans aucune victoire militaire. Chacune des forces chrétiennes se sentait trahie par l'autre et…

— … l'émirat de Damas, épuisé et ulcéré par la trêve brisée, passa sous la coupe de Nur ad-Din, comme vous le savez, renchérit Florent. Le bilan final fut catastrophique… Ce fut le prélude à la ruine des royaumes chrétiens en Terre sainte ! La situation des chrétiens d'Orient devint très sombre, les conséquences pour Jérusalem furent désastreuses. La maladresse des croisés aboutit à créer un front commun de l'Islam. Bernard de Clairvaux sortit humilié de l'échec et crut de son devoir d'envoyer des excuses au pape. Il échoua encore à l'appel d'une nouvelle croisade et mourut en 1153… Quant au roi et à la reine, ils repartirent finalement via l'Italie et séjournèrent à Rome, où le pape tenta en vain de les réconcilier. Aliénor divorça de Louis ! La France perdit beaucoup, aux points de vue financier, politique, militaire, stratégique… Savez-vous ce qu'on dit ? Que les croisés revenus de Damas en Syrie en rapportèrent une variété de prunier nommée de ce fait « prunier de Damas ». Alors on se moqua d'eux, en disant qu'ils étaient allés là-bas… pour des prunes !

— Pour des prunes ?

Judith eut un sourire.

— Mmh… Peut-être pas complètement…

Le chevalier saisit cette fois les deux épaules du trouvère, le secouant presque comme un prunier. Et le croisé tonna, ouvrant grands ses yeux de fou :

— Mais, mais, vous… vous… Tu n'es pas curé !

— N-n-n-non, messire ! En effet, je faillis, mais je suis…

Saisi de stupeur, le guerrier hirsute lâcha le poète et eut un mouvement de recul. Ses yeux se firent plus vitreux encore. Il les plissa, comme s'il était ébloui… et voulut brutalement se mettre à genoux, sans y parvenir, tant il était faible et lourd.

Il changea du tout au tout.

— Cette lumière… Mais alors… Es-tu un ange ? Oui ! Tu es un ange !

Il leva un regard mouillé, injecté de sang ; ses prunelles semblaient vibrer lorsqu'il lança, éperdu :

— Mais alors, tu sais… Tu sais tout, n'est-ce pas ? Dis-le au père ! Ce n'est pas ma faute ! Pas ma faute ! J'ai fait ce que je devais ! Il m'a fallu… décider seul !

— Je sais, je sais… Mais non, mais non, je ne sais pas ! Que sais-je ?

— Nur ad-Din l'avait mis en sécurité ! Il savait son importance aux yeux des chrétiens ! Il l'avait mis en sécurité à Damas ! IL ÉTAIT À DAMAS !

— Il s'est passé quelque chose à Damas, conclut Judith. Il a *pu* se passer quelque chose là-bas. Mais quoi ?

Tous deux s'étaient tus, réfléchissant aux deux bouts de la ligne téléphonique.

— Il faut continuer, lâcha-t-elle.

Songeurs, ils raccrochèrent bientôt.

Judith se recula sur sa chaise. Vérité ou délire ultime ? Si le chevalier et le trouvère s'étaient bel et bien rencontrés ce soir-là, comme il le semblait... quelles paroles, quels murmures s'étaient-ils échangés ? Nul ne l'avait-il su ? Le monde entier l'ignorait, mais peut-être cette nuit avait-elle été, en effet, une *ignis noctu*, une « nuit de feu » ? Judith se représentait le trouvère sortant de l'église au petit jour, changé à jamais. Son imagination s'était-elle embrasée, dans cette église, auprès de ce croisé agonisant ? Un incendie inattendu s'était-il allumé en lui, et le poète à l'inspiration jaillie comme une fontaine, embrasée par le récit de ce chevalier, s'était-il mis en tête de... de...

Nunc fode omnem terram.

Maintenant, creusez toute la terre.

... d'explorer tous les environs de Domfront, les remparts, le donjon, le château de Guillaume de Bellême, les chapelles romanes, pressant les villageois d'étranges questions ? Avait-il réellement voulu tout retourner pierre par pierre ? Et pour trouver... quoi ? L'imagination de Judith s'emballait elle aussi. Elle voyait le trouvère le soir, versifiant, l'air halluciné, à la bougie. S'agissait-il vraiment de Chrétien ? Avait-il posé alors les fondations de ce qui deviendrait, comme l'avait dit Florent, l'un des plus grands cycles littéraires de tous les temps ? Plusieurs années peut-être, porté par une foi étrange et par ce secret qu'il cherchait ou n'osait partager, revenant à Domfront à intervalles réguliers avec la suite d'Aliénor, jusqu'à l'avènement du Cœur de Lion, composant de manière cryptée la plus grande légende de chevalerie jamais contée ?

Judith ne put s'empêcher d'étouffer un rire dans sa main à cette idée.

Tu délires...

Mais ces parchemins sont-ils, oui ou non, de Chrétien de Troyes ?

Très vite, elle obtint les résultats de Cristina Gennacorsi et de Dino Lorenzo, le directeur des collections du Vatican.

Lorsque Dino l'appela, usant d'une communication cryptée via la Sapinière, elle sentit que quelque chose se passait. Judith attrapa Excalibur – elle avait décidé de baptiser son portable, elle aussi, tiens, comme les chevaliers baptisaient leur épée autrefois. En cet instant, Judith se sentait inexplicablement un peu fébrile, et étrangement angoissée.

— Dino ?

Elle l'imaginait derrière son bureau, à deux pas de la secrétairerie d'État, tout près des jardins et de la basilique Saint-Pierre, les rideaux de son bureau ouverts sur Rome et la Cité du Vatican. Dino, chauve aujourd'hui, le front craquelé, les yeux ridés mais émaillés d'une étincelle presque rieuse, ses éternelles bajoues et son double menton s'agitant comme de la gelée. Dino suspendu à son combiné rouge comme on n'en faisait plus depuis des années, et qu'il avait gardé.

— Judith, ma chère Judith... Cristina a terminé.

Il laissa planer un silence. Judith entendit qu'il prenait une inspiration. Puis il se lança :

— Bon... Je vous envoie les résultats. Ils concordent avec ce que nous savons du manuscrit originel de *Perceval*, en dépit de quelques différences qui sautent aux yeux, comme la présence de croquis et autres douceurs que vous trouverez énumérées dans le rapport – confidentiel et crypté lui aussi, bien sûr. En deux mots, délire ou réalité, en tout cas les datations correspondent. On sait que le style de Chrétien était par nature fortement imprégné des chansons de geste en langue d'oïl de la seconde moitié du XIIe siècle et la *fin'amor* des troubadours. La calligraphie, la matière, la texture des parchemins, l'étude graphologique en ancien français comparée à celle du supposé Chrétien, et même certains… tics de langage.

Judith sentit son cœur s'accélérer.

— V… Vraiment ?

— Nous avons des indices concordants, comme le langage utilisé, le style littéraire, le lexique et la grammaire, la composition que vous aviez notée, en vers octosyllabiques à rimes plates. Certains détails ne trompent pas… comme le fait que Chrétien innovait en brisant l'unité du couplet, le sens de la phrase pouvant dépasser la deuxième rime, de façon à attacher deux discours… ce qui lui permettait de lier un dialogue et un retour à la narration, de séparer les actions, de marquer un changement de lieu ou de temps, de mettre en relief un proverbe ou un commentaire du narrateur… Une sorte de brève mise à distance du récit, pour décrire les caractères des personnages. De l'ironie, vous comprenez.

Dino se racla la gorge.

— Je vous lis Cristina en version française : *Chrétien s'adresse avec connivence à un public cultivé, c'est-à-dire de nobles, ce qui complète l'identification de son style. Un autre trait caractéristique de son écriture est son recours à la comparaison. Elle est classique quand elle reprend des topos de la littérature comme la comparaison du héros à un personnage mythologique, historique ou religieux, ou de l'amour à un feu. Mais certaines comparaisons sont plus rares, à l'instar de celle qui établit une ressemblance entre Soredamor et la reine de l'échiquier dans le* Cligès. *Nous retrouvons le même type de recours dans ces parchemins.* Voilà. Et elle relève aussi… des *traces de dialecte champenois*, Judith. Vous vous souvenez que Chrétien serait né à Troyes vers 1130 et aurait été protégé de la cour de Marie de Champagne, fille d'Aliénor ? Cela corrobore vos intuitions et vos premières analyses. Bref, euh… En vérité, Cristina est tout excitée… Mais je lui ai interdit de bouger un cil.

Il y eut un long silence, puis Dino reprit :

— Écoutez… Pour résumer, ce… C'est assez incroyable.

Judith pâlit. Sa bouche s'ouvrit de stupeur.

Dino continua :

— Tout cela n'est peut-être que fantaisie, mais… nous ne pouvons négliger tant d'indices. Aussi, je voudrais… Nous voudrions quelqu'un qui puisse creuser les faits. Au moins pour en avoir le cœur net.

Creuser les faits. Creuser toute la terre…

— Ma chère Judith, poursuivait Dino, je voudrais que vous vous en chargiez. Que diriez-vous de cette mission. *Undercover*, n'est-ce pas ?

— Je… Euh, eh bien, je… Il faudrait que je…

— Parfait ! Je vous fais parvenir le protocole et le dossier de Cristina. Vous userez des codes d'autrefois. Plus personne ne les utilise… Justement ! Bravo, Judith ! Ma chère amie, quel plaisir de retravailler ensemble !

Et il raccrocha.

Lorsqu'elle éteignit son mobile à son tour, il fallut à Judith quelques longues secondes pour digérer ce qu'elle venait d'entendre.

La bouche toujours ouverte, elle regardait fixement devant elle.

Enfin, elle attrapa Excalibur et appela Florent… qui décrocha aussitôt.

— Florent ? Écoutez-moi. Je vous expliquerai les détails. Ne dites rien. Ne parlez plus de rien à personne. Autre chose. Cela ne nous engage plus seulement nous. Il faut croire que je renoue avec ma spécialité. Je vais me mettre momentanément en disponibilité de ma communauté, ici. Les sœurs connaissent mon passé… Il leur suffira d'un papier à en-tête de la secrétairerie d'État : je suis désormais en mission pour le Vatican. Ce qui, bien sûr, doit rester secret, entre vous et moi : je n'interviendrai qu'en tant que médiéviste.

Elle n'osait y croire elle-même.

— On se met au travail. À la recherche de Peredur.

Bon Dieu. Des années après…

Elle y retournait !

Elle eut un petit sourire.

— Florent ? Je prends le premier train demain. Je vous rejoins à Domfront.

FRANCHIR LE SEUIL

7.

Tous en chasse

Cassel
Paris-Granville
Domfront
Mars 2023 / octobre 1161

Ce serait véritablement… fou !

La limousine noire et scintillante s'arrêta en contrebas du parc, devant le château Wilhelmshöhe, près de Cassel en Allemagne, Land de Hesse. Hector, en casquette et gants blancs, n'eut même pas à ouvrir la porte à Richard : un voiturier en costume sombre impeccable s'en chargea, dans une révérencieuse inclinaison de buste. Richie s'extirpa du véhicule en reposant son verre à scotch dans le compartiment prévu à cet effet, remit sa casquette à l'endroit en signe de déférence et ajusta le premier bouton de sa veste par-dessus son T-shirt, tout en contemplant dans un sourire la façade illuminée du château. Style fin XVIIIe, construit entre 1786 et 1798 sur les plans de l'architecte Louis Simon du Ry et de Heinrich Christoph Jussow, il avait été initialement édifié pour le landgrave Guillaume IX de Hesse-Cassel. Rebaptisé « Napoléonshöhe » entre 1806 et 1813, il avait servi de résidence à Jérôme, roi de Westphalie. Napoléon III, fait prisonnier lors de la bataille de Sedan durant la guerre franco-allemande, y avait été placé en résidence surveillée avant son exil en Angleterre. Le futur Guillaume II y avait logé pendant ses études. Mais, après les bombardements de Cassel durant la Seconde Guerre mondiale, il avait fallu le reconstruire, entre 1968 et 1974. Si le dôme central d'origine avait disparu, il restait l'étonnant chapiteau au fronton triangulaire, juché sur ses solides colonnes entre les deux ailes élégantes, vers lequel se dirigeait Richard en remontant l'allée de gravier.

La réunion du club dans un grand salon du château, privatisé pour l'occasion, n'était pas un hasard : aujourd'hui, le Wilhelmshöhe de Cassel abritait des musées. La superbe collection d'antiquités et de peintures que recelait sa galerie consacrée aux maîtres anciens incluait notamment des œuvres de Dürer, de Rubens et de Rembrandt. La galerie en question avait connu un nouveau lustre à partir de son réaménagement, en l'an 2000, grâce entre autres à l'adjonction d'un toit de verre en bâtière ; quant à l'aile de pierre blanche, la *Weißensteinflügel*, elle abritait des meubles XVIIIe et XIXe de toute beauté. Le parc sur lequel le château donnait enfin, le plus grand de la ville, était inscrit au patrimoine mondial de l'Unesco depuis 2013 et offrait une promenade des plus agréable.

Mais bien sûr, ce soir, il était désert.

Deux autres hommes gantés de blanc et en tenue d'apparat s'inclinèrent lorsque Richard franchit les portes pour remonter le hall ; on vérifia son identité – un petit boîtier noir à bouton rouge à se passer sur l'œil, pour empreinte rétinienne : le club aimait ce genre de gadget à la *Mission impossible.* Puis l'escorte accompagna Richard, dont les baskets Nike Air glissèrent sur des tapis luxueux, en direction du salon de conférence. Pas de doute, les Dix de Cassel avaient le sens de l'accueil et du cérémonial. Mais c'était tout naturel, entre gentlemen du même monde. Au passage, Richard attrapa un Macallan sans glace sur un plateau qu'on avait l'amabilité de lui tendre. Il sourit de plus belle en lorgnant les mille luminescences du lustre qui tombaient, depuis le plafond, sur les oasis profondes de fauteuils club en cuir, sagement posés autour de petites tables rondes. Pendant ce temps, au-dehors, Hector était sorti à son tour de la limousine et causait avec le voiturier en fumant une Winston.

Enfin, les appariteurs ouvrirent deux grandes et belles portes de bois ouvragées, découvrant le salon de conférence où allait se tenir la réunion.

Ils étaient presque tous présents déjà ; au fond, tout au bout de la table, sous un Dürer et entre deux bustes à l'antique, Richard aperçut le président du club. Celui-ci aimait aussi à se faire appeler « le Magistrat » – et pour cause, cet ancien magistrat, de fait, n'était devenu multimillionnaire grâce à ses astucieux investissements immobiliers que sur le tard, après une carrière de juge bien remplie. Ah ! Cheikh Yassine était arrivé également. Et Mme Minh.

Richard s'apprêtait à entrer dans la pièce pour les saluer chaleureusement, lorsque son mobile vibra ; il s'en empara une seconde machinalement : le message qu'il reçut de son correspondant, Unknown326, ne pouvait tomber mieux.

La bonne sœur part dans l'Orne.

Richard sourit : ça, c'était du message codé. Mais si elle y allait, c'était bien qu'elle – et sans doute le Vatican – avait pris ses informations et son « expertise » au sérieux ! Alors… son intuition avait-elle été la bonne ? Richard éteignit courtoisement son téléphone, juste avant de rejoindre ses congénères. Mais non sans avoir répondu aussitôt, à la va-vite :

Eh bien, suivez-la.

Judith arriva en hâte à Montparnasse le lendemain matin pour sauter dans le train Paris-Granville de 10 h 54. Elle avait revêtu un long manteau bleu marine par-dessus un col roulé noir, un léger foulard, sa médaille et sa petite croix dansant à son cou, une jupe sombre. Comme elle l'avait subodoré, les sœurs n'avaient fait aucune difficulté à son départ, certes provisoire mais précipité, sitôt reçu le mot de Dino Lorenzo ; leur bénédiction l'accompagnait. Judith appréciait de longue date la vie aux côtés des quelque cent religieuses des Filles de la Charité, dont beaucoup avaient prononcé leurs vœux depuis plus de cinquante ans. Elle les connaissait toutes par leur prénom, bien sûr. Judith devait admettre qu'elle avait éprouvé un amusement un peu coupable à les quitter ainsi, en s'entourant de mystère. Enfin, elle s'était contentée de leur annoncer, lettre du Vatican à l'appui, qu'elle devait user de ses compétences médiévistes pour « rendre service à la région Normandie au sujet d'un projet archéologique » ; tu parles ! En remontant le quai, la nonnette sourit : elle aimait sœur Cécile et sœur Marthe, qui cuisinaient comme personne, sœur Martine, surnommée « Brisefer » du fait de sa fermeté à toute épreuve, particulièrement quand il s'agissait de négocier avec la hiérarchie ou les institutions, sœur Whoopi, qui était l'unique sœur noire et avait reçu ce sobriquet depuis la diffusion de *Sister Act* avec Whoopi Goldberg au cinéma – voilà qui remontait à loin ! Et, bien sûr, sœurs Félicie et Jeanne, des intellectuelles comme Judith, sans compter la supérieure, mère Blanche. C'était quelque chose que la vie communautaire, partagée entre la prière, la réflexion, le soin aux malades, les activités caritatives d'une part et l'organisation d'événements ou de campagnes de promotion autour de la chapelle d'autre part.

Une communauté…

Mais comment celle-ci, à l'heure où Judith la quittait momentanément, aurait-elle pu deviner la raison *véritable* de son départ, pour tout dire… assez hâtif ?

Moi, en quête du Graal ? Non…

Elle monta dans la voiture 6 du Paris-Granville, voie 21, et s'installa à la place 58.

Direction Flers, où Florent viendrait la chercher avant qu'ils se rendent à Domfront. Il faudrait compter en tout environ trois heures de trajet depuis la capitale.

Le Graal ! songeait Judith. Le cœur mythique de la légende arthurienne, assimilé au Saint Calice, la coupe utilisée par Jésus-Christ et ses douze disciples au cours de la Cène, et qui aurait recueilli le sang du Christ ! D'où le nom de *sang real*, le « sang royal »… Le Saint Graal ! La coupe était diversement représentée dans la tradition, plus ou moins lumineuse et ornée de pierres précieuses ; et, bien sûr, sa quête avait donné lieu à mille interprétations et à une infinité d'illustrations artistiques. Mais on ignorait souvent que son acception comme coupe sacrée ne datait que du XIIIe siècle, et que l'objet légendaire en tant que tel apparaissait précisément pour la première fois dans les chapitres VIII, XV et XIX du *Perceval* de Chrétien de Troyes.

La légende générale du Graal serait issue de l'« imagination » de Chrétien, et le Graal entendu comme réceptacle du sang du Christ constituerait une invention de la toute fin du XIIe siècle. À l'origine, dans les légendes celtiques et d'autres cultures indo-européennes, il semblait désigner l'avatar du chaudron d'immortalité du Dagda, un talisman mythologique : sorte de récipient au contenu inépuisable, pourvoyeur de boissons et de nourritures renouvelées chaque jour – la « corne d'abondance » au sens strict étant, elle, issue de la mythologie grecque. Le mot « Graal », disait-on, provenait du latin médiéval *cratella*, « vase », désignant une coupe ou une pièce de vaisselle creuse dotée de larges bords. Plat à poisson – symbole chrétien – pour certains, le *graal* ou *grasal* renvoyait pour d'autres à un plat à viandes riches en jus, ou plus généralement à un réceptacle utilisé lors de dîners d'apparat. Mario Roques, professeur d'histoire de la littérature médiévale et romaniste réputé, notamment traducteur et éditeur du *Roman de Renart*, en avait découvert plus de cinquante dénominations dans les parlers locaux des pays d'oïl, toutes issues du latin *gradalis*, tels *greal*, *greau*, *gruau*, *grial*, *graduc*, *guerlaud*… En Occitanie, *gradal* était employé en 1150, et *graal* en 1204, à la veille de la croisade albigeoise, comme le montrait un spécialiste des Cathares, Michel Roquebert. Selon lui, l'efflorescence autour de la quête du Graal à cette époque aurait été le fruit d'une instrumentalisation politique destinée à conforter l'extermination des parfaits cathares, jugés hérétiques par l'Église catholique. Le Graal, support d'une machine de guerre idéologique et religieuse ?

Judith s'assit, rangea sac et manteau et, sitôt qu'elle fut convenablement installée, attrapa son laptop ; elle chaussa ses lunettes afin de profiter du trajet pour travailler. Alors que son ordinateur s'allumait, elle s'aperçut qu'elle n'avait pas dû prendre le train depuis deux ans ! Elle redevint sérieuse en se penchant sur le rapport de Cristina Gennacorsi que Dino lui avait fait parvenir depuis le Vatican. Comme elle, Cristina avait noté des « détails » assez ahurissants. De nombreux faits étaient désormais plus qu'intrigants. Et elle se demanda une nouvelle fois… que s'était-il passé à Damas ? Elle se replongea dans ses textes et le compte rendu de Cristina.

Le chevalier parlait de manière de plus en plus hachée maintenant. Était-ce la pâleur des flambeaux, eux-mêmes à l'agonie, se reflétant sur son visage ? Blême, souffrant sans rémission, Peredur paraissait avoir vieilli de dix ans.

— Au moment de lever le siège définitivement, nous… nous avions trouvé un abri temporaire au cœur d'une petite oasis et d'un village dont j'ai oublié le nom… Là, des feuilles de palmier s'agitaient sous une brise légère. On y sentait le parfum de roses, comme jailli de nulle part… Et puis… il jaillit lui aussi de nulle part ! Était-ce un envoyé de Dieu, ou du diable ? C'était un homme hirsute et en haillons, aux yeux si creusés dans leurs orbites qu'on eût dit un cadavre. Il aurait dû mourir cent fois sans doute, car ses poignets et ses chevilles portaient encore des traces de chaînes, et son corps les stigmates de tortures répétées. Un croissant avait été imprimé au fer rouge sur son dos. Il n'avait plus que la peau sur les os, les lèvres craquelées. Il survint du désert et s'effondra aux pieds de quelques-uns d'entre nous… Des templiers. Nous lui donnâmes à boire et de quoi se restaurer… Il venait des prisons de Nur ad-Din. À l'agonie, il nous dit qu'il était lui-même un ancien chevalier du Temple dépêché de Jérusalem depuis le Saint-Sépulcre. Et qu'entre les murs de la forteresse de l'ennemi, il avait entendu… de merveilleux récits… Et vu… Il nous raconta que… que…

— Oui ! ? Que vous raconta-t-il ? s'enquit Chrétien.

Le chevalier leva vers lui des yeux vitreux. Chrétien se demandait : quelle heure pouvait-il être maintenant ? Le petit matin devait approcher.

— Êtes-vous cet homme-là revenu me hanter ? Êtes-vous un ange ? Un démon ? Un religieux venu… me donner l'extrême-onction ? J'ai besoin de pardon, mon père !

— Mais non, dit Chrétien, qui s'emportait. Je suis un trouvère ! Ni ange ni démon, pas « mon père » ! Un trouvère ! Un *trou-vère !* Je raconte des histoires !

Le menton du guerrier s'affaissa, il murmura dans sa barbe :

— Des histoires… Ah… Ah bon…

Il rit, plus faiblement cette fois.

— Eh bien, qui… qui continuera la mienne ?

Plusieurs auteurs avaient tenté de poursuivre l'histoire de Perceval, et Judith avait étudié chacun d'entre eux : Wauchier de Denain, Manessier, Gerbert… Au début du XIIIe siècle étaient parus coup sur coup *Perlesvaus ou le Haut Livre du Graal*, le *Parzival* de Wolfram von Eschenbach, où le plat du Graal était transformé en pierre sacrée, et le fameux *Joseph d'Arimathie ou l'Estoire dou Graal* de Robert de Boron. C'était bien avec ce dernier que le Graal devenait le véritable Saint Graal, contenant le sang du Christ, recueilli par Joseph d'Arimathie lors de la descente de croix. Ce calice était par ailleurs présenté comme étant celui dont Jésus s'était servi au moment de la Cène. Cette forme *achevée* de la légende avait ses variantes.

Un juif, ou un homme de Ponce Pilate, aurait dérobé l'objet au Cénacle avant de le remettre au *procurator* Pilate. Certains textes ajoutaient que celui-ci y aurait puisé l'eau avec laquelle il se lava les mains en condamnant Jésus. Chez Robert de Boron, Joseph d'Arimathie aurait recueilli dans la coupe quelques gouttes de sang issues de la plaie portée au flanc de Jésus par le légionnaire romain Longinus, au moyen de la Sainte Lance ou lance de la Destinée.

Tiens, tiens ! Nous y revoilà... songea Judith.

Puis Joseph aurait confié le Graal à son beau-frère, Bron ou Hébron, qui le transmit à son tour à son fils, Alain ; celui-ci l'aurait alors transporté aux Vaux d'Avaron, endroit inconnu que des chercheurs avaient pris pour l'île d'Avalon – elle-même identifiée à Glastonbury, dans le comté de Somerset, en Angleterre. En 1191, les moines de Glastonbury avaient ainsi entrepris des fouilles, sur demande d'Henri II, et exhumé divers ossements ainsi qu'une croix en plomb... identifiant les restes supposés du roi Arthur et de la reine Guenièvre ! Une autre légende ? En tout cas, il était évident que la quête du Graal avait profondément marqué tout l'ouest de la France. On trouvait d'ailleurs une supposée relique du Saint Sang à l'abbaye de la Trinité de Fécamp, près d'Étretat – pas si loin de Flers et de Domfront, finalement. Cette autre variante enfin, s'appuyant sur des textes apocryphes tel l'*Évangile de Nicodème*, prétendait que Joseph d'Arimathie, ou son fils, aurait placé dans le tronc d'un figuier deux ampoules contenant le sang du Christ, avant de le lancer à la mer. Après moult pérégrinations, le tronc aurait échoué sur la côte normande à Fécamp, au *ficus campus*, le « champ du Figuier », où se situait aujourd'hui l'abbaye de la Trinité ou du Précieux-Sang. Au sens donné par l'étymologie classique, *sangreal* signifiait « sainte jatte » ; mais par ce nom, les « anciens romans » entendaient aussi bien le Saint Calice, le « Saint Gréal », que le sang lui-même. Ils confondaient aussi allègrement cette relique du Précieux Sang de Fécamp et le *Sacro Catino*, exposé à la cathédrale San Lorenzo de Gênes, plat prétendument utilisé lors de la Cène et dérobé par les Génois lors du sac de Césarée par les croisés en 1101.

Bon... Et après ? se dit Judith.

Après 1230 justement, le Graal ne donnait plus lieu à d'importants développements littéraires, du moins au Moyen Âge. Mais, si sa légende n'avait été vraiment constituée comme relique sainte qu'à la fin du XIIe et au début du XIIIe, et que Chrétien avait plus ou moins consciemment participé à cette édification, cela suffisait-il à invalider la quête de Judith et celle de Florent Nicolas ? Et la recherche d'une relique anachronique, inventée pour l'occasion, était-elle celle d'une pure fiction, d'une construction littéraire, voire d'un instrument politico-religieux ? Une construction qui, en vérité, se serait échafaudée, au mieux, à partir d'un vulgaire « plat », un peu comme on en donnait au finaliste perdant de Roland-Garros... et pas du tout à partir du calice sacré qui recueillit le sang du Christ ? Ha, ha !

Ou bien...

Judith releva les yeux, regardant de nouveau défiler le paysage. Le train avait quitté pour de bon les banlieues puis les champs de l'Île-de-France, direction l'Orne.

Ou bien on pouvait prendre les choses en sens inverse, et se dire que l'efflorescence en question autour de la quête du Graal, à cette époque, était justement *venue* de... de sa découverte ou de sa quête *réelles*... qui auraient engendré tous ces récits, ces combats, parce qu'il existait et était précisément autre chose qu'un plat de Roland-Garros ! N'est-ce pas ? La poule et l'œuf !

En tout cas, ils allaient essayer de savoir...

— Il avait une carte, murmura le chevalier.

— Une... Une carte ? s'étonna Chrétien.

— Une sorte de carte de cuir, reprit l'autre. Un... Un simple carré de cuir tailladé...

Sa tête dodelinait. Il allait s'évanouir. Chrétien hésita puis, en dernier recours, après un signe de croix, il le gifla.

— Ah non ! M... Messire. Messire ! Il faut rester avec moi, hein !

Un instant, le croisé releva le menton et cligna des yeux, hébété. Chrétien le gifla encore. Il revint à lui lentement.

— La carte, demanda Chrétien. Qu'y avait-il sur la carte ?

— Le prisonnier de Nur ad-Din nous avoua tout... Un traître ! C'était un traître qui, sous la torture, avait... renseigné les troupes musulmanes sur notre arrivée... Avant sa capture, il avait été chargé de préparer notre jonction avec les forces de Terre sainte... Il savait tout... L'organisation de nos armées... Tout ! Un *traître*, du nom d'Eusipas ! Après avoir été jeté aux fers et torturé par Nur ad-Din, celui-ci l'avait amadoué en... en lui faisant miroiter un déluge de splendeurs ! Il l'avait invité dans sa maison, au cœur de ses bains, de son harem. Là où débordaient les fruits les plus voluptueux ! Des vierges tels des anges descendus sur terre ! Et ils avaient bu, bu ensemble dans la brise du soir, jusqu'à l'ivresse. Et à un moment, parmi ses trésors, Nur ad-Din lui avait montré... Là, Eusipas avait *vu*...

— Quoi ? trépigna Chrétien. Mais qu'avait-il vu ?

Judith fut arrachée à ses pensées lorsque le contrôleur annonça que « le train était arrêté du fait de vaches divagant sur les voies » mais qu'il allait « repartir incessamment ». Elle secoua la tête. Non loin d'elle, à une place voisine, un garçon qui s'ennuyait se mit à lui faire des grimaces, pendant que sa mère, plongée dans *Le Monde*, triturait un paquet de cigarettes vide. Elle se tourna vers Judith dans un sourire.

— Il ne faut pas vous inquiéter ! Aujourd'hui, ça va vraiment beaucoup mieux. Mais le Paris-Granville, vous savez, c'est une ligne mythique, en termes scénaristiques. Les trouvailles pour justifier les retards ont toujours été grandioses… Exercice du droit de retrait par le contrôleur, passages à niveau qui oublient de s'abaisser, feuilles d'arbres qui ralentissent l'allure, promeneurs sur les voies, climatisation défectueuse, rapport du contrôleur sur le manque de papier toilette, incendie dans la voiture de tête, bruit sous les roues non identifié, même attaque frontale de sangliers, et j'en passe ! Pas de souci. Tout est sous contrôle !

Elle recommença à triturer son paquet de cigarettes vide.

— Les voies de la SNCF sont parfois impénétrables, concéda Judith.

Elle sourit à la maman, puis au petit, et se replongea dans son travail.

Et ce Chrétien… Qui était-il, dans le fond ? Qu'avait-il vraiment vu et su, lui ? Car, même si on pouvait le considérer comme le père de la littérature occidentale, on avait peu de représentations de Chrétien de Troyes. Elles lui étaient souvent postérieures et se révélaient sans doute très fantaisistes… Sur la gravure que Judith fit défiler sur son écran, et qui datait de 1530, il semblait méditer tel un moine copiste dans une bibliothèque ou un scriptorium, devant un pupitre et un manuscrit qui paraissait scellé. Voilà qui était fort à propos. Mais de sa vie exacte, on ignorait presque tout, sinon ce que lui-même en disait dans ses œuvres. Il révélait son nom dans le prologue d'*Érec et Énide*, se présentant comme *Crestiens de Troies*. Mais son lieu, sa date de naissance exacts ? Inconnus. Il serait né vers 1130 à Troyes, ou en tout cas en Champagne, et mort entre 1180 et 1190. Troyes avait brûlé à la fin du XIIe siècle : aucun document ne permettait de fournir de dates précises. On pensait qu'il devait être issu de la petite noblesse, peut-être le cadet d'une famille aristocratique d'abord destiné à une carrière cléricale. Sauf que lui-même rattachait son nom à la ville de Troyes, et non à un château ou à un fief, comme c'eût été l'usage pour un aristocrate. Certains avaient suggéré qu'il ait pu être chanoine, religieux de quelque façon plutôt que trouvère ; mais rien ne venait étayer cette hypothèse. Wolfram von Eschenbach y faisait référence en tant que *Meister*, ce qui pouvait suggérer qu'il était religieux ou simplement représenter un signe de déférence envers un grand auteur. On avait même avancé qu'il avait pu être d'origine sémite, Troyes ayant accueilli une importante communauté juive ; hypothèse soutenue à partir de sa signature dans *Philomena*, où il se nommait *Crestien li Gois* : « goy », un juif converti ? Sauf que « Gois » n'était peut-être qu'une déformation de « Gouaix », nom d'un village situé à proximité ! Ou bien cette signature avait pu être ajoutée par l'un de ses compilateurs, d'autant que, dans *Le Conte du Graal*, les juifs étaient traités sans aménité… ce qui rendait l'hypothèse peu probable ! Une chose était sûre, sa culture religieuse était évidente, mais il avait aussi clairement été formé à la lecture des auteurs classiques, aux récits mythologiques et à l'histoire gréco-romaine. Il imitait souvent les figures de style des Anciens tels Ovide ou Macrobe ; il connaissait la *Thébaïde* de Stace, l'*Énéide* de Virgile. Il avait pu être influencé par des œuvres telles que *Le Roman de Thèbes*, *Le Roman d'Énéas* ou *Le Roman de Troie*… Et il lisait ses contemporains, puisque l'on décelait dans ses textes des références à *La Prise d'Orange* ou à *La Chanson de Roland*, par exemple. Bien sûr, sa source d'inspiration principale reposait sur la tradition celtique et les légendes bretonnes. Ces récits nés en Angleterre avaient traversé la Manche et étaient parvenus à Chrétien notamment grâce aux ménestrels allant de ville en ville. Il citait aussi ses sources écrites, comme le livre conservé dans la bibliothèque Saint-Pierre de Beauvais utilisé pour *Cligès*, et un autre donné par Philippe Ier de Flandre où il était fait mention du Graal. De quoi exciter la curiosité !

La veille au soir, au château Wilhelmshöhe, Richard Pritchard avait fait part au club de Cassel de son hypothèse. Autour de la table : le Magistrat en grande tenue sous son tableau de Dürer, perruque ruisselante, comme en clin d'œil à son ancienne profession, et robe à collerette ; Mme Minh, épouse d'un magnat de Hong Kong, chignon luisant, visage de porcelaine et fines lèvres sanguines, l'éventail en main au-dessus de son drapé de soie rouge et or ; Cheikh Yassine, un Qatari, ce qui suffit à le décrire ; Spencer, un autre Américain, Stetson devant lui ; Youri G., qui ne donnait pas son nom, ou en donnait plusieurs, et œuvrait « dans les affaires », particulièrement les télécoms russes et ukrainiennes ; et quatre autres encore, tous s'étant rencontrés puis découverts à mesure du temps et de leurs voyages ; tous rassemblés par le Magistrat. C'était lui qui, en maître usuel de cérémonie, leur avait proposé de se constituer en club. Ils se réunissaient ainsi une fois par trimestre : tous multimillionnaires et tous unis par leur seul « amour de l'art ». En cas de découverte, les réseaux – et le « butin » – étaient démultipliés.

— J'ai des oreilles un peu partout, vous savez, avait dit Richard dans un sourire. Je me renseigne chaque jour, y compris chez les archéologues, les historiens, les antiquaires du Marais, les chercheurs de manière générale… En l'espèce, un membre du conseil municipal, tout simplement, m'a fait remonter l'information. J'ai cru à une boutade, mais les fouilles valaient par elles seules. Elles semblaient intéressantes, alors j'ai mis un de mes limiers sur ce dossier. Et au vu de ce que je viens de vous dire… ce pourrait être un peu plus qu'un simple jeu. Qu'en pensez-vous ?

On avait brièvement tenu conciliabule, puis :

— Vous avez carte blanche, avait dit le Magistrat.

Pour peu que l'on prenne un peu de recul pour contempler le tableau dans son ensemble, les récits de Chrétien, faits de fils entremêlés, composaient un système d'échos, de correspondances poétiques : une vraie toile de Pénélope. Il avait donc dû commencer à écrire vers 1160, en traduisant *L'Art d'aimer* et des passages des *Métamorphoses* d'Ovide. Mais plusieurs de ses textes étaient perdus, comme son premier roman arthurien, *Du roi Marc et d'Iseut la blonde*. Les dates de rédaction étaient une fois de plus approximatives. *Érec et Énide* avait pu n'être composé que vers 1170, *Cligès ou la Fausse Morte* vers 1175… Dans le prologue de ce dernier, Chrétien rappelait cependant le titre de ses œuvres antérieures. Quatre étaient des mises en roman, aussi appelées *translatio studii*, traductions de texte latin en langue romane. De ceux-ci, il ne nous restait que *La Muance de la hupe, de l'aronde et del rossignol*, connu sous le titre *Philomena*, d'après l'histoire de la métamorphose de Térée, de Philomèle et de Procné du livre VI des *Métamorphoses*. C'était celui-là qui était signé *Crestien li Gois* et faisait encore débat. *Lancelot ou le Chevalier de la charrette* et *Yvain ou le Chevalier au lion* auraient été rédigés entre 1175 et 1181… Et le fameux *Perceval* entre 1182 et 1190.

Entre 1182 et 1190… Mais alors, vingt ans après le baptême d'Aliénor ? songea Judith.

Vingt ans, en passant par Lancelot et Yvain ? En outre, dans le prologue du *Chevalier de la charrette*, Chrétien affirmait avoir écrit sur les *comandemanz… de ma dame de Champaigne* : autrement dit, de Marie de Champagne, fille d'Aliénor et de Louis VII. *Le Chevalier de la charrette* comme *Perceval*, monuments littéraires médiévaux, étaient des œuvres de commande ! Marie avait imposé le sujet et la signification du premier ; le second avait été écrit à la demande de Philippe d'Alsace, comte de Flandre, soupirant de ladite Marie, et en usant donc d'un manuscrit préalable fourni par ce dernier. Qu'en penser ? Là encore, le beau château de cartes de Judith et de Florent était-il d'emblée menacé de s'effondrer ? Pas sûr. Chrétien avait très bien pu « souffler » à Philippe l'opportunité de son sujet… Pour se « couvrir » suite au récit de Peredur, quand le cycle en son entier avait été mûr ? Et se donner les moyens matériels d'aller au bout de son œuvre, afin d'en laisser trace ? Ces informations permettaient tout de même de situer l'écriture de *Lancelot* et de *Perceval* entre 1164, année du mariage de Marie avec le comte de Champagne

Henri le Libéral, et 1191, année du décès du comte de Flandre. Certains pensaient que *Lancelot* datait donc de 1168, et que la rédaction de *Perceval* aurait eu comme date finale 1182. *Date finale :* mais il avait pu commencer bien plus tôt et écrire *Yvain* parallèlement ! Il fallait se représenter ce Chrétien-là : artiste foisonnant, travaillant peut-être sur plusieurs récits simultanés… En tout cas, rendre hommage à son protecteur – et pourvoyeur de fonds – était la moindre des choses, et n'avait rien que de très courant pour les auteurs de son temps. Chrétien s'était de toute façon toujours servi de multiples sources, c'était même l'une de ses marques de fabrique. Il avait pu « déguiser » le récit de Peredur… Au moins jusqu'à l'épilogue – comme par hasard « disparu » ! Judith sourit. Était-elle une dangereuse complotiste ? Avait-elle le droit de rêver ? Elle pouvait au moins remercier Florent, Cristina et Dino pour cela.

Tant qu'elle n'était pas *sûre…*

Mais elle revint subitement à elle : tout à ses pensées, elle avait manqué l'annonce et s'aperçut soudain que le train venait d'entrer en gare de Flers !

— Merde ! jeta la bonne sœur. Merde de merde !

En panique, elle ferma le clapet de son laptop, attrapa Excalibur, son manteau de civile, son foulard, sa petite valise à roulettes sur laquelle ses amies avaient plaisanté en lui collant un sticker *I love Jesus* et se précipita en bousculant au passage un Normand au teint couperosé, et en bredouillant des excuses.

Quelques rangs derrière elle, un homme de taille moyenne portant lunettes, coupé en brosse, vêtu d'un blouson de chasse ordinaire, attrapa son sac et le passa en bandoulière.

Unknown326 descendait aussi.

8.

Le roi Pêcheur

Flers
Domfront
Mars 2023 / août 1148

SALE TRAÎTRE.

Sa mèche s'agitant légèrement sous la brise, Florent Nicolas, sourcils froncés, le teint pâle, considéra d'un air préoccupé le mot qu'il tenait en main, composé de lettres anonymes et découpées dans quelque journal inconnu.

Puis il le froissa et le fourra en hâte dans sa poche en voyant Judith quitter le quai de la gare de Flers, fracassant les roulettes de sa valise contre le bitume.

Mon Dieu… J'espère que… que je ne la mets pas en danger !

Dites-moi que… c'est sans danger !

N'est-ce pas ?

SALE TRAÎTRE.

La bonne sœur lui sourit de loin. Se recomposant un visage, Florent lui fit un geste de la main, visiblement étonné de la découvrir dans son accoutrement civil. Pour autant, Judith ne put s'empêcher de noter l'ombre qui passait sur son visage, avant que celui-ci s'éclaire de nouveau. Il lui parut cependant un peu tendu. Florent chargea la valise dans le coffre et invita Judith à prendre place dans la voiture – une Mini Countryman Cooper Automatic, bleue et customisée avec des bandes latérales de damier noir et blanc.

— Vous avez fait bon voyage ?

— Bref mais intense.

Dès qu'ils furent installés, après un ou deux cahots, Florent fit à Judith un sourire contrit et démarra. Ils s'engagèrent très vite dans le bocage normand.

Judith posa sans attendre son ordinateur sur ses genoux et chaussa ses lunettes ; elle ouvrit un document reproduisant le parchemin du départ de *Perceval* issu du manuscrit de Montpellier et, à côté, une page des rouleaux exhumés. Les similitudes étaient éclatantes. Florent tourna le regard vers elle. Il semblait toujours mi-excité, mi-nerveux. Cachait-il quelque chose ?

— Judith… Il y a encore du neuf !

— Du neuf ? répéta Judith, surprise.

Florent opina du chef plusieurs fois de manière presque comique.

— Oui… Et c'est énorme ! Mais le mieux… c'est que vous puissiez voir par vous-même. Un peu de patience. Déposons votre valise à l'hôtel et… Vous, où en êtes-vous ?

— Pour creuser, il nous faut comprendre les liens entre le supposé récit de Peredur et l'œuvre finale, parchemins à l'appui… N'est-ce pas ? dit-elle.

— Au cœur de tout, il y a *Perceval*, répondit Florent. Vous avez avancé sur les parchemins ?

— Et comment ! Le récit du chevalier, son testament pour ainsi dire, est presque complet… Mais donc… vous vous souvenez comment tout commence ?

Le paysage normand défilait hors de la Cooper. Florent acquiesça encore.

— On y va ?

— On y va.

Elle s'éclaircit la gorge.

— Dans le roman de Chrétien, après la mort de son mari et de ses deux fils, une femme se cache dans une forêt du pays de Galles avec Percevaus, son dernier enfant, Perceval. Elle tente de le protéger en l'élevant loin de la civilisation, dans l'ignorance du monde, de la guerre et de la chevalerie meurtrière. Malgré toutes ces précautions, Perceval croise un jour un groupe de chevaliers aux armures étincelantes… Il décide alors de quitter son refuge, malgré les supplications de sa mère, persuadée qu'il court à une mort certaine… Et il se rend à la cour du roi Arthur à Carduel.

— Carduel… Caerdydd, Cardiff, dont serait originaire Peredur ?

— Comme d'habitude, on n'est sûr de rien, répondit Judith. Mais Chrétien n'a sans doute pas été systématique dans le parallélisme, n'oublions pas que c'est un poème ! Il a dû broder, au contraire, y ajouter son inspiration propre ! Choisir d'occulter, de substituer ou de rendre merveilleux des éléments moins reluisants… Arranger le réel pour conforter son message, insister sur certains points du drame ou de réflexion morale, pour favoriser l'introspection. N'est-ce pas ainsi que fonctionne le mystère de l'inspiration chez les auteurs, nourris des sources de tous ceux qui les ont précédés ? Non seulement la symétrie parfaite est impossible, mais elle serait suspecte !

— Très juste… concéda Florent.

Il sourit même brièvement et, lui jetant un regard par-dessus ses lunettes :

— N'oublions pas, en effet… C'est du roman tout ça, non ?

Judith sourit elle aussi sans répondre, et reprit :

— Or donc… Toujours dans le roman, Perceval sort vainqueur de sa première épreuve en triomphant en combat singulier du chevalier Vermeil. Gornemant de Goort, un vieux chevalier, le prend sous sa protection, lui enseigne les manières courtoises et les vertus chevaleresques, redoublant les pieux conseils de sa mère : épargner le vaincu, faire preuve de retenue dans le discours, protéger les dames, fréquenter les églises… Perceval progresse vite et peut rapidement voler de ses propres ailes. Bientôt, il part à l'aventure… Et nous avec !

— Sa croisade à lui !

— Mais elle n'est pas nommée ainsi. Peut-être par crainte de brouiller le message intérieur, et parce que l'époque sort justement du fiasco de la deuxième croisade ! Au passage, par sa beauté et son courage, Perceval conquiert Blancheflor, Blanchefleur. Puis, brusquement, il s'inquiète de la santé de sa mère et s'en va la rejoindre, tout en promettant à Blanchefleur de revenir pour l'épouser. Il traverse moult péripéties et, un soir qu'il cherche un abri, il est reçu par le roi Pescheor, le roi Pêcheur, et…

Soudain, Judith s'arrêta et releva le visage, comme frappée d'une illumination !

— Mais… Attendez… Comment cela a-t-il pu m'échapper ? Damas… Damas !

De nouveau, Florent se tourna vers elle, arquant des sourcils interrogatifs.

— Rouleau 8, Nur ad-Din est incidemment nommé « Nur ad-Din, roi Pescheor »...

Elle leva les yeux, fixant la route devant elle.

— Le château du roi Pêcheur... Sa forteresse d'Orient ? Pêcheur... Pécheur ? Pêcheur d'âmes chrétiennes ? Pas roi au sens occidental, bien sûr, mais seigneur de guerre musulman ?

— Oui, enfin un autre analyste, Goulven Péron, a montré que l'apparition du Graal au château du roi Pêcheur était un emprunt direct aux *Métamorphoses* d'Ovide, le « livre préféré » de Chrétien de Troyes !

Judith regarda Florent. Elle laissa passer un silence, puis :

— Il a pu mélanger les références. L'un aurait résonné sans mal avec l'autre ! Florent... Nur ad-Din pourrait... pourrait-il être le roi Pêcheur déguisé ?

Le chevalier arrivait maintenant au point crucial de son récit.

Chrétien s'approcha de lui, plus près encore, car ses paroles étaient de moins en moins audibles.

— Eusipas... Le traître en était là de son ivresse, longeant les bains et le harem de Nur ad-Din, lorsque celui-ci lui promit encore moult trésors pour... pour prix de son âme ! Il l'entraîna au plus profond de sa forteresse, au sein de son sanctuaire. *Je vais te montrer mon diamant secret*, dit-il. Passant devant une salle étrange couverte d'un damier luisant noir et blanc, Eusipas vit une scène des plus singulière : une sorte de... d'échiquier vivant, où des esclaves déguisés, armés de lances et de haches, vêtus à la manière de pions, tours, dame, cavaliers, jouaient et s'affrontaient, à l'image des hommes toujours luttant, bercés de leurs rêves de conquêtes jamais achevées ! Eusipas dut, dit-il, se frotter les paupières pour vérifier qu'il ne rêvait pas, mais à vrai dire il n'était plus sûr de rien. Au terme d'un escalier sans fin et semé de flambeaux, lui et Nur ad-Din parvinrent enfin au cœur battant de la forteresse. Et là… le roi fit écarter devant eux d'immenses rideaux cramoisis. Eusipas n'en crut pas davantage ses yeux, découvrant un tombereau de richesses, mille objets sertis de pierres précieuses, d'innombrables coffres de pièces d'or saisis aux croisés, des calices étincelants ! Les yeux d'Eusipas chaviraient… Il était ivre, certes, mais… avait-il aussi été drogué de quelque manière ? Nur ad-Din claqua des mains. Alors, deux pages couvrirent Eusipas d'un manteau rouge, et Nur ad-Din lui-même d'un autre de zibeline. Ils avancèrent, naviguant entre ces inépuisables richesses, et, au fond, ils empruntèrent une petite porte, jusqu'à plonger dans leur saint des saints, plus profond encore… Le sanctuaire ultime de la forteresse !

— Des valets l'habillent d'écarlate et l'introduisent dans une vaste salle carrée, poursuivit Judith, au milieu de laquelle gît, à demi couché sur un lit, un homme vêtu de zibeline ! Alors que Perceval converse avec lui, il est témoin d'un spectacle étrange : un valet tenant une lance resplendissante de blancheur s'avance. À la pointe du fer de la lance perle une goutte de sang, et cette goutte vermeille coule jusqu'à la main du valet. Ce qui donne, dans le texte : *Un valet d'une chambre vint, qui une blanche lance tint… la lance blanche et le fer-blanc, s'assoit une gote de sang… I. graal antre ses .ii. mains une dameisele tenoit…*

— Ben tiens ! s'amusa Florent, qui après avoir paru nerveux à Judith semblait maintenant se détendre un peu. Et *avé* l'accent. Mais… il s'agirait d'une énigme ? La lance de la Destinée ? Poésie pure, signification cachée, ou les deux ? La lance de Longinus, qui perça le flanc du Christ sur le Golgotha ? Vous connaissez la postérité de l'histoire aussi, n'est-ce pas ? hasarda Florent.

— Oooh… un peu, répondit Judith en souriant[1].

Après quelques secondes, elle reprit :

— Deux autres valets suivaient avec des chandeliers d'or…

Le chevalier leva soudain les yeux vers Chrétien. Son regard s'alluma ; l'espace d'un instant, il sembla revenir d'entre les morts, lui qui avait déjà mis un pied dans la tombe. Il s'anima ! Le sang remonta à son visage pour contrebattre ce teint cireux, et, durant ces quelques secondes aux airs d'éternité, il parut… immortel.

— Puis vint une belle jeune fille richement parée, dit-il. Dieu était avec elle ! Car elle portait… Elle portait…

— Quoi ? Que portait-elle ?

— Mais le GRAAL, mon père, vieux fou ! HA, HA, HA, HA, HA ! Le Saint Graal, oui ! Un Graal d'or pur, orné de pierres précieuses, enchâssé de rubis rouge sang ! Survint alors… une si grande clarté que les chandelles perdirent la leur… Nur ad-Din partit d'un rire gigantesque. Il se moqua d'Eusipas et des croisés, en lui présentant la coupe ! Les siens, les pères de ses pères, avaient conservé le calice de la Cène découvert à Jérusalem, après l'avoir subtilisé à la descendance de Joseph d'Arimathie, bien avant la

1. *La Lance de la Destinée*, *op. cit.*

fondation même des États latins, des royaumes d'Orient ! Et lui, Nur ad-Din, l'avait mis au secret et à l'abri de sa forteresse devant la poussée ennemie. Il l'avait jeté là comme un blasphème, prêt à protéger de sa vie la relique des chrétiens, pour qu'ils ne la récupèrent jamais, ou à s'en servir contre eux ! Non loin, une autre jeune fille portait un plateau en argent. L'étrange cortège allait d'une pièce à l'autre, tandis qu'on préparait un splendide souper…

— À chaque plat, le cortège réapparaît avec le Graal, continuait Judith avec animation, sans que les assistants y fassent attention. Bouleversé, Perceval se demande à qui s'adresse le service du Graal. Mais se souvenant des recommandations de Gornemant, qui lui conseillait de réfléchir avant de parler, et de garder mesure et discrétion, il n'ose poser la question. Il est piégé par ses bonnes manières ! Après le repas, le châtelain, qu'un mal mystérieux semble ronger, se fait porter dans sa chambre par quatre serviteurs. Perceval s'endort à son tour et… à l'aube, il trouve le château vide. Actionné par des mains invisibles, le pont-levis s'abaisse devant lui ! Il reprend la route, bien décidé à élucider le mystère et à retrouver le Graal. Il erre longtemps avant de rejoindre le camp du roi Arthur, où il reste pensif devant trois gouttes de sang dans la neige, qui lui rappellent le doux visage de Blanchefleur. Peu après, une « demoiselle hideuse », telle qu'on en voit dans les légendes celtiques, arrive à la cour et reproche à Perceval de ne pas avoir interrogé son hôte à propos du Graal, car la question aurait eu le pouvoir de guérir le roi blessé et de lever la malédiction qui pesait sur ses terres. Il est presque maudit lui-même, du fait de son erreur ! Il a échoué à cette « épreuve du Graal », en choisissant de garder le silence devant cette apparition, au lieu de demander pourquoi la lance saignait et à qui on apportait ce récipient !

— Oui, mais… dit Florent, fronçant les sourcils. Je n'ai jamais vraiment compris en quoi c'était une faute…

— Symbolique, sans doute. Mais, en effet, Chrétien n'en donne aucune explication. Les auteurs suivants l'ont interprétée chacun à sa manière. Certains disent qu'il s'agit en creux de la critique d'une chevalerie dévoyée. Chrétien oppose une chevalerie rêvée et une chevalerie réelle, asservie dans le but d'obtenir la gloire. Alors que les véritables héros doivent faire le bien sans espérer d'honneurs, qui s'imposeront d'eux-mêmes par la suite, certains chercheraient seulement… la gloire ! Et ce, jusqu'au renoncement de soi, à soi, la trahison ultime ! Cette adhésion à la superficialité de la chevalerie réelle conduirait Perceval à préférer le « respect des manières » à la nécessité de « lever la malédiction du monde ». La guérison de ses péchés, à lui aussi ? Perceval, un traître à la cause… Une leçon morale, en somme !

— Mais, dans notre cas, cette trahison serait celle d'Eusipas, refusant de reconnaître le Graal lui-même et donc le Christ comme son maître… et se vendant à l'ennemi ? Et Peredur… qu'aurait-il fait ? Aurait-il renoncé, lui aussi ? Qu'en dit le… le testament du chevalier ?

— Ivre lui-même, fou au dernier degré, Nur ad-Din se sentit mal à la fin du repas. Quatre pages le portèrent jusqu'à sa chambre. Mais Eusipas, ce traître, lui avait déjà tout confié, ainsi qu'à ses conseillers ! Il resta seul devant les monceaux de trésors… Et le regard brillant, profitant du moment, il déroba la coupe, qu'il enveloppa de cuir et mêla secrètement au règlement de son dû… Puis il s'endormit au milieu de l'or, son sac contre lui ! Nur ad-Din avait ordonné qu'on le relâche en rétribution de ses informations. Mais dans quelles circonstances ! Alors que l'aurore poignait, l'ancien prisonnier en haillons se retrouva seul, jeté dans le désert… avec son paiement et la coupe, mais abandonné au milieu de nulle part ! C'était la veille de notre arrivée et de l'attaque des croisés par Nur ad-Din, qui nous infligea cette… cette défaite à laquelle… Eusipas assista de loin, depuis une colline sèche dominant le verger… Terrifié ! Il avait trahi la chevalerie, trahi les siens ! Mais il avait emporté… la coupe…

Après ce qui avait semblé comme les derniers feux, le baroud d'honneur, l'animation du chevalier retombait. De nouveau, sa voix se craquela :

— Mesurant la portée de son geste, il prit peur… Horrifié, il… il enterra la coupe…

Chrétien s'anima à son tour.

— Vous… Vous avez parlé de… d'une carte ! N'est-ce pas ?

Mais le menton retomba ; le trouvère le gifla encore, mais, cette fois, le guerrier ne lui répondit que par un borborygme interminable.

— Ah non, non, pas maintenant !

Désespéré, Chrétien courut au bénitier, en revint avec de l'eau dans sa gourde, et aux grands maux les grands remèdes : il jeta l'eau au visage du croisé ! Celui-ci s'ébroua, dodelinant de la tête.

— La carte ! La carte ! Vous en étiez à la carte ! Eusipas avait une carte, et… ?

— Ou… Oui… Sur le cuir dont il avait enveloppé la coupe, il avait… usé d'une pointe tranchante pour dessiner une carte malhabile, le verger pour repère…

— Et ? demanda Chrétien. Et alors ?

— Alors Eusipas s'en fut, erra vaincu, assista à notre retraite… Et n'y tenant plus, à bout de forces, il finit par se traîner jusqu'à… jusqu'à nous, dans la palmeraie… Comme dans l'espoir de recevoir une impossible absolution, p… pour sa traîtrise infâme… Et…

La fatigue et la souffrance fondaient de nouveau sur le chevalier hagard.

— Nous étions douze… Douze chevaliers du Temple, à savoir… Nous nous réunîmes et…

Chrétien cligna des yeux, et son visage s'éclaira.

— Et vous avez jugé qu'il était trop dangereux d'en parler… Vous avez choisi de le cacher !

— Nous ne savions rien… n'étions sûrs de rien… Et Louis VII, Conrad, Roger de Sicile… Tous… Tous auraient voulu… des guerres… Encore, toujours des guerres… Nur ad-Din n'aurait vu dans la coupe qu'une relique sans importance pour lui, mais il savait sa valeur aux yeux des chrétiens ! Quand il comprit ce qui s'était passé, oh… sans doute entra-t-il dans une rage folle. Il voulait traquer Eusipas. Mais celui-ci… mourut… dans nos bras… L'un…

Les lèvres du chevalier tremblèrent.

— L'un de nous fut désigné pour garder la coupe et la rapporter… La rapporter en secret… Les Douze partirent, chacun par un chemin d… différent…

— Et celui qui fut désigné, ce fut vous ! CE FUT VOUS, n'est-ce pas ?

Chrétien se mit à trépigner.

— Mais alors… messire, qu'en avez-vous fait ?

Judith revint à ses documents et se passa la langue sur les lèvres.

— Et c'est donc Robert de Boron au XIIIe siècle, dans *L'Estoire dou Graal*, qui fait du Graal le Saint Calice, lequel aurait été *emporté en terres lointaines* par Joseph d'Arimathie. Certains commentateurs parlent de l'île de Bretagne. Ou bien, soyons fous, il aurait atterri via Joseph entre les mains des premiers chrétiens, serait passé aux musulmans, puis à Nur ad-Din, puis à Peredur, et non pas emporté dans l'île de Bretagne… mais en Normandie !

— Les Bretons – enfin, les nôtres – vont dire qu'après leur avoir piqué le Mont-Saint-Michel, on veut encore faire les malins !

Judith eut un petit rire.

— En tout cas, après avoir été fixé par Chrétien comme objet de quête, le Graal en tant que Saint Calice devient le centre d'un mystère qui s'épaissit, car l'objet en question est d'abord caché, puis perdu… et certains « élus », naturellement, participeraient à la quête ou à l'entretien volontaire de ce mystère autour… d'une table ronde – d'où l'intégration dans les récits de la Table ronde.

Florent haussa les sourcils et se fit mystérieux lui aussi.

— Tout tourne rond, hein…

— Cette christianisation de la légende du Graal est parachevée par la *Queste del Saint Graal*, écrit vers 1220 par un auteur anonyme, probablement un moine, qui fait du Graal la grâce divine. Et c'est ici que, selon la légende, celui qui boit dans cette coupe accède à la vie éternelle.

Elle leva les yeux.

— Oh, mais… nous arrivons à Domfront !

La première chose qui frappait en découvrant Domfront depuis Flers était son étonnante position stratégique, sur ce haut promontoire de grès qui devait culminer à plus de deux cents mètres d'altitude et dominait la cluse de la

Varenne; cité médiévale, elle présentait un ensemble unique dans le bocage ornais. Malgré son riche passé, Judith, qui en avait entendu parler, n'y avait jamais mis les pieds, ce qu'elle avait confié à Florent dès leur premier entretien au téléphone. Mais, surtout, on ne pouvait manquer de remarquer d'emblée deux bâtiments, sur les hauteurs de la vallée, dont les contours découpés contre le ciel se manifestaient immédiatement à l'attention du visiteur. D'une part...

— Eh bien ! Ça, c'est de la mairie !

... le bel et imposant hôtel de ville, à la carrure impressionnante, du XIXe siècle, construit à l'emplacement d'un ancien couvent, Saint-Antoine, comme le dit Florent – et face à la halle, appelée au Moyen Âge la « cohue », un autre vaste édifice en bois entouré de claires-voies, qui abritait le marché couvert. En 1855, la générosité d'un Domfrontais, Pellier de La Roirie, avait permis à l'actuel bâtiment de pierre grise et au presbytère de voir le jour, à quoi les citoyens reconnaissants avaient répondu en décidant de donner son nom à l'ancienne place des Halles. Mais, à l'autre bout de l'éperon et de la tour de l'hôtel de ville, dressée comme en vigie au-dessus de la cluse, on apercevait également aussitôt les ruines du château et du donjon de Bellême. La première fortification du site avait en effet été érigée au XIe siècle, et la fondation de la ville était semble-t-il due à ces seigneurs de Bellême qui, entre Normandie, Maine et Anjou, avaient alors dominé un vaste territoire, allant de Bellême à l'est à Domfront à l'ouest, en passant par Alençon. Plus tard, lorsque Geoffroy II Martel, comte d'Anjou et du Maine, avait tenté de contrôler la région, le futur Guillaume le Conquérant était venu confisquer le château. Le Domfrontais, et plus largement le Passais, avait été rattaché au duché de Normandie. Puis les seigneurs de Bellême revinrent, pour être finalement chassés par les habitants de la ville. Si Domfront était habitée d'histoire, elle était aussi appelée « ville fleurie », sorte de label attribué par un jury départemental, bien qu'à l'heure où arrivait Judith, le printemps ne soit pas encore là. Vivaces odorantes, arbustes verdoyants, plantes annuelles colorées, tulipes orange vif, rosiers parfumés, plantes grasses par dizaines, mosaïques végétales, jardins d'inspiration médiévale chargés de plantes aromatiques telles que l'aneth, la sauge ou le raifort… Chaque année paire se tenait ici un festival de folklore international, et en année impaire les Médiévales, où l'on se déguisait en dames et en chevaliers, avec robes, écus et blasons !

— Et vous, au fait… ? Où habitez-vous ? demanda Judith.

— En face de la mairie, répondit Florent. J'ai une maison de famille pas loin dans le pays, un manoir, mais je loue un petit appartement sur place pour mes travaux, c'est plus pratique. Nous allons contourner le promontoire pour gagner votre hôtel… qui est aussi le seul ! Je vous laisse vous rafraîchir, et nous pourrons nous rendre à Notre-Dame-sur-l'Eau. Le début de notre périple !

L'*Hôtel de France*, en bordure de route, était situé à deux pas de l'hôpital et, en effet, de l'église de Notre-Dame-sur-l'Eau. Accueillie discrètement par une charmante septuagénaire, Judith découvrit bien vite une petite chambre agréable donnant sur le bocage aux flaques miroitantes, qu'arpentaient des vaches et des chevaux bruns au crin abondant. Naturellement, elle était aussi en bordure de la fameuse rivière, la Varenne.

Un quart d'heure plus tard, elle ressortait sur le parking, où l'attendait Florent.

Ils n’avaient qu’à marcher quelques centaines de mètres pour se rendre à l’église.

Celle qui, jadis, une nuit de feu, avait accueilli un trouvère exalté et un chevalier fou.

Ils allaient à Notre-Dame-sur-l’Eau.

TROUVER LES GARDIENS

9.

Notre-Dame-sur-l'Eau

Domfront
Mars 2023 / octobre 1161

Enfin, nous allons voir ! songea Judith.

Une pluie fine commençait de tomber lorsque, passant à pied devant l'hôpital sur le trottoir mouillé, ils arrivèrent aux abords de l'église, située en contrebas de la vieille ville. La silhouette de l'édifice, coincé entre le muret de la route et le murmure de la Varenne, apparut bientôt, comme déchiquetée sous le ciel gris.

— L'église romane était initialement prieuré de l'abbaye de Lonlay, commenta Florent. Elle a été édifiée par Guillaume de Bellême et consacrée en 1156 par Hugues d'Amiens, l'archevêque de Rouen. On lui a connu d'autres appellations plus récentes… « Sur-l'Eau », bien sûr, parce qu'en bordure du gué de la Varenne, mais on l'a parfois nommée aussi « Notre-Dame-sous-l'Eau » ou « Notre-Dame-des-Bois »… On a même une ou deux mentions au XIIe siècle comme « église Sainte-Marie ». Vous savez qu'elle a vu passer Guillaume le Conquérant, ou Aliénor et

Henri II, mais ce n'est pas tout : Saint Louis y a fait des prières et des offrandes. Même Louis XI est venu est s'y est montré généreux ! Cela dit… elle a bien dégusté. Les saccages n'ont pas cessé pendant la guerre de Cent Ans, puis lors de la révolte des ducs de Bretagne et d'Alençon contre Louis XI. Elle a ensuite été pillée et partiellement brûlée par les protestants, et, à la Révolution, elle a servi de magasin à fourrage, d'usine à salpêtre, de filature… Mais surtout… elle a été mutilée en 1836.

— Mutilée ?

— Oui. Avant, elle était immense ! Mais quatre des six travées de la nef et la totalité des bas-côtés ont été abattus par le Numérobis du moment : un ingénieur qui voulait absolument faire passer la route derrière nous ! Notre bon Prosper Mérimée était alors inspecteur général des Monuments historiques. Prosper a protesté, trop tard. Notre-Dame a été classée monument historique, mais bien tardivement. Avant 1836, elle mesurait quarante et un mètres de long et, avec les collatéraux, environ seize mètres de large. Il n'en reste que ce que vous allez voir, encore assez monumental. En juin 1944, comme si cela ne suffisait pas, les bombardements de l'aviation américaine ont touché la nef et le clocher. Bref, elle a subi beaucoup de dégâts ! Et il y a eu de multiples étapes de rénovation… Jusqu'aux fouilles que j'ai engagées.

Ils arrivèrent enfin sur le site.

Judith leva les yeux vers Notre-Dame.

Elle se trouvait en effet face à une église romane de style normand, début du XIIe siècle, assez massive et ramassée sur elle-même du fait des avanies du temps que venait d'évoquer Florent ; mais, presque entièrement de granite roux, elle avait conservé sa disposition en forme de croix latine. Magnifiquement rebâti, le portail était constitué de six colonnes à chapiteaux ornés d'entrelacs et de crossettes, lointains dérivés du corinthien. Certains détails ne trompaient pas Judith : les consoles de statues et l'arc surbaissé, quant à eux, étaient visiblement plutôt de facture Renaissance. À la croisée de la nef et du transept s'élevait une tour-lanterne, elle aussi typiquement normande, élégante et robuste. Le large toit était soutenu par des modillons, des oculi sur les faces orientales s'ouvrant au-dessus de chapelles. Le chevet entièrement conservé était la partie la plus esthétique de l'église. Au nord comme au sud, la travée du chœur était percée d'une fenêtre flanquée de deux colonnettes surmontées d'autres chapiteaux, dont les angles figuraient de petites têtes de béliers cornus. Le clocher, de plan carré, se dressait au-dessus de la croisée, décoré d'arcatures aveugles et de baies géminées sous la toiture pyramidale.

Judith se tourna vers le flanc sud de l'église et avisa…

Les fouilles ?

On ne pouvait manquer, en effet, de noter la présence, à proximité de la nef et du transept, d'une étrange excavation et de matériel de fouilles, et d'une poignée d'archéologues qui, voyant arriver Judith et Florent, les saluèrent en silence. Florent salua en retour et fit brièvement les présentations. L'un des archéologues voulut lui parler, mais le conservateur l'interrompit d'un geste de la main. Judith nota que divers instruments de mesure étaient installés autour du périmètre sécurisé des fouilles, en plein milieu de ce qui semblait un ancien cimetière. Une pelleteuse avait été garée plus loin, dans le tournant de la route, à quelques encablures du site. Un amoncellement de sable et de gravats avait visiblement été récemment déblayé. Il en restait pour autant un monticule ressemblant à un petit volcan.

Ils se dirigèrent vers l'entrée de Notre-Dame. Les grandes portes de bois sombre, à clenche et serrure de fer ouvragées, étaient ouvertes.

Ils entrèrent.

Judith pénétra dans l'église avec une singulière émotion, avisant tout de suite à sa droite le bénitier à base carrée, avec sa moulure à chaque angle et sa cuvette octogonale. Elle le considéra un instant…

Puis elle s'avança.

Ses pas résonnaient sous les voûtes.

L'église impressionnait par son mélange de majesté massive et de paradoxale intimité ; impressions que renforçait une étrange volée de bougies qui jetaient sur les murs de granite des reflets ocre. Un berceau de bois surmontait la nef, et un plafond de bois également dominait la croisée du transept.

— Le berceau de bois a été recréé, mais on ne connaît pas le couvrement originel, sans doute directement sous charpente, commenta Florent. Il faut vous représenter que la nef n'était pas voûtée ! Quant à ce que vous voyez sous vos pieds…

Judith glissait sous le regard de quelques statues de saints réparties sur les deux murs pignons du transept. Dans l'allée centrale qu'elle remontait, elle remarqua en effet, sous ses pas, la présence de dalles funéraires, elles aussi de granite.

— Ce sont les dalles de nobles domfrontais du XVIIe, dit Florent en devançant sa question. La plupart ont été déplacées à l'extérieur de l'édifice, près des fouilles, mais quelques-unes sont restées à l'intérieur. Une seule, celle de

Marquise Ledin, est en calcaire… avec un peu de marbre… La légende du pourtour et le quatrain à la base sont en lettres de plomb.

Judith croisa de puissants pilastres ; levant le regard, elle vit qu'ils supportaient des arcs dont la clé se situait à plus de huit mètres de haut. Elle sourit lorsqu'elle reconnut non loin une belle statue de Vierge tenant dans ses bras un Enfant Jésus rayonnant, mais sans doute du XIVe, donc postérieure à Chrétien et au trouvère. Cette statue polychrome lui rappela celle de « sa » chapelle, celle de la Médaille-Miraculeuse. Peut-être n'y avait-il décidément pas de hasard à ce que Judith se retrouvât ici ? Marie trônait à l'entrée du chœur, invitant le visiteur à une contemplation tranquille. Conformément aux usages de l'époque, elle était déhanchée, et la tête de Jésus était celle d'un adolescent, pas d'un petit enfant. Toutefois, elle aussi, manifestement, avait subi les outrages du temps : sa main droite avait disparu.

— Elle tenait probablement… un panier avec des colombes, dit Florent. C'est une jolie idée.

À deux pas, au fond du croisillon sud, se trouvait également un beau gisant en armure, les mains jointes, sous un dais gothique. Sa tête était posée sur un coussin que soutenaient deux anges, et ses pieds s'appuyaient sur un lion couché. Judith aurait tant aimé voir en lui le souvenir de Peredur ! Mais, malgré son apparente facture, il avait sans doute été réalisé au XVIIe siècle, pour une famille notable des environs, les Ledin de la Chaslerie, soucieux de consolider leurs origines dynastiques en faisant remonter leur noblesse aux temps médiévaux. Identification qui, malgré la présence de quatre écus, n'était elle-même pas formellement établie. Judith sourit encore.

Le chœur lui plut particulièrement. Au passage de la travée à l'abside, côté sud, on croyait reconnaître un lion, ou quelque animal fantastique. Lors des restaurations, indiqua Florent, on avait aussi découvert des fresques du XIIe dans les arcades, représentant des Pères de l'Église ou des apôtres, presque frémissants, animés par les flammes des bougies, personnages majestueusement assis, levant vers le ciel un index doctoral ou tenant le livre du dogme. Une étrange figure féminine nimbée subsistait également à la base de la voûte du chœur, fragment de visage aux yeux rouge vermillon témoignant d'une nouvelle campagne de peinture au XIVe siècle, ce que confirmaient d'autres traces sur les murs. On avait aussi conservé et déposé des repeints du XIIIe siècle représentant des personnages debout, dans des couleurs marron et bleu pâle. À l'origine, tout, le transept, le chœur, voûte comprise, devait ainsi être décoré de peintures magnifiques…

Mais ce fut devant l'autel que Judith s'arrêta. La table de granite reposait sur son massif triangulaire et ses colonnes trapues ornées de tores. Tout près d'elle, une sorte de saillie de pierre faisait comme un banc, au rebord de la troisième arcature aveugle. Il sembla soudain à Judith que tout ce foisonnant décor n'était là que pour lui servir d'écrin. Alors, troublée, elle *sut* aussitôt. Elle eut le sentiment que ce petit endroit, ce recoin perdu dans l'univers lui parlait à travers le temps et les siècles.

C'était là… *Ce devait être là !*

Ils se trouvaient dans l'endroit même où, jadis, Peredur avait dû accoucher de son récit au trouvère ! Comme eux, ils avaient probablement remonté cette large allée, au cœur d'un édifice plus monumental encore… Comme eux, ils avaient foulé ce sol, contemplé ces murs, s'étaient abîmés dans leur improbable nuit de feu ! Et brutalement, elle crut les voir.

Devant elle, comme des fantômes, qui tremblaient d'invisible…

Ici même, en situation, ils étaient là !

— Après la mort d'Eusipas dans nos bras, suivant la carte de cuir, nous étions allés le… le déterrer ! Et là… Le croirez-vous, mon père ? Je Le vis pour la première fois, à l'endroit où le traître l'avait enfoui… Dieu ! Celui que les juifs nomment d'un tétragramme, YHWH, Yahvé, Jéhovah ! Dieu Lui-même était dans cette coupe… Il étincelait malgré le sable sec… Oui ! OUI !

Il saisit le bras du poète avec une telle force que celui-ci poussa un cri.

— Le GRAAL ! Il était d'or pur, serti de rubis et de pierres précieuses ! Il resplendissait d'une telle lumière… Oh, ce n'étaient pas seulement les éblouissants reflets du soleil, mon père ! Il était d'une beauté… unique. Nous restâmes un temps infini à le contempler, avant de nous réveiller subitement, comme au souvenir du danger ! Et ainsi, nous étions douze ; douze chevaliers du Temple. Nous décidâmes de mettre la relique à l'abri et, surtout, de la rapporter en Occident au plus vite, sans même oser en parler à notre ordre… Oui, oui, je vous entends, mon père ! Mais combien de sang déjà ces guerres avaient-elles fait couler ? Assurément, certains d'entre nous pensaient qu'un tel atout pouvait renverser le cours de la croisade et nous faire triompher, nous offrir d'occuper les Lieux saints pour jamais. D'autres, dont j'étais, redoutaient le déchaînement d'autres puissances… Que de pouvoir renfermait ce simple objet, et quelles folies risquaient d'accompagner le désir de sa possession ? Oui, quelle apocalypse, mon père, aurions-nous déclenchée ? Je… Je le sentais, vous comprenez. C'était… indescriptible ! Le Christ, pour venir au monde, n'avait-il pas choisi le silence ? La discrétion ? L'humilité, le secret ? N'était-ce pas cela, le Graal : le symbole de l'alliance nouvelle et éternelle, le sang versé pour nous et pour les siècles des siècles ? Notre ultime débat ne fut pas tranché… Mais nous devions agir !

Il se tut, sa poitrine de plus en plus occluse, sa voix semée de râles intermittents.

— D… Dans le doute, nous convînmes de… de choisir l'un d'entre nous comme porteur du Graal. Nous partirions tous par des chemins différents, pour gêner d'éventuelles poursuites… Nous devions nous retrouver dans l'une des commanderies françaises… Gisors… Et… Oui, nous tirâmes à la courte paille ! Et… moi, Peredur, je… je fus désigné… pour conserver le Saint Calice !

Son regard étincelait, et pourtant, se dit Chrétien, ce preux chevalier n'était déjà plus de ce monde. Sa voix semblait venir d'outre-tombe, et, à présent, cette dernière énergie dont il usait pour parler encore ne lui paraissait elle-même presque plus naturelle.

Peredur était déjà fantôme !

— Imagines-tu… ma responsabilité ? Mais je revins ! Oh, à cheval, par bateau, puis à cheval encore, je revins ! Peredur de nulle part, portant en secret ce calice fantastique dans une simple besace contre mon flanc, ne le quittant jamais, sous aucun prétexte. Arrivé en France, j'appris qu'à peine séparés, quatre d'entre nous avaient été pris dans une embuscade… À Gisors, en vain, j'attendis les sept autres… Des mois durant, à prier en silence ! Personne ne vint jamais. Personne ! Jusqu'à ce que je reçoive un message… Gauvain avait failli mourir lui aussi et avait regagné ses terres. Ici… Ici, en Normandie, à Domfront ! Je décidai de le rejoindre. J'appris que… que la cour d'Henri et d'Aliénor s'y trouvait également… Mais une fois ici… je… j'arrivai trop tard… Gauvain avait espéré, préparé notre retour à tous. Ici même, il avait espéré nous accueillir, nous, les douze templiers ! Et il avait prévu… un endroit pour nous, un sanctuaire pour… Mais il est mort, mon père. Il est mort, et moi, je n'ai su que faire, je n'ai pu… J'ai…

Il sombrait. La flamme de lion – de dragon ? – dans ses yeux, qui avait connu son dernier embrasement, vacilla pour de bon.

Mais le trouvère était soudain surexcité.

Il venait de prendre la pleine mesure de ce que le chevalier lui avait confessé.

Disait-il vrai ? Seigneur, disait-il vrai ? Ou ne s'agissait-il que du délire ultime d'un chevalier fou et moribond ?

— Mais alors… Le Graal ? Le Graal est ici ? Attendez, attendez, vous l'avez rapporté, vous l'avez avec vous ?

— J… Nous l'avons caché…

— Caché, mais comment ça, caché ? Ici ? Dans les environs ?

— Oui… c… caché… Damné… Je suis d-d-damné !

Le trouvère écarquilla les yeux. Quelle œuvre extraordinaire pourrait-elle jamais rendre compte de pareille folie ? Soudain, perdant lui-même tous ses sens, Chrétien saisit le chevalier par les épaules… et le secoua de toutes ses forces, comme un prunier !

— Mais alors, où est-il ? Messire, où est-il, dites-moi !

À deux doigts ! Il était à deux doigts de…

— Approche, lui souffla le chevalier. Il est… Il est…

Le poète se pencha ; le chevalier, barbe dégoulinante de sueur et d'écume, leva la bouche vers l'oreille du trouvère. Fouillant sous sa propre armure comme pour y saisir quelque chose contre son cœur, il attrapa la main de Chrétien et, murmurant sa parole ultime, une parole… une parole incompréhensible, une parole…

— Le… L'échiquier… L'échiquier vivant de Damas… Il est…

— Hein ? Damas ? Ici ? Où ?

— Il est mblmbllmb…

— Mais que… Par pitié, OÙ EST-IL ?

Il chuchota encore. Et dans un râle, enfin, expirant, jetant son dernier souffle, le chevalier mourut.

— C'était crypté, se dit Judith, revenant à la réalité.

— Comment ? dit Florent.

— Peut-être toute la légende du Graal, tout le cycle arthurien dépend-il de cette nuit. Et il aurait tout raconté dans ses parchemins ultimes. Peut-être le prodige littéraire de Chrétien s'est-il joué entre ces murs. Car c'était là, n'est-ce pas ?

Elle se tourna vers Florent. Celui-ci opina du chef.

— C'est l'hypothèse. Mais…

— En même temps, dès que l'on prend un peu de recul, le fil est bien mince ! Tout cela, c'est, euh, ne m'en veuillez pas… du téléphone arabe ! Le roi Pêcheur dit que c'est le Graal à Eusipas le menteur qui dit que c'est le Graal à douze chevaliers qui…

Elle secoua la tête. Florent gratta le sol du bout de sa chaussure.

— Je deviens folle.

— Nous sommes en plein délire, n'est-ce pas ? Cependant, s'ils l'ont vu, et rapporté, dans l'autre sens... Regardez là...

Judith venait en effet de se figer. Et Florent retrouva un vague sourire, un peu crispé. Elle apercevait enfin, comme provisoirement reconstitué, exposé ici et calé contre le mur au-delà de l'angle de l'abside... le bouclier. Celui que Florent lui avait montré en photo dans la chapelle de la Médaille-Miraculeuse !

L'écu brisé, l'écu au dragon écarlate et à crête perlée !

— Vous savez que l'importance du dragon dans la culture galloise remonte à la légende arthurienne, lorsque Merlin eut la vision d'un dragon rouge, qui représenterait les Britanniques de souche, combattant un dragon blanc, les envahisseurs saxons. Le vert et le blanc évoquent plus tard les couleurs de la maison Tudor, la famille royale d'origine galloise du XVe siècle. Et au cas où vous vous poseriez la question, le dragon rouge a gagné la bataille...

Judith le contempla. Lourd, grand, puissant, de blanc et de rouge, au dragon encore visible. Malgré la zébrure qui courait de part en part, il semblait animé d'une lueur métallique jaillie des temps anciens... L'écu de Peredur ?

— C'est inouï.

— Mais tout cela... Judith, tout cela n'est rien. Maintenant, suivez-moi. Je vous avais promis une surprise... Je n'osais vous en parler. Préparez-vous.

Judith lui emboîta le pas lorsqu'il l'invita à le suivre, méditative, complètement étourdie. Ils remontèrent l'allée centrale.

— Notre-Dame fourmille de détails, dit Florent. Par exemple, sur la façade extérieure, vous trouverez plein de motifs qui témoignent de la gaieté du Moyen Âge.

— Les monuments sont toujours des livres, commenta Judith. Des livres de pierre !

— Sous la sablière, un damier parcourt l'hémicycle de modillons grotesques, et sur le transept nord, vous verriez un personnage assis, nu, qui porte une besace. La tradition y voit le portrait de Guillaume Talvas ou de Bellême, le fondateur de l'abbaye de Lonlay et peut-être de Notre-Dame, mendiant les prières ou les aumônes des passants… Sauf que la construction actuelle lui est postérieure de près d'un siècle ! Mais ce n'est pas cela que je voulais vous montrer… Venez.

Ils se rendirent dans ce qui avait semblé à Judith un petit cimetière ouvert, juste à côté du transept, où reposaient entre les herbes folles les improbables dalles funéraires des nobles domfrontais, et où l'excavation de fouilles archéologiques avait été pratiquée. Elle enjamba avec Florent le cordon qui délimitait le périmètre. Un archéologue en pull zippé bleu et solide pantalon de baroudeur s'écarta. Au centre, à côté d'un amoncellement de gravats dont le déblaiement n'était pas encore achevé, un vaste trou avait été creusé…

Florent s'arrêta.

— Comme je vous l'ai dit, au départ, nous voulions seulement vérifier une hypothèse. Nous sommes en contrebas de la vieille ville de Domfront qui s'est progressivement entourée de remparts. Il y a Saint-Symphorien et Saint-Julien là-haut. Pourquoi *cette* église-là a-t-elle été construite hors les murs ? Simplement parce que le bourg primitif et le premier peuplement étaient là eux aussi, avant de se hisser sur le promontoire ? Ou parce qu'il s'est agi de « recouvrir » un ancien site païen, gallo-romain ? Évidemment, j'ai eu quelque scrupule à creuser directement dans l'église actuelle, au risque de la mettre sens dessus dessous.

Il s'éclaircit la gorge.

— Nous avons donc réalisé des sondages. Sachant qu'avant sa mutilation, Notre-Dame était beaucoup plus vaste, j'ai pu le faire ici sans grand dommage, au niveau des travées d'autrefois et en bousculant un peu les dalles de jadis. Et dès les premiers sondages, nous avons deviné l'existence sous nos pieds de… quelque chose.

L'excavation était à peine assez large pour laisser passer une personne – et encore, avec moult contorsions.

— Je vous en prie. Attention à ne pas tomber.

Il lui tendit la main. Judith hésita un instant puis, glissant ses doigts dans ceux du conservateur, s'aventura dans le trou.

Il descendait en pente assez raide et humide sur deux mètres environ ; on l'avait conforté par des étais et aménagé en escalier étroit et grossier.

Florent lui emboîta le pas. Judith manqua de trébucher.

— Quand je suis venu vous voir, nous avions commencé à creuser… Nous avons heurté la dalle de granite des anciennes fondations. Et au-dessous, en creusant encore… Ne vous inquiétez pas, j'ai fait installer des lampes électriques.

Quelques instants plus tard, Judith déboucha dans…

Une… Une crypte ?

Elle eut aussitôt la bouche sèche.

Oh, mon Dieu.

Florent la rejoignit, descendant à son tour avec précaution. Judith était pétrifiée. Le conservateur se tenait maintenant tout près d'elle, sa silhouette se découpant dans un tremblement de poussière, sous le vacillement de trois grandes lampes grésillantes, branchées à un groupe électrogène.

Florent laissa le silence s'installer, puis…

— Nous avons mis au jour quelque chose… L'angle sud de cette… petite salle. C'est pourquoi nous avons assez vite découvert… notre…

Il désigna, dans ledit angle, un coffre. Le fameux coffre de pierre doublé de bois, qui avait abrité les parchemins, enroulés dans leur linge blanc et leur ruban en lambeaux.

À présent, la serrure était ouverte.

— Notre trésor.

Il se racla la gorge.

— Le bouclier se trouvait près du coffre. Brisé. Sans doute du fait des éboulements, au moment de la destruction de l'ancienne église par notre cher Numérobis. Et nous avons vite compris qu'il ne s'agissait pas seulement de… d'une cache, mais… d'une pièce, assez petite, mais entière. Intacte en vérité, mais partiellement masquée par les éboulements en question. Alors, pendant que vous commenciez l'expertise des rouleaux avec l'aide du Vatican, nous avons continué de déblayer. Et une fois enlevé le premier monceau de gravats, elle nous est apparue, dans toute sa splendeur, si j'ose dire. Je ne voulais pas vous en parler avant d'être sûr… que vous puissiez constater par vous-même. Mais voici ce que nous avons trouvé.

Judith embrassa la salle du regard.

Là, au cœur de cet endroit étrange jailli des profondeurs et des fondations de Notre-Dame-sur-l'Eau, qui n'avait sans doute pas connu la lumière depuis… depuis combien de temps ? Des siècles ?… Judith sentit un tremblement fiévreux la parcourir. Aussitôt, une vieille enluminure, une miniature d'Évrard d'Espinques dans le manuscrit du

Lancelot en prose, vers 1470, fulgura dans son esprit. Son cœur bondit subitement dans sa poitrine, comme sous l'effet d'un singulier enthousiasme, d'une excitation presque juvénile ; cette sorte de joie inexplicable que devaient connaître les savants au bord d'une grande découverte, ou ces archéologues qui avaient dû exhumer le Tombeau des Rois. Ses yeux bleus se mirent à étinceler. Son souffle se fit plus court, elle en eut les mains moites, et se souvint aussi du fameux syndrome de Stendhal, par lequel l'émotion esthétique procurée par les œuvres d'art, des peintures, les accords diaboliques d'un Paganini au violon, pourrait affecter le système nerveux. Comme si, à défaut d'avoir trouvé – déjà ? – le Graal lui-même, sœur Guillemarche avait soudain l'intuition de pénétrer le cœur d'un lieu tellurique, d'un sanctuaire. Un lieu important, saint peut-être, sacré sûrement, une pièce tissée de chuchotements et de murmures au-delà du temps, que seuls ces endroits drapés de mémoire sublime, parés de réalité autant que de songes ou de fantasmes, savaient contenir. Un lieu originel. Un berceau, peut-être ?

— Vous... Vous vous moquez de moi...

Une fois son accès ouvert, la crypte était restituée dans son intégralité originelle, et on y plongeait comme dans sa nudité immaculée de jadis, parfaitement préservée entre ces dalles de granite. Au milieu se trouvait cet objet, ce meuble, cet autre autel de pierre qui happait immédiatement le regard. Non pas scellé sous les arches romanes d'un Camelot immense et immobile, dans l'écrin d'un château aux voilures de roc enchantées, aux voûtes vertigineuses et semées de colonnes massives ; non, la table se tenait certes au cœur de la salle, mais celle-ci, bien que voûtée en effet, était assez basse, de dimensions réduites – une vingtaine de mètres carrés –, faite de pierres taillées en des temps médiévaux, sagement alignées. Elle respirait une sorte d'étrange et occulte discrétion. Et elle était dépouillée de tout ornement, ou presque. Elle évoquait davantage, pour Judith qui le connaissait bien, le cénacle de Jérusalem, la petite pièce où Jésus avait – ainsi que son nom l'indiquait – rompu le pain, donné le vin comme le corps et le sang versé de l'Alliance, le *sang real*, la salle de la Cène. Au fond, une croix de pierre surmontait un bas-relief intrigant, qui semblait davantage du gothique naissant. On y voyait un chevalier agenouillé devant un autre personnage aux atours indistincts – tunique? Robe de bure? –, tête nue mais non tonsurée, un index levé, l'autre main refermée sur un livre; le chevalier tenait au bout de son bras gauche une épée plantée devant lui, comme en attente de quelque adoubement; au bas de l'épée se trouvait la figure d'un autre personnage assis, nu, d'allure vaguement grotesque. Nulle mention, inscription ou explication. Juste la croix de pierre au-dessus et, de part et d'autre, d'anciens anneaux de fer qui avaient servi jadis à fixer ou à glisser des torches.

— Ce qui est étrange, c'est qu'il n'en est fait mention nulle part, et que même les historiens les plus chevronnés ignoraient son existence, dit Florent. Alors peut-être... peut-être cette pièce était-elle justement destinée à rester secrète. Pourtant, il devait y avoir un escalier, menant à une porte, une trappe, une dalle amovible, que sais-je. Le passage a été détruit ou bouché, sans doute dès le XIIIe. On le devine au travail de maçonnerie sous une arcade aveugle (il désigna un autre coin de la salle), là. Il a été ajouté. Et l'escalier lui-même recouvert. Il devait déboucher dans le transept à quelques encablures du croisillon sud.

Et c'était tout.

Les lumières électriques dansaient dans des reflets d'ombre sur les murs derrière eux.

Judith n'osait plus parler.

Elle tourna autour de ce qui ressemblait à la fois à un autre autel, ou à une table, du fait de sa forme particulière.

Il sembla à la sœur que les ombres d'autrefois chuchotaient et tournaient avec elle.

— Ne... Ne me dites pas. Ici ?... Ici, entre tous les endroits, tous les fantasmes ?

— Ce ne serait pas impossible. Et même... assez logique, quand on y pense.

Florent avait presque hésité à parler, redoutant l'écho de sa propre voix, elle-même hésitante et pourtant sonnant clair entre ces murs abîmés depuis si longtemps dans le silence, cette petite cathédrale souterraine, miniature.

— Les voûtes paraissent romanes et avoir fait partie des fondations souterraines du bâtiment d'origine, reprit Judith, mais... le bas-relief semble du gothique naissant, donc postérieur. Comme certaines parties de la table elle-même... et le mur de maçonnerie dont vous parliez. Les deux personnages, le chevalier et l'autre... Non, tout cela n'est pas...

Judith marchait autour de la table.

— Dieu du ciel !

En son centre se trouvait cette fois une inscription, en latin, qui claqua à ses yeux. Le conservateur l'avait fait partiellement nettoyer, avec toutes les précautions requises, si bien qu'on devinait encore les vastes traces, les lambeaux de poussière accumulés par les ans ; mais l'inscription ainsi que les principaux motifs gravés sur la table avaient été mis au jour. Et Judith, qui embrassait d'un trait l'ensemble de ces informations et peinait à en faire la somme face à l'énormité de ce qu'elles signifiaient, revint à l'inscription. Elle lui donna un nouveau coup au cœur.

Hoc est, ubi vos have ut aperi oculos cordis vestri !
C'est ici qu'il faut ouvrir les yeux de son cœur !

Elle leva les yeux vers Florent.

— C'est le début du poème. Sur les parchemins.

— Je sais bien.

Ladite inscription, avec la date qui ne pouvait tromper, figurait au centre d'une sorte de rosace de pierre, soleil rayonnant semé d'épées presque grossières, sous ces voûtes à la fois rassurantes et oppressantes. Judith, la gorge nouée, crut qu'elle allait s'évanouir. Sur la table, elle en compta douze. Douze épées.

— Vous… Vous pensez que c'est là ?

Florent tapota ses lunettes d'une pichenette sur la monture. Le mélange de fascination mais aussi d'étrange et de profonde inquiétude qui émanait de lui, et qui avait déjà alerté Judith, ne lui échappa pas.

— Camelot… Camelot est peut-être un endroit imaginaire… Mais il y a un château à Domfront. Là-haut. Au château, et ici dans cette église, des chevaliers ont pu se réunir. Une reine au moins, des rois y sont passés. Judith… Ce… Cette table existe aussi. Elle est là, sous nos yeux.

Judith porta les mains à sa bouche. Une partie d'elle refusait d'y croire, mais une autre rêvait, priait, criait, hurlait son désir que tout cela fût la vérité, et non le produit d'une aberration, d'une chimère érudite, l'une de ces impasses purement littéraires qu'elle avait tant rencontrées. Mais elle se souvenait aussi de son illumination de jadis dans les ténèbres vacillantes d'une autre crypte, celle de Notre-Dame-sous-Terre au Mont-Saint-Michel, au temps du cardinal puis du pape Spinelli di Rosace ; elle se souvint de la Menorah, le chandelier du Temple de Jérusalem, qu'elle retrouva jadis ; puis des ruines de Megiddo et sous la basilique Saint-Pierre, et de la lance de la Destinée ; oui, le monde était fou, mais la pierre ne mentait pas et lui criait soudain : *Et toi ? Toi, me souffles-tu aussi, ce soir, la vérité ?* Était-il possible que cette modeste crypte fût un lieu de rassemblement chevaleresque secret, à l'instar des lointains kraks templiers d'Antioche, de Saint-Jean-d'Acre ou de Jérusalem au temps des croisades ? Ici, dans cette petite salle aux allures de chapelle, sans aucune ouverture hors une porte condamnée, des sièges qui ne s'y trouvaient plus, non dans un château d'or, de lambris et de rêve, mais ici, dans cette salle abandonnée au fond de la Normandie, au souvenir du passage d'Aliénor, de Richard Cœur de Lion et de Guillaume le Conquérant ? Dans ce recoin perdu, minuscule au regard du monde, mais si réelle, si réaliste, si convaincante soudain, cette petite pièce non dans le séjour grandiose d'un impossible Camelot d'or, mais ici, dans une discrétion semblable à celle de la « crèche » qui avait abrité à Bethléem la naissance du Nazaréen, sous d'autres étoiles ? Une petite salle avec au centre, l'engloutissant tout entière, une table, frappée de douze épées, convergeant vers le centre ?

Une table ronde ?

Judith leva vers Florent des yeux brillants, et leurs regards se croisèrent.

Florent, lui, triturait le papier froissé dans sa poche : *SALE TRAÎTRE.*

— On ne va pas pouvoir garder tout cela secret très longtemps… dit-elle, la bouche sèche.

La Table ronde.

Le conservateur hésita, puis finit par jeter, les lèvres crispées et se raclant la gorge :

— Comme vous dites.

10.

La conjointure

Domfront
Mars 2023 / octobre 1161

Judith avait passé le reste de la journée étourdie, sans oser croire ce qu'elle avait vu, à prendre des notes sur les découvertes de Florent. Le soir commença de tomber sans crier gare. Florent lui proposa de dîner à l'*Hôtel de France* où elle logeait, et ils prirent une table. Ils commandèrent un bon repas et une bouteille de poiré.

— Le poiré, vous connaissez ? C'est très doux, pétillant… Un cidre de poire ! Vous y avez droit ? plaisanta Florent.

— Un peu, dit-elle en tendant son verre. Il va bien falloir s'en remettre.

— Les poiriers de plein champ sont une signature de notre région. Ils fleurissent en avril, d'ailleurs. C'est pour bientôt ! Et ça rend les alentours magnifiques. Des producteurs du coin ont relancé le poiré, qui se consommait déjà autrefois dans les fermes du pays, et en ont fait une appellation d'origine protégée. Ils sont très doués, et c'est délicieux. Vous allez me dire ce que vous en pensez !

Judith acquiesça en souriant. Florent la servit, et Judith goûta avec bonheur ce qui lui sembla un mélange de bulles fines et de parfums d'agrumes, de fruits exotiques et de fleurs blanches…

— … Avec une pointe d'acidité et une légère astringence, la douceur miellée de la poire… Excellent, non ?

— Délicieux en effet, dit Judith, en claquant la langue après sa première gorgée.

Ils attaquèrent une salade de légumes en entrée. On était loin des ripailles médiévales, mais elle était assez goûtue. Judith cilla.

— Bon. Florent… Je peine à comprendre… Les parchemins, l'écu, la crypte, la Table ronde. Mais celle-ci n'est-elle pas forcément postérieure à la nuit de feu ?

— Un hommage ultérieur aux douze chevaliers ? Un… Un sanctuaire ?

— … Condamné par la suite ?

— Quel lien avec l'œuvre de Chrétien ?

— Cela paraît évident.

— La Table aurait inspiré l'œuvre, ou l'inverse ? Et pour… pour quel Camelot ?

Florent se contenta de hausser les sourcils.

— Et il y a autre chose. Je vais me faire l'avocat du diable, dit Judith. Si Peredur avait vraiment le Saint Graal, pourquoi l'avoir gardé pour lui seul… et caché ? Il était chevalier templier, et douze autres étaient avec lui… Il pouvait le confier à n'importe lequel d'entre eux ! Le mettre au secret, pourquoi pas, à l'abri dans l'une des multiples commanderies templières, en France ou ailleurs ? Sainte-Eulalie-de-Cernon, Aveyron, Coulommiers, Arville, La Couvertoirade – rien qu'en France, il y en avait autour de sept cents ! Sans compter celles du Portugal, d'Angleterre, d'Espagne, d'Écosse, d'Irlande, de Pologne, de Hongrie, d'Italie, de Belgique, des Pays-Bas…

— Bien sûr. Et d'Orient !

— En outre, si le secret était trop lourd à porter pour lui seul, ce que semblent dire les parchemins, pourquoi ne l'a-t-il pas fait remonter, par exemple… jusqu'au pape ?

— Je pense qu'il s'est posé un problème moral. C'est aussi ce qu'exprime son dilemme.

— Moral ?

Florent s'inclina légèrement.

— Il ne s'agissait pas forcément que de rhétorique courtoise ou chevaleresque. Prenons les romans : les héros de Chrétien doivent choisir entre leur amour et leur devoir moral. Dans le cycle de la Table ronde, Arthur est figure de référence, mais ce n'est pas lui qui est au centre des quêtes. Yvain, Lancelot, Érec, Galahad, Perceval… C'est toujours la même structure. Chrétien est l'un des fondateurs de la dramaturgie ! Au début, le héros est heureux, jeune, naïf, insouciant… Survient un moment de crise et de défi, où il prend conscience qu'il lui manque un élément crucial pour que sa vie soit dignement accomplie. Le but de sa quête est fixé, et le héros se met alors en mouvement pour l'atteindre, déchiré dans une lutte intime entre l'amour et l'aventure. La résolution de l'intrigue, si elle est positive, se solde par l'acceptation et la synthèse des deux.

— Tout cela semble presque calqué sur les croisades et le récit de Peredur, enjolivé !

— Mais dans la « vraie » vie… imaginez la responsabilité ! Et puis, il y a une caractéristique majeure. Nous ne sommes plus dans la chanson de geste, au thème patriotique, dans une quête collective comme dans l'histoire de Charlemagne par Roland, mais dans une quête personnelle, où les épreuves sont intérieures… Seule la voie authentique de la chevalerie est le moyen de vaincre le Mal. Le héros voyage en solitaire, incognito et sans prendre de repos. Il court vers une vérité intime, et ultime…

— Que voulez-vous dire ?

— … Qu'un *vrai* chevalier aurait sans doute considéré, après mille méditations, qu'il valait mieux soustraire le Graal à la folie des hommes. Qu'il était préférable de voir le Graal demeurer un objet de quête. Comme la nôtre… Tel aurait été… son devoir.

— *Raison pourquoi on aime mieux la chasse que la prise*, comme disait Pascal.

— C'est cela, oui, confirma Florent.

Il prit une gorgée de poiré tout en donnant une pichenette sur ses lunettes. Puis, la mèche un peu en bataille, il se tut et plissa les yeux, considérant Judith en silence.

— Mais… si je puis me permettre… vous êtes bien curieuse, Judith…

Judith leva vers lui ses yeux bleus et esquissa un sourire.

— Curieuse ? Oh, sans doute. Et dans tous les sens du terme.

— Et vous êtes une curiosité.

— C'est-à-dire ? Je vous en prie, pas touristique, quand même ! *(Ils eurent un petit rire, puis se turent à nouveau.)* On m'a toujours regardée comme ça… Je me suis sans doute moi-même regardée comme ça…

— Mais… dit Florent, se dandinant sur sa chaise et se raclant la gorge, pardon de la question, mais… en ce qui concerne la vie, pas seulement, euh, intellectuelle et religieuse… Je veux dire : et vous ? Vous n'avez pas toujours été bonne sœur, n'est-ce pas ? Alors, avant ? Enfin… Les hommes ? Et vous n'êtes pas… euh…

Judith baissa le regard un instant. Elle caressa son verre, songeuse.

— Ne vous inquiétez pas. J'ai eu les histoires qu'il fallait, quand il le fallait. Quand j'étais jeune. À cette époque, j'aurais sans doute voulu, espéré… « la » rencontre. Et après, aussi, un peu plus tard… Lorsque j'ai quitté le Vatican, avant de devenir Fille de la Charité, j'ai de nouveau hésité à… entrer de plain-pied dans le monde, enfin, un certain monde… Mais vous savez, le temps passe vite… Cette rencontre n'est pas venue. Une autre, en revanche, ne m'a jamais quittée. Celle du Christ. Pour le reste, j'ai réglé toutes les questions de longue date. Heureusement, d'ailleurs, sinon je risquerais de porter bien mal l'habit.

Il y eut un autre silence.

— Cependant *(et le regard de Judith s'égara dans le vide quelques instants)*, il y a eu… un enfant.

Florent tiqua.

— Un… Un enfant sans homme ? Que voulez-vous dire ?

Judith se mordit les lèvres. Elle se rendit compte qu'elle aurait mieux fait de ne pas en parler. La douleur habituelle lui revint, telle une vague, comme toujours.

— Un enfant qui… qui m'avait été confié et… qui a disparu.

— Oh… se contenta de dire Florent, battant en retraite.

— Et vous ?

— Comment ?

— Eh bien… Et vous ? dit Judith. Vous n'avez pas de femme ? De petite amie ?

Il eut l'air amusé et gêné à la fois, puis se gratta la tête un instant, rabattant sa mèche.

— Euh… Non. Je suis resté longtemps avec une demoiselle du coin… Six ans tout de même ! On a parlé de mariage, et puis finalement, non ; je vous passe les détails. J'ai eu une ou deux historiettes depuis, mais en ce moment… je me concentre, hem, sur mes fouilles. Mon travail. *(Il eut un sourire.)* Je crois que, moi aussi, voyez-vous, on peut me trouver facilement… décalé.

Judith, amusée à son tour, planta son regard dans le sien.

— Peut-être… Mais c'est bien d'être « à côté », vous savez. Ça a son charme. Les à-côtés, la différence, la *vraie* différence, pas celle qui brame sans arrêt ou veut imposer ses vues à tout prix, non, la différence bienveillante, sereine, qui se cultive soi-même comme une plante un peu revêche… Celle qui a besoin de soin, de paix, d'amour, de lumière… qui avance en sachant qu'elle est aussi banale qu'unique. Cet « à côté »-là, je le trouve beau…

— Je ne peux pas vous dire le contraire.

— C'est vrai que l'histoire, la religion, l'art, tout cela, c'est une sensibilité particulière. La littérature est-elle un refuge, un mensonge, une vérité ? Qu'en dirait Chrétien, à votre avis ? Nos vies ne sont-elles qu'un gros cimetière de brouillons ?

Elle avait baissé d'un ton, comme si elle confiait soudain quelque chose de précieux. Florent la laissa venir.

— Vous savez ce que disait Jean-Luc Godard : *La marge, c'est ce qui fait tenir les pages ensemble…* Plus la religion, par exemple, sera marginalisée, plus elle sera nécessaire pour faire tenir le livre de nos existences. Mais, dans le flux de l'immédiateté, peu de gens en ont conscience. Vous l'avez compris, je suis très attachée à la philosophie pascalienne. Il l'avait dit, on oublie si facilement qu'on va mourir, alors on fanfaronne… À l'inverse, on peut croire et rester humble. Vous avez raison, j'aime tout ce que notre temps oublie d'aimer. Du moins en Occident, dont le déclin est en marche, notamment à cause de cela. Prendre son temps, justement… Traquer les pierres, la mémoire…

— Seriez-vous complètement réac ? hasarda Florent en plaisantant à demi. Et votre entrée en religion… Juste un refuge ?

— Vous le faites exprès pour me provoquer, dit Judith. Mais vous savez déjà la réponse. Je ne crois pas que le progrès consiste en l'aliénation de la mémoire… ou que l'avenir dépende de son abolition… C'est tout l'inverse ! Il s'agit d'une instrumentalisation idéologique que ce progrès qui pense qu'il doit se dresser sur les ruines de l'oubli, le bricolage ou la démolition permanente de ce que nous avons été. En vérité, c'est une arme dont les fins sont tyranniques. Et vous savez aussi ce que l'on peut dire du progrès technologique sans progrès de la conscience. Si vous voyez en la foi un refuge, vous avez sans doute raison. C'est également le moyen de nous sauver sans baisser les bras, de toujours construire… Il semble que le débat n'ait jamais été autant d'actualité. Nous sommes en danger, Florent. Ce danger est réel. Et dans ce moment… comme cette petite médaille miraculeuse qui pend à mon cou *(elle la caressa brièvement)*, qu'est-ce qui, à votre avis, nous évitera de sombrer ?

Florent hésita, puis leva son verre.

— Ha, ha… Le Graal… ?

Ils sourirent.

Lorsqu'on leur apporta le suprême de volaille et sa compote de poires faite maison, ils remercièrent leur hôte, marquèrent un temps, puis Florent continua :

— Et si nous étions dans le pur fantasme ?

— Pas le fantasme… Le roman ! La poésie… Mais c'était ma question de tout à l'heure. Et si elle était plus réelle que la réalité ?

— La question se pose pour Chrétien ! Son œuvre a été transmise autant par des trouvères que par des troubadours. J'ai repéré une référence explicite à ses romans dans *Flamenca*, un roman courtois occitan du XIIIe siècle. Mais on ne racontait ces histoires qu'aux nobles, à l'aristocratie ! Le bas peuple était jugé incapable d'en comprendre la morale aussi bien que l'art littéraire. On l'a traduit ou imité à l'étranger, on trouve des textes en anglais, en allemand, en suédois… Un peu à la Renaissance. Mais l'intérêt s'est tassé, malgré les continuateurs. Saviez-vous qu'il n'a été réimprimé qu'au XVIIIe siècle ? Et encore, dans une réécriture faite par le comte de Tressan dans sa *Bibliothèque universelle des romans* ! Puis au XIXe, mais avec beaucoup de bêtises… On le voit comme un auteur qui reprend de vieilles légendes pour en faire des romans légers. Quelques voix isolées se sont élevées pour le célébrer, mais ce sont surtout les critiques des années 1930 qui l'ont réhabilité. Je crois que c'est Aragon qui a salué cette reconnaissance par les médiévistes. Au début des années 1940, il a eu une belle formule. Il a dit que, grâce à Chrétien, la France avait connu *la gloire d'envahir poétiquement l'Europe*. Pas mal, non ?

— *Envahir poétiquement l'Europe…* En voilà un, d'objet de quête… répondit Judith, songeuse.

Il y eut un silence, seulement interrompu par le tintement des cuillers achevant la compote.

Puis Florent se mit à bâiller avant de mettre une main sur sa bouche. Judith sourit.

Ils se quittèrent quelques minutes plus tard. Florent promit de venir la chercher tôt le lendemain, pour qu'ils poursuivent leurs investigations.

Poursuivre, poursuivre… Très bien, mais par où ? s'inquiétait Judith en regagnant sa chambre.

Et tandis que banquetaient les rois du monde
Moi devenu ci-devant chevalier trouvère
Retournai mon âme, et par toute la terre
Cherchai vainement Calice de Lumière.

Le chevalier était mort.

Chrétien sortit au petit matin, dans les lueurs blafardes d'une aube encore pâle, sous un ciel comme lavé après le passage de l'orage nocturne.

Il avança, hébété, se demandant s'il avait rêvé ou cauchemardé cette nuit. Et que faire désormais ? Par quoi, par où continuer ? Il marchait, vacillant à son tour. Il porta une main à son front, à ses paupières, clignant des yeux.

Et soudain, rendu à quelques pas de l'église, il se laissa tomber, littéralement. Il s'assit en tailleur, sans se soucier de la boue encore humide. Les mains sur les genoux, il regardait les champs devant lui. Les poiriers, en avril, fleuriraient. Enfin, il ouvrit la main.

Le poète se pencha ; le chevalier, barbe dégoulinante de sueur et d'écume, leva la bouche vers l'oreille du trouvère. Fouillant sous sa propre armure comme pour y saisir quelque chose contre son cœur, il attrapa la main de Chrétien et, murmurant sa parole ultime, une parole… une parole incompréhensible, une parole…

— *Le… L'échiquier… L'échiquier vivant de Damas… Il est…*

— *Hein ? Damas ? Ici ? Où ?*

— *Il est mblmbllmb…*

Dans le moment ultime, le chevalier avait fouillé dans son armure pour glisser dans sa main… un morceau de peau, de parchemin froissé.

Chrétien ouvrit le poing et déploya le parchemin au creux de sa paume.

On y voyait ce qui ressemblait à un échiquier. Et à leur place étaient représentés grossièrement la dame, le roi et le cavalier.

Damas ? Domfront ? Ha, ha ! Me voilà bien avancé !

Il releva les yeux en soupirant vers le soleil levant.

Le soir, à la fenêtre de sa chambre, sous un ciel encore lourd, Judith méditait, elle aussi. *Une partie d'échecs. Une sorte de partie d'échecs avec le temps. Dans le temps, et dans l'espace. Et cet échiquier du poème et des parchemins… Une allusion à un échiquier vivant à Damas… Mais que peut-il vouloir signifier, lui aussi ?*

Ses yeux sondaient la nuit. Elle repensait à la formule d'Aragon dont lui avait parlé Florent au dîner.

Envahir poétiquement l'Europe…

Chrétien et le Graal avaient, en effet, envahi poétiquement l'Europe. En opposant amour et raison, le trouvère était devenu la source du premier moteur de la littérature française. En faisant connaître le Saint Graal à une Europe enthousiaste, *Perceval* avait exercé sur le monde littéraire du Moyen Âge une influence sidérante. Et tous ces récits enchâssés… Des poupées gigognes. *À l'image de notre mémoire, peut-être?* se dit Judith. Chrétien de Troyes, Peredur, les chevaliers de la Table ronde, tous ces auteurs, chroniqueurs, commentateurs, historiens, artistes… Des porteurs de flambeaux. Et cette belle, infinie reprise de «celui qui racontait» par «celui qui racontait» par «celui qui racontait»… Chacun rapportant, maquillant peut-être, orientant, déformant parfois à travers le vent de l'histoire des faits eux-mêmes légendaires, tentant de reconstituer la Vérité, une vérité au moins! Mais oui, se disait Judith, frémissante tandis qu'un vent froid venait agiter ses cheveux blonds, ces additions, ces soustractions, ces divisions, ces multiplications successives, ces transmissions sans fin, ce rayonnement fossile, n'était-ce pas cela qui constituait la culture? La mémoire? Ce qui restait lorsque tout était oublié? Le salut de l'humanité, en définitive, le sceau de sa glorieuse quête d'immortalité? Car, se demandait Judith, que cherchait-elle, cette humanité souffrante? La seule façon de survivre au temps, au cours muet de l'univers, n'était-elle pas de *garder la mémoire*, la mémoire d'elle-même, à tout jamais?

Comme le Christ, par-delà la mort?

Était-ce cela, le Graal? La mémoire?

Une émotion singulière s'emparait ce soir de la Fille de la Charité.

Et elle eut envie, soudain, d'une déclaration d'amour. Une déclaration d'amour à la littérature médiévale, aux vrais romans, à ceux des légendes inouïes et des grands sentiments, à l'intelligence du cœur et de l'esprit, aux cycles sans fin, au lyrisme chevaleresque, à la quête de pureté dans son ultime catharsis, sa crucifixion; au droit de rêver! À l'expiation des angoisses humaines sur le seuil et l'autel de ses livres, de ses œuvres. Loin, loin de l'abêtissement, parfois, de ses contemporains et des délires des égarés de son temps, l'art, la peinture, la sculpture, la fresque, l'image, la poésie sublime : le souvenir ! Elle se souvint, d'ailleurs, que, dans le *Parzival* de Wolfram von Eschenbach, le Graal était une pierre sacrée, dont le nom ne se traduisait pas : *Lapsit exillis*, que certains avaient transcrit en *Lapis exilis* ou *Lapis ex coelis;* l'émeraude tombée, selon la légende, du front de Lucifer et qui, creusée en vase, recueillit le sang du Christ s'écoulant des cinq plaies. Sans doute était-ce de cette interprétation que s'était inspiré Malory en écrivant entre 1469 et 1485 *Le Morte d'Arthur*, car dans sa version le Graal consistait en « l'énorme rubis frontal que portait Lucifer avant sa chute. Quand le Prince des Anges se révolta, un coup d'épée de l'archange Michel arracha de son casque ce joyau qui tomba à la mer. Salomon en retrouva l'une des moitiés. Il la fit ciseler en coupe. Et c'est d'elle que Jésus se servit à la dernière Cène ». Une version « canonique » de la légende qui, avait lu Judith, s'était imposée en Grande-Bretagne.

La poésie ! Celle de l'histoire, des légendes, des religions révélées, du trébuchant chemin des fils de l'homme ! Judith leva le nez un instant, méditative. Elle avait toujours été frappée par la beauté des textes et symboles anciens. C'était bien son monde. Elle adorait cela. Souvent, ils lui procuraient des émotions si subtiles, profondes, mystérieuses qu'elles semblaient venir d'ailleurs. N'était-ce pas aussi la définition de l'inspiration elle-même ? L'inspiration, l'expiration. Le *pneuma*, le souffle, l'esprit… N'était-ce pas cela notre grand roman, ce fourbi d'imagination, l'*Almageste*, notre *Grande Syntaxe* ? Judith aurait voulu soudain crier cette déclaration d'amour, célébrer encore cette promesse comme une victoire, un triomphe en offrande à

Dieu, à la civilisation, à la transcendance de la condition humaine. L'âme foulant aux pieds le dragon ! L'amour sublime, l'amour du Graal !

Une larme solitaire, pure, coula sur sa joue.

Qui pouvait le comprendre ?

Elle eut un sourire.

Oh, beaucoup. Beaucoup de gens pouvaient le comprendre.

Beaucoup en avaient besoin.

Consolation.

Chrétien peignait un monde. Le sien. Un monde en marche, mais aussi un monde de rêverie épique, aventureuse et courtoise, dont l'amour pur devait être la cause et la fin.

La principale caractéristique de son art était de parvenir à unir en une œuvre cohérente des éléments, récits ou contes d'origines éparses – dont, peut-être, l'aventure essentielle de Peredur, si elle devait en être une pierre de touche. Ce que lui-même, réfléchissant à sa pratique de l'écriture romanesque, appelait la *conjointure*. À différentes histoires tirées de la matière de Bretagne et des légendes antiques, il mêlait les formes littéraires et le réalisme de son temps – ce qu'il vivait, lisait, connaissait, avec un sens du vraisemblable et du détail qui avait forgé son succès. Certaines influences venaient des chansons des trouvères, d'autres de la littérature courtoise et du contexte de sa vie ; à un même personnage étaient attachées diverses aventures, et l'art du romancier était de reprendre ces mille récits ou chansons, pour les reconstituer sous forme d'histoire. À ses propres yeux, Chrétien s'inscrivait dans une tradition lointaine, à laquelle il ajoutait son style personnel, mais toujours pour un art placé au service du récit classique, et adapté à une fin ultime…

Envahir poétiquement l'Europe…

Chrétien de Troyes resta là longtemps, tandis que le jour montait, après sa « nuit de feu », guettant cette aurore nouvelle qui se déchirait de couleurs.

Combien de temps demeura-t-il ainsi, sans bouger, encore sous le choc de cette nuit ?

Il n'aurait su le dire.

Une pensée bien préoccupante glissa dans son esprit. Peredur était toujours affalé, raide mort, près de l'autel, dans l'écrin de Notre-Dame-sur-l'Eau ! Qu'allait-il en faire ? Le curé ne tarderait pas et le découvrirait. Et lui, Chrétien, que dirait-il ? Eh bien, rien. Du moins, pas maintenant. Pas avant d'avoir vérifié… Mais il faudrait enterrer le croisé. Par ici, sans doute. Tout près de l'église. Peut-être Chrétien tenterait-il de retrouver l'écu portant les armes de sa famille, l'écu au dragon à crête perlée, écarlate et crachant ses flammes, l'écu de *Peredur ab Arthvawr ap Aberthol ap Dafydd ap Gruffudd ap Meredydd*, chevalier gallois de Barry, comté de Glamorgan.

Peut-être… Mais… Mais…

Soudain, une avalanche d'idées, d'images édifiantes, de combats, de prouesses, d'amour, de courtoisie, de lumières tourbillonna en l'âme du trouvère ; une inspiration telle qu'il n'en avait jamais connu, et qui l'étreignit, tellement forte, tellement puissante qu'elle l'investit, l'habita tout entier, au point qu'il en tremblait, que ses doigts brûlaient d'écrire tout de suite, maintenant. Une fièvre soudaine le gagnait, et les grandes lignes d'un cycle sans fin commencèrent à se dessiner, qu'il faudrait habiter lui aussi, bien sûr, et nourrir, mais il était là, au bout de ses doigts.

Chrétien de Troyes ouvrit ses mains.

Dans ces mains, dans son cœur, dans son esprit, il sentit… une puissance… Était-ce cela, le pouvoir du Saint Graal ?

Chrétien leva les yeux vers le ciel.

Il réfléchit encore et, lorsqu'il se redressa enfin, il sut ce qu'il avait à faire.

Mais qui m'entendra ?

Qui entendra mon cri, notre cri, par-delà le temps ?

Et comment laisser trace de tout cela ?

Pas de chance.

Ce fut au moment de se coucher que Judith eut une révélation, alors que tourbillonnaient encore dans sa tête le souvenir du destin de Peredur, des parchemins, de l'échiquier, du poème, ce poème qui…

Envahir poétiquement l'Eu…

Le poème. Le poème, Judith !

Mais voyons, c'est évident… La clé, c'est le poème !

Or comment pourrait-il commencer ailleurs qu'à l'endroit de la nuit de feu entre le trouvère et le chevalier – à deux pas d'ici, à Notre-Dame-sur-l'Eau ?

Judith se redressa dans son lit. On eût dit une folle échevelée.

Bien sûr, elle avait raison ! Le fil du Graal, de sa quête, était métaphorique, fatalement ! Le fil du Graal était poétique ! Et c'était la poésie qu'il fallait suivre !

Elle en était sûre ; soudain, cette pensée avait jailli en elle avec une évidente conviction. Chrétien, Peredur, ou quiconque après eux, avait laissé cela à la postérité :

le poème, un fil métaphorique menant au Saint Graal. Ce ne pouvait être que cela ! Elle s'habilla en hâte, puis attrapa son grand manteau.

Quelques instants plus tard, elle quittait incognito l'*Hôtel de France* avec le texte du poème, recopié sur son smartphone Excalibur. On approchait de minuit. Au-dessus d'elle, le ciel roulait des nuages noirs. Comme une idiote, elle n'avait pas pensé à prendre de parapluie, alors que, déjà, des gouttes tombaient en rafale. Elle longeait la route qui, des centaines de mètres plus loin, menait à l'église. Elle marchait précipitamment, les pans de son manteau s'agitant dans le vent froid; on aurait dit soudain une héroïne romantique, cheveux au vent, échappée dans les landes des *Hauts de Hurlevent*; ou quelque pâle fée normande. Et là-haut dans la nuit, déchiquetées sur le ciel noir, les ruines du château de Domfront, ancien orgueil des ducs de Normandie, semblaient dominer le paysage de leur masse noire et muette…

Judith parvint aux abords de l'église, elle-même imposante et inquiétante dans cette obscurité. Elle eut l'impression que les bourrasques lugubres la faisaient hululer par intermittence. Les grandes portes étaient closes, à présent; Judith contourna l'édifice en se maudissant aussi de n'avoir pas pris de meilleures chaussures, car ses petits souliers bleus, comme ceux des contes, s'enfonçaient dans la boue et l'herbe détrempée, semée de flaques. Des odeurs de bocage et de forêt assaillirent ses narines lorsque, passant au milieu des dalles funéraires, elle enjamba le cordon du périmètre des fouilles et se rendit jusqu'à l'excavation creusée en son centre… Judith, Fille de la Charité, Judith solitaire parmi les tombes, sous un ciel de pluie et d'ombre, se figea à l'instant, devant ce trou d'où elle venait et où elle allait retourner.

Il lui sembla grandir à son regard, comme s'il allait l'avaler…

Elle n'eut pas de mal à écarter la bâche qui le recouvrait, pour se glisser dans l'étroit boyau, semi-escalier aménagé, étayé et bordé de ses restes granitiques, manquant de dévaler pour de bon sur les fesses les deux mètres qui la séparaient de la crypte.

Arrivée en bas, dans la plus totale obscurité, elle n'entendit plus que son souffle.

Elle usa d'Excalibur pour s'éclairer, puis elle alluma le groupe électrogène et les trois lampes sur pied. Dans un claquement étrange, elles projetèrent leur lumière convergente dans la salle, avant de se caler sur un grésillement continu.

Mais qui m'entendra ?

Qui entendra mon cri, notre cri, par-delà le temps ?

Judith était maintenant seule dans la crypte illuminée. Seule avec la Table ronde, le coffre, la croix, le bas-relief.

Un berceau, avait-elle pensé. Un berceau de légende.

On ne comptait plus les lieux qui revendiquaient ou avaient revendiqué d'abriter le Saint Graal. Lors de leur entrevue dans la chapelle de la Médaille-Miraculeuse, Florent avait parlé de deux cents rien qu'en Europe, et il n'était pas loin de la vérité. Les nazis eux-mêmes ne s'étaient-ils pas emparés de la légende ? L'écrivain SS Otto Rahn, qui avait publié en 1934 un livre intitulé *Kreuzzug gegen den Gral*, *Croisade contre le Graal*, avait incité Himmler à envoyer en 1940 le capitaine Gunter d'Alquen et une vingtaine de soldats SS au château de Montségur, en pays cathare, et à Montserrat pour y chercher la mythique coupe. Curieusement, ils n'avaient rien découvert ! Montségur avait été le dernier refuge des parfaits cathares[1] au temps de leur extermination lors de la croisade albigeoise ; mais son association avec le Graal, disaient les experts, était en fait le fruit d'une confusion étymologique : dans son *Parzival*, Wolfram von Eschenbach plaçait le château du roi Pellès sur le Munsalwäsche, que les Allemands avaient confondu avec Montségur, *Munsalwäsche* signifiant « mont sauvage » ou « mont du Salut » – et non « Montségur ». Si cette bévue était la plus célèbre, on trouvait à foison d'autres « indéniables localisations du Graal », du fort de Las Grutas dans le Río Negro en Argentine à Sainte-Onenne à Tréhorenteuc, en Brocéliande, dite « chapelle du Graal », dont les vitraux, fresques et peintures mêlaient la tradition chrétienne et le mythe arthurien, sans oublier le Portugal, nom dont l'étymologie secrète serait bien sûr le *porto Graal*… « port du Graal » ! Peredur n'y était-il pas passé ? Dans la même veine, une légende voulait que Christophe Colomb ait emporté dans ses vaisseaux le calice du Christ vers le Nouveau Monde. Indiana Jones l'avait retrouvé à Alexandretta et dans la cité de Pétra. D'autres pensaient aux reliques du Saint Calice, le *Santo Caliz* de la cathédrale de Valence, en Espagne, à moins qu'il ne s'agisse du *Sacro Catino* de Gênes, le calice d'argent d'Antioche conservé à New York au Metropolitan ; à ceci près qu'il datait du VIe siècle, et qu'on pensait plutôt qu'il avait servi de lampe ! Mais alors, était-ce le calice de doña Urraca, du musée de la Collégiale de San Isidoro de León,

1. Sur Montségur et les Cathares, voir *L'Église de Satan*, Grasset, 2002, et les quatre volumes du *Dernier Cathare* en bande dessinée, avec Éric Lambert, 12 *bis*, Glénat, 2010-2014.

en Espagne ? Ou la coupe Nanteos, gardée dans un monastère du pays de Galles, fragment de bol en bois d'olivier auprès duquel se pressaient les pèlerins, en raison des vertus curatives que promettait l'eau à son contact ? Et que dire du Saint Vase emporté par les croisés de la basilique Sainte-Sophie de Constantinople à… Troyes ? Que de doux échos !

Les Graal étaient légion. Mais tout mythe n'avait-il pas un fond de vérité ?

Alors, pourquoi… pourquoi n'aurait-il pas été rapporté de la deuxième croisade par Peredur ?

Vas-tu me parler ? Vas-tu te décider à me parler, à la fin ?

Judith, fascinée, recueillie dans ce silence et cette solitude étranges, tournait de nouveau autour de la table mystérieuse et secrète, modeste et perdue, ornée de ses douze épées.

La porte… Par où commencer ?

Déposé au centre de la Table ronde, lieu de réunion des puissants, le Saint Graal avait symboliquement marqué la prééminence du christianisme sur les forces temporelles, politiques ou militaires, chargées de sa protection. Désormais serait enterrée l'ancienne civilisation païenne, celtique, druidique et gallo-romaine, faite de magie, de sorcellerie, de superstition, pour laisser place à la civilisation chrétienne. La découverte de cet objet mystérieux et sacré aux puissants pouvoirs annoncerait la fin des temps aventureux. Tous les chevaliers du monde, tous les êtres ardents, ne le cherchaient-ils pas ? Mais n'était-ce pas précisément à celui-là seul au cœur pur et qui ne le cherchait pas qu'il serait donné de le trouver ? Les épreuves endurées offriraient au chevalier – ou à la chevalière ? – de se dépouiller jusqu'au nu de ses pures qualités, sous la forme d'une quête initiatique, d'un horizon de vie, un horizon *au risque de la vie*... Pour se soumettre à une finalité plus importante que sa propre existence. La vie n'était qu'un passage – douce et terrible musique ! –, il fallait trouver la porte vers un monde meilleur. Et pour cela, le chevalier devait d'abord faire preuve d'humilité. D'abord, s'agenouiller.

Faire preuve d'humilité... S'agenouiller...

Ployez genou, courbez le chef !

Elle se tourna presque naturellement vers le bas-relief : vers ce chevalier agenouillé qui lui en rappelait un autre, celui du tableau d'autrefois qui l'avait conduite vers Notre-Dame-sous-Terre. Le chevalier agenouillé... *Le point de départ.*

C'est ici qu'il faut ouvrir les yeux de son cœur !
Car du centre de la Table au Relief
Jusqu'à surmonter le malheur
Au bout du bras sinistre et mensonger
Repose figure de Vérité...

Son regard se porta de nouveau du centre de cette table, où aurait dû reposer le Graal, au bas-relief. Et peu à peu... tout commença à s'éclairer. Quelque chose, toutefois, la gênait. Un détail qu'elle avait enregistré, presque inconsciemment, sans pouvoir le nommer, le toucher du doigt. Quelque chose qui l'avait frappée en silence... Quelque chose... d'illogique. Mais *quoi ?* Oh, que c'était irritant !

Elle cilla, contemplant, traquant les moindres contours du bas-relief. Une infinité de détails jaillis de ses lectures, de ses longues heures d'étude, revenaient l'assaillir.

Au fond, une croix de pierre surmontait un bas-relief intrigant, qui semblait davantage du gothique naissant. On y voyait un chevalier agenouillé devant un autre personnage aux atours indistincts – tunique ? Robe de bure ? –, tête nue mais non tonsurée, un index levé, l'autre main refermée sur un livre ; le chevalier tenait au bout de son bras gauche une épée plantée devant lui, comme en attente de quelque adoubement ; au bas de l'épée se trouvait la figure d'un autre personnage assis, nu, d'allure vaguement grotesque. Nulle mention, inscription ou explication. Juste la croix de pierre au-dessus et, de part et d'autre, d'anciens anneaux de fer qui avaient sans doute servi jadis à fixer ou à glisser des torches…

Et soudain, l'évidence explosa aux yeux de Judith, qui étincelèrent.

Oui, il y avait bien un détail anormal.

Le chevalier tenait au bout de son bras gauche une épée plantée devant lui…

Or… c'était impossible. Un chevalier ne pouvait pas être gaucher. Il ne pouvait être représenté comme tel, parce qu'il était au service du Bien et que la gauche, la main *sinistre*, symbolisait le côté du Mal. *Dès l'enfance, on obligeait le chevalier à ne se servir que de sa main droite.* Et Judith se répétait, comme si les cloches sonnaient en elle : *Un chevalier ne peut pas être gaucher !*

Jusqu'à surmonter le malheur
Au bout du bras sinistre et mensonger
Repose figure de Vérité…

Oui, le bras *sinistre et mensonger* était bien celui du chevalier représenté sur le bas-relief. S'il *surmontait le malheur* – et Judith suivit du regard le fil de son épée –, au bout de son bras reposait *figure de Vérité*. Mais alors, cette *figure de Vérité* faisait-elle référence à ce visage ? Cette autre figure que la pointe de l'épée semblait écraser, ou perforer : ce personnage assis, nu, d'allure vaguement grotesque ?

Était-ce vers lui que le poème conduisait ?

Admettons, se dit-elle. *Et alors ? Et après ?*

La figure la regardait.

Mais le puzzle se mit en place, car, à présent que son attention était concentrée sur cette figure, la voix de Florent retentit dans sa tête. Une information presque incidente qu'il lui avait donnée l'après-midi même alors qu'ils sortaient de l'église sonna dans son esprit, comme un détonateur :

— Notre-Dame fourmille de détails, dit Florent. Par exemple, sur la façade extérieure, vous trouverez plein de motifs qui témoignent de la gaieté du Moyen Âge.

— Les monuments sont toujours des livres, commenta Judith. Des livres de pierre !

— Sous la sablière, un damier parcourt l'hémicycle de modillons grotesques, et sur le transept nord, vous verriez un personnage assis, nu, qui porte une besace. La tradition y voit le portrait de Guillaume Talvas ou de Bellême, le fondateur de l'abbaye de Lonlay et peut-être de Notre-Dame, mendiant les prières ou les aumônes des passants… Sauf que la construction actuelle lui est postérieure de près d'un siècle ! Mais ce n'est pas cela que je voulais vous montrer… Venez.

Judith éteignit le groupe électrogène.

En quelques secondes, elle sortit du site des fouilles, salissant ses mains et son manteau.

Elle n'entendit plus que son souffle… Et bientôt, le vent.

Elle se redressa sous les rafales de pluie.

Au loin, un éclair zébra le ciel. Le tonnerre gronda. La bonne sœur regarda en direction de la toiture de Notre-Dame. On y distinguait encore le tracé des anciens contreforts des murs gouttereaux, sur les bas-côtés du transept. Les travées de la nef communiquaient avec ces bas-côtés par de larges arcades en plein cintre, et celles des travées subsistantes, après la mutilation de 1836, avaient été bouchées avec soin par des maçonneries en granite ; au milieu s'ouvraient des fenêtres assez étroites, et sous le toit courait un cordon de billettes s'appuyant sur cette série de modillons géométriques, ou à formes humaines et animales grotesques, dont avait parlé Florent. Courant presque dans la boue vers le transept nord, Judith y parvint en quelques secondes… et s'arrêta, levant les yeux. Oui, les modillons étaient là, sous la gouttière, faits tantôt de motifs géométriques, tantôt de personnages à l'attitude bouffonne, de chevaux ou de chiens. Elle courut encore. Et en effet, de ce côté, le contrefort médian offrait la particularité de se terminer par une statue en granite représentant un personnage assis, nu, surmonté par une pierre saillante horizontale qui lui servait en quelque sorte de dais. Le personnage hilare lui apparut, grimaçant et moqueur, presque inquiétant, à la faveur d'un éclair. Il ressemblait à s'y méprendre à celui du bas-relief. Il lui ressemblait *diablement*, même. Certes, Florent avait précisé qu'il était postérieur. Mais il avait pu être refait à l'identique.

Ployez genou, courbez le chef !
Du front grotesque le regard suivez
Et l'ombre du beau clerc enfin gagnez…

Et du haut de son contrefort, ce personnage au *front grotesque*, sous la pluie et les éclairs, semblait en effet regarder au loin… Là-haut, par-delà la route, vers un autre horizon. Judith suivit ce regard. Une fois encore, la foudre zébra le ciel, illuminant la face bouffonne d'un côté et, de l'autre, dans le lointain, au sommet du pic de grès…

… le château. Les ruines du château de Domfront !

La statue regardait vers le château !

Un jeu de piste… Le poème est un jeu de piste !

Une quête ?

Judith secoua la tête.

Non, ce n'est pas possible. Je délire complètement… Et pourtant !

Elle n'en revenait pas.

Elle ne bougeait plus.

Il était trop tard, maintenant, mais, dès demain, il faudrait en parler à Florent.

Pétrifiée sous le déluge, la bonne sœur leva les yeux vers le château.

Camelot ?

11.

Hélicoptère

Domfront
Mars 2023 / octobre 1161

Le lendemain, Florent ne vint pas, et il ne répondait pas sur son portable.

Il avait laissé son adresse ; une heure après le rendez-vous, Judith finit par se décider à appeler un des seuls taxis disponibles dans les environs. Elle monta en hâte dans la voiture. Celle-ci gravit le promontoire, en direction de la silhouette de la mairie et des ruines du château…

Judith se retrouva face à l'hôtel de ville et leva les yeux vers le bâtiment, dont la façade était grise de la pierre du pays, trouée de fenêtres à encadrements blancs. C'était ici que Florent avait dit loger, dans un petit appartement, au troisième étage. Le vent froid de la nuit s'était calmé. La porte d'entrée était pourvue d'un code, que Judith n'avait pas. Elle attendit en essayant de rappeler le conservateur par téléphone, regard tourné vers les fenêtres. Subitement sortit de l'édifice une demoiselle blonde d'une trentaine d'années, avec un badge touristique marqué *Gwendoline*.

Elle salua Judith d'un sourire bref avant de se diriger vers la mairie. Judith la salua en retour et attrapa la porte avant qu'elle ne se referme. Puis elle grimpa rapidement les marches de l'escalier. À l'étage dit, elle tomba sur deux portes en vis-à-vis, et avisa celle de droite. Près de la sonnerie, un simple papier adhésif portait la mention *Nicolas.* Elle sonna une fois.

Rien.

Soupirant, elle sonna encore.

Toujours rien.

Elle voulut frapper.

La porte s'entrouvrit dans un grincement.

— Flo… Euh, Florent ?

Elle s'aventura d'un pas à l'intérieur. Ce fut pour découvrir une étroite entrée moderne, blanche, qui menait à un salon où trônaient un canapé clair muni de coussins gris et une table basse en verre face à une cuisine américaine, le tout encadré de fenêtres donnant sur l'autre côté du bâtiment. Judith avança, devinant un petit couloir et une porte ouverte un peu plus loin…

— Florent ?

Pas de réponse.

Elle poussa la porte, qui grinça elle aussi. Au bout du couloir, une autre s'ouvrait sur une petite salle de bains.

Devant elle, le battant s'ouvrit à son tour.

— Florent ?

Mais enfin, que se passe-t-il ?

La chambre détonnait par rapport au reste de la décoration : un vieux lit au sommier de bois et à la tête lustrée, des montants marron s'achevant par des boules luisantes, une sorte de tissu pourpre sur les murs, des poutres anciennes au plafond. Mais – en plus de l'odeur, cette saleté d'odeur de cuivre si caractéristique, qu'elle avait connue par le passé et qu'elle identifia immédiatement – ce fut autre chose qui attira aussitôt son attention.

Et ce fut ici que tout bascula.

Oh mon Dieu, non, mon Dieu, non, ne me dis pas que… Ce n'est pas POSSIBLE !

Judith eut un coup au cœur et porta les mains à sa bouche en étouffant un cri.

Elle resta pétrifiée sur le seuil de la porte, les yeux agrandis d'horreur.

Mon Dieu, NON !

Florent Nicolas, sa mèche lui barrant le front, était étendu sur son lit et regardait le plafond immaculé. Ses pupilles révulsées fixaient quelque point situé outre-monde, derrière ses lunettes de travers. L'un des carreaux était brisé. Il avait les bras en croix, la bouche entrouverte, les traits pâles et crispés dans une sorte de suffocation muette. Son peignoir était entrouvert sur son torse maigre et maintenant blême ; les jambes roides, légèrement écartées. Sa tête reposait sur un oreiller profond. Surtout, un sang abondant avait coulé d'une large plaie à son flanc, à demi cachée par le peignoir, au point d'en maculer les draps dans une mare qui allait s'épandant jusqu'au montant du sommier. Non loin, une petite lampe de chevet à abat-jour était tombée d'une table de nuit. Florent s'était peut-être débattu un moment, car une partie de la couette avait elle aussi chu de l'autre côté, et mille petits bris gisaient éparpillés sur un fond d'eau. Un verre avait dû s'écraser par terre. Au-dessus du cadavre et de la tête de lit, une gravure représentant la Domfront médiévale était légèrement de biais.

Judith ne pouvait détacher ses yeux de cette triste scène, sous le choc. Incapable d'y croire. Son cœur battait la chamade.

Puis, soudain, ses sourcils s'arquant comme dans une supplique, elle se précipita vers Florent, étouffant de nouveaux cris de stupeur incrédule.

Elle hésita, puis toucha sa carotide.

Plus de pulsion. Pas le moindre souffle.

Mort.

Elle allait se redresser lorsque son attention fut attirée par le coin de ce qui semblait un bout de papier, dépassant d'une poche, au pan droit de son peignoir plissé. Judith savait qu'elle ne devait rien toucher. Par le passé, elle avait mené nombre d'enquêtes – même s'il ne s'agissait pas alors d'enquêtes sur des crimes, mais sur des miracles ou prétendus tels, et des reliques oubliées. Et elle savait qu'elle devait se fier à son intuition. Usant du bout du pouce et de l'index, elle ne put s'empêcher de tirer doucement l'angle du papier.

Il était plié en quatre, mais se déploya comme une fleur, presque de lui-même.

Elle lut aussitôt quelques lettres, manifestement découpées dans du papier journal puis collées, et à présent souillées de sang :

SALE TRAÎTRE.

Judith le remit à sa place et refréna un haut-le-cœur. Elle resta ainsi un moment près de la dépouille, main sur la bouche, sans plus oser la regarder. Elle ferma les yeux tandis que des larmes tristes, choquées et nerveuses, commençaient de l'assaillir.

Quelques instants plus tard, elle avait dévalé l'escalier sans oser crier au secours ; elle se présenta à l'air libre, aspirant de grandes goulées, ses mèches de cheveux venant lui chatouiller le visage d'une façon irritante. Elle les balaya de la main.

Ne sachant plus que faire, elle regarda autour d'elle et avança en titubant.

Puis elle avisa, tout simplement, la mairie, qui se trouvait juste devant elle. Tentant de reprendre ses esprits, elle marcha résolument dans sa direction. Le paysage dansait à ses yeux. Elle contourna la fontaine du parvis, passa sous le petit préau de pierre, franchit deux portes vitrées qui chuintèrent à son entrée…

Alors, tremblante, les lèvres blanches, elle se pencha vers une employée municipale.

— Madame, euh, made… mademoiselle, je… je…

— Eh bien ? s'enquit l'employée, levant le regard vers Judith. Qu'est-ce qui vous arrive ?

— Je viens signaler un meurtre.

Judith avait l'impression de n'être plus à Domfront, mais sur une autre planète. Deux voitures de gendarmerie, dont une au gyrophare tournoyant, et une ambulance avaient rejoint le parvis de la mairie. Elle-même avait évidemment été interrogée. Bouleversée, elle s'était d'ailleurs assez embourbée. Elle avait tout de même pu articuler qu'elle était arrivée la veille par le Paris-Granville. Les ouvriers l'avaient vue sur le chantier de Notre-Dame-sur-l'Eau… Mais que faisait une bonne sœur ici ? Elle était venue apporter son expertise, en tant que médiéviste et archéologue. Elle avait évité de parler du Vatican, au moins pour le moment. Bon, médiéviste, mais quoi ? Il n'y avait pas assez d'historiens à Domfront ? Et Marie-Pierre Gondry ?

Et Jean-Philippe Cordier ? Comment, elle ne les connaissait pas ? Bien sûr, on trouverait ses empreintes dans la chambre : c'était elle qui avait découvert le corps. Cela dit, les filles de la Charité psychopathes animées de pulsions homicides ne couraient pas les rues de Normandie, qu'en pensez-vous, monsieur l'agent ? Non, elle n'avait pas la moindre idée de ce qui avait pu se passer. Elle préféra cependant parler elle-même du billet que Florent conservait dans la poche de son peignoir. Ah, parce qu'elle avait fouillé ses poches ? Oui, non, il dépassait… Elle était intriguée et voilà, voilà, n'est-ce pas… Judith était consciente de s'enfoncer et se prenait la tête dans les mains de temps à autre. « Je vois. Intéressant… Restez dans les parages, le temps de vérifier les informations vous concernant, s'il vous plaît. Il est indispensable que vous demeuriez à notre disposition et joignable à tout moment. » Bien sûr, monsieur l'agent.

Elle en était là, tournant sur elle-même… lorsque, débarquant de l'hôtel de ville, se présentèrent plusieurs personnes qui pressaient le pas : la demoiselle Gwendoline qui, bien qu'habitant dans le même bâtiment, n'avait *rien vu, rien entendu* ; un conseiller municipal, dont Judith comprit qu'il s'appelait Philippe Dévy, et monsieur le maire, Bernard Roult, quinquagénaire alerte, ancien médecin, qui sembla s'échapper du bel et imposant édifice que l'on voyait de si loin aux alentours de Domfront. Sans rien y comprendre, Judith fut happée par le conciliabule. On lui tendit une main, qu'on lui retira aussitôt.

— Et vous, pardon, mais, euh… Qui êtes-vous en fait ? demanda Dévy.

— Oui, pardon… Je suis… Judith. Judith Guillemarche. Euh… Historienne. Archéologue. Je suis, enfin… J'étais une amie de… de M. Nicolas.

Le maire haussa un sourcil un peu méfiant et la considéra, sans savoir quel parti prendre.

— Ah oui ?

Mais Judith crut lire dans ses yeux quelque chose comme : *Serait-ce vous qui nous amenez la tempête ?*

Judith eut une mine crispée et, cherchant à masquer son trouble, leva une main :

— E… Excusez-moi, je… je ne me sens pas très bien.

Elle s'écarta tandis que le maire commençait à converser avec un gendarme derrière elle. « Si on pouvait éviter de voir débarquer *Ouest-France* et France 3 Normandie, ce serait bien », entendit-elle, au moment précis où un individu chapeauté, magnéto et carnet en main, à l'ancienne et se réclamant de la presse locale, montrait le bout de son nez – « Que s'est-il passé ? » –, suscitant aussitôt des soupirs.

Judith fit quelques pas, toujours vacillante, mais sans plus savoir où aller.

Tu pensais que ce n'était pas sérieux ? Mais… avec quoi jouons-nous ?

Pourtant, elle était loin d'être au bout de ses peines, et la situation sembla basculer dans plus de surréalisme encore. Car, si le vent avait redoublé, il ne put masquer très longtemps un invraisemblable bourdonnement.

Judith leva la tête ; le maire se retourna avec son conseiller, le journaliste, la responsable touristique et les gendarmes.

Et tous écarquillèrent les yeux.

Non… Attends… Là, je rêve.

Sur ces entrefaites, un hélicoptère aux pales tournoyant dans le vent froid apparut. Judith se figea devant l'incongruité du moment ; car il ne s'agissait pas d'un appareil de la police ou de la gendarmerie. Celui-ci, tranquillement, commença sa manœuvre… pour se poser en plein milieu de la place de l'hôtel de ville, à quelques encablures de l'ambulance et des véhicules de gendarmerie ! La mâchoire du maire sembla presque se décrocher. Le conseiller le regarda. Tous restèrent figés lorsque, dans un mouvement théâtral, la portière de l'hélicoptère s'ouvrit. Judith recula. Le pilote avait coupé les moteurs. Les pales ralentirent. Outre ledit pilote, on devinait dans le cockpit un homme en costume anthracite, muni d'une oreillette et de lunettes noires, affichant l'air aimable d'une porte de prison ; et soudain, jaillissant de l'engin tel un diable de sa boîte, déboula un énergumène inattendu. Ôtant sa casquette, Richard Pritchard, fine moustache et boucle discrète à l'oreille, nœud papillon rouge au cou et veste bleue à pochette dessus son T-shirt *Avengers-Captain America*, fit signe au pilote de redécoller. Tandis que le vacarme reprenait, les pales tournoyant de nouveau, l'hélicoptère quittant le sol, Richard se retourna et marcha vers l'assemblée, décochant son plus éclatant sourire en faisant danser aux yeux des autres ses doigts abondamment bagués.

— Mesdames, messieurs, bonjour ! Pardon, *sorry*, pardon !

Il leur fit un clin d'œil.

— Je vois que vous êtes occupés. Excusez cette entrée en matière peu orthodoxe. Pardon, pardon… Pas de problème, j'espère ? Je sais, nous ne pouvons rester, nous n'avons pas le droit. Voyez, il s'en va ! Mon appareil va me récupérer un peu plus bas. Juste une chose… Je cherche le manoir d'un certain, euh… Philippe de la Chaslerie. Cela vous dit-il quelque chose ? Vous, peut-être ?

Il venait de prendre à partie Philippe Dévy, effaré, à qui il montra une carte de la région.

— Parce que vous voyez, j'avais des coordonnées… mais j'arrive dans un marécage, ha, ha ! C'est bien, le bocage ! C'est bien, la poire, mais ça mouille ! Et le manoir en question n'est pas indiqué. Or j'y ai rendez-vous… pour affaires. Je reviendrai bientôt vers vous. Vous pourriez m'aider ? La Chaslerie ?

Tous se regardèrent.

— Ben… C'est là, osa la responsable tourisme, pointant sur la carte un doigt incrédule.

— Ah ! Mais bien sûr ! C'est ça ! Merci ! dit Richard en remballant sa carte. Merci, vraiment ! Ah, au fait, je m'appelle Richard. Richard Pritchard, enchanté.

Un gendarme médusé s'approcha.

— Monsieur, ce que vous venez de faire est parfaitement irrégul…

— Oui, oui, bien sûr. Je suis vraiment, vraiment désolé de cette intrusion. Désolé de vous avoir interrompus. Et vous… vous devez être monsieur le maire. J'ai vu des photos de vous sur le site municipal. Monsieur, c'est une bien belle ville que vous avez là. Mais la gendarmerie a raison. Je m'en vais. Bonne journée ! Merci !

Ce disant, Richard salua à la cantonade l'assemblée et les gendarmes sidérés, journaliste compris, son carnet suspendu ; le multimillionnaire remit sa casquette et tourna les talons en s'éloignant presque à petites foulées. L'hélicoptère avait disparu quelque part en contrebas. Richard se retourna, cherchant une rue de l'index.

— Et pour, euh, descendre… ?

Voyant qu'on ne lui répondait pas, il se ravisa, leur fit un nouveau signe de la main et disparut dans la première rue qui semblait se diriger vers la cluse.

— Une belle ville. Vraiment, une belle ville.

Un agent faillit le talonner, mais il avait plus urgent à faire et fut arrêté par son supérieur, interrompu au milieu de ses interrogatoires. Toutefois, les gendarmes se ressaisirent, notant le maximum d'informations sur l'individu qui venait de les quitter.

— Mais c'était qui, ce guignol ? jeta le maire.

Oh non, non... Celui-là, je vous le laisse, pensa Judith.

C'en était trop pour elle ; elle ne voulait plus qu'une chose, s'échapper elle aussi.

Elle s'éloigna, marchant devant elle au hasard.

Quelques minutes plus tard, elle entendit de nouveau le bourdonnement de l'hélicoptère, qui s'envola de nulle part et prit le large ; lorsqu'il fut à une certaine altitude, loin au-dessus de la tourelle de la mairie et des ruines du château, il pivota dans la direction indiquée à Richard sur la carte.

En effet, qui était ce fou ? se demanda Judith.

Puis, peu à peu, elle ralentit le pas. Elle se retrouva seule au milieu de la chaussée, les mains dans les poches de son manteau, dont les pans s'agitaient dans la brise.

Bon... Et maintenant ?

Comme sonnée, elle chercha à reprendre ses esprits. Son regard un peu perdu accrocha de nouveau les ruines du château – là-bas, à quelques centaines de mètres. Elle hésita, puis se dirigea vers lui, de manière presque mécanique.

À cet épisode délirant succédèrent brutalement les images du pauvre Florent, qui ne cessaient de passer en boucle dans sa tête. Ses yeux vitreux, absents, cette bouche ouverte de stupeur, ce sang, tout ce sang ! Ce... *Arrête ! Arrête.* Pour autant, le logiciel analytique habituel de Judith continuait de fonctionner de façon ininterrompue, comme en marge de ses émotions. L'habitude de la chercheuse, de l'enquêtrice du temps, sans doute. Un rempart aussi, certainement, comme ceux de l'ancien château de cette ville.

Du calme... Rassemble-toi...

Elle avait poussé la porte du petit appartement de Florent : mais il n'y avait pas eu d'effraction, n'est-ce pas ? Alors, Florent connaissait-il la personne à qui il avait ouvert ? La gendarmerie parviendrait très vite à la même conclusion. Pas de signes de lutte apparente dans le salon ou le couloir, rien dont elle pût se souvenir du moins, avant d'arriver à la chambre. Si tout s'était passé dans cette seule pièce, et assez vite, il n'était pas étonnant que les voisins – dont Gwendoline – n'aient rien entendu. Avait-il donc ouvert à quelqu'un de sa connaissance en pleine nuit ? Et ces bras en croix, cette plaie au côté... Fallait-il y voir un signe, évoquant la blessure qu'infligea jadis au Christ un certain légionnaire romain ? Un message, une mise en scène ou un simple hasard ? Judith était-elle victime, en quelque sorte, d'une « déformation professionnelle », à voir des signes religieux, occultes ou ésotériques partout ? Une chose était sûre : d'autres intérêts étaient désormais en jeu. Et, de toute évidence, leurs recherches, leur quête avaient fuité.

Au moins, cet événement mettait en lumière un fait absolument insensé...

Le Graal n'était peut-être pas que du roman.

Judith se maudit. *Créature de peu de foi ! Mais oui, que croyais-tu ? Ce n'est plus seulement un jeu ou une partie érudite, tu comprends, Judith ? Redescends sur terre. Tu cherches le Saint Graal !*

Alors maintenant, remobilise-toi. Fantasme ou vérité, il FAUT savoir, sinon Florent sera mort pour rien.

SALE TRAÎTRE.

Qui, pourquoi, en quoi avait-il trahi ?

Tout cela est dingue. Mais reprends le fil. Reprends le fil… C'est la seule façon d'avancer.

Pour autant, encore sous le choc, elle avait besoin de redescendre. De se calmer. Et justement, se concentrer sur quelque chose pouvait l'y aider.

Judith, hésitante, franchit un joli pont surmontant la route qui menait à la ville haute et l'enjamba pour gagner l'enceinte des fortifications. Elle se souvint que la première de celles-ci avait été érigée au XIe siècle. Elle tenta de se représenter l'entrée du château, jadis protégée par deux splendides tours jumelles polygonales, au débouché du pont-levis. Au-delà, un même pont fixe ou « dormant » passait le fossé, donnant côté ville sur une barbacane disparue. En se renseignant sur son Excalibur, Judith avait eu vent des efforts de l'Association pour restaurer le château de Domfront, qui avait conduit à ce titre un travail remarquable. On devinait de très loin les traces de ce grand donjon quadrangulaire, bâti avec la pierre du pays, ce grès armoricain d'une exceptionnelle résistance. Le large fossé voisin, barrant l'éperon, avait dû être utilisé comme carrière. On y trouvait aussi quelques traces de granite, venu sans doute de Juvigny-sous-Andaine, non loin.

Remontant l'allée cernée d'herbe verte en aspirant toujours de grandes bouffées d'air frais, Judith pénétra dans le site, cherchant encore à se rassembler. Elle croyait pourtant entendre encore, comme la veille à Notre-Dame-sur-l'Eau, la voix de Florent. *À votre droite… À votre gauche…* Sans compter que, déjà tourneboulée et excitée par sa sortie nocturne, elle avait mal et peu dormi ; elle avait eu hâte de parler au jeune homme et…

Elle était épuisée.

Elle se campa auprès des ruines, ces pans de murs dressés sur l'excavation des anciennes fondations du bâtiment. L'ouvrage avait jadis été extraordinairement massif ; les quatre angles étaient soutenus de gros contreforts. Le donjon devait mesurer quelque vingt-cinq mètres de haut par trente mètres de large… Mais alors, il avait sans doute compté comme l'un des plus vastes de France ! Les murs devaient avoir trois à quatre mètres d'épaisseur à la base selon les endroits. Judith plissa les yeux : l'accès d'autrefois se faisait par une porte en plein cintre située au premier étage, du côté occidental, moins exposé. Certains historiens pensaient qu'on y montait alors par une échelle que l'on ôtait ensuite, interdisant ainsi à quiconque l'accès au sanctuaire où résidait la cour ! La chose était possible. Ultérieurement, on avait dû y accoler une tourelle ; on distinguait encore des traces d'arrachement sur le mur. Pour autant, ces donjons rectangulaires étaient largement répandus en Normandie. Ils servaient autant de défense que d'habitation. Judith en avait vu jusqu'en Angleterre, datant d'après la conquête de Guillaume – plus petits ou plus imposants selon l'importance du seigneur, de Colchester en Essex ou Rochester dans le Kent, jusqu'à la tour de Londres ! On en trouvait même en Sicile et en Italie du Sud, du temps de la conquête normande, et…

Judith chercha à retrouver une respiration régulière.

Elle avisa un banc à quelques pas et s'assit.

Elle comprit aussi quelque chose en cet instant : comme ces châteaux, ces pierres lui étaient apaisantes ! Pourquoi ? Parce que ces ruines lui rappelaient à la fois le passage du temps et l'ancrage, illusoire sans doute, d'une apparente éternité ? Parce que les violences qu'évoquaient ces anciens murs étaient justement toujours lointaines, révolues, comme à distance, dominées ? Parce que ce recours à la mémoire était, en effet, un refuge ? Une protection, à l'instar de celle que recherchaient jadis les populations en se plaçant à l'ombre rassurante du château ? La *protection du Seigneur*. Elle se souvint des paroles de Florent au sujet de sa foi et de la religion.

Florent…

Et, absurdement, le visage du jeune homme tel qu'elle se le représentait – amusé, au dîner, hier soir – se mua en celui de l'enfant, ce petit enfant sur son lit d'hôpital, mort dans ses bras… Un refuge, une consolation ? Le Christ.

Élie. Élie, mon enfant chéri, mon enfant perdu.

Tous ces enfants perdus.

Eh bien, oui, ce monde atrocement souffrant n'en avait-il pas besoin ?

De profundis clamavi ad te, Domine.

Mais oui, sauve-nous ! Christ, sauve-nous !

Elle refréna ses larmes.

Hier, Florent était là, ils dînaient ensemble ; maintenant, il n'était plus.

Hier, l'enfant était là, il n'était plus.

Regardant les ruines, Judith tenta, pour faire diversion, de réguler encore sa respiration. Elle essaya de se représenter ces temps chamarrés d'autrefois. Ces temps médiévaux en clair-obscur. Plongeant en imagination, comme jadis Chrétien de Troyes lui-même, au cœur de ce donjon, divisé par des murs de refend, avec ses pièces assez étroites côté nord, l'une allongée et l'autre dans l'angle – une citerne peut-être ? –, et ce vaste espace au sud, ces étages séparés par des planchers reposant sur des poutres. Un soubassement devait servir de cave, de cellier et d'entrepôt, puis venaient les trois niveaux : celui des familiers, l'étage seigneurial, aux larges ouvertures, aussi destiné aux réceptions et qui pouvait disposer de chambres et de pièces cloisonnées. Celui des gardes, enfin. Au sommet, une souche de cheminée dépassait de la toiture, les cheminées elles-mêmes se trouvant dans les étages habitables. Une plaque non loin rappelait que le donjon avait été détruit en 1610, et ses vestiges classés monument historique en 1864. Ici avaient dû se tenir les fameuses ripailles au soir du baptême de 1161… Avant la nuit de feu ! Ici s'était rassemblée, dans la joie et les couleurs du Moyen Âge, la glorieuse cour d'Aliénor, éternelle duchesse d'Aquitaine, et d'Henri, duc de Normandie, roi d'Angleterre !

Judith resta là.

Et donc… Le poème. Le poème qui m'a conduite ici.

Mais pourquoi ?

Judith convoqua ses souvenirs. En vérité, l'identité du fondateur de Domfront n'était pas tout à fait certaine – le comte du Maine, peut-être –, mais la place était bien tenue par le seigneur de Bellême au début du XIe siècle. Vers 1010, Guillaume Ier de Bellême avait installé des moines bénédictins à Lonlay, à huit kilomètres de là, et fait édifier ce château – sans doute d'abord une simple enceinte, en bois ou en pierre, avec une tour-porte maçonnée. Les populations s'étaient établies dans le prolongement de l'éperon, constituant ainsi le bourg castral. Jusqu'à la Révolution, Domfront et Saint-Front étaient deux paroisses distinctes. Puis, entre 1048 et 1052, Geoffroy Martel, comte d'Anjou et du Maine, avait tenté de contrôler la région. Cette menace sur la frontière méridionale du duché de Normandie avait contraint Guillaume le Bâtard, futur Conquérant, à assiéger et à confisquer le château aux Bellême. À la mort de Guillaume, en 1087, Robert II de Bellême l'avait repris. Mais il s'était comporté en tyran au point d'être déposé par la population, qui s'était révoltée en 1092 et avait choisi de livrer son destin à Henri, quatrième fils du Conquérant. Du moins était-ce l'interprétation romantique, car les populations ne faisaient guère la révolution à cette époque et ne choisissaient pas leur seigneur ! Pour autant, le même seigneur de Bellême avait, disait-on, fait construire l'abbaye de Lonlay pour racheter son pardon aux yeux de ce village qui, aujourd'hui, abritait une merveilleuse biscuiterie – on y sentait une odeur délicieuse toute la journée, comme dans *Hansel et Gretel* ! Mais Judith cilla soudain, lorsqu'une idée fusa dans son esprit. Était-ce lui en vérité, ce seigneur de Bellême, le *roi Pescheor* de Chrétien ? Un amalgame, en conjointure, avec le Nur ad-Din de Damas ?

En tout cas, telle avait été l'origine de la fortune de Domfront. Peu de temps après, en 1120, Henri Beauclerc, quatrième fils du Conquérant, devenu roi d'Angleterre puis duc de Normandie, avait, disait-on, construit le donjon du château et engagé une grande campagne de fortification de la région. Après la crise de succession du trône d'Angleterre étaient venus Henri Plantagenêt et la belle Aliénor d'Aquitaine. Leur fille Aliénor, baptisée à Domfront, avait été mariée au roi de Castille Alphonse VIII, dont elle avait eu Blanche de Castille, mère de Saint Louis. Autrement dit, la grand-mère de Saint Louis était née à Domfront ! La ville et le château avaient encore accueilli de nombreux épisodes illustres. En 1169, Henri II y avait reçu les légats du pape chargés de le réconcilier avec Thomas Becket, mais la médiation avait échoué ; Henri avait aussi tenu à Domfront sa cour de Noël en 1185. La présence de Richard Cœur de Lion, ayant succédé à son père en 1189, y était également attestée en 1195 et à la Noël 1198. À sa mort, son frère Jean sans Terre, monté sur le trône à son tour, refusa de comparaître à la cour du roi Philippe Auguste, dont il était pourtant vassal pour ses possessions françaises ; il renforça les défenses de ses châteaux, dont celui de Domfront, où il se rendit en 1200 et 1203. Mais le Capétien vint en personne reprendre la place, qui redevint française, comme tous les domaines du roi anglais au nord de la Loire, Normandie comprise, en 1204 – l'année de la mort de l'incroyable Aliénor d'Aquitaine.

Soudain, Judith s'arrêta.

C'est ici qu'il faut ouvrir les yeux de son cœur !
Car du centre de la Table au Relief
Jusqu'à surmonter le malheur
Au bout du bras sinistre et mensonger
Repose figure de Vérité.
Ployez genou, courbez le chef !
Du front grotesque le regard suivez
Et l'ombre du beau clerc enfin gagnez...

Son cœur battit plus fort. Comme lorsque, la nuit même, elle s'était trouvée dans la crypte. Elle releva les yeux, imaginant l'ombre du donjon massif au temps de Chrétien, dont il ne restait plus que des ruines. Son visage s'éclaira brièvement. *L'ombre du beau clerc...* L'ombre du donjon de Beauclerc. Au moins, elle ne s'était pas trompée jusqu'ici dans son cheminement... Mais après ?

Le seigneur de Domfront Henri Beauclerc n'était autre que duc-roi, riche et puissant. Il avait remodelé le château en profondeur, agrandi son enceinte et fait construire le fameux donjon. De cette époque datait aussi l'église Saint-Symphorien, prieuré de l'abbaye bénédictine de Lonlay, dont on devinait également les ruines dans l'angle nord-est du château ; elle faisait d'ailleurs partie intégrante des murs de l'enceinte. La pente naturelle était raide – elle dominait la falaise –, et on peinait à imaginer les quantités sidérantes de terre et de blocs alignés qu'il avait fallu apporter pour constituer la plateforme sur laquelle s'élevait ladite église, chœur tourné vers l'est. Pourvue d'un portail monumental et bâtie de grès également, sans doute non voûtée, elle était à l'origine aussi vaste que Notre-Dame-sur-l'Eau, dotée d'une nef immense, d'un chevet plat et d'un transept légèrement désaxé ; le tout devait atteindre près de cinquante mètres de longueur, pour une hauteur intérieure de quelque quatorze mètres ! Un clocher s'élevait sur la croisée du transept, en réponse au donjon. Les murs internes de l'édifice devaient probablement être peints de décors floraux, comme l'avaient montré de rares vestiges, mais de tout cela il ne restait presque rien : après divers désordres, la nef et l'ensemble du château avaient été démolis au début du XVIIe siècle. Ainsi que l'indiquait une autre plaque, l'endroit avait été ensuite occupé par des jardins potagers jusqu'aux travaux de dégagement et de mise en valeur. Des fouilles avaient eu lieu ici aussi, en 1981, et on avait retrouvé cinq sépultures à cette occasion.

Mais Judith cilla.

À deux pas de ces ruines, non loin des Cent Marches – ce chemin qui descendait en contrebas vers les rives de la Varenne –, Judith venait de repérer quelqu'un.

Un homme, qui l'observait.

L'homme se tenait à une trentaine de mètres. Judith voulut croire à un touriste, mais il ne la quittait pas des yeux. Il devait avoir une soixantaine d'années, le front ridé, un blouson de chasseur, un pantalon côtelé, de grosses chaussures de marche.

Le vent forcissait.

Gênée, Judith se décida à fuir son regard et marcha quelques pas.

Contournant les ruines du donjon, elle s'aventura vers les anciens remparts : au XIIIe siècle, sur plus de cent mètres de long, on avait bâti une courtine à gaine, galerie percée d'archères ménagée dans l'épaisseur du mur et courant à sa base, pour renforcer la face orientale du château, la plus vulnérable. Il devait en rester soixante mètres. Judith s'approcha des marches qui permettaient d'y accéder. Dans la seconde moitié du XVe siècle, la forteresse avait été adaptée à l'artillerie par la construction d'un rempart de fausse braie, un mur de plus de deux mètres d'épaisseur, et l'espace intermédiaire avait été comblé de terre. Un boulevard d'artillerie faisait face à la ville. Au sud-est, la tour d'angle avait été remplacée par une plateforme d'artillerie qui protégeait l'accès au fossé et pouvait battre le pied des remparts de la ville.

Mais pourquoi ces vestiges ? Judith l'avait compris sans mal, la destinée du château avait été, en définitive, la démolition. Bien plus tard, à l'issue de la cinquième guerre de Religion et de l'occupation du lieu par le capitaine protestant Gabriel Ier, comte de Montgommery, lointain descendant des Bellême, le château avait été démantelé et miné par le duc de Sully sur ordre d'Henri IV ; d'où les énormes blocs de pierre et débris éparpillés qui demeuraient aujourd'hui.

Mais ce fut alors qu'elle se «promenait» à l'abri de la courtine, près des archères laissant filtrer la lumière, que Judith aperçut le deuxième homme.

Il se tenait au fond, dans l'ombre, immobile lui aussi, presque invisible à contre-jour.

Elle se figea. L'autre ne bougeait pas davantage.

De la même manière, il semblait l'attendre, ou l'observer.

Judith tourna les talons pour gravir en hâte la petite volée de marches dans l'autre sens et retrouver l'air libre.

Elle pressa le pas.

Un rai de lumière tranché venait de trouer les nuages; il tomba sur Judith, qui se dirigeait maintenant vers l'entrée, soudain inquiète. Le soleil revenait. À l'ouest du donjon se trouvaient les traces d'une salle d'apparat seigneuriale de la fin du XIe siècle, ou aula, de quelque dix-sept mètres par cinq, dont il ne restait plus qu'un mur et les traces archéologiques d'une cheminée ainsi que d'une rangée de trois piliers circulaires de granite; or là, de l'autre côté des ruines de l'aula, Judith aperçut une troisième silhouette. Un troisième homme, seul ici, mains dans les poches.

Les pans de son manteau s'agitaient légèrement au vent, et dans le rai de soleil, il la regardait encore.

Seigneur Dieu, mais ce n'est pas VRAI.

C'en était trop.

Judith cligna des yeux et se détourna, retournant rapidement vers la sortie de l'enceinte du château, pour retrouver la haute ville.

Le poème fulgura dans son esprit :

Alors vers le matin, pèlerins, marchez! Sans oublier
De faire pénitence à l'ombre du clocher…

Et au fond en levant les yeux, tandis qu'elle revenait sur ses pas vers le centre de Domfront, elle aperçut en effet un autre clocher, trônant au cœur de la ville.

Saint-Julien. C'est l'église de Saint-Julien !

C'est là qu'il faut aller !

Mais elle n'eut pas le loisir d'y songer davantage. Des trois endroits qu'elle avait repérés, les hommes à présent convergeaient. Ils se mettaient en marche.

Judith se sentait confusément et inexplicablement en danger.

Elle sortit du site en inspirant profondément et franchit le pont sans oser regarder par-dessus son épaule. Elle serait bien vite à l'abri, non plus dans le château d'autrefois mais dans le cœur de ville. Tout en accélérant encore le pas, presque jusqu'à courir, elle attrapa de nouveau Excalibur dans la poche de son manteau.

Je suis seule. Ou plutôt…

Elle pianota rapidement à destination de Dino Lorenzo, Cité du Vatican, en usant des codes habituels et d'un message prioritaire. En réalité, Judith n'était pas et n'avait jamais été seule. Elle n'était pas qu'une simple bonne sœur érudite, mais aussi une investigatrice protégée.

Et par milliers se comptaient les anges.

Un mot, un signal suffisait ; elle expliquerait les détails plus tard :

DAMOCLÈS

Elle n'eut à attendre que quelques secondes, et la réponse de Dino fusa :

Je vous envoie le Faucon blanc.

AFFRONTER LES OBSTACLES

12.

Les Témoins

Domfront
Fin du XIIe siècle / mars 2023

Il lui semblait qu'un ange était sur son épaule, que cet ange l'accompagnait et lui soufflait les mots, alors il écrivait. Il ne se trouvait pas dans l'un de ces scriptoriums dont étaient familiers les moines copistes, non, mais dans la chambrette sous les combles d'une auberge déserte, près d'une petite table où vacillait une bougie mourante, bureau encombré de parchemins au milieu d'une innommable pagaille ; près de lui, sur la couche dépouillée de son drap, presque nue, on apercevait encore d'autres parchemins, ainsi que certains de ses vêtements, déposés en vrac, son instrument de musique et son galurin. La nuit était avancée, mais lui ne dormait plus ; les yeux hallucinés, il poursuivait son œuvre ; il versifiait. Versifier lui était devenu une seconde nature ; qui eût cru, pourtant, que la création était si ardue, si difficile ? Comme une roue grinçante qui n'en finissait plus de tourner, pour ne réserver que de temps en temps l'éclair fugace de l'inspiration vraie, elle-même si rarement transformée en génie, ou plutôt transmutée en lui, à la manière alchimique! Chrétien continuait à écrire, de façon de plus en plus frénétique, le regard courbé sur ses parchemins, le poignet et la main douloureux à force de jouer de la plume, perdu qu'il était dans ses octosyllabes. Vers condamnés à rimer sans fin, réguliers et poétiques, dont il comptait parfois les pieds... sur ses doigts, maculés d'encre comme ceux d'un enfant, lorsque sa musique intérieure s'interrompait – ou était soudain victime des soubresauts de sa conscience. Habité, il s'efforçait de se concentrer, reclus de fatigue, espérant gagner une fois encore l'aube suivante, l'aube toujours nouvelle, sans cesse recommencée. Mais après quoi courait-il, lui aussi? L'immortalité?

Quel est ton Graal, Chrétien?

Les gothiques lettres noires dansaient devant ses yeux comme des notes sur une portée musicale. Elles avaient la valeur d'une commémoration, d'une oraison funéraire, peut-être d'une action de grâces, selon les humeurs versatiles de leur créateur. Cris de joie et de douleur mêlés se disputaient inlassablement, au chevet de ce secret crypté qu'il laisserait à la postérité, sceau de l'âme ultime de cette aventure. Lui, Chrétien, avait croisé Peredur et le Saint Graal, et à présent, il créait et recréait la légende! Des ombres prenaient vie sur les murs à colombages, sous les poutres du plafond, au front du vantail et du petit vitrail de la lucarne solitaire, cette lucarne qui donnait sur une courette pavée de Domfront où il était revenu, au fil des années. La sueur perlait à ses lèvres; son regard paraissait injecté de sang. Le poète se souvenait déjà des centaines de pages qu'il avait griffonnées, des milliers de vers dont il avait accouché au cours de sa vie, et il lui semblait revoir avec une précision vertigineuse chacune des lettres de ses œuvres, ainsi entremêlées, accrochées en la jungle de sa mémoire comme autant de gargouilles et de chérubins, ces mille chimères qui peuplaient la forêt de sa calligraphie secrète. Il avait l'impression qu'une forêt de contes, hantée de chevaliers de légende, de créatures merveilleuses, de combats épiques, de quêtes inlassables, chuchotait à son âme, continuait d'embraser son imaginaire sans jamais pouvoir se taire, emplissant si fort son cœur… Alors il fallait qu'ils sortent, tous ! Qu'ils échouent couchés sur le papier.

Et aussi, il savait qu'il allait mourir, qu'il mourrait bientôt.

Il regarda la petite flamme de la bougie.

Elle se muerait en un gigantesque brasier. Il l'espérait. Il en avait la certitude.

Il versa une larme, une larme de création que personne ne verrait jamais.

Son torrent de fièvre embrouillait à présent sa lucidité. La brûlure de l'écriture le reprit, cette invocation ; et il cria aux ombres de s'écarter pour qu'il puisse se remettre au travail jusqu'aux premières lueurs de l'aurore, cette fameuse aurore nouvelle, qu'il souhaitait voir encore.

Auteur parmi les auteurs, Merlin enchanteur de la première geste médiévale appelée à la plus folle destinée…

Chrétien de Troyes écrivait et retournait déjà toute la terre.

Il était encore loin de la fin, à vrai dire, il ignorait par quel bout prendre tout son récit, il tâtonnait, peinant lui-même à évaluer la mesure de la gigantesque fleur poétique qui l'attendait, ce diamant aux mille facettes. Il n'était à peu près sûr que d'une chose. Lentement, sur le premier parchemin entre tous, il écrivit :

Perceval, il Conte del Graal.

Judith avait quitté le château pour revenir vers la mairie.

Elle se retourna, le cœur encore battant.

Non, plus personne ne la suivait. Apparemment, en tout cas. Seulement l'ombre des ruines du donjon.

Elle s'arrêta, calmant une nouvelle fois sa respiration.

Domfront. Le château des ducs de Normandie. Tu crois que… ?

Qu'il aurait pu lui aussi inspirer Camelot ?

Camelot. Il était aussi appelé Camalot ou Caermaloyw, mélange de *caer* et de *maloyw* en référence à Caerloyw, nom gallois de Gloucester, possible ville candidate à l'élection du Camelot des légendes. La cour du roi Arthur était un lieu fixe dans tous les romans de Chrétien. Il l'établissait à Tintagel en Bretagne, appelée « royaume de Logres » et englobant en réalité le pays de Galles, l'Écosse, les Cornouailles, l'Armorique. *A priori*, on n'était pas à Domfront ! Pour autant, les commentateurs commençaient toujours par indiquer combien il était ardu de situer ce lieu. Il n'était mentionné pour la première fois, et comme par un heureux hasard, que dans un seul manuscrit du Moyen Âge : le *Lancelot* de Chrétien, qui se gardait bien de le décrire précisément, tout en s'inscrivant, du point de vue littéraire, dans la lignée de Geoffroy de Monmouth, pour qui Carleon ou Caerleon au pays de Galles était le siège principal de la cour d'Arthur. Camelot : succédané, initiative d'un copiste ? Il « naissait » en tout cas pour de bon sous la plume de Chrétien. Mais de la même manière que mille lieux se revendiquaient de posséder ou d'avoir vu passer le Graal, les « Camelot » étaient nombreux. Cadbury Castle dans le Somerset, près de Glastonbury, colline fortifiée d'origine celte, Viroconium dans le Shropshire, quatrième colonie romaine de la province de Bretagne, ou, plus proche de Domfront, Camaret, ville côtière protégeant Brest à la pointe du Finistère, et dont le nom s'écrivait Kameled en breton, prétendaient au titre. Sans parler des hypothèses invalidées telles que Winchester ou Colchester, la Camulodunum des Romains, ou issues des produits de pure fiction : le Camelot des Monty Python, de la série littéraire des *Brumes d'Avalon*, celui de la série *Merlin*, qui avait en réalité utilisé le château de Pierrefonds, ou dans un autre genre le château d'un certain soap ironico-médiéval diffusé sur une chaîne à grande audience.

Et les plus sérieux, se disait Judith, commettaient peut-être la même erreur. À savoir vouloir à tout prix rattraper l'histoire à partir de la légende : retrouver le Camelot authentique à partir du fantasmé, en allant parfois le chercher jusque dans la Haute Antiquité. Mais s'il fallait faire le mouvement inverse ? Partir d'un lieu réel, comme le château des ducs de Normandie, bien connu et familier de Chrétien, qui l'aurait passé au filtre de sa débordante imagination, en le combinant avec d'autres sans doute, et l'aurait transformé en Camelot, suivant par ailleurs le fil littéraire de la tradition galloise l'ayant précédé, et celle, orale, de *Tristan et Iseut* ? *Partir au contraire de l'histoire, et de l'inspiration de l'auteur de* Lancelot, *pour aller vers l'imagination ?* Le château de Domfront ! Le refuge des ducs de Normandie ! Cette hypothèse ne lui semblait pas moins crédible. La sublime illustration de Gustave Doré figurant dans *Les Idylles du roi* d'Alfred Tennyson, avec ce roi aux apparences de monarque déchu, arrivant au pied d'une mythique falaise où se dressait Camelot, château vertige, château lumière, château espérance, château poésie sous le roulis des nuages… traversa l'esprit de Judith.

Camelot !

D'autant que la cour d'Arthur restait avant tout née de l'imaginaire de l'auteur. Un point de repère symbolique, rêvé en lieu d'absolu chevaleresque. Un berceau de droiture, de sagesse, de justice et de défense des faibles, ancrage de plénitude où éclataient grande vie et biens à profusion, où les hommes de la plus haute tenue morale rivalisaient chaque jour de courage et de vertu, pour acquérir la meilleure renommée possible. Le chevalier ne répondait pas à l'appel de l'aventure seulement pour corriger les torts, mais aussi pour se prouver à lui-même, et au monde, qu'il était le plus digne de tous. Cela étant, c'était précisément dans cette ambiguïté que se logeait la critique de Chrétien, alertant sur les dangers de dévoiement de la chevalerie de son temps. Et là aussi était la vocation de Camelot. En courant après la gloire, les chevaliers d'Arthur risquaient de renier l'essence même de leur engagement, le bien d'autrui devant toujours précéder, voire supplanter, la quête de reconnaissance personnelle. Chrétien condamnait-il, ainsi, un danger de perversion de la Table ronde, la cour d'Arthur ayant pour corollaire une dépravation de l'idéal chevaleresque en une sorte de tournoi, où l'assaut de prouesses réciproques finissait par corrompre la quête originelle de sauvegarde des opprimés et le service de Dieu ?

Voilà qui, curieusement, invitait Judith, et tout un chacun, à l'introspection. Oh, elle ne pouvait guère douter de ses propres motivations – quoique. Peut-être ses propres incertitudes oblitéraient-elles sa foi. Avait-elle jamais dépassé la souffrance de la perte de « son » enfant ? Et quel aurait été le talon d'Achille de Peredur ? Ou de ce pauvre Florent ?

Allons… Qui d'entre nous serait un chevalier, ou une chevalière, aujourd'hui ?

Qui peut prétendre à la perfection ?

Elle se souvint aussi confusément d'une phrase de l'un de ses maîtres à penser, Blaise Pascal : *L'homme n'est ni ange ni bête ; et le malheur veut que qui veut faire l'ange fait la bête…*

Les yeux toujours rougis de ces larmes qu'elle tentait de refréner, Judith se tourna vers le château. Mais d'où elle se trouvait maintenant, au cœur de la cité médiévale, elle ne pouvait plus le voir, sinon en imagination.

Il était là, pourtant. Le point d'ancrage, toujours.

Camelot, le château entre tous.

Elle reprit sa marche. La suite l'attendait.

Mais, désormais, une étrange et sourde intuition lui murmurait qu'il fallait se dépêcher.

Qu'est-ce que c'est que ces conneries ?

Arthur ne décolérait pas. L'information était tombée le matin même. Perceval. Perceval assassiné ! Certes, il avait trahi. Il avait trahi le secret. Il avait échoué à l'épreuve. Il avait prétendu rompre le fil ! Tous l'avaient mis en garde, à plusieurs reprises. Et il n'avait rien écouté. Alors, le raisonner, l'empêcher d'aller plus loin, oui, peut-être. Mais pas ainsi ! Pas de cette manière ! Et Arthur mesurait l'ironie : Perceval. Ainsi, c'était par lui que tout advenait. Mais n'y avait-il pas un autre traître à présent… Celui dont la main avait fauté, trempant dans son sang ? Cet acte meurtrier sentait l'impulsivité, la colère. Tout le contraire de ce qu'ils étaient, tous, de ce qu'ils auraient dû être, de ce qu'ils avaient jadis représenté. Tout le contraire de leur vocation. Et une vocation immémoriale… Un acte indigne. Même envers un traître ! Sans parler de cette mise en scène grotesque, la blessure au flanc, les bras en croix… Et pourquoi pas les lettres de sang sur le mur ! Plus personne ne croyait à ces foutaises ésotériques. Qui s'y laisserait prendre ? À tout le moins, cela ferait peut-être un peu diversion. En tout cas, pour un temps. Et c'était la bonne sœur qui l'avait trouvé ! Il avait fallu que ce fût elle ! Le tueur – puisqu'il fallait bien l'appeler ainsi désormais – avait agi sans l'avis du Conseil.

Seul, et de sa propre initiative !

Seul, vraiment ?

Arthur se renfonça dans son fauteuil. Et s'il n'était pas seul ? S'il avait commis, certes, son acte isolément, mais que d'autres parmi eux avaient soutenu son geste ? La corruption. La corruption était là, maintenant, en leur propre sein. Menaçant de les dévoyer. Comme autrefois la chevalerie au cœur de la cour. La fin de l'idéal. De l'histoire. De Camelot. À l'image du désenchantement de ce monde devenu si terne, vain, vulgaire. Arthur soupira, passa la main sur son front semé de rides, entre les boucles de ses cheveux gris. Toute la ville allait être au courant, et, surtout, la presse. Autant dire, à l'heure des médias tonitruants et des réseaux, le monde entier. Une chose était sûre : il fallait éteindre le feu à tout prix. Cantonner par tous les moyens l'événement de cette nuit au fait divers, au « dérisoire », quitte à… Seigneur, oui… pas le choix… à construire un mobile. L'imaginer de toutes pièces. Et agir vite. Parler à la gendarmerie, au maire, aux journalistes. Les induire en erreur. Éviter que l'affaire s'étende et mobilise le capitaine de la section de recherche de Caen, sans parler d'un retentissement plus large encore, national, qui serait proprement catastrophique. Et pour cela, s'entendre sur la méthode et une version commune. Chacun devrait prendre ses responsabilités.

Avec un certain effarement, et la conscience du poids qui pesait sur ses épaules, Arthur se représenta que jamais ses prédécesseurs n'avaient eu à faire face à ce genre de drame. Une trahison de l'intérieur. La priorité était de réunir le Conseil, toutes affaires cessantes. Ce soir même. Le coupable devrait se dénoncer. Ou les coupables. Et il appartiendrait à chacun de choisir son camp. Soudain oppressé, mais ferme, Arthur saisit son téléphone. Il peinait à le croire, et pourtant : jamais la confrérie ronronnante, jusque-là gentiment cantonnée à l'érudition, aux soirées dominées par les discussions pointues sur la paléographie, l'épigraphie, l'histoire ou l'archéologie, et aux cérémonies fatalement menacées année après année de voir s'émousser leur sens, leur substance, jamais la confrérie n'avait eu à affronter un tel danger.

Celui de l'implosion pure et simple.

En vérité, dans la tradition des textes, le nombre et les noms des chevaliers de la Table ronde variaient. À mesure du temps et des récits, on en comptait bien plus de douze, souvent vingt-quatre, trente-six, voire soixante-douze. Robert de Boron, qui voyait en la Table ronde une réplique de la Cène, en dénombrait cinquante. Dans *Le Morte d'Arthur* de Thomas Malory, ils étaient *trois fois cinquante*, façon de désigner un très grand nombre. Le livre *Les Blasons des chevaliers de la Table ronde* en « comptait » cent soixante-dix, quand Michel Pastoureau dans *Les Chevaliers de la Table ronde* en identifiait deux cent trente-neuf ! Tous défilaient en cohorte à la mémoire d'Arthur. Bedwyr, Bedrydant, ou Bedivere « aux muscles parfaits » en gallois, qui restitua Excalibur à la Dame du lac après la mort du roi; Bohort l'Exilé, cousin de Lancelot; Caradoc ou «Karadoc Briefbras», le Bras court, le Bras long ou encore le Bras fort, ancêtre semi-légendaire des monarques de Gwent, pays de Galles; Dagonet, conseiller autant que fou de la cour; Érec, fils du roi Lac, époux de la belle Énide; Galahad ou Galahad le Preux, le Pur, le Faucon d'été, plus jeune chevalier de la Table, qui trouva l'épée de Salomon, le seul capable de s'asseoir sur le siège périlleux sans y être englouti, le seul assez pur, également, pour regarder dans la coupe du Graal… ce qui lui ôta la vie! Gauvain, le Faucon blanc ou Faucon de mai, mort sous le bras de Lancelot; Lancelot lui-même, le Chevalier blanc, le Chevalier de la charrette, fils du roi Ban de Bénoïc et père de Galahad; son demi-frère Hector des Mares, fils de la Dame des marais; Keu, le brutal sénéchal de Camelot, tueur de colosses tels le monstre Caht Palug, Warach ou le géant du Mont-Saint-Michel; mais encore Lohengrin, le Chevalier au cygne, fils de Perceval, Méléagant et Mordred, chevaliers fourbes et envieux devenus ennemis de la Table ronde; Perceval, bien sûr; Tristan, Tristran, Tristam, Tristram, légendaire époux d'Iseut aux mains blanches, amant d'Iseut la blonde; et Yvain, Owen, le Chevalier au lion, fils de la fée Morgane et du roi Urien! Et tant d'autres…

Bien sûr, la confrérie – *leur* confrérie – n'avait gardé en perpétuation symbolique que les meilleurs. Les plus nobles.

Oui, il y avait douze chevaliers…

Quelle poésie, quelle légende! Quelle lignée par-delà les siècles!

Légende?

Aujourd'hui, ils se nommaient les Témoins. Autant par humilité que par discrétion.

Douze dépositaires du secret, et liés par lui. Douze passeurs de flambeaux, depuis si longtemps, et qui assuraient la connexion, le lien, le nœud entre l'histoire et la légende.

Et tout était en train de voler en éclats, à présent qu'ils n'étaient plus que onze.

Onze encore, et en comptant Arthur lui-même, bien sûr. Arthur, Arthus, Artus, Arzur, au nom signifiant « l'ours » – ce qu'il était un peu, en vérité ! –, emmené par Merlin alors qu'il n'était encore qu'un enfant, après que l'Enchanteur eut requis sa garde à Uther Pendragon, en échange du don de l'apparence de Gorlois, pour tromper Ygraine et concevoir l'enfant qu'il avait été, dans le conte et l'épique saga qui portait son nom… Arthur, confié à Antor, puis porteur unique d'Excalibur, roi de Camelot et de la Table ronde, table donnée à Uther par Merlin. Arthur, père malgré lui de Mordred avec la fée Morgane, sa demi-sœur, ce fils qui se retournerait plus tard contre lui, avant qu'il ne soit emmené après la bataille de Camlann à Avalon par Morgane, reine de l'île, et la fée Viviane, la Dame du lac.

Arthur regarda une dernière fois par la fenêtre de son manoir.

Il se remettait à pleuvoir.

Puis il prit son portable et adressa en urgence un message à sa liste :

TÉMOINS

BEDIVERE
BOHORT
ÉREC

GALAHAD
GAUVAIN
HECTOR
LANCELOT
LOHENGRIN
PERCEVAL
TRISTAN
YVAIN

TABLE RÉSERVÉE – 14 HEURES IMPÉRATIF.

À moins que ce ne fût elle, Judith, la chevalière.

Elle allait aux racines des mythes du roman, français et du Moyen Âge.

Elle s'aventurait maintenant au cœur de Domfront et semblait emporter avec elle, voir ou refléter, comme en miroir, en écho, ce Moyen Âge d'autrefois.

Qu'elle réinventait.

Car elle croyait deviner les fantômes à Domfront.

La ville ancienne paraissait un rubis médiéval posé dans son écrin – *un petit Graal en soi*, songea Judith en esquissant un sourire, encore pâle. Elle savait qu'au Moyen Âge, la cité était isolée par un fossé barrant les fronts à l'est, actuellement emprunté par une rue que Judith découvrit comme « rue des Barbacanes ». Au-delà s'étendait une jolie place, où se tenaient les foires jusqu'à la fin du siècle précédent. Le rempart de l'enceinte, fortifiée à mesure du temps, était jadis flanqué de vingt-trois ou peut-être vingt-quatre tours, édifiées sans doute au XIIIe siècle, donc postérieures à Chrétien. Douze subsistaient, en plus ou moins bon état, certaines étaient encore habitées. La mieux conservée, la tour Coroller, possédait toujours la totalité de son mâchicoulis, quand d'autres ne comptaient plus que les corbeaux qui le soutenaient. Les grandes portes de la ville étaient par ailleurs peu nombreuses, dessinant cependant les contours d'un vrai bourg castral.

Judith cheminait – étaient-ce ses yeux fatigués, embués ? Une brume inattendue se levait-elle vraiment ? –, mais ce Domfront-là lui sembla soudain d'un autre âge. Ou plutôt, c'était comme si elle-même remontait le temps. Comme si elle venait déchirer le voile pour passer de l'autre côté... Sa déambulation lui parut presque, dans ses étourdissements, teintée d'une soudaine coloration fantastique. Un chat miaulant glissa devant elle. Aujourd'hui, les plus anciennes maisons n'étaient pas antérieures au XIVe ou XVe siècle. Elles conservaient ce charme médiéval mystérieux qui la touchait obscurément. Certaines étaient à pans de bois, en encorbellement sur un soubassement de pierre, comme celle que Judith avait sous les yeux, à deux pas de la place de la Mairie, et dont une des poutres de façade portait la date : MDXV. *1515, c'est Marignan !* pensa-t-elle en se serinant la vieille chanson. Sur la place, justement, tout semblait redevenu calme. Plus de gendarmerie, de journalistes ou d'équipe municipale. Tout cela n'avait-il été qu'un rêve ? Un cauchemar ? Si seulement ! Souriez, rembobinez, et hop !

Mais Judith n'était pas dupe. Le calme ne pouvait être que trompeur.

Elle avança. Au 38 de la rue du Docteur-Barrabé, on pouvait encore voir un des étals en bois, et ces jolies façades aux chevrons verticaux.

Et là, à cet étage, peut-être, Chrétien avait-il écrit ? Chrétien courbé sur ses parchemins... Courbé sur *Perceval ou le Conte du Graal.*

Le dialogue étrange entre le poète et elle continuait.

Au-delà du temps, de tous les temps.

Non loin, dans la brise froide, une enseigne médiévale grinçait.

Quand enfin il franchit l'une des portes massives plongeant au cœur du bourg, le trouvère laissa échapper un rire. Claquaient encore les étendards, couraient les enfants dans la Grande-Rue et les ruelles, émaillées d'une foule d'attractions. Lorsqu'il s'y était promené pour la première fois, notre poète avait été charmé par ce Domfront un peu tortueux et labyrinthique; petites rues et venelles s'y enlaçaient, s'y enroulaient, s'y ramassaient sur elles-mêmes; et voici que soudain l'on tombait sur une enfilade de courettes, qui elles-mêmes venaient sans prévenir se heurter à une tour d'accès, à une corniche ou à un dégagement de pierre inattendu. Mais dans la Grande-Rue, seule vraie perspective tout en longueur, on avait installé partout des tables sur des tréteaux étroits, dressées pour les ripailles…

Judith marchait, et il lui semblait que de la musique montait de toutes parts, depuis les terrasses et les jardins en cascade à flanc de falaise, où l'on allait se faufilant de l'une à l'autre, jusqu'aux entrelacs des ruelles et des plus petites places. Ici et là, trouvères ou troubadours donnaient de l'archet, de la mandoline ou du rebec, coiffés de leurs chapeaux à plumes, la voix claire et sonnante, le soulier en avant et le menton fier. Et qui étaient ces enfants qui, à deux pas de la bonne sœur, du haut de leurs cinq ou six ans, crapahutaient entre les tréteaux en riant, prompts à échapper à la vigilance de leurs mères qui les houspillaient? Soudain, elle dut *s'arrêter net pour éviter… la flamme d'un cracheur de feu, qui venait de la surprendre au détour d'une ruelle ! Des attroupements se créaient autour de scènes improvisées, où comédiens et saltimbanques, protégés de la reine ou des seigneurs de Normandie, jouaient gaiement leurs saynètes. On sentait l'humus, la pomme, la poire, la viande braisée. Sur la place suivante, pavée de pierre, des jongleurs et même un montreur d'ours impressionnaient eux aussi les badauds. Au fil des rues, on croisait quelques preux chevaliers, portant parfois écu et bannière, ou les membres d'une soldatesque aguerrie, la pique au poing. La vigilance, pourtant, se relâchait un peu : les conversations, grasses ou sémillantes, allaient bon train, et de toutes parts dans le village montait cet indistinct brouhaha coutumier en ce genre de circonstances. Rires et mots d'esprit fusaient, au-dehors comme dans les auberges du* Cochon fumant *ou du* Lièvre sauteur, *dont les enseignes ouvragées brinquebalaient dans les lumières du soir venant.*

Judith les voyait, les seigneurs, gentes dames, damoiseaux et damoiselles, aux tenues raffinées ! Les hommes, chapeautés ou tête découverte, pavanant dans leurs manteaux de lourd tissu richement brodé et liseré de fourrure, dessus de longues tuniques et des chausses de laine. Les belles à robes de lin et de laine, avec leurs bagues, colliers, broches et ceintures à boucles d'or, cachant les volutes normandes de leurs cheveux sous des coiffes élaborées ; voiles aériens choyant sur leurs épaules ou dans leur dos, longues nattes de blondeur tressée, quelle élégance ! Plus loin encore, au seuil d'un jardin surplombant la falaise, dans des bruits de gorge et les exclamations ravies de l'assistance, le fauconnier, capuche relevée et poing ganté de cuir.

Judith avançait.

Tout là-bas, en contrebas, la chasse se préparait… Voilà qui fleurait bon la campagne et la Normandie ! Avant le coucher du soleil, le seigneur descendrait de cheval et servirait enfin la bête haletante de douleur, traquée jusqu'à épuisement. Comme au ralenti, Judith se tourna vers la gauche, pour découvrir que les *diverses corporations avaient monté leurs tables et arboraient fièrement leurs bannières, comme en prélude à quelque défilé : ouvriers, maçons… Elle reconnut dans ces discussions animées des compagnons, bâtisseurs d'églises et de cathédrales sans doute, ces artistes capables de faire s'envoler leurs flèches et leurs dentelles de pierre jusqu'à tutoyer le ciel. Elle les regarda, non sans admiration et, peut-être, une certaine envie. Ceux-là venaient-ils du Mont-Saint-Michel,* le mont au péril de la Mer, *pas si lointain, ou s'y rendaient-ils ?… Plus loin, portes ouvertes, un forgeron cognait dur dans des étincelles dignes de Vulcain, et, juste à côté, l'enseigne du ferronnier grinçait en cadence, comme en écho à ses coups sourds et répétés. Quelques carrioles et chevaux clopinants arpentaient les rues, et Judith dut s'écarter pour laisser passer un marchand pressé qui encourageait ses montures, roulant sur les pavés.* Elle considéra cette rigole creusée jadis dans le mur, à environ un mètre cinquante du sol, pour permettre aux essieux des chariots de se glisser dans la rue trop étroite ; de même que l'écartement rondelet d'un contour de porte permettant de rouler sans heurt les tonneaux jusque dans des caves de plain-pied.

Ici et là, ces asiles successifs masquaient des boîtes aux lettres improbables cachées dans les enfilades de cours intérieures, toutes plus surprenantes les unes que les autres. Ce n'était pas si grand, ici, et pourtant Judith crut, un moment, avoir perdu la notion de l'espace. Où était-elle à présent ? Elle avisa une plaque : cour Marie-du-Rocher, l'une des ravissantes courettes en question, joliment pavée et restaurée ; elle se tenait ici comme un petit cœur battant de la ville haute, bordée d'une tour massive, étonnante pour l'endroit, et d'un logis typiquement domfrontais. On y trouvait, apprit-elle, l'ancienne demeure de la famille Marie du Rocher, officiers royaux anoblis au XVIIe siècle. De nombreux petits nobles des environs avaient fait construire leur hôtel particulier en ville, comme celui-ci ou, plus loin, la façade de la Vicomté, refaite de façon à imiter le classique manoir du pays d'Auge. Judith retomba bientôt dans la rue du Docteur-Barrabé, croisa l'échauguette dans la Grande-Rue, puis l'ancienne porte murée de la rue de l'Horloge. Elle se remit en marche vers Saint-Julien.

Ici, comme dans le lacis des rues et ruelles du Mont-Saint-Michel, il fallait aimer à déambuler, aimer à se perdre.

Oh, de ce côté, je te rassure… Tu es complètement perdue.

Mais que lui arrivait-il ? Elle devait se ressaisir, reprendre le fil et…

De nouveau, elle crut entendre des rires d'enfants, et elle se retourna.

À l'angle de la rue qui menait à Saint-Julien, elle vit en effet une grappe de bambins et se demanda soudain s'ils étaient bien réels, ou…

L'un d'eux pivota vers elle.

Ange brun, ange blond ?

Il lui sourit. Elle le reconnut. Elle eut un coup au cœur immédiat.

Élie ! Élie !

Brutalement, elle sortit de son espèce de torpeur embrouillée.

Les enfants avaient disparu, dans des rires évanescents. Le petit Élie aussi.

Oppressée, le cœur palpitant, Judith vacilla encore.

Elle chercha un mur à colombages auquel s'appuyer. Tenta de retrouver une respiration régulière.

Il fallait sans doute mettre ça sur le compte du choc de ce matin.

Puis, se souvenant du poème, elle regarda dans l'autre direction…

Vers le matin. En direction du clocher de Saint-Julien.

Alors vers le matin, pèlerins, marchez ! Sans oublier
De faire pénitence à l'ombre du clocher…

Et elle s'avança.

Il était là, le clocher, peint de jaune et de gris. Une réinterprétation, en quelque sorte ? En temps normal, Richard, en sa sûre arrogance, l'aurait sans doute écarté de la main. Mais il était de bonne humeur, et, dans ces cas-là, sa mansuétude naturelle cherchait toujours dans les œuvres plutôt les qualités que les défauts. Il se détourna du tableau accroché au mur dans le grand salon et, mains dans le dos, la casquette en arrière, pivota vers le propriétaire du manoir.

— C'est… une belle pièce que vous avez là. Je parle du tableau, bien sûr, même si votre grand salon aussi ! Saint-Julien, non ? Une réappropriation du site, n'est-ce pas ? Ah ! Je l'ai visité, mais – *well, sorry, I must say* – par Street View, parce que, malheureusement, je ne suis pas sûr de pouvoir m'attarder… Au fait, j'espère que l'hélicoptère ne vous a pas dérangé… Désolé pour la nuisance sonore.

Richard l'avait stationné dans un champ voisin du manoir pour honorer le rendez-vous qu'on lui avait préparé, ici même, en forçant un peu la main au propriétaire. Le manoir de la Chaslerie, tout près de Domfront et du bourg de La Haute-Chapelle, avait appartenu jusqu'à la Révolution à la famille Ledin et dépendait de l'abbaye de Lonlay. On avait rebâti le bâtiment principal en 1598, année de l'édit de Nantes, sur un modèle très défensif. Plusieurs fois vicomtes de Domfront, les Ledin, ou du moins l'un d'entre eux, avaient tenté en vain de faire valoir l'ancienneté de leur noblesse auprès de Charles d'Hozier, généalogiste de la cour, au XVIIe siècle. À la même époque, ils avaient en quelque sorte «annexé» Notre-Dame-sur-l'Eau, fait apposer leurs armes dans l'église et déposé les dalles funéraires de nombre de leurs membres, y compris le gisant que Judith y avait croisé. Mais à la Révolution, la famille était «tombée en quenouille»; le gendre propriétaire de la Chaslerie, Louis-Marie de Vassy, député de la noblesse aux États généraux, avait émigré. La Chaslerie avait été saisie comme bien national. Les Lévêque, gens de robe originaires du bourg voisin de Saint-Mars-d'Égrenne, avaient alors acquis et conservé le manoir pendant deux siècles.

Richard n'avait pu manquer d'en apprécier les parties classées et l'ancien château, inscrit au titre des monuments historiques depuis 1926. Le manoir et ses dépendances constituaient ce que, dans le bocage normand, on appelait un «village», avec sa ferme, son pressoir, sa cave pour le poiré et le calvados – bien sûr –, sans compter fournils et puits. D'autres dépendances en complétaient les abords. Le logis proprement dit était bâti autour d'une cour fermée. Le bâtiment principal, à l'est, était flanqué de deux tours d'angle coiffées en poivrières ; à l'ouest, on trouvait une autre tour Louis XIII. Des écuries et un colombier du XVIIIe achevaient le tout. Au sud, la double porte était surmontée d'un petit chef-d'œuvre de dôme à l'impériale. Les cheminées des bâtiments sur cour portaient ces fameuses « boules de noblesse » censées, sous l'Ancien Régime, éloigner les agents du fisc en rappelant la majesté des occupants ! Richard, lorgnant brièvement par les grandes fenêtres, aurait aimé prendre le temps de se promener dans la cour attenante et se mirer dans le bassin, visiter la chapelle de pierre grise au clocher élancé dédiée à sainte Anne, ou arpenter la terrasse supportant l'ancien jardin et les biefs… Mais le monde était toujours trop vaste, et le temps trop court. Avec leurs différents murs percés de meurtrières, les murets et les trois douves, la chapelle et le manoir entouraient un terrain jadis nommé Pournouët, en référence aux terres marécageuses des terrains en contrebas. Une belle et longue allée de deux kilomètres, enfin, reliait le manoir au bourg de La Haute-Chapelle.

— J'ai vu que vous aviez fait des travaux de restauration exceptionnels ! Et depuis plus de trente ans, c'est cela ? La mise hors d'eau des habitations, les abords, les murs de soutènement… même une partie de l'intérieur, non ? De la belle ouvrage ! dit Richard en claquant la langue.

— Qu'est-ce que vous voulez ? rétorqua Bertrand Lévêque, sourcils froncés, sombre.

Le sexagénaire aux tempes grisonnantes, bel homme aux épaules carrées, considérait le visiteur sans aménité. Il n'était pas seul. Non loin, Hector, impavide, mains jointes dans son costume anthracite, lunettes noires, s'était posté près de la cheminée et ne bougeait pas, au point d'en paraître invisible. Derrière les grandes portes du salon, un superbe escalier de granite à mur d'échiffre desservait le premier étage. Deux autres individus étaient présents. L'un répondait au nom de Joseph Lantier, membre du conseil municipal de Domfront. Le visage semé de rides, les yeux vifs, il se tenait comme tassé dans un fauteuil et, visiblement mal à l'aise, buvait à petites gorgées un verre de poiré. L'autre, le détective privé Unknown326, habituel contact de Richard, assistait également à l'entrevue. Il avait été chargé de filer Florent, puis Judith, dès que le jeune millionnaire avait eu vent de ce qui se tramait autour de Notre-Dame-sur-l'Eau. Richard ne s'embarrassait pas toujours de précautions, y compris élémentaires. Mais cette apparente nonchalance reposait sur une vérité maintes fois démontrée : l'argent achetait tout et réglait toujours tous les problèmes. Quadragénaire brun à la trogne cinématographique, Unknown326 n'avait pas davantage quitté ses lunettes, sa coupe en brosse et son blouson de chasse.

— Vous comprenez, je suis un chasseur de reliques… Je traque les beaux objets, les énigmes historiques… Un *Tomb Raider*, en quelque sorte ! Richard Croft ! Ha, ha ! Vous me comprenez…

Bertrand ne dit rien. Ce gamin prétentieux se croyait visiblement en terrain conquis.

— Hem. Je ne vous fais pas rire, continua Richard en claquant la langue. Mais voilà. Si Joseph, ici présent, merci Joseph, a arrangé cette entrevue pour moi, c'est que l'un des ouvriers de votre chantier a été un peu… indiscret. Après quelques recoupements, j'en ai conclu qu'il pouvait bien se passer quelque chose ici de tout à fait intéressant. Pour ne pas dire de proprement fascinant. C'est pourquoi je souhaitais en parler avec vous. Et vous proposer, peut-être, que nous soyons… partenaires.

Il tendit la main avec un mélange de solennité et de condescendance.

— *Partenaires ?*

Bertrand ne serra pas la main. Les deux hommes se jaugèrent.

— Monsieur Lévêque… dit Richard sans le quitter du regard. Qu'avez-vous trouvé à Notre-Dame-sur-l'Eau ?

Toujours pas de réponse.

— Vous n'êtes pas très coopératif.

Richard sourit, puis se retourna, faisant de nouveau face au tableau représentant l'église Saint-Julien. Bertrand fit mine de jeter une bûche dans la cheminée voisine pour alimenter le feu. Il soupira en lançant un regard de colère glacée à Joseph. Joseph qui, honteux, se tassa un peu plus dans son fauteuil à accoudoirs, le col de son manteau remontant contre ses joues.

— Mais vous verrez, je saurai donner toute la publicité nécessaire à nos recherches. Les enjeux vont monter ! Et lorsque j'aurai précisé avec vous les termes exacts de notre arrangement, vous changerez vite d'…

Et tout se passa, en effet, très vite.

Richard n'alla pas plus loin.

Soudain, il se prit un violent coup sur le crâne.

Et s'effondra comme une masse.

Quoi ? Mais que…

Hector, surpris pour cette fois, chercha son arme dans le holster. Bertrand se tenait droit, debout, bûche en main. Mais le garde du corps, pourtant rompu d'ordinaire à tous les exercices, n'eut pas le temps de bouger davantage. À peine avait-il sorti son arme qu'il entendit le cliquetis caractéristique d'un fusil de chasse, qu'un nouvel arrivant, jusque-là tapi derrière les portes, venait de pointer tout près de son oreille. Hector serra les maxillaires, furieux derrière ses lunettes de s'être laissé prendre comme un bleu. Nom de Dieu, celle-là, vraiment… au beau milieu d'une discussion courtoise… il ne l'avait pas vue venir. Unknown326 pâlit et ouvrit la bouche de stupeur tandis qu'un autre homme le mettait également en joue. Joseph se renfonça encore dans son fauteuil, portant une main tremblante à son visage.

— Lancelot… Galahad… Mettez-moi tout ça à la cave, dit Arthur en jetant la bûche dans le feu, et en désignant Richard du menton, puis Hector et le privé. C'est un vrai conseil de famille.

Il serra les dents, refusant de se laisser emporter par une colère blanche, et poursuivit :

— Réunion immédiate. Il va falloir nettoyer derrière nous d'une façon ou d'une autre, maintenant. Sinon, tout explosera pour de bon… et c'en sera fini !

Arthur avait commencé à recomposer le fil des événements. Bohort était venu trouver Bedivere le matin même, dans les lueurs de l'aurore. Le couteau en main. Du sang partout. Et Bedivere venait de rapporter les faits à la Table. Les Témoins étaient désormais en panique, et sur le qui-vive. Mais à présent, il fallait prendre des décisions. Et les bonnes, de préférence. Avant que la situation ne dégénère à nouveau et ne fasse boule de neige.

— Il… Il est venu à l'aube, en pleurs, mais encore en colère, et… il avait toujours le couteau. Le couteau ensanglanté ! Lui-même… Lui-même avait du sang sur le visage…

— Et le couteau ! Qu'as-tu fait du couteau ?

— Je l'ai jeté dans le marais de Rouellé… On ne le retrouvera jamais.

— Et Bohort ?

— Il est là… Il ne sait plus quoi faire.

— Et la bonne sœur ?

L'autre avait haussé les épaules sans plus rien trouver à dire. Arthur avait hoché la tête avec gravité. Le chahut sur la place de la mairie lui était évidemment remonté immédiatement. Et la présence de cette bonne sœur, Judith Guillemarche, qu'avait contactée Florent. Cette place de la mairie où elle était arrivée ce matin même… Comme cet énergumène jailli de nulle part – ou plutôt de son hélicoptère. Un peu absurdement, Arthur se souvint des vieilles légendes de Domfront, du temps où l'on pendait sur cette même place, baptisée jadis « place du Champ-de-Grève », où les passants se signaient devant les suppliciés !

Domfront, ville de malheur.
Arrivé à midi, pendu à une heure.
Domfront, ville de bonheur.
Arrivé à midi, complet à une heure.

Des pendaisons en place publique se perdaient.

13.

Le Faucon blanc

Domfront
Fin du XIIe siècle / mars 2023

Chrétien s'était effondré à une table du *Cochon fumant*, épuisé. La main sur la joue, le cheveu en bataille sous le galure, il restait là, affalé devant un godet de vin, au milieu du brouhaha et des exclamations de l'auberge. Dans l'âtre, une marmite fumait. Des odeurs de légumes et de viande braisée emplissaient les narines.

Il avait tout essayé. Il avait cherché partout. Devant lui, il déplia le parchemin froissé. Cet échiquier qui, à ses yeux, ne signifiait rien. Une piste, assurément, avait-il pensé, sinon pourquoi Peredur le lui aurait-il laissé ? En même temps, il était fou. Et mourant. Peut-être tout cela n'avait-il été qu'une projection de son délire.

Du roman, Chrétien.

Il avait trouvé, pourtant. Il avait trouvé la crypte, sous la dalle amovible. Et commencé de reconstituer le puzzle. Renseignements pris, après avoir enterré le chevalier dans le petit cimetière voisin de Notre-Dame-sur-l'Eau, il avait eu vent par le curé ordinaire de l'église de l'existence de cette salle. Préexistante, déjà pourvue de sa croix, elle avait en quelque sorte été aménagée par le sire Gauvain, cet autre croisé revenu de Terre sainte avec Peredur. L'un des douze templiers, celui qui était de Domfront même et avait fixé rendez-vous ici à ses coreligionnaires. Et celui-là même que Peredur avait retrouvé en arrivant à son tour à Domfront, avant qu'ils ne meurent tous deux. Du curé, il avait appris et compris ce qui s'était passé. Gauvain, lui avait-il dit – encore des propos rapportés ! Fallait-il y accorder le moindre crédit ? –, avait fait édifier une table étrange, dressée, en souvenir d'un mystérieux serment. Une table ronde, croisée de douze épées avec, en son centre, l'endroit qui aurait dû accueillir un mystérieux objet. Chrétien avait deviné son idée. Puis Gauvain était mort, faisant promettre à Peredur de perpétuer leur souvenir. Celui-ci, agonisant à son tour, déchiré, avait décidé de conserver le Graal secret. Mais de tout cela, Chrétien n'avait hérité que ce morceau de parchemin figurant la clé, certainement – du moins l'avait-il espéré. Le parchemin représentant l'échiquier. Avec la dame, le roi, le cavalier. Et donc ? Cet échiquier, comme le Graal lui-même, Chrétien l'avait cherché partout, « retournant toute la terre » en explorant les environs et posant mille questions, dans l'espoir de dénicher enfin l'endroit de la cachette, et sans pour autant révéler l'objet de sa quête insensée au risque de trop attirer l'attention. Mais il haussa les épaules : qui, de toute façon, aurait pu deviner le fil de ces improbables circonstances ? Qui, en dehors d'une tête bien malade, celle d'un poète peut-être, aurait pu imaginer pareille aventure ? Et ici, à Domfront ? Ha, ha !

Et en attendant il avait eu beau se démener, il n'avait toujours rien trouvé. Pas d'échiquier, et encore moins d'invraisemblable Saint Graal. Un chou très, très blanc. Un chou immaculé de blancheur.

Il soupira, se prenant le crâne entre les mains.

Et soudain…

Le broc de vin rempli à ras bord claqua contre la table.

Chrétien leva les yeux.

Devant lui se tenait un colosse, de stature comparable à celle de Peredur, barbu également, mais lui était balafré, les cheveux drus et courts. La cuirasse luisante. Les gants miroitants. Une épée longue au flanc.

Le torse barré de la croix pattée templière. Mais visiblement, arabe.

Arabe ?

— Mon nom est Galahad. Je viens d'arriver. J'étais l'un des Douze, je crois que vous savez qui je suis.

Chrétien ouvrit la bouche de stupeur.

— Et je sais ce que vous cherchez.

Il avait d'abord émergé lentement, plissant les yeux, tâchant en quelque sorte d'ajuster la mire et de balayer ce flou qui paraissait incrusté dans ses paupières. Puis il s'était réveillé pour de bon… et il avait vu. Il avait vu les arcs croisés de cette cave humide et voûtée. Puis le spot sur pied, braquant non loin sa lumière blafarde dans sa direction. Et derrière, à contre-jour, la haute silhouette d'Arthur, bras croisés, dont il ne devinait clairement que les contours de la chevelure cendrée. Non loin, Galahad et Lancelot s'étaient occupés d'Hector et d'Unknown326, ligotés et bâillonnés, assis contre un arc de pierre.

Richard Pritchard cligna des paupières. La bosse derrière son crâne le lançait, et tout lui revint aussitôt. Il se dandina sur sa chaise, essayant vainement de se défaire de ses liens, et ne parvenant qu'à les resserrer davantage.

— M… Mais… Non mais vous savez qui je suis ?

En effet, entre-temps, Arthur avait eu vite fait de compléter ses informations, en usant des papiers de Richard ; les couvertures de *Forbes* suffisaient à saisir l'essentiel. Et cela compliquait encore grandement une situation déjà très périlleuse.

— Je… Nous ne sommes pas seuls, vous savez ! dit Richard, postillonnant.

Arthur s'avança d'un pas. Son ombre se faisait-elle menaçante ?

— Nous non plus, répondit-il.

Soudain, il y eut un flash. Arthur, de manière assez peu chevaleresque, avait contraint le pauvre Joseph, ruisselant de sueur maintenant, à prendre quelques clichés exclusifs de l'événement. Un nouveau flash saisit au vol les yeux incrédules et la bouche agrandie de stupeur du multimillionnaire qui, d'ordinaire, faisait rêver les foules du monde entier. Celui-ci se rendit compte brutalement d'une autre évidence : on l'avait débarrassé de ses vêtements – enfin, de *presque* tous ses vêtements. Il secoua la tête dans toutes les directions.

Richard Pritchard était ligoté et en slip dans la cave d'un manoir normand.

Du front grotesque le regard suivez
Et l'ombre du beau clerc enfin gagnez.
Alors vers le matin, pèlerins, marchez ! Sans oublier
De faire pénitence à l'ombre du clocher

Et à deux lieues de là volez
Au pont de l'eau vous abreuver
Dessous la chambre de majesté...

Judith croisait de belles maisons à colombages dans la Grande-Rue et place Saint-Julien. Non loin, un inénarrable *Bar normand* à devanture médiévale attirait immédiatement le regard. L'angle nord-est était occupé par le château de Godras et ses jardins, détruit en 1868 et dont il ne restait qu'un pavillon dit « de Boudé », accolant des parties architecturales du XVe au XVIIe siècle. Plus loin encore, le clocher de l'église Saint-Julien dominait la ville haute. L'édifice ne pouvait manquer de frapper, du fait de son style néobyzantin tranchant avec le reste des lieux, et de ce fameux clocher en éteignoir que soutenaient quatre grands arcs. De là-haut, surplombant tout l'éperon et le bocage alentour à trois cent soixante degrés, la vue devait être fantastique. En vérité, trois édifices religieux s'étaient succédé dans ce périmètre, dont l'église actuelle, tous dédiés à saint Julien, évangélisateur et patron du diocèse du Mans. Judith suivait le fil du poème, mais, alors qu'elle entrait dans le sanctuaire silencieux, elle comprit qu'elle risquait fort de voir se rompre le fil, si ténu, peut-être fou, qui la reliait encore à l'espoir que sa quête débouche sur quoi que ce fût de tangible. Des recherches rapides sur Excalibur lui avaient confirmé un fait tout simple : l'église du temps de Chrétien n'était pas celle-ci. De l'église originelle on ignorait tout, sinon qu'elle était construite au lieu de l'actuelle place Saint-Julien, un peu plus loin, cette belle place que Judith avait traversée pour parvenir jusqu'ici. Une autre lui avait succédé, construite sur un terrain potager acheté à un bourgeois domfrontais et consacrée en

1749 ; représentée sur de nombreuses cartes postales, celle-ci était mieux connue. Mais, très dégradée à la fin du XIXe siècle, elle avait dû à son tour être remplacée. Il avait fallu attendre 1921 pour qu'un certain abbé Dutertre, curé de Domfront, relance la construction d'un nouvel édifice.

Judith s'avança dans l'église. Profonde, belle, lumineuse avec ses larges bancs de bois blond face à l'autel, elle était dotée de huit absidioles formant autant de chapelles de part et d'autre des angles, le chœur occupant la grande abside orientale. À l'ouest se trouvait un narthex encadré de deux tourelles octogonales sommées d'un clocheton. L'essentiel de l'édifice avait été achevé en 1926, et l'église bénie par l'évêque de Sées. Le mobilier et la décoration intérieure réalisés, la troisième église Saint-Julien de Domfront avait été officiellement consacrée en 1933.

Judith prit quelques instants pour respirer l'atmosphère du lieu. Avisant le bénitier, elle y plongea la main, se signa et alla s'agenouiller sur l'un des bancs, près d'une volée de bougies. Personne. Ses yeux se promenèrent sur les mosaïques du peintre-verrier Gaudin, dominées par des parties hautes en enduit ocre, semé de motifs crème et rehaussé de tesselles dorées. Un chemin de croix, les fonts baptismaux, de grandes orgues… Surtout, elle leva le regard vers le monumental Christ Pantocrator, dans l'abside du chœur. Mais ici, on était bel et bien ailleurs qu'au Moyen Âge : le mobilier était de style Art déco et contemporain de la construction. À l'évidence, ce ne pouvait en aucun cas être « le clocher » du poème. Alors ?

Judith ferma les yeux et pria.

Elle songea brièvement, avec un sourire, à ses amies et consœurs des Filles de la Charité qui devaient, elles aussi, prier à l'office en ce moment même.

Lorsqu'elle rouvrit les yeux, elle chercha machinalement sur son portable.

Et à deux lieues de là volez…

Il lui suffisait de tracer un cercle de dix à douze kilomètres, en comptant large, autour non pas de la nouvelle bien sûr, mais de la plus ancienne église, celle du temps de Chrétien.

Ce que, farfouillant dans son sac, elle s'employa à faire avec application, usant de l'échelle de la carte et d'un lacet de sa chaussure en guise de compas.

Voilà voilà. Sa carte affichait à présent un joli cercle, rayonnant depuis son centre place Saint-Julien.

Mmh. D'accord. Et maintenant ?

Elle leva de nouveau les yeux vers le Christ Pantocrator, comme pour lui poser la question.

Elle était bien avancée.

Ils avaient commencé à douze, qui avaient chevauché brièvement ensemble, avant de se séparer.

Telle était l'origine de la tradition.

Douze, en armure et destriers caparaçonnés, portant encore flamboyantes leurs lances, épées et armoiries, malgré la débâcle croisée ; douze aux plastrons étincelants, la croix sur le torse, l'oriflamme au vent, galopant en ligne comme pour se jeter pour de bon dans la ruine d'un assaut final, douze dans le ciel déchiré du couchant, les chevaux haletants, soulevant des nuages de poussière. Des chevaliers de légende, pourtant oubliés à peine nés. Une poignée d'anonymes, réunis par les circonstances d'une aventure extraordinaire, reposant sur la foi seule d'un traître, la duplicité d'un seigneur musulman, la sottise d'une armée tout entière ; douze comme les disciples de la Cène, les apôtres incarnant désormais le seul horizon d'espérance auquel vouer l'ultime salut des hommes, à l'image de leurs étendards claquant au vent, en ces temps de perpétuelle apocalypse. Douze chevaliers du Saint Graal.

Tel était ce qui s'était transmis.

Douze de la Cène. Douze apôtres. Douze chevaliers. Toujours un traître. Et un seul élu pour le Saint Graal. Peredur. Chrétien de Troyes…

Et aujourd'hui… douze témoins.

Arthur était assis au milieu des dix autres. Florent était mort.

Il venait d'ouvrir la séance. Parmi eux, trois disposaient comme lui d'un manoir dans les environs, belles demeures anciennes dont la propriété remontait au XVIIIe et à la Révolution, lorsque ce n'était pas au Moyen Âge, si l'on en croyait certains actes notariés et registres paroissiaux : Érec, Bedivere et Hector étaient respectivement universitaire – historien agrégé et spécialisé dans le Domfront médiéval –, architecte et retraité spécialisé en paléographie locale. Trois autres, qui avaient endossé les rôles de Gauvain, d'Yvain et de Galahad, résidaient près de l'abbaye de Lonlay, les deux premiers ébénistes, le troisième codirigeant de la biscuiterie fameuse qui, dans tout le village, répandait chaque jour sa délicieuse odeur de sablés au beurre. Lancelot, après avoir restauré un château de famille à La Haute-Chapelle, venait de racheter avec un concours de fonds publics le manoir de la Saucerie, dans le marais de Rouellé, ancien châtelet médiéval des XVe et XVIe siècles classé aux monuments historiques. En 1198, Aliénor d'Aquitaine avait donné à titre de seigneurie ou fief de nombreux domaines voisins de son château à Robert le Saucier, bailli de Domfront et fameux officier de cuisine de la reine, dont ces terres de bocage et de marais. Un premier logis y avait été édifié, passé à la famille de Villaines, puis à la famille Doynel, qui avait fait construire un château par-dessus le précédent, avec un corps de ferme, une belle porte châtelet à l'entrée, une grosse tour principale flanquée de deux autres tours rondes, surmontant douves et pont-levis. Il n'en fallait pas moins pour Lancelot ! Le site avait été transformé en demeure Renaissance, les parties hautes remplacées par des pans de style maison à colombages normands, avec un dôme à clocheton et d'étonnantes toitures en forme de carène de bateau renversée, couvertes de bardeaux de châtaignier. La demeure avait brûlé en 1860, le logis seigneurial avait été vendu puis démantelé à la Révolution, avant d'être enfin racheté par la même famille Doynel.

Quant aux autres… Tristan, un artiste, qui organisait aussi les Médiévales en costumes de Domfront, tenait une galerie de peinture dans la haute ville. Lohengrin, qui avait un poste en vue… Mais Joseph, lui, membre du conseil municipal, n'était pas des leurs – et son indiscrétion l'avait maintenant jeté dans une situation à laquelle lui-même ne comprenait plus grand-chose. Enfin, blême, les yeux cernés, les cheveux tombant sur le front, Bohort, le meurtrier de Florent, d'ordinaire menuisier qui travaillait dans toute la région, sombre, main sur le menton.

Pour ces réunions, on n'avait jamais utilisé la crypte, du moins pas depuis très longtemps ; et pour cause, avant que Florent ne décide de l'exhumer, elle avait été au contraire bouchée lors des travaux et démolitions de Notre-Dame-sur-l'Eau. Peut-être même dès le XIIIe siècle ! Aussi Arthur avait-il récupéré de feu son prédécesseur, qui n'était autre que son oncle, la grande Table ronde de merisier réalisée à l'image de celle supposée en pierre, les épées dessinées en rosace convergeant vers le centre, en alternance de bois clair et plus foncé. Elle était installée tout simplement dans le grand salon, mais d'ordinaire recouverte d'une nappe ou d'un dessus de table d'un vert profond.

Mais tel était le drame : avec le temps, les Douze devenus les Témoins avaient comme… égaré l'emplacement exact du Saint Graal ! Du moins, tel qu'auraient dû le rapporter les parchemins, celui de l'échiquier et les autres – la fin du *Perceval* de Chrétien. Cela semblait fou. D'ailleurs, plus exactement, ils pensaient savoir sans plus être absolument sûrs eux-mêmes, entre légende et réalité, de l'existence concrète de la Sainte Coupe. Et si le moindre doute était instillé, tout risquait de s'effondrer. C'était là le fatal produit du temps et de l'histoire. Sans compter les travaux, les démolitions et l'oubli progressif de l'église originelle, le cycle des morts et des transmissions qui était le leur ; la chaîne avait perdu de ses maillons. Le secret avait été enseveli avec la crypte, dont en revanche, bien entendu, ils n'avaient jamais oublié l'existence. Telle était d'ailleurs la raison pour laquelle Florent avait décidé d'entamer les travaux pour de bon, sous couvert du lancement des fouilles régionales pour la sauvegarde du patrimoine ! Vérifier que tout cela ne relevait pas que du folklore. Exalté lorsqu'il avait d'abord retrouvé les parchemins, il avait pourtant mis le feu aux poudres par sa décision de faire appel à Judith, contre l'avis de nombreux Témoins. C'était la fuite et les problèmes assurés. La preuve. Florent voulait une fois pour toutes remonter la piste, vérifier la présence du Graal originel et, au besoin, le livrer au monde. Beaucoup y avaient vu une trahison. Perceval était devenu le Judas des autres et, fidèles au vœu de Peredur, ceux-ci voulaient que le secret restât là où il pouvait être enfoui… Quelque part dans un endroit qu'eux-mêmes ignoraient désormais. Et qu'eux-mêmes, les Témoins, demeurassent ce en quoi ils s'étaient mués : une sorte de club d'amis traditionnels, qui se réunissaient périodiquement en s'imaginant pour de bon les héritiers chevaleresques d'un autre temps. Ainsi que les choses auraient dû rester… au lieu de prendre ce tour catastrophique.

— Bon, dit Arthur en joignant les mains. Je sais que beaucoup d'entre vous étaient opposés aux travaux engagés par Perceval. Mais Bohort…

Tous se tournèrent vers lui, qui ruminait. Arthur frappa violemment du poing. Dans un coin, derrière la Table, Joseph sursauta.

— Un homme, un ami est mort ! À quoi as-tu pensé ? BON DIEU, MAIS QU'AS-TU FAIT ?

— Il… Il n'avait pas le droit, articula Bohort, la bouche sèche. Il m'a ouvert. Je… J'avais bu. J'ai tenté de le dissuader. Il m'a poussé. J'ai répliqué. Il a cherché à se barricader dans sa chambre. Il… Il n'écoutait rien, il ne voulait rien écouter ! Je l'ai suivi. J'avais mon… mon couteau de chasse et… Je… Je ne sais pas ce qu'il s'est passé. C'était un accident. Mais une fois que la lame était… était…

Il serra les dents lui aussi, le sang refluant de son visage.

— Il était trop tard. J'ai mis la main sur sa bouche et… et… après, il est retombé comme ça. Les bras en croix. Ce… Ce sang… Bon Dieu, on aurait dit Jésus.

Tous le regardèrent, atterrés. Lui tentait désespérément de se contenir.

— Et maintenant, en plus, on a des invités surprises sur les bras ! Non, mais vous avez vu… Vous avez vu de qui il s'agit ? lança soudain Tristan.

Il montra un article d'*Art & Design* à la cantonade sur son portable. On y voyait le visage de Richard levant le pouce, T-shirt *Justice League*, sourire éclatant, un Georges Braque dans les mains.

— Un collectionneur multimillionnaire ! Vous savez ce dont sont capables ces gens-là ?

— D'aimer Jeff Koons… ? ironisa Érec.

Tristan le fusilla du regard.

— Bravo, Arthur, c'est le gros lot !

— L'arrivée de cet hurluberlu n'était pas prévue. Il est certain qu'il complique la situation.

— C'est le moins que l'on puisse dire ! renchérit Bedivere. S'il ne réapparaît pas dans vingt-quatre heures, le monde entier risque de débarquer ici ! Et il est dans la cave avec deux autres sbires… Qui, je vous le rappelle, étaient tous les deux armés !

— Et on a un pilote d'hélicoptère, je vous signale, qui les attend en plein champ à deux cents mètres d'ici… compléta Gauvain.

Arthur lorgna la Table, juste devant lui. Il y avait consciencieusement aligné les armes et les mobiles ennemis. Il leva un sourcil et considéra l'assemblée.

— Je vais lui faire appeler le pilote pour qu'il patiente encore. Et pour eux… Pour eux, j'ai un plan.

— Un plan ? s'enquit Yvain.

Sous la barbe, les lèvres d'Arthur s'étirèrent en un pli mi-amer, mi-sarcastique.

— Une offre qu'il ne pourra pas refuser.

Galahad désigna Joseph, toujours ratatiné dans son fauteuil, d'un hochement de tête.

— Et Joseph, que fait-on de lui ?

Le pauvre n'osait émettre le moindre son, alors que les questions se bousculaient dans son esprit. Il jetait de vifs coups d'œil sur chacun des membres qui l'entouraient, en se demandant dans quel monde il avait basculé. Mais le regard d'Arthur, tranchant comme une lame, suffit à lui faire comprendre la gravité de sa situation. Il s'adressa directement à lui :

— Moins tu en sais, mieux ce sera. Lancelot…

— Mais… Pourquoi vous ne vous appelez pas par vos noms, les am… tenta Joseph.

Lancelot s'était levé et, de sa haute stature, domina Joseph, qui vit comme une ombre s'étendre sur lui. Une poigne vigoureuse enserra son épaule tandis qu'Arthur continuait, d'une voix qui sembla à Joseph faussement veloutée, voire extrêmement menaçante :

— Joseph, tout est parti de tes indiscrétions. Par conséquent, tu feras ce que l'on te dira. Pour oublier ce que l'on te dira… Et te souvenir de ce que l'on te dira. Est-ce clair ?

— Euh… Oui ? dit Joseph en opinant du chef et en plissant les yeux.

— Il va falloir déminer, à présent. Et te protéger malgré ton… ton geste atroce, Bohort. Tu nous as tous mis en péril. Ainsi que notre vocation. Pour la même raison, nous ne pouvons te livrer… Mais ce n'est pas l'envie qui me manque de demander un vote au Conseil ! Nous devons te mettre hors d'atteinte… pour nous mettre hors d'atteinte. Mais, sitôt que tout cela sera réglé… nous prendrons une sanction. Et crois-moi, Bohort : elle sera exemplaire. Estime-toi heureux. Le… Le meurtre de Florent devrait te condamner à la prison ! À la perpétuité. Tu as... Tu as dévoyé notre cause ! T'en rends-tu compte ?

Il secoua la tête.

Bohort lui-même semblait ne plus savoir où il était et se murait, livide, dans le silence. Il se passa les mains sur le visage.

Arthur luttait effectivement contre la rage froide qui le gagnait de nouveau.

Nom de Dieu.

— Mais comme je le disais, à présent, il faut agir avec efficacité. Vite et bien. Bedivere, Galahad, Yvain, vous donnerez un alibi à Bohort. Il était avec vous hier soir. Une soirée *Monopoly*, un dîner, ce qui vous chante ! Mais il est resté avec vous une partie de la nuit. Et l'un de vous l'a ramené éméché et l'a aidé à se coucher. C'est compris ? Les faux témoignages concordants, voilà ce à quoi nous sommes réduits. Il faut tous les orienter ailleurs pour dérouter les recherches, quelles qu'elles soient. Nous ne pouvons prendre le moindre risque ! Lancelot, tu surveilleras Joseph, qui se chargera du maire et du personnel municipal. Gauvain : à la gendarmerie. Il nous faut une déposition. Tu as eu vent du drame et tu as vu un vagabond rôder non loin de chez Perceval. Il s'est enfui à ton approche. Pas un gars d'ici. Il avait une vieille voiture. Une tentative de cambriolage qui a mal tourné, ce doit être la conclusion. Hector, Tristan, vous corroborerez en y ajoutant des détails, ce qu'il faut auprès de la gendarmerie. Lohengrin, tu appuieras, bien sûr. Couvrons-nous au maximum. Fait divers, crime crapuleux. Concertez-vous. Galahad, avec moi ! Nous nous occuperons du millionnaire, de ses amis et de son hélico.

— Et la bonne sœur ? répondit Galahad.

Arthur fit une pause et fronça les sourcils.

— Elle n'a rien à faire là. Ou plutôt, si... Mais c'est une bonne sœur, justement. Il faut la dissuader ou l'empêcher à tout prix de continuer.

Il reprit :

— C'est impératif. Vous m'entendez ?

— Comment ?

Arthur serra les dents et fusilla Bedivere du regard.

— Il faut l'intimider... Et la sortir du jeu. D'une manière ou d'une autre. Nous allons agir. Allez... Tous au travail ! Nous sommes encore onze.

Arthur fit de la main un geste tranchant comme le couperet de la justice.

— Elle est seule ! Vous allez avoir peur d'une petite nonnette isolée et venue de nulle part ?

Il descendit du train, silencieux comme un chat. Un taxi l'attendait. Il s'installa sagement à l'arrière, avec cette solennité recueillie de premier communiant qu'il affichait jadis dans toutes les cérémonies officielles. Anselmo était un vieil ami de Judith. Son ange gardien, en quelque sorte. Et c'était pour elle qu'il venait, car il était pour ainsi dire à la retraite – du moins de la Sapinière, les services secrets du Vatican. Ils avaient toujours été peu nombreux, même là-bas, à connaître la nature exacte de ses fonctions, et la particularité de l'équipement qu'il dissimulait ordinairement sous sa soutane. Ex-garde du corps pontifical, affecté à la sécurité de Judith Guillemarche au temps de Notre-Dame-sous-Terre puis de la terrible affaire de la lance de la Destinée, il était en permanence armé de deux revolvers, à ce jour deux Glock 23 semi-automatiques de troisième génération. Peu loquace, Anselmo, grand gaillard aux cheveux sombres et aux tempes grisonnantes, la fossette au menton, portait beau comme un Valentino, même si, avec le temps, des rides matures ornaient son front et les commissures de ses yeux. Col de clergyman et soutane impeccablement coupée de chez Gammarelli – le Dior des ecclésiastiques, tailleur du pape depuis Pie VI –, silhouette toujours athlétique, même s'il fallait désormais davantage lutter pour la conserver, Anselmo était à lui seul une petite légende. Il avait longtemps dirigé les opérations des Suisses et de ses autres confrères lors des mouvements de foule et des voyages du Saint-Père à l'étranger. En relation avec les polices ou les services secrets nationaux, il positionnait et pilotait les escouades de tireurs d'élite sur les parcours pontificaux ; dans ces circonstances, il ne se déplaçait jamais sans un spécialiste de la balistique. On le caricaturait souvent en train de regarder sa montre, car, à chaque déplacement il vérifiait le minutage, le découpage de chaque épisode du voyage ou de la cérémonie en cours, tel le grand horloger des sorties du pape, rivé à l'oreillette qui le reliait aux directeurs locaux de la sécurité publique, prêts à intervenir à tout moment. Accoutumé à toutes les marées humaines et aux soubresauts de la célèbre papamobile immatriculée SCV1, *Stato della città del Vaticano 1*, Anselmo était jadis surnommé « le Caméléon » dans les couloirs du Vatican, et avait toujours semblé partout et nulle part à la fois.

Il avait été recruté grâce à son frère aîné, déjà introduit dans les milieux ecclésiastiques, alors qu'il songeait à la prêtrise et que son quotidien consistait surtout à traquer les canards sauvages avec son père, dans leur Lombardie natale. Anselmo était animé d'une foi sincère, mais passait aussi, à l'époque, pour une forte tête. Son destin avait basculé lors d'un dîner de famille où il avait fait la connaissance d'un « rabatteur » de la Sapinière, qui officiait de longue date de par le monde. Le parcours d'Anselmo, et la carrière déjà entamée de son aîné, faisait de lui un impétrant tout indiqué. Les préliminaires s'en étaient trouvés simplifiés. Il avait raconté à Judith ce matin de mai où il avait pris contact avec son futur « officier traitant », dans un bureau situé dans les loges de Raphaël. Il avait commencé son cursus à la Minerva, l'académie diplomatique, suivant les traces glorieuses du cardinal puis pape Spinelli di Rosace, devenu son ami à l'époque. Propulsé garde du corps de Clément XV, puis de Spinelli lui-même, Anselmo avait ensuite rejoint son corps d'origine et incarné longtemps la fine fleur des *monsignori*, agents extraordinaires de Sa Sainteté. Il était ainsi l'héritier d'une tradition qui avait fait ses preuves. Après la reconnaissance du Saint-Siège comme entité juridique de droit international, une première agence de renseignements avait été ébauchée au début du XXe siècle, sous l'impulsion de Pie XI et de Mgr Benigni. Les accords du Latran et la volonté du pape de moderniser son administration avaient conduit à la fondation officielle du Sodalitium pianum. Au fil du temps, la Sapinière était devenue l'un des meilleurs services de renseignements du monde, œuvrant par exemple main dans la main avec Solidarność contre le KGB, durant la guerre froide. Si les enquêtes au sein de l'État du Vatican étaient confiées à la Vigilanza, à la fois gendarmerie, service de sécurité et d'espionnage intérieur, la Sapinière avait d'ordinaire en charge les enquêtes extérieures et dépendait de la première section de la secrétairerie d'État.

Du temps où elle-même officiait au Vatican, sans qu'elle fût « membre » à part entière de l'organisation, Judith, dans le cadre des missions que lui confiait autrefois son ami Dino Lorenzo, directeur des collections, collaborait souvent avec les agents de ces services secrets. Leur rôle consistait notamment à collecter des informations sur l'activité des États et les affaires catholiques dans le monde. Un travail qui impliquait plusieurs centaines de personnes, à la fois religieuses et laïques… Certaines d'entre elles pouvaient porter l'habit ecclésiastique sans pour autant appartenir aux ordres sacrés. C'était le cas d'Anselmo. Lorsqu'ils n'étaient pas en mission, ensemble ou séparément, Judith le croisait souvent dans les couloirs avec son sac de sport, entre deux stages de tir dans les Apennins. Tout en muscles ou en prières, selon les cas, il avait certes dû renoncer à ses ambitions d'entrer dans les ordres sacrés. Mais l'espionnage ou la sécurité du souverain pontife étaient naturellement les plus sérieuses des choses. Au début, Anselmo avait pu, de temps en temps, être déchiré par la question de la conciliation de sa foi avec le recours parfois nécessaire à la violence. Mais ce temps était révolu de longue date. L'œuvre de Dieu, la justice des hommes ! Capable de citer des passages entiers de saint Augustin et de sa théorisation de la guerre juste, il s'était toujours souvenu de cette pensée pascalienne selon laquelle la justice sans la force était faible, et la force sans la justice, tyrannique. Et depuis qu'il s'était retiré, Anselmo avait moins d'occasions d'éprouver ce genre d'atermoiements. S'il s'occupait davantage désormais de la formation de nouvelles recrues au Vatican, les Suisses au premier chef, il regagnait souvent sa Lombardie natale, où il aimait se perdre en longues promenades de rêveur solitaire, tout en se remémorant ses années d'exercice.

Mais, bien sûr, sitôt que Dino lui avait représenté la détresse de Judith, il avait sauté dans son Gammarelli à col clergé et attrapé ses Glock pour reprendre du service. Bien souvent, Judith et lui n'avaient pas besoin de se parler pour se comprendre. Et bien que séparés par le temps et de plus en plus par la distance, ils n'avaient jamais perdu le contact. En outre, il n'était pas mécontent de se remettre un peu en action.

Anselmo, le loup désormais solitaire et secret du Vatican, répondant pour l'occasion au pseudonyme de «Faucon blanc», ange gardien de Judith Guillemarche, débarquait *incognito* à Domfront.

14.

Le voyage des héros

Domfront
Avril 2023 / fin du XIIe *siècle*

Alors vers le matin, pèlerins, marchez ! Sans oublier
De faire pénitence à l'ombre du clocher
Et à deux lieues de là volez…

Judith erra longtemps en quittant Saint-Julien, allant jusqu'au bout de la haute ville et ne sachant plus que faire. Elle finit par s'asseoir sur un banc pour tenter de se rassembler, devant l'ancien palais de justice, édifice de style néoclassique du XIXe, qui détonnait avec ses allures de temple grec, son portique et ses colonnades surmontées d'un fronton sur la façade principale, censées incarner le droit et l'ordre judiciaire. Raide, symétrique, il semblait un peu isolé et monumental ici. Judith regarda distraitement le palais, laissant divaguer ses pensées, comme pour fuir la nécessité de faire face. Des travaux d'envergure avaient été lancés pour reconvertir le bâtiment en une immense *halle gourmande*, à en croire un affichage claironnant. Un futur sanctuaire de gastronomie et de terroir, vivant point d'accueil de la cité et départ de visites muséographiques, assorti de marchés d'été et de Noël, d'animations culinaires et culturelles, de fêtes, de concerts et d'autres ripailles conviviales qui apparemment n'auraient rien à envier à celles du temps de Chrétien de Troyes. Au moins, sourit Judith dans un instant de laisser-aller qui lui fit du bien, on ne se trompait pas sur un point :

Tant qu'il est question de bouffe en France, le Graal n'est pas perdu.

Judith s'était assise près d'un monument aux morts. Au-dessus d'elle, dans un registre bien plus grave, un poilu de bronze levait des lauriers de victoire, et le corps du monument égrenait la liste des décédés de la Grande Guerre.

Elle s'était alors replongée dans sa carte.

Deux lieues de l'ancien emplacement de Saint-Julien…

Elle s'arrêta sur la topographie des lieux, essayant de dénicher quelque part une piste, un indice. C'était tout ce qui lui restait. Elle avait le sentiment d'avancer dans la brume, si ce n'était dans le noir complet, comme ces chevaliers errants du Moyen Âge. Comment espérer trouver la bonne piste avec si peu d'indices ? Et quels indices, encore ?

Elle tenta de se concentrer de plus belle.

L'ensemble de la région, en vérité, semblait un berceau de légendes, hanté par le souvenir de Merlin, d'Arthur et de ses chevaliers, particularité de l'Ouest et des territoires celtiques, comme la Bretagne et l'Angleterre. Tout médiéviste avait fatalement croisé sur son chemin la figure de ce chef breton du VIe siècle nommé Arthur, archétype fondateur du roi héroïque de Chrétien. De là avaient émergé les travaux de nombreux chercheurs normands, arguant que les ermites du Passais – du latin *passus*, « lieu de passage » –, envoyés évangéliser ces terres d'une région tampon ou mitoyenne, avaient sans doute fourni à l'auteur de *Perceval* les prototypes de ses chevaliers. Cette « gémellisation » des traits d'un personnage héroïque avec ceux d'un saint, étudiée notamment par l'abbé Moisan, était connue. La thèse avait été développée dans les années 1960 par un érudit local, René Bansard, ayant découvert que les hagiographies de différents ermites du Bas-Maine recoupaient de manière étonnante les récits légendaires de plusieurs chevaliers de la Table ronde. Ainsi, saint Bomer, ou Bômer, aurait inspiré Baudemagus, le roi de Gorre – Gorron étant situé en Mayenne. Saint Ernier, fondateur d'un ermitage dans ces solitudes boisées, et qui avait défrayé la chronique par ses miracles, aurait donné ses traits à Léonce de Payerne, régent du Banoïc dans les récits arthuriens. Surtout, saint Fraimbault de Lassay, Frambourg ou Fraimbault, *Frambald*, évangélisateur mérovingien du Bas-Maine, aurait donné naissance à Lancelot, né en la marche de Gaule et de Petite Bretagne, en la demeure de son père, Ban de Banoïc ; à Banvou, au Passais, dans la région de Domfront, donc. Le patronyme de *sanctus Frambaldus*, d'origine franque, pouvait se traduire par « le porteur », *baldo*, « de lance », *framée*. La framée mérovingienne était une arme d'hast, plus proche du javelot que de la lance. Lancelot, ou Lancelet, en serait un diminutif latinisé, comme *Lancelin*, attesté dans le Maine à la même époque.

Bansard avait eu l'intime conviction que le pays du Passais avait servi de terreau à cette fameuse « matière de Bretagne », composée sous commande des Plantagenêts. Et à la façon d'un Schliemann tentant de vérifier *in situ* les faits rapportés dans *L'Iliade* et *L'Odyssée* qui le consuisirent à la découverte du site de Troie, il n'avait eu de cesse de développer ses hypothèses dans ce sens. Il était parti sur son petit Solex à la recherche des itinéraires des chevaliers de la Table ronde, cherchant à secourir Guenièvre enlevée au royaume de Gorre par Méléagant, retrouver lui aussi les étapes et les « signes » de la quête du Saint Graal vers le *Mons securus – Montsûrs*, village de Mayenne ? Du fait de ses propres travaux, Judith avait suivi ceux que menait, depuis un demi-siècle maintenant, la cinquantaine de chercheurs du Cercle d'études nouvelles d'anthropologie, le CENA. Des professeurs comme Jean-Charles Payen et Michel Pastoureau, rejoints par de nombreux universitaires, avaient tenté de montrer comment la région avait participé à l'édification et la transmission des romans arthuriens. Un autre professeur agrégé de lettres supérieures à Caen, Gilles Susong, avait argué que les noms de certains héros, lieux ou épisodes des romans de la Table ronde auraient pour racine des éléments hagiographiques, anthroponymiques ou toponymiques issus des marches normandes. Et il faisait abondamment référence à la « très plausible présence du jeune Chrétien de Troyes à la cour itinérante d'Henri II Plantagenêt et d'Aliénor d'Aquitaine, cour fréquemment tenue, durant les années 1160-1175, dans les forteresses de cette zone limitrophe de la Bretagne et de l'Anjou : outre Caen et Bayeux, Argentan, Domfront et Gorron… » !

Pas de doute… se dit Judith. *Nous y sommes !*

Et c'est comme s'ils avaient flairé, tourné autour de la vérité…

De même, certains mythologues soulignaient l'enracinement nantais de la légende arthurienne, Nantes apparaissant dans de nombreux textes de ladite matière de Bretagne.

Plusieurs critiques avaient pensé que Chrétien était également présent à Nantes lors du séjour d'Henri II Plantagenêt et d'Aliénor d'Aquitaine à la fin de 1169, à l'occasion de l'investiture de leur fils Geoffroy qui devait épouser Constance, l'héritière du duché. Les armoiries de dragon – *Tiens, tiens* – propres aux rois légendaires nantais, ou le patronyme de Trébuchet, forgeron qui fabriqua l'épée de Perceval, étaient maintes fois identifiés en pays nantais. Wolfram von Eschenbach situait à Nantes le début des aventures de Perceval, quand Chrétien, lui, jouait sur l'ambiguïté entre «pays de Galles» et «pays gallo», puisant sans doute dans des sources tant insulaires que continentales. Sans compter que, pour Wolfram, la transmission des aventures de Parzival et des traditions légendaires nantaises vers les romans arthuriens aurait eu lieu via les Templiers. Bref, dans l'Ouest, de la Bretagne profonde aux confins de la Normandie, le Graal était partout. Et les deux régions devaient se le disputer… Comme le Mont-Saint-Michel, ainsi que l'avait suggéré le pauvre Florent, paix à son âme, à l'arrivée de Judith à Domfront !

Et à deux lieues de là volez
Au pont de l'eau vous abreuver…

Deux lieues, deux lieues dans toutes les directions…

Un pont, quelque part ?

Deux lieues, deux lieues… Si pont il y a, c'est forcément le long d'un cours d'eau… La Varenne ? La Sonce ? Affluent droit de l'Égrenne… Sous-affluent de la Loire…

Ce fut en suivant le fil de ces réflexions que, son doigt courant sur la carte qu'elle avait étalée de nouveau sur ses genoux, elle s'arrêta.

La fosse Arthour. Arthour… Arthur… Tiens, tiens…

La fosse Arthour, un lieu-dit célèbre… Le long de la Sonce, en effet.

Judith cilla. Ses yeux, sa tête fatiguaient. Elle était rattrapée par la lassitude et l'émotion.

Ses pensées s'embrouillaient, ses paupières réclamaient de se fermer. Elle pensait trop. Son corps menaçait de trembler à nouveau. Une bouffée d'angoisse, peut-être. En tout cas, elle avait besoin d'une trêve. Elle devait regagner sa chambre. Reprendre son souffle.

Mais son doigt resta longtemps sur la carte.

Peut-être… Peut-être était-ce ce lieu qu'il fallait hanter… Tenter ?

La fosse Arthour.

Elle retrouva l'*Hôtel de France* avec l'impression que le monde avait basculé.

En le quittant le matin même, elle croyait encore que Florent était vivant, que tout cela n'était presque qu'un jeu.

Épuisée, elle s'affala sur son lit.

Son sommeil, crépusculaire puis nocturne, fut agité. Et… elle fit un rêve.

L'enfant…

Élie.

Elle avait rêvé de lui. Élie, qui prenait les traits du Christ. Puis Élie tel qu'il était, sorte de chérubin blessé, petit enfant aux cheveux blonds et en pagaille. Dans son rêve, d'abord il riait aux éclats sous le soleil, dans un champ, et lui faisait signe de le suivre. Son lit était posé au milieu du champ, et Élie l'appelait. Judith sortait de sa couche comme Catherine Labouré, jadis, et, pieds nus sur des coquelicots, se glissait dans son sillage, tenant entre ses doigts, à son cou, sa petite médaille miraculeuse. Soudain, elle se trouvait perdue dans un dédale de ruelles médiévales, semblables à celles de Domfront. Le soir tombait comme un voile, et le songe de Judith avait pris une coloration inquiète. Elle se voyait elle-même, et les battements de son cœur s'accéléraient. Surgissait alors un château, mélange de celui des ducs de Normandie et d'un Camelot mythifié, splendide et allant se perdre dans les nuages ! Judith avançait, émerveillée, et pourtant, elle avait peur. Puis, sans préavis, elle se retrouvait dans une petite pièce évoquant le Cénacle, peut-être la crypte de Notre-Dame-sur-l'Eau, et deux belles rousses en robe blanche, arceau au front, portaient devant elles chacune un candélabre. *Le Graal !* se disait-elle. Elle avait vu le Graal ! Mais brusquement, une ombre gigantesque se dressait : une sorte de guerrier en armure noire, de croisé inversé, mi-homme, mi-créature démoniaque. Il soufflait des naseaux et se frappait la poitrine, semblant se désigner lui-même en éructant : *Klingsor ! Klingsor !* Réminiscence, peut-être, de Wolfram von Eschenbach et des lectures de Judith ? Klingsor, le magicien maudit du *Parzival* de Wolfram, en qui des chercheurs comme le Dr Walter Johannes Stein puis Trevor Ravenscroft avaient identifié un tyran du IXe siècle, Landolf II de Capoue, et plus tard le roi blessé Méhaigné de Richard Wagner. Un évêque dégénéré, troisième prince de Capoue, dont la noirceur d'âme était telle que les monts et les vallées retentissaient de ses sinistres exploits ; obscur Machiavel ayant dépouillé son frère, et qui avait laissé derrière lui une des images les plus sulfureuses du Moyen Âge. Suppôt du diable instruit en Égypte de pratiques occultes, excommunié pour ses infamies incluant possessions sexuelles et sacrifices humains, Klingsor avait été avant l'heure une sorte de Gilles de Rais en son château de Tiffauges, et une lointaine préfiguration de Dracula; et, bien sûr, un seigneur inversé qui avait fait édifier son «Castel de la Merveille» en face de celui du Graal. Duc mutilé par un roi dont il avait séduit l'épouse, reclus en son château mystérieux de Kalot Enbolot, il y enfermait, par de puissants sortilèges, dames et preux chevaliers.

Ou, peut-être, une image de l'angoisse de Judith?

Devant elle, le Maudit brandissait le sceptre de son pouvoir : la *Heilige Lance*, la lance de la Destinée, celle qui permit à Longinus Caius Crassus de percer le flanc du Christ et de recueillir le précieux sang. Une autre réminiscence? Immense, son ombre s'étendant sur Judith, il semblait prêt à l'anéantir. Mais soudain, dans un vacarme absolu, le monde tremblait, le château paraissait sur le point de s'effondrer. Le sol s'ouvrait en deux… et engloutissait Klingsor. Mais Judith aussi tombait dans le trou, et au dernier moment, alors qu'elle allait disparaître, elle apercevait, au fond, loin… Élie, qui lui tendait les bras, tout près de… d'un objet qui inondait de sa lumière le monde de la surface, dardant de sublimes rayons! Judith éperdue s'illuminait à son tour comme sous l'effet d'une résurrection, et… il lui parla.

Ne te laisse pas tomber… Et pourtant lâche, Judith! Lâche prise pour me retrouver!

Tout à coup, le visage merveilleux du petit Élie se déforma. Comme possédés, ses traits se firent ceux d'une gargouille grimaçante, d'une demoiselle hideuse…

Alors, montrant Judith du doigt, il lança d'une voix grave, résonnant d'échos bizarres :

Tu m'as abandonné. Tu n'as pas cru assez!

Elle s'était réveillée et redressée, en cris et en sueur.

Ta foi n'est que vernis et mensonge. Ton engagement hypocrite !

Comme si le duel entre le Bien et le Mal continuait. Mais aussi… en elle ?

Son angoisse. Sa terreur. Laquelle ?

Soudain, elle s'était jetée à genoux aux pieds de son lit, dans cet état indescriptible, entre sommeil et réalité, dans ces limbes qui peuvent parfois laisser à l'âme les souvenirs confus d'un songe encore frais et affligeant. En larmes, serrant la médaille à son cou, elle pria, sa ferveur mystique subitement embrasée.

Je voulais juste qu'il ressuscite. Qu'il ressuscite comme Vous !

Pourquoi pas lui ? Pourquoi pas lui ?

Élie était-il auprès d'elle ?

Si, je crois… Je crois en Vous !

Allons, Judith ! Est-ce que toi aussi tu cours après l'immortalité ?

À présent, l'esprit encore engourdi comme dans les brumes d'Avalon, elle posait la tête contre la vitre du véhicule qui l'emmenait, solitaire, vers ce fameux et étrange endroit de la fosse Arthour. Le taxi était conduit par un semi-retraité débonnaire du nom de Victor, qui l'avait déjà déposée à l'hôtel de ville. Mais Judith n'avait pas le cœur à discuter. Le voyage continuait, et Judith avait compris qu'il ne s'agissait pas simplement d'une odyssée extérieure. N'avait-ce pas été aussi, profondément, le lot de Peredur, de Perceval ? De tous les chevaliers ?

Elle regardait défiler le paysage.

L'histoire des héros du Graal n'était-elle pas celle de naissances successives, de la genèse de héros ? Chrétien ne donnait pas toujours le nom de ses personnages principaux dès leur première apparition. Il attendait même le vers 6241 pour que Perceval fût nommé. C'était alors seulement que le « héros », confronté à la crise qui l'obligeait à se lancer dans sa quête, à l'instar de tous les chevaliers et des Peredur de ce temps où l'on prenait la croix, naissait à lui-même, comme contraint de sortir de l'anonymat pour endosser sa mission. La révélation de son nom était liée à celle de son devoir. Et tout héros ne devait-il pas accomplir son voyage ? N'était-ce pas également l'histoire de chacun de nous… invités, appelés à devenir les héros de notre propre vie ? Et ce « voyage du héros », métaphoriquement, l'expérience poétique de notre vie ? À chacun d'endosser sa « mission de vie ». De commencer le récit. Et d'accomplir sa quête personnelle.

Ces récits entremêlés, jusqu'à celui de notre existence, baignaient dans ce substrat, ce berceau de vie, cette surmémoire ancestrale, immanente. Comme si nous savions déjà tout et que, pourtant, *il nous manquait perpétuellement une case*. La case décisive pour comprendre l'ensemble. Ainsi, dans son propre cas, songea Judith, tout son destin l'avait conduite là. Et celui de Florent avait été interrompu, le fil de sa vie brutalement sectionné sur ce lit, dans cet appartement en face de l'hôtel de ville. Et la vie d'Élie, sur son lit d'agonie, immonde couche pour un enfant, à l'hôpital. Mais pourquoi ?

En partant dans cette quête si insensée, quelle question, au fond, Judith avait-elle cherché à poser au Graal ?

Il lui sembla qu'elle venait ou revenait à sa conscience, froide et limpide.

Dieu ! Mais à la fin existes-Tu, oui ou non ?

Es-Tu bienveillant… ou indifférent au monde ?

— Tu doutes encore, petit poète ? demanda Galahad.

Ensemble, ils avaient reconstitué toute l'histoire. Gauvain, Peredur morts. Les autres aussi, peut-être. Galahad s'était miraculeusement sorti d'une embuscade près d'Antioche, d'où il était d'ailleurs originaire, et était resté longtemps blessé et invalide, pourchassé comme traître et Judas, avant de pouvoir enfin regagner le point de rendez-vous. Ici, à Domfront, où il avait entendu parler d'un chevalier défunt et d'un trouvère qui retournait le monde en posant de drôles de questions.

Et Chrétien à son tour lui avait raconté tout ce qu'il savait.

Maintenant, ils étaient dans la crypte, et le trouvère n'en revenait pas.

La pierre fraîche enfermait l'écho de leurs voix et de leurs chuchotements. La lumière des flambeaux courait sur leurs visages. Ce Galahad était étonnant. Arabe, les yeux animés d'un feu intense, les joues creuses, la chevelure courte et sèche comme de la paille de fer, une barbe finement taillée. Mais, à bien y réfléchir, ce n'était pas si fou. Chrétien avait entendu que parmi les chevaliers de l'ordre du Temple figuraient des Arabes, ce qui expliquait peut-être l'ovation finale qui soldait l'initiation templière : *Ya Allah !* Il savait que, près de l'ancienne cité de la soie d'Alep, il suffisait de se rendre par le sentier tortueux menant au Qalaat-el-Hossein, plus connu sous le nom de « krak des Chevaliers », forteresse clé du passage entre l'Oronte, ses norias fantastiques et la mer, pour se représenter la puissance de ces chevaliers d'Orient et de l'influence qu'ils avaient pu avoir sur les Templiers. Des chevaliers tels le Cheikh-el-Djebal, ou Hasan al-Sabbah, le terrible « Vieux de la montagne », retranché dans sa forteresse d'Alamut, bâtisseur en Perse après avoir reçu l'enseignement soufi de Muvaffik ed-Din, grand maître de Khorassan, et qui lançait sur ses adversaires ses commandos d'« assassins ». Plus pacifiquement, les grands ordres de chevalerie avaient favorisé le métissage des cultures, jusqu'à gommer parfois certaines querelles ancestrales, tentant de jeter des passerelles par-delà l'esprit de conquête sanglante des Lieux saints. Certains templiers n'avaient-ils pas même, au contraire, protégé des convois ne ressortissant *a priori* pas de leur religion ? Alors, ne pouvait-on, autour du Graal et de la Table ronde, se rencontrer entre différentes cultures et traditions, en quête d'absolu, au-delà même des guerres, et des tentatives réciproques de conquête et de domination ? Peut-être.

Tous deux se trouvaient donc auprès de la Table, la Table ronde croisée de ses épées que Gauvain avait fait bien vainement édifier pour les rassembler à l'issue de leur retour. Et Chrétien montra alors à Galahad le parchemin à l'échiquier, assorti du poème.

Le roi, la dame, le cavalier.

Le visage de Galahad s'illumina instantanément.

— Mais alors… Mais alors… Nous allons le retrouver ! s'était-il exclamé.

— Comment cela ? Je… J'ai cherché partout et…

— Partout… sauf au bon endroit ! *Ya Allah !*

Il avait mis la main sur son épaule.

— Mais tu ne pouvais pas deviner ce dont nous étions convenus. Et si Peredur n'a pas pu te dire comment faire…

Chrétien regarda l'Arabe droit dans les yeux.

— Vous, vous savez ?

Le regard de Galahad étincela. Il eut un petit sourire, qui se teinta de gravité.

— En serons-nous dignes ? Mon ami…

La main puissante se crispa sur l'épaule du trouvère.

— … nous allons allumer un flambeau pour les siècles.

Chrétien se raidit inexplicablement. La bouche sèche, il bafouilla :

— Vous pensez vraiment que dans des siècles… on courra toujours après le Graal ?

Le taxi arrivait. Judith croisait les rectangles de bocage encore humides de pluie, les champs odorants où paissaient moutons, vaches et chevaux : le marais miroitant de Rouellé, que n'aurait pas dédaigné la Dame du lac, semé de sa fleur étrange, le flûteau nageant. Le fameux manoir de la Saucerie, donné en fief par Aliénor à son chef cuisinier, arpents de terre marécageux non cultivables mais trésor de chasse, qui abritait canards, poules d'eau, courlis et autres bergeronnettes, n'était pas loin d'ici. Du Mont-Saint-Michel à la Bretagne et à l'Angleterre, on avait toujours baigné dans cette mythologie. Judith ne revenait pas de cette postérité du Graal. La plus célèbre des versions issues de Chrétien de Troyes, le *Parzival* de Wolfram von Eschenbach, monument littéraire de l'Allemagne médiévale, avait elle-même inspiré les opéras *Parsifal* et *Lohengrin* de Wagner. Au passage, un Peredur, fils d'Efrawg, figurait bien comme héros de l'un des trois romans gallois associés aux *Mabinogion* ou *Quatre Branches du Mabinogi*, récits médiévaux faisant référence à la mythologie celtique de l'Antiquité. Un hasard, toujours ? Bien sûr, le thème du Graal se retrouvait dans mille romans, du *Montsalvat* de Pierre Benoit à la trilogie de Marion Zimmer Bradley

Les Dames du lac, *Les Brumes d'Avalon* et *Le Secret d'Avalon*, de *L'Enchanteur* de Barjavel au *Pendule de Foucault* d'Eco, en passant par le *Labyrinthe* de Kate Mosse, en pays cathare, ou la tétralogie *Le Livre sans nom* parue anonymement entre 2007 et 2012 – le Graal étant ici un calice permettant de purifier les humains devenus vampires et loups-garous ! Sans parler de l'inénarrable *Da Vinci Code*, où le Graal était une métaphore désignant Marie-Madeleine, supposée femme de Jésus et mère de sa lignée ! Les exemples étaient innombrables, jusqu'aux pièces du *Roi pêcheur* de Julien Gracq, ou au *Chevalier de neige* de Boris Vian... Le cinéma n'était pas en reste, avec *Le Saint Graal* de Caserini dès 1912, *Les Chevaliers de la Table ronde* de Richard Thorpe, *Prince Vaillant* de Henry Hathaway, le *Lancelot du Lac* de Bresson, l'*Excalibur* de John Boorman, le désopilant *Monty Python : Sacré Graal !*, le *Perceval* d'Éric Rohmer avec Fabrice Luchini, le troisième *Indiana Jones*, mais encore *First Knight*, *Un cosmonaute chez le roi Arthur*, *The Fisher King* de Terry Gilliam, *L'Armée des ténèbres* de Sam Raimi ou *Avalon* de Mamoru Oshii... ! Une centaine de films au moins remuaient cette matière, sans parler des séries TV, mangas et animés, web-séries, « livres dont vous êtes le héros » sur la quête du Graal écrits par J. H. Brennan et autres jeux vidéo... *N'en jetez plus !*

Judith releva la tête.

Et s'ils s'étaient tous plantés ? Et si le Graal était à Domfront ?

Elle retrouva un faible sourire.

L'étincelle, l'étincelle de départ... De ce grand brasier enflammé de l'imagination... Avait-elle été, cette nuit de feu de Peredur, passée avec un certain trouvère ? Et était-ce un hasard, encore, si aujourd'hui le sens moderne du Graal désignait un objectif ultime, peut-être impossible à réaliser, mais dont la conquête changerait la face du monde ?

C'est vertigineux !

Judith revenait un peu à elle. La fraîcheur du matin, sous un soleil voilé, l'y aida. Victor, le taxi, la déposa devant l'entrée de la fosse Arthour, seuil naturel agrémenté d'un beau panneau blanc relatant la légende associée au lieu, et qui jouxtait une auberge du meilleur aloi. Un étang de deux hectares était aménagé non loin, qui régulait le débit de la Sonce. L'endroit était un site de randonnée et d'escalade réputé.

Peut-être, comme dans la légende, fallait-il accepter de s'y perdre, pour mieux se retrouver ?

Judith s'engagea dans le sentier. Il était encombré de boue, d'herbes folles, semé de dents de falaise et de morceaux de roc, dont plus d'un aurait pu servir d'écrin à la véritable Excalibur. Des éboulis quaternaires prolongeaient une crête culminant à plus de deux cents mètres, au calvaire du Roc, et venaient s'échouer dans une lande tourbeuse dite « lande pourrie » : les arbres qui poussaient du côté nord de la barre de grès armoricaine, en effet, ne voyaient guère le soleil… Ici tourbillonnaient aussi des papillons peu communs. Grand mars changeant et azuré du trèfle passèrent en tournoyant devant Judith, comme pour saluer gaiement son arrivée, renforçant l'impression soudaine d'étrange magie qu'elle éprouvait à présent.

Le cri d'un martin-pêcheur parvint jusqu'à elle ; dans les arbres, pic noir, alouette lulu, rouge-queue à front blanc et bec-croisé des sapins s'en donnaient à cœur joie.

Oui, il sembla à la nonne que l'on était ici, bel et bien, dans l'un de ces berceaux païens des anciens druides… Terres du mage Merlin, comme au plus profond de la Bretagne, dans l'Ouest fol français !

Mais au même instant, tandis que le taxi de Victor disparaissait à l'horizon, l'un des Témoins parqua une camionnette bleue, à quelques encablures de là. Sortant de son véhicule, il suivit des yeux Judith qui s'enfonçait au cœur du lieu.

Il attrapa son portable et pianota à l'adresse des autres :

Elle est bien là. Fosse Arthour. C'est le moment.

15.

Le dernier baiser d'Arthur

Domfront
Fin du XIIᵉ *siècle / avril 2023*

Judith descendait dans la fosse.

Pas étonnant que cette terre fût aussi terre de légende. On y trouvait quelques menhirs, des dolmens tels la fameuse table au Diable de Passais, le lit de la Gione en forêt d'Andaine, et des allées couvertes comme à la Sauvagère. Tout cela témoignait encore d'un peuplement protohistorique. À l'époque celtique, la région était aux confins septentrionaux du territoire des Aulerques Diablintes ou Diablintes, traversée par la voie romaine nord-sud reliant Vieux, la capitale des Viducasses, à Jublains, celle des Diablintes. C'était ici le cœur même de l'évangélisation qu'avaient menée vers le VIᵉ siècle les fameux saints Bômer et Fraimbault. Les prédicateurs avaient attiré la population dans des clairières de défrichement, formant ainsi le maillage des paroisses ; celle de Saint-Front, très antérieure à Domfront, devait sans doute son patronyme à un évangélisateur, même s'il avait pu être confondu par la suite avec un autre du Périgord.

Que c'est beau, ici…

Judith s'aventura plus profondément dans le havre, récapitulant les indices – un peu minces, elle devait bien le reconnaître – qui avaient conduit ses pas ici. Néanmoins, elle se livrait, acceptait ce lâcher-prise et laissait jouer cette intuition qui lui avait tant rendu service par le passé. La quête du Graal n'exigeait-elle pas une forme d'abandon, de renoncement à soi et à un certain type de raison conventionnelle ? Pour autant, elle voulait croire aux « signes » existants, qui n'étaient pas forcément purement symboliques. À commencer par le poème, bien sûr. Deux lieues, un pont, un cours d'eau, un endroit marqué par la saga arthurienne. Elle respira à pleins poumons le calme, la beauté et les parfums tranquilles de ce lieu de pure nature, qui semblait en effet semé d'antiques et de celtiques enchantements. Là, le rideau régulier des aulnes faisait comme une mystérieuse entrée en l'écrin secret où se murmuraient les anciennes légendes ; plus loin s'entremêlaient des saules, des pins, de sublimes chênaies semées de joncs, d'ajoncs et de fougères, de lichens et de mousses, clairières et trouées agrémentées de myrtilles à la belle saison. Mais c'était aussi le sanctuaire de la bruyère ciliée, de la laiche et de la téesdalie à tige nue, du genêt anglais et de la linaigrette à feuilles étroites, de la violette et du millepertuis des marais. Pays de grain, de fruits et de légumes jetés au marché, du camembert du Champ Secret, de poires et de pommes légèrement rosées ; pays de cerisiers sauvages, de merisiers et d'étangs bourdonnant de libellules sous l'éperon de grès ; pays de Merlin, enchanteur sûrement, comme cette forêt bretonne de Paimpont pas si lointaine, la douce Brocéliande. Judith goûta enfin ici un calme étrange, apaisant, qui fleurait bon le berceau des contes d'autrefois, la douceur des rêves de fée et de magie...

Alors vers le matin, pèlerins, marchez ! Sans oublier
De faire pénitence à l'ombre du clocher
Et à deux lieues de là volez
Au pont de l'eau vous abreuver
Dessous la chambre de majesté...

La légende disait que le roi Arthur, vainqueur dans maints combats, aurait été longtemps la terreur des nuées de barbares ayant envahi la Grande-Bretagne à partir du Ve siècle. L'histoire narrait les exploits de ce guerrier que l'on disait disparu à la suite d'un éclatant triomphe final. Depuis cet instant, la fable et les récits de jadis s'étaient emparés de lui, portant sa mémoire à travers les âges. Comme le Graal lui-même, Arthur avait connu une abondante postérité, textes et poèmes, provinces se réclamant d'avoir abrité son existence, les forêts de Brocéliande ou de Mortain revendiquant de lui avoir offert son dernier asile, au crépuscule de sa vie. Les versions populaires voyaient toujours en l'amour le motif de cette fuite ultime, Arthur renonçant à ses compagnons chevaliers, au tumulte des batailles et des camps, à la renommée de son château d'or, au profit des retrouvailles pour jamais avec sa douce chérie, dans le calme d'une retraite finale et méritée et au souvenir tendre de ses sujets. Mille lieux de fraîcheur, de charme et de poésie conservaient ainsi la mémoire réelle ou fantasmée de ses amours secrètes. La fosse Arthour s'était ouverte comme une balafre, une déchirure abrupte et profonde au passage d'un cours d'eau vif et tumultueux, qui se faisait torrent l'hiver et qui, encaissé au milieu des pierres, avait creusé dans sa chute un large trou béant. La montagne éventrée semblait avoir été coupée en deux crêtes distinctes, pour livrer passage aux eaux, et les deux rives surplombaient ce ravin.

Mais surtout, selon la légende, ici avait été scellé le sort ultime du roi Arthur et de la reine Guenièvre.

Judith franchit un pont sur les eaux tempétueuses, qui lui en rappela un autre : celui de l'adultère et d'une épée fichée entre deux amants. Lancelot traversant le pont de l'Épée était un épisode célèbre de *Lancelot ou le Chevalier de la charrette*, terminé par Godefroy de Lagny, une fois Lancelot emprisonné dans une tour – soit un septième environ du roman. Guenièvre était enlevée par Méléagant ; Lancelot partait la libérer, mais, avant d'atteindre le château ennemi, il devait franchir plusieurs épreuves, dont celle du Lit périlleux, comme Gauvain, celle du lit de Merveille sous une pluie de flèches que déclenchait un mécanisme invisible, celle du pont de l'Épée, ou encore celle d'une charrette de condamné conduite par un bouvier. Ainsi, avant de se battre contre les deux lions enchantés lâchés contre lui, Lancelot en armure s'agrippait des pieds et des mains à l'épée qui lui tenait lieu de pont, avec en point de mire le château où Guenièvre demeurait captive. Judith se souvint aussi des dessins couchés sur les derniers parchemins de Chrétien. Qu'y avait-il déjà ? *Une épée. Une lance. Une charrette. Une figure grotesque. Un pont, sur une rivière. Un enfant. Un échiquier où étaient représentés grossièrement, à leur place, la dame, le roi, un cavalier. Deux anges. Et pour finir, sur presque une demi-feuille, un calice. Un calice orné de pierres précieuses, semé de traits représentant des rayons d'or.*

Cela signifiait-il qu'elle était toujours, malgré tout, sur la bonne piste ?

Au pont de l'eau vous abreuver
Dessous la chambre de majesté…

Judith avançait. *La chambre de majesté ?* Plus loin, sur la gauche, elle commença à gravir le rocher. Des marches y avaient été aménagées, rendant l'ascension moins glissante et périlleuse, surtout quand aux pierres s'ajoutaient l'entrelacs des fougères, de la mousse et les tapis de feuilles. Au bout de quelques minutes, alors qu'elle dominait la fosse dans son dos, elle leva les yeux, reprenant sa respiration. Elle se trouva devant une grotte. Elle lui rappela, bien qu'elle n'eût rien à voir, celle de Massabielle et de Bernadette Soubirous. La grotte était assez vaste, taillée dans le roc, vaguement triangulaire, ouverte aux chauds rayons du soleil lorsque celui-ci daignait se donner, près d'un chêne à l'ombrage tranquille. Elle possédait, disait-on, une issue secrète, qu'Arthur empruntait souvent, et pour cause : la tradition avait baptisé cette grotte… la *Chambre de la reine* !

Judith sourit.

Puis elle se retourna. En face, sur le flanc de l'autre coteau, surplombant une hauteur qui pouvait donner le vertige, on apercevait son inévitable pendant : la Chambre du roi, étroite et crevassée, où Arthur avait pris retraite quelque temps. Bien sûr ! Judith connaissait la légende. Un certain Hippolyte Sauvage, historien de jadis, avait joliment écrit :

La fatalité, qui à cette époque reculée pesait surtout sur les héros, avait enchaîné ses désirs. Il ne pouvait visiter son épouse que lorsque le soleil dorait les sommets de la montagne de ses derniers rayons. Ainsi l'avait voulu le puissant Génie qui le protégeait, la Fée qui avait fait naître dans ce noble cœur ces douces pensées d'amour, après y avoir calmé l'ardeur des combats et l'enthousiasme de la gloire. Le frein était trop lourd pour sa brûlante passion : Arthur transporta dans son amour le feu qui l'animait à la tête de ses armées. Impatient des obstacles, il osa les dédaigner. Plusieurs fois il descendit durant le jour de sa retraite inaccessible, et traversant le cours d'eau de la vallée, dont les ondes gazouillaient dans les pierres et venaient s'apaiser au milieu des roseaux et des glaïeuls en fleurs, il surprit sa bien-aimée qui gémissait dans l'attente. Elle redouta d'abord les suites de cette désobéissance aux ordres du Génie, mais comme l'habitude enlève la crainte, au bout de quelques jours, tous les deux à l'envi multipliaient ces douces entrevues et prolongeaient ces heureux rendez-vous…

Et ladite légende disait alors qu'un matin d'aurore, brillant à l'horizon, promesse d'un beau jour, Arthur quitta la reine, lui donnant un dernier baiser. Il s'en fut, promettant à Guenièvre de promptement lui revenir, franchit la vallée en redescendant…

Mais alors survint un bruit inattendu.

Un bruit sourd et lointain, tel un murmure…

Le grondement approcha, se fit plus sourd encore et tumultueux.

Le roi interdit se figea. Son épouse, du seuil de la grotte, se dressa et regarda au loin, vers la forêt d'où provenait cet étrange vacarme. Le torrent mugissait, renversant, avalant tout sur son passage, bois, rochers, obstacles de toute nature ; et avant qu'Arthur ait pu lui échapper, grondeuse, ruisselante, l'onde se saisit de lui et l'enveloppa au pied de la montagne. Arthur se débattit en vain contre la puissance des flots : le torrent impétueux engloutit sa victime dans sa colère, ne laissant derrière lui qu'un faible tourbillon, presque aussitôt dissipé.

Guenièvre avait tout vu. Elle hurla, les yeux effarés, tétanisée devant cette disparition soudaine. Mais il ne restait plus que le tourbillon, et la folie brutale et naissante de la pauvre reine lui souffla que la voix de son époux semblait en provenir. « Arthur ! Arthur ! » s'écria-t-elle encore. « Ici, je serai seule et désolée ; là-bas, nous serons ensemble !... Onde bruyante, que tes flots soient doux à l'épouse qui cherche son époux !... Arthur, je te suis ; ouvre tes bras... Me voilà ! » Et voici qu'elle avança : du haut des rochers, son pas de biche écorché à l'angle des rocs, Guenièvre, Guenièvre l'amante et la reine, Guenièvre dame de Camelot, au souvenir de Merlin, de Mordred, de Lancelot et des chevaliers de toujours, la belle Guenièvre s'élança avec précipitation, sans plus réfléchir, et...

On la voit, comme une candide colombe atteinte d'un fer meurtrier, tomber dans la fosse bouillonnante ; les eaux s'agitent avec force, et un lugubre murmure semble sortir de leur sein. Les deux époux s'unissaient pour l'éternité. On dit alors que le Génie de ces lieux solitaires apparut en ce moment sur un roc renversé, au bord du précipice, tombeau royal des deux héros. Un immense voile de deuil aux longs plis flottants se déroulait jusqu'à ses pieds ; une larme même tomba de ses yeux, car sa vengeance avait été cruelle. Il étendit lentement la main vers l'eau qui frémissait encore : « Torrent, dit-il d'une voix pleine d'émotion, torrent, tu mugiras toujours : pleure jusqu'à la fin des siècles, pleure de ta grande voix ceux qui viennent de mourir... Redis sans cesse et répète à tous leur déplorable destinée. » Et pour jamais le Génie disparut de ce ravin désolé.

Judith s'était assise à l'entrée de la Chambre de la reine, écoutant le bruit, le songe des eaux et des fées englouties. Ainsi, Arthur et Guenièvre auraient terminé leur vie ici, avalés par les eaux de la Sonce. Dans ce tourbillon qui continuait inlassablement d'ourler son infinie spirale, comme la légende qui en était jaillie. Et cette douce mélodie, à peine articulée, était-ce la voix d'amour et de supplique des amants perdus, celle d'Arthur chantant sa bien-aimée ?

Rex arturus, rex quondam futurus. Ci-gît Arthur, roi jadis et à l'avenir.

Le plus beau était que, récemment, des archéologues avaient trouvé ici, à la fosse Arthour en Saint-Georges-de-Rouelley, un squelette qu'ils avaient identifié comme ayant appartenu au fameux roi Arthur – naturellement ! Et une mystérieuse épée découverte à côté du corps avait semé le trouble au sein de la communauté scientifique. Mieux qu'à Glastonbury ! Pourtant, si le roi avait été avalé par le tourbillon, l'eau aurait-elle recraché dépouille et épée ? Sans compter que l'on avançait à propos de tout cela une explication bien plus prosaïque et réaliste : la fosse *Arthour* serait en vérité la fosse *à retour*. L'eau ruisselante de la rivière que Judith avait sous les yeux tombait en effet en cascade dans une fosse où elle tourbillonnait, effectuant ainsi un visible retour sur elle-même, avant de poursuivre enfin son cours... À cela, les rêveurs – et Judith – préféraient bien sûr la légende… Celle des Chambres du roi et de la reine, sous les augures d'un Merlin nulle part et partout à la fois, au cœur d'une nature secrète et inviolée, dominée par un mystérieux génie des eaux ; celle du pont de l'Épée, d'une fosse séparant les amants qui les aurait engloutis ensemble pour toujours…

Une autre tradition était liée à cette sorte de vasque d'eau qui tournoyait ainsi au pied de la cascade, ce tourbillon que les anciens disaient sans fond et appelaient « le gouffre ». Lorsqu'un paysan déposait une pièce d'argent au bord du gouffre, de grand matin ou à la tombée du jour, deux noirs taureaux offerts par Arthur sortaient de l'eau le lendemain pour l'aider aux travaux des champs. Une sorte de cadeau du roi, en souvenir de cet écrin qui leur avait servi d'asile final, à lui et à sa reine. Ainsi, la fosse Arthour portait aussi bonheur aux habitants de la contrée. Mais, pour éviter le malheur, il était impératif de ramener les taureaux avant la nuit, en leur attachant une botte de foin entre les cornes ; alors, prenant leur élan d'un solide coup de jarret, ils replongeaient dans leur humide demeure. On prétendait également que, depuis des siècles, selon les heures, on pouvait apercevoir deux corbeaux blancs planer un moment sur le torrent. Vigilants, ils veillaient à l'accomplissement du rite et protégeaient les moissons de la région. Leur aire, que personne n'avait jamais osé déranger, était cachée au-dessus de la Chambre du roi.

Le Graal. Ces légendes, comme d'infinies poupées gigognes. Ces histoires, ces romans. C'était simple. Ces perpétuelles mises en abyme. On choisissait d'y croire ou pas.

Entendu. Judith prit une inspiration.

Voilà qui était bien beau, mais… où cela la conduisait-elle ?

Judith se remémora le poème…

Et à deux lieues de là volez
Au pont de l'eau vous abreuver
Dessous la chambre de majesté
Au vallon calme et secret vous comprendrez
Qu'à rebours il faut marcher…

À rebours, à rebours ? Mais à rebours vers où, à partir d'où, pour quoi faire ? Judith, cette fois, soupira, soudain découragée. Fallait-il revenir à la case départ ? C'était bien la peine d'avoir fait tout ce chemin ! On allait jusqu'à la Chambre du roi et ces satanés corbeaux, tiens, et puis… les corb…

Judith s'arrêta. Là-bas, justement, sur l'autre rive.

Au pied de ladite Chambre du roi.

Une ombre.

Non. *Quelqu'un.*

Elle comprit, et son cœur battit plus fort.

Son regard vola dans une autre direction, plus loin au pied du chemin qu'elle avait emprunté. Là aussi, quelque chose bougeait, et ce n'était pas une biche ou un sanglier. Plutôt un chasseur. Elle vit alors luire brièvement le canon d'un fusil.

À droite, près du pont encore. Un autre se tenait droit, comme plus tôt au château, qui paraissait l'attendre. Armé, lui aussi.

Oh, mon Dieu, ça recommence. Ça recommence !

Mais cette fois elle était en pleine nature, loin de la ville… Et toute seule.

Une bouffée d'angoisse et de panique la cloua au sol.

Le visage blafard de Florent, lèvres livides, passa un instant devant elle.

Florent assassiné.

Elle regarda de nouveau dans la direction du premier, du deuxième, puis du troisième.

Même les oiseaux et ces satanés corbeaux d'Arthur semblaient s'être tus.

Ils bougeaient. Ils convergeaient vers elle en silence.

Judith affolée prit une inspiration. Elle ne pouvait descendre par où elle était venue, l'un des Témoins à présent montait dans sa direction, et désormais elle voyait distinctement le canon de son fusil de chasse, qu'il tenait d'une poigne ferme ; elle ne ferait que se jeter dans ses bras. Mais derrière elle, toute retraite était impossible : au-delà de la grotte de la Chambre de la reine, la pente était de roc ou trop escarpée, elle n'était pas du tout équipée pour affronter les éboulis, la boue et le feuillage glissant. Elle pouvait tenter de filer sur sa gauche, mais c'était s'enfoncer davantage dans la lande pourrie ; ses poursuivants n'auraient aucun mal à la rattraper rapidement.

Merde, merde !

De toute évidence, elle perdait le contrôle ! Seule solution, s'élancer au milieu des arbres et de la végétation sur sa droite, en latéral, en espérant pouvoir distancer suffisamment celui qui marchait vers elle, contourner l'autre, échapper au troisième, franchir de nouveau la rivière peut-être, trouver un moyen de regagner le parking et, et…

C'est fichu !

Mais elle se jeta en avant.

Judith courait, se glissant entre les branches des arbres et les tiges des buissons qui bordaient la Chambre de la reine. Certaines lui fouettèrent le visage, rosissant ses joues d'un feu vif et lui rappelant avec violence le danger qu'elle courait. *Ce n'est pas vrai… Ce n'est pas vrai !* Soudain en sueur, haletante, elle était entravée par son grand manteau dont un pan se déchira. Sans parler de ses chaussures de ville, toujours inadéquates dans le bocage normand – mais à quoi avait-elle pensé ! –, qui s'enfonçaient dans les feuillages et la terre meuble. *Plus vite !* Mais elle manqua de se tordre la cheville. Alors qu'elle approchait d'un grand chêne, l'image de Klingsor, le Klingsor noir en armure, au casque tortueux, aux épaulières et gantelets hérissés de pointes, comme échappé de son rêve, fulgura dans son esprit. Elle trébucha pour de bon, s'étala de tout son long, doigts écartés en avant, avec le sentiment que l'épée ou la hache de son bourreau, immense au-dessus d'elle, allait la décapiter dans un hurlement horrible !

Non. Noooon !

Klingsor !

Elle se redressa en prenant appui sur ses coudes. Une boucle de cheveux sale tomba sur son regard tandis qu'elle se tordait le cou pour regarder derrière, autour d'elle. Un homme armé se précipitait dans l'escalier de pierre aménagé qui montait vers la Chambre de la reine et s'apprêtait à bifurquer dans sa direction. En contrebas, une masse sombre grimpait vers elle entre les rangées d'arbres, tel un sanglier.

Repars. Repars, ma fille ! Elle se jeta de nouveau en avant, le sang battant à ses tempes. Elle respirait de manière saccadée, souffle mêlé de râles. Un hallali. Un hallali, Seigneur ! Ils auraient pu, en effet, lâcher les chiens pour la dépecer, la « servir » ! Étaient-ce les trompettes qu'elle entendait à présent au loin ? Elle courait comme une damnée et, contournant l'ennemi, voulut tenter d'amorcer une descente. Mais, trébuchant encore, elle tomba cette fois en avant. Elle fit une roulade, deux, trois ; son poignet heurta un rocher saillant dans sa chute et elle étouffa un cri, manquant de manger de la terre et des feuilles ; elle prenait de la vitesse, quand enfin elle s'arrêta plus bas, presque à l'amorce du sentier qui menait au pont, effondrée et lourde. Ses yeux chavirèrent en s'apercevant que son crâne effleurait un autre rocher aux contours aigus où elle aurait tout simplement pu se briser la tête.

M… Mon Dieu…

Une odeur cuivrée inonda sa bouche. Elle avait dû se mordre la langue en chutant. Du sang coulait aussi un peu de sa tempe, une goutte menaçant d'aveugler son œil. Luttant pour ne pas s'évanouir, écoutant le martèlement de son cœur, elle se retourna… pour trouver devant elle un homme à la carrure impressionnante, qui la dominait et lui parut immense… Celui-ci pointa alors sous son nez un fusil de chasse.

Les deux autres arrivaient de deux directions différentes.

Judith écarquilla les yeux, tentant de reculer sur le feuillage, levant une main.

— N… N… Non…

Ainsi, c'était le moment ? Elle allait finir comme une biche, anonyme, lors d'une chasse à courre à laquelle elle n'aurait jamais rien compris ?

Le fond de son œil sembla répliquer l'ourlet du canon noir de l'arme, bouche d'ombre menaçant de l'avaler.

L'homme, boucles grises et rêches, mal rasé, vaguement hirsute, des mains calleuses, des doigts habitués aux travaux de la terre et du plâtre, leva un sourcil.

Il serra les dents, l'index sur la détente.

16.

Panique

Domfront
Avril 2023 / fin du XIIe siècle

Pfuuiiitt !

Il y eut un bruit jailli de nulle part ; l'instant suivant, l'agresseur de Judith levait les yeux à son tour pour essayer de comprendre, incrédule. Soudain, la douleur fulgura à son bras. Une auréole de sang sombre commença de gagner son blouson. Il jeta un cri tandis que ses mains lâchaient le fusil, qui tomba à terre, tout près de Judith. Elle l'écarta comme elle put d'un coup de pied, pendant que l'autre portait sa paume à l'endroit de la blessure en articulant d'un air hébété des paroles incompréhensibles. *Chasseur chassé.* Les deux autres, saisissant ce qui se passait, s'étaient arrêtés dans leur course. Ils regardaient maintenant dans toutes les directions, vers les taillis, le rideau des aulnes, les Chambres de la reine et du roi, l'éperon rocheux, la falaise.

Pfuuiiitt !

Le deuxième homme, sur le sentier, eut un cri de surprise. Il venait de sentir un courant d'air à droite de son oreille. Le troisième poussa lui aussi un cri lorsque – *pfuuiiitt, pfuuiiitt, pfuuiiitt !* – il vit une petite gerbe de terre et de feuilles se soulever à quelques centimètres de ses pieds. Puis une deuxième et une troisième, toujours plus près, alors qu'il reculait sans comprendre, soudain en panique. C'en fut au point que, sans le vouloir, son doigt rencontra la détente de son arme. Il fut surpris par le recul, la détonation subite qui partit en l'air en manquant de le faire tomber, puis l'odeur de poudre. L'écho du coup de fusil retentit dans la fosse Arthour, rebondit contre le grès et les éboulis de la falaise, se dispersa entre les arbres. Des oiseaux s'envolèrent.

Deux des hommes s'enfuirent pour se mettre à couvert, détalant par le pont en direction du parking.

Le troisième, près de Judith, tenta de se baisser pour récupérer son arme, mais – *pfuuiiitt !* – une autre injonction l'en dissuada. Pour bien marquer le coup, un dernier projectile silencieux vint lui érafler profondément une cuisse, avant de se ficher dans une pierre un peu plus loin. Dans un nouveau hurlement de douleur, le chasseur devenu proie, lui aussi désormais en panique absolue, commença à s'éloigner en claudiquant, se tenant le bras ou la cuisse avec sa main valide, la jambe traînant derrière lui.

Mais, très vite, la douleur fut insupportable, et il s'effondra, s'efforçant alors de ramper.

Toujours au sol elle aussi, Judith reprit sa respiration.

Et elle le vit.

Élégant dans son costume Gammarelli, que seules déparaient les grandes bottes qu'il portait parfois dans les parties de chasse de sa Lombardie natale, il descendait le versant abrupt de la colline qui jouxtait le pont, en face d'elle, tandis que les deux autres sbires disparaissaient pour de bon à l'angle du chemin. Il tenait en main, non pas ses deux Glock 23 semi-automatiques troisième génération, mais son fusil de précision Orsis T-5000, notamment utilisé en Russie par les agents de sécurité de Poutine, avec canon en acier inoxydable fabriqué sur technologie de rayage à passage unique, corps en aluminium potentiellement capable d'héberger des cartouches .338 Lapua Magnum : du neuf cents mètres-seconde permettant d'ajuster une cible jusqu'à deux kilomètres et demi ou plus. Il venait vers elle, calmement mais avec la rapidité et la souplesse d'un fauve tranquille.

Le visage de Judith s'éclaira, son cœur bondit. *Je rêve.* Elle sourit.

Anselmo !

Lorsqu'elle se redressa, les jambes et les chevilles douloureuses, tempes picotantes et joues cinglées, le cheveu toujours en bataille, Judith ne put s'empêcher de se réfugier dans ses bras. Anselmo, qui la dominait de deux bonnes têtes, la réceptionna avant qu'elle ne tombe de nouveau et, baissant le menton, eut un sourire à son tour.

— *Ciao, sorella mia.*

Elle leva les yeux vers lui.

— Mais comment avez-vous fait pour me retrouver ?

Il sortit rapidement son portable et lui montra un point brillant vert entouré d'ondes concentriques.

— Votre téléphone, Damoclès. Vous aviez-vous même activé la procédure. Vous pensiez que le Vatican et le Bon Dieu allaient vous laisser vous promener sans protection ? Géolocalisation.

Il rengaina son mobile dans sa poche revolver.

— *Ma,* je l'ai baptisé Durandal. C'est formidable, ces petites bêtes-là.

Il sourit de nouveau, mais sans perdre de vue l'objectif. Judith s'écarta. L'homme continuait de ramper, serrant les dents, râlant et grimaçant. Anselmo s'avança, tenant toujours son Orsis en main, et il le rattrapa en quelques pas. Puis il appuya tranquillement du talon sur la jambe blessée. L'autre hurla aussitôt. Il se retourna pour contempler le gaillard italien immense, à la fois grave et narquois.

Anselmo s'exprima avec un délicieux accent :

— *Va bene.* J'espère que j'ai toute votre attention ?

L'autre haletait, bête blessée. Anselmo se racla la gorge et s'agenouilla devant lui.

— Qui êtes-vous ? Que voulez-vous ?

Judith s'approcha. L'autre ne répondait pas. Anselmo sourit et se signa. Puis il appuya, cette fois, sur le bras du blouson ourlé d'une auréole sombre. L'homme hurla de plus belle.

— Qui êtes-vous ? Que voulez-vous ? réitéra Anselmo.

— P... Personne...

Anselmo fronça les sourcils et recommença une ou deux fois. Enfin, il se redressa et glissa le canon de l'Orsis sous le nez de l'homme grimaçant.

— Arr... Arrêtez, pitié... Pitié !

— Vous savez, nous sommes seuls ici, dans cette nature sauvage...

Il inspira à pleins poumons et expira avec satisfaction, gonflant sa poitrine sous la falaise.

— ... Et moi, hé, je suis juste un touriste. Les balles perdues, comme vous l'avez vu – comme vous le sentez –, ce sont des choses qui arrivent...

Il appuya de nouveau sur la jambe.

— Qui êtes-vous ? Que voulez-vous ?

— Je... Je... suis... un Témoin !

Anselmo haussa un sourcil.

— Un témoin ? *Che cosa è* un témoin ? Témoin de qui ? De quoi ?

— Et vos petits amis ? demanda Judith.

— N… Nous sommes… les Témoins. Les Veilleurs !

Et soudain ce fut à Judith de ciller, qui mit la main sur l'épaule d'Anselmo pour qu'il cesse. Les Témoins. Les Veilleurs. Ces mots avaient résonné en elle comme une potentielle révélation. Était-il possible que…

Les Veilleurs !

Elle regarda l'homme à terre en n'osant croire à ce qu'elle venait d'entendre.

Était-ce bien de cela qu'il s'agissait ?

La tradition des Veilleurs commençait avec Joseph d'Arimathie, « premier chevalier » et « héritier » de tous les instruments de la Passion réunis au jour de la Résurrection. Selon cette tradition, c'était lui qui, le premier également, avait vu la procession du Graal dans l'arche qu'il avait fait construire pour l'abriter et le convoyer ou faire convoyer en Occident. À Joseph d'Arimathie comme figure originelle remontait le grand lignage des autres chevaliers – Peredur, Perceval, Lancelot, Arthur lui-même ! Bien sûr, on pouvait gager que les guerriers celtes réels du VIe siècle combattant dans les tribus de Domnonée sous les ordres d'un chef de guerre nommé Artur ou Artorius avaient peu de rapport avec leurs émules chevaleresques des romans courtois. Mais les ordres religieux du Moyen Âge avaient perpétué cet héritage. Après la mort d'Arthur, en 542, son corps, disait-on, avait été transporté en l'île d'Avalon à bord de la nef de Salomon que pilotaient la Dame du lac et ses compagnes. Arthur devait revenir lorsque les grandes merveilles seraient accomplies et que la fraternité universelle régnerait sur la

Terre. Et l'ordre était demeuré. Les Veilleurs en étaient la clé. De nombreux souverains avaient tenté de s'en réclamer : Aliénor, petite-fille de Guillaume IX d'Aquitaine, le prince des troubadours, et son mari Henri II Plantagenêt, leur fils Richard Cœur de Lion et leur fille, Marie de Champagne, avaient favorisé le culte des souvenirs arthuriens. La légende avait servi les intérêts politiques des monarques en assurant la christianisation des récits païens originels de la matière de Bretagne. La souveraineté française avait affirmé sa filiation mythique avec Énée et la guerre de Troie, le regard tourné vers Charlemagne, quand Aliénor, montée sur le trône anglais, et la dynastie Plantagenêt revendiquaient leur royauté par leur appartenance supposée à la lignée d'Arthur et à la royauté presque supranaturelle du Graal !

Et ce n'était pas tout : le souvenir arthurien avait aussi influencé la maçonnerie écossaise et inspiré le templarisme des Lumières. De multiples obédiences ésotériques avaient souhaité « rénover l'ordre du Temple », en Écosse, en Angleterre, mais aussi en France, dont la fameuse Rose-Croix de Christian Rozenkreutz – tentative de syncrétisme entre quête du Graal, accomplissement de soi, alchimie, maçonnerie et chevalerie. Religieux catholiques, savants et érudits, persuadés d'avoir une mission sacrée, prêtaient serment en s'abreuvant à une coupe au cours d'insolites rituels d'admission ! La Rose-Croix avait connu son heure de gloire au XVIIe siècle, attiré Descartes, inspiré Goethe et brillé jusqu'au début du XIXe siècle, puis du XXe. Le martinisme enfin, courant du christianisme ésotérique et du mysticisme judéo-chrétien influencé par la kabbale, comptait aussi ses « gardiens du Graal ». Issu des doctrines de Martinès de Pasqually et de Louis-Claude de Saint-Martin, ce courant se voulait réponse au désir de connaissance de l'homme égaré depuis la Chute, et s'était constitué en société initiatique au temps des Lumières. Il avait même été enseigné au Collège de France ! Benjamin Constant, Sainte-Beuve, Chateaubriand ou Hegel avaient puisé à ce courant, dont Michelet fut l'un des grands maîtres en 1932. Impliqué dans la Résistance durant la guerre, l'ordre s'était réveillé, perdurant sous diverses formes – car il avait encore ses loges aujourd'hui !

Ainsi, la filiation était longue, et comme toujours le Graal n'avait cessé d'enflammer l'imaginaire.

Judith cilla. Elle doutait que ce « Gardien » fût rosicruciste ou martiniste…

Un franc-maçon ? Un « templariste » nouvelle formule ?

Elle mit la main sur le bras d'Anselmo et s'adressa au prétendu « Veilleur ».

— Attendez. Pourquoi… Pourquoi vouliez-vous me tuer ?

L'autre hésita entre un hoquet crispé tenant lieu de rire et une nouvelle grimace de douleur. Ses traits se tordirent de plus belle.

— V… Vous tuer ? On… On n'allait pas vous t… tuer, voyons. Juste… vous obliger à décamper. Vous entendez ? On voulait juste vous faire peur !

— Eh bien, ça a failli marcher, dit Judith. Maintenant… *Sur quoi* veillez-vous ?

— Écoutez… Je perds du sang. J'ai mal, nom de Dieu !

Anselmo la regarda. Judith fronça les sourcils. Comment évaluer la véracité de ce que lui servait ce sinistre individu ? S'agissait-il encore d'une bande d'illuminés ? Certes, le souvenir du Graal avait son versant positif : l'« Ordre international des chevaliers et dames de la Table ronde de la cour du roi Arthur à Camelot», par exemple, fondé par Thomas Glasscock en 1927, s'était fixé des buts humanistes et culturels et avait compté jusqu'à vingt-sept mille membres ; cet ordre existait encore, et Judith savait qu'il comptait parmi ses rangs plusieurs Normands. Avec la société savante du CENA et le festival «Au pays de Lancelot du Lac», cette fraternité formait l'un des trois pétales du Trèfle arthurien. Mais la lignée des Veilleurs avait aussi été récupérée par divers mouvements. Du temps où elle enquêtait pour le compte du Vatican, Judith avait travaillé sur de nombreux groupuscules dangereux, parfois proches du satanisme. Car, sur l'autre versant, une filiation franchement ténébreuse se réclamait d'un Graal dévoyé, qui méconnaissait l'univers culturel originel et détournait son symbolisme, façon nazie, pour une promotion odieuse de la pureté de la race et du sang. Comme si, autour du Graal lui-même, l'éternelle lutte entre le Bien et le Mal devait se poursuivre !

Plusieurs sectes avaient tenté de le récupérer : la «Rose-Croix d'Or», «l'ordre du Temple d'Orient», «l'ordre du Graal Ardent», «l'ordre rénové du Temple» ou encore «le Mouvement du Graal», dont le fondateur, un certain Oskar Ernst Bernhardt, se comparait à Parsifal ; la palme revenant aux «Chevaliers du Lotus d'Or» de Gilbert Bourdin, autoproclamé chevalier du Saint Graal ! Et l'on savait comment Hitler, entouré du *Studienkreis* de Rosenberg et de personnages fanatisés aux théories racialistes délétères comme Julius Evola ou le mage Hanussen, avait été fasciné par l'ordre hermétique de la «Golden Dawn», fondé en 1887, ou l'«Astrum Argentum» d'Aleister Crowley. Le dessin dérivé de cet ordre représentait un ovale renfermant un œil, une colombe et une coupe frappée de la croix templière, désignant toujours la fonction de Veilleurs ou de gardiens du Graal. Steven Spielberg avait d'ailleurs usé de cette filiation pour ses *Indiana Jones*, mais en jouant d'une autre interprétation : dans *La Dernière Croisade*, ses gardiens du Graal étaient, eux, des chevaliers d'Orient, Levantins rappelant les Scorpions du désert, les sectes syriaques, ou le fameux ordre alaouite des Assassins – la secte du Vieux de la montagne, le monarque invisible, l'imam caché Hasan al-Sabbah ! Les liens du Graal avec l'Orient étaient connus, de même que la hiérarchie apparentée entre les chevaliers du Temple et l'ordre des Assassins. Ces gardiens du Graal, tout en clairs-obscurs, étaient emblématiques du pacte tacite entre les deux mondes. Spielberg situait d'ailleurs le château du Graal au débouché du Siq à Pétra, Jordanie, dans ce sanctuaire nabatéen nommé le « Khazneh », joyau de l'antique cité, où le Saint Calice était bien sûr gardé par… un templier, dans la lignée de Wolfram von Eschenbach ! Mais cette fois, il n'était plus une coupe niellée et sertie de pierres précieuses : seulement un modeste calice de terre cuite, conforme à ce que dut être le Saint Vessel de la Cène. Coupe d'alliance pour le juste, et d'amertume pour le traître nazi et sacrilège.

Mais lui… « Eux »… De quel côté sont-ils ? se demanda la bonne sœur. Car rien de tout cela ne semblait cadrer. Peut-être l'explication était-elle plus simple et plus concrète qu'il n'y paraissait.

— Nous ne sommes pas ce que vous croyez, dit l'homme comme en réponse à la pensée de Judith.

— Anselmo… Emmenons-le à l'hôpital. Et essayons d'y voir plus clair.

Anselmo grimaça à son tour.

— Une blessure par balle… et pas n'importe laquelle… Il va y avoir des questions. Heureusement que nous sommes couverts. Voilà qui risque de faire des remous en haut, également. Mais il braquait son arme sur vous, *sorella mia.*

Anselmo soupira puis sortit un long mouchoir brodé de sa poche. L'homme voulut protester quand le colosse italien se pencha vers lui, mais il lui fit ôter son blouson et enroula le mouchoir autour de son bras en guise de garrot ; il le serra dans un hurlement du Veilleur. Il arracha ensuite l'autre manche de l'ample chemise du blessé et fit de même avec la jambe.

Puis il l'aida à se relever.

— Ne vous inquiétez pas, je vous ai juste caressé la cuisse. Et la balle a traversé l'amorce du biceps. Vous n'allez pas mourir. *Andiamo.* Allez.

Ensemble, claudicants, ils se dirigèrent vers le sentier et le pont. L'homme haletait toujours comme une bête blessée. Judith cheminait à leurs côtés vers la sortie de la fosse, lorgnant son chasseur de temps à autre.

D'accord, songea Judith… Et pourtant, bien que s'y référant continuellement, tous les ordres, associations, mouvements sectaires ou clubs du monde omettaient quelque chose de fondamental : la possession du Graal lui-même, sans parler de sa localisation, ou même de la preuve de sa réalité ! Alors… elle en revenait toujours à la même question. Ces « Témoins », ou ces « Veilleurs »-là, qui étaient-ils ? Une secte supplémentaire de grands tordus, un vestige folklorique délirant, ou bien… ?

Mais elle fut interrompue en arrivant avec Anselmo et leur fier gaillard sur le parking. Soudain, un véhicule bleu et blanc s'arrêta sur les chapeaux de roues, frappé des mots GENDARMERIE «Notre engagement, votre sécurité», et deux agents en sortirent. L'un d'eux dégaina son arme en écarquillant les yeux, apercevant l'Orsis qu'Anselmo tenait encore en main.

— Lâchez votre arme !

Un deuxième véhicule de gendarmerie arriva dans un crissement de freins strident. Anselmo et Judith se regardèrent. Nouvelle grimace.

L'Italien laissa lentement tomber son arme en soupirant.

Chrétien était sorti de la crypte totalement transformé.

Ainsi, Peredur avait dit vrai ! Car il l'avait vu, n'est-ce pas ? Il n'avait pas rêvé ! Grâce à Galahad et au parchemin de l'échiquier, ils avaient retrouvé le trésor ultime, la divine présence, la lumière de l'Alliance ! Quel sentiment inouï ! Oui, le poète était comme lui-même sorti de la tombe, échevelé, et il avait envie de pousser le cri de cette seconde naissance. Il avait vu Dieu, et ce bref moment passé à contempler l'inconcevable, la coupe du sang du Christ, lui laissait une impression de joie, de surprise, mais aussi d'étrange familiarité. Oui, il avait toujours su, il l'avait toujours connue, il avait toujours perçu que tout cela était vrai ! Il aurait aimé boire à cette coupe, source de vie… Cela aussi était-il vrai ? Qu'elle procurait l'immortalité ? Mais il y avait peut-être plusieurs façons d'accéder à l'immortalité. Celle-ci n'était peut-être pas telle que l'on croyait ? En tout cas, il se sentait rasséréné, consolé enfin. Réconcilié. Le cœur plein d'espoir. À présent, il savait. Il avait compris. Et elle avait été là, devant lui, à la fois exacte et comparable en tout point à ce qu'il avait pressenti, imaginé, et légèrement différente, plus… plus pure, plus humble, oui, c'était cela : un mélange de grandeur, de majesté et d'humilité. Il avait eu l'impression insolite que son regard changeait, échangeait avec la coupe, qu'elle se modulait à son regard en fonction de ce dont il avait rêvé, et que Galahad la voyait à la fois semblable et, là encore, différente. Comme si le Graal changeait aux yeux de qui le contemplait, appartenant au cœur de chacun de manière particulière, et réunissant tous les hommes, pourtant, ainsi que des invités autour… d'une table, la table de la Cène elle-même, au soir de tous les mondes. Une table semblable à celle devant laquelle il se tenait à présent, et à l'image de ce groupe assemblé avec lui, à l'image du tout, de l'œuvre organique et universelle. La Table ronde.

Et maintenant, regardant ceux qu'ils avaient réunis au cœur de la crypte, impétrants désignés pour la garde du secret, les Veilleurs, témoins du Graal pour jamais, succédant aux premiers templiers, Galahad dressait sa longue épée aux quillons d'argent; Chrétien eut un petit sourire en avisant, non loin, l'écu au dragon de Peredur, qu'il avait réussi à retrouver et à rapporter en cet endroit, déposé en souvenir du premier chevalier. L'espace d'un instant, il se remémora le baptême d'Aliénor, son ascension vers le château, la découverte de ce chevalier fou et moribond au seuil de la nuit, puis leur discussion de feu, là-haut, presque juste au-dessus de lui dans l'église… Les reflets des flambeaux couraient sur leurs visages; une lueur fila un instant le long de la lame de l'épée de Galahad, jusqu'à étinceler à sa pointe; alors, la prenant à deux mains, il la posa sur la Table, la fit glisser solennellement jusqu'au centre, dans un bref chuintement.

Puis, de sa haute voix qui résonnait entre les murs, il dit :

— Nous, les Douze, en souvenir du chevalier Peredur fils d'Arthvawr fils d'Aberthol fils de Dafydd fils de

Gruffudd fils de Meredydd, chevalier gallois de Barry, comté de Glamorgan, et des chevaliers d'Orient, nous acceptons la charge qui nous est confiée de veiller sur la Coupe-qui-ne-peut-être-nommée, et de La protéger jusqu'au sacrifice ultime, de sorte qu'Elle ne tombe jamais aux mains des forces obscures et malignes de ce monde ; nous jurons de refléter humblement Sa lumière dans notre comportement, d'honorer Sa puissance et d'être dignes de l'alliance faite entre Dieu et les hommes depuis le soir de tous les soirs. Et je vais demander à chacun d'entre vous de poser son épée de justice sur cette Table, auprès de la mienne, pour jurer sur sa vie, son honneur et sa descendance qu'il restera fidèle à notre secret, qu'il le transmettra à un Veilleur de confiance au soir de ses jours, ou que la communauté y pourvoira et veillera sur chacun de ses membres, dans ce siècle et au-delà, jusqu'à ce que les signes du Seigneur nous libèrent de notre mission. Ainsi parlent ce soir les douze chevaliers, douze autour de cette Table ronde.

Alors, l'un après l'autre, les Veilleurs posèrent l'épée à leur tour sur le fourreau de pierre sculptée, comme prêt à les recevoir, dans de nouveaux chuintements, et prononcèrent le serment. À la fin, Chrétien saisit l'épée qui était la sienne. Oui, lui aussi ! Lui aussi, pour l'occasion, se faisait moine, chevalier et gardien. Car les Douze étaient réunis enfin, une fois de plus, et parmi eux se trouvait le poète et trouvère légendaire. Il devenait l'un d'eux, car il connaissait le secret et aurait son rôle à jouer pour l'avenir… Bien sûr, comment aurait-il pu en aller autrement ?

Il fut ainsi le douzième, le douzième à poser son épée pour compléter le cercle.

Alors, il commença :

— Moi, Chrétien, venu de Troyes, troubadour et chevalier adoubé par vous, dans le secret du serment qui nous unit, je jure par-delà les siècles et sous le regard de Dieu, je jure solennellement sur ma vie, mon honneur, ma descendance s'il advenait que j'en aie une, et sur la vie du Veilleur à qui je transmettrai cette charge, je jure devant les chevaliers, nous douze ici assemblés autour de la Table ronde, respectant le vœu de Peredur et des douze premiers Témoins et croisés, que je protégerai jusqu'à mon dernier souffle et au-delà le Calice-qui-ne-peut-être-nommé, et que mes œuvres seront une prière dédiée à Sa vérité et à Sa lumière.

Les Douze prononçaient leur serment autour d'elle, la vraie, la seule, l'originelle, la pure Table ronde. Et Chrétien de Troyes fut l'un d'eux.

Richard Pritchard plissait les yeux sous l'éclairage cru du spot et les arcs de la cave du manoir où il était toujours retenu, en compagnie d'Unknown326, d'Hector, de Joseph tétanisé de trouille, et désormais du pilote d'hélicoptère, qui n'en revenait pas : Lancelot et Galahad étaient allés le chercher dans son appareil près du champ voisin pour l'inviter gentiment à se joindre à eux.

— Ha, ha, une vraie réunion de famille, ironisa Richard un instant, ses yeux chavirant comme s'il était ivre.

Puis il fut parcouru d'un frisson. On lui avait donné une couverture à présent, tout de même, et de l'eau pour tous, mais…

— Je me les pèle, maintenant ! Je suis crevé ! Vous êtes complètement fous, vous le savez, ça ? *(Il partit d'un rire nerveux.)* FOUS À LIER ! Du kidnapping ? Moi, kidnappé ?

Vous savez qui je suis ? Vous n'avez pas idée de la tempête que vous allez lever ! Je ne vous donne pas une journée avant que l'univers entier ne vous tombe dessus !

La haute silhouette d'Arthur, qui venait de descendre l'escalier pour le rejoindre, sortit de l'ombre.

— Personne ne tombera sur personne.

Il exhiba le portable du multimillionnaire et fit défiler sous ses yeux quelques captures d'écran.

— Il y a mille choses intéressantes sur votre téléphone. Le contrôle de Big Brother s'exerce aussi sur vous, vous savez. Bienvenue dans ce monde révolutionnaire du traçage numérique que vous aimez tant. Eh oui, les chevaliers des temps modernes sont bien différents !

Richard écarquilla les yeux.

— Mais… c'est du vol ! C'est un viol ! Comment avez-vous fait pour…

Arthur eut un sourire.

— J'étais informaticien il y a quelque temps encore. Mais surtout… il ne m'a fallu que votre doigt, pendant que vous étiez évanoui. L'empreinte de votre index. Et « Sésame, ouvre-toi ». Vous voyez : pas besoin d'être un génie.

Richard s'étrangla. Arthur poursuivit :

— J'ai donc téléchargé pour notre compte de nombreux petits secrets ainsi que toutes vos photos, vidéos, et des messages intéressants concernant la bonne sœur et un certain Unknown326 – l'un de ces messieurs, sans doute ? Mais aussi avec un certain club appelé « les Dix de Cassel ». Voilà qui m'a vivement intrigué. De quoi s'agit-il ? Je vous fais grâce de l'intégralité de vos données bancaires par le même procédé – c'était un peu plus technique –, où l'on découvre quelques mouvements intéressants en direction du Liechtenstein et des îles Caïmans, qui intéresseraient sûrement les services fiscaux français ou américains. Et puis… une ou deux photos de jeunes gens dénudés. Et les dernières de vous ici même, dans votre tenue un peu légère.

Il fit une pause.

— Voilà.

Il y eut un long silence. Et soudain, Richard poussa un hurlement strident, les yeux fermés vers le ciel, fou furieux sur sa chaise, qui en trembla.

Arthur reprit d'une voix profonde et calme :

— Je ne vous veux aucun mal, ni à vous ni à vos amis. Tout à l'heure, vous vouliez faire un marché. À mon tour de vous en proposer un. Alors, écoutez-moi une sec…

Mais il fut interrompu.

Il tendit l'oreille.

Là-haut, la sonnerie de la porte d'entrée venait de se faire entendre.

Tous se turent et se figèrent.

— Hé ! Hééééé ! HÉÉÉÉÉÉÉmmpfff…

Galahad, fusil dans une main, avait replongé une serviette dans la bouche de Richard. Il acheva de le bâillonner. Là-haut, la sonnerie se faisait insistante.

Elle fut accompagnée de coups redoublés contre le montant.

— Lancelot ! *Monte !* dit Arthur.

Lancelot gravit les marches quatre à quatre. Ce fut le moment que choisit Hector pour agir. D'un coup, à la surprise générale, il se dressa de l'arc de pierre contre lequel il avait été ligoté. Il lâcha le caillou tranchant dont il avait patiemment usé en sus de ses torsions pour se défaire de ses liens ; il n'eut pas à montrer ses mains qu'elles se détendaient déjà en direction de Galahad. Un atémi sur la glotte coupa la respiration au chevalier qui, les yeux exorbités, chercha sa respiration en plantant un genou en terre. Les autres n'eurent pas le temps de bouger qu'Hector lui avait subtilisé son arme. Il braqua aussitôt le fusil de chasse sur Arthur… et s'approcha d'Unknown326 pour le libérer.

— Bande d'amateurs. J'ai un métier, moi aussi. Il était temps de le montrer.

Richard approuva derrière son bâillon en bafouillant des sons étouffés et en oscillant du chef, reprenant espoir, les yeux grands ouverts. Arthur leva les bras, serrant les dents, furieux à son tour, le mobile de Richard toujours au poing. Soupirant et souriant lorsqu'il put enlever son bâillon, Unknown326 se releva en se frottant les poignets.

Mais, vexé, Galahad avait guetté le moment de sa revanche. Retrouvant son souffle, il fit mine de rester cassé en deux… avant de se jeter sur Hector dans un mouvement aussi absurde que désespéré. Il espérait le désarmer en retour !

Il ne parvint qu'à dévier le canon du fusil, à la stupéfaction générale.

Le coup partit ; un éclair, et une détonation sourde qui rebondit en écho contre les murs.

Alors, Unknown326, qui se tenait non loin, ouvrit la bouche de stupeur.

Tout le monde pivota vers lui.

Il regarda son ventre, entre les deux pans de son blouson de chasse. Une auréole sombre s'étendait autour d'une plaie noirâtre, béante, dégoulinante.

Il s'effondra.

La seconde d'après, Lancelot redescendait l'escalier, affolé, une main sur le mur, tourné vers la cave. Tous se figèrent. Hector avec ses lunettes noires qui ne l'avaient pas quitté, malgré la pénombre, tenant son fusil de chasse encore fumant. Unknown326 au sol. Galahad pétrifié devant lui. Arthur les mains levées. Joseph se cachant les yeux. Richard toujours bâillonné, la couverture mal ajustée sur son corps presque nu. Les autres bouche bée.

Et le temps sembla suspendu.

— Arthur… Que s'est-il passé ? demanda Lancelot affolé.

Il comprit la situation et, effaré, jeta l'instant suivant :

— … Les gendarmes !

MOBILISER LES RESSOURCES

17.

Réunions de chantier

Domfront
Avril 2023

Tout le monde se retrouva dans une salle exiguë de la gendarmerie de Domfront. Judith avait compris qu'il n'y avait pas de commissariat de police à Domfront – le plus proche se situait à Flers – mais, depuis le meurtre de Florent, c'était bien la gendarmerie qui se chargeait de l'affaire. Le maire se tenait là, main sur les sinus. Il considéra la digne assemblée. À sa demande, et bien qu'il ne fût pas censé traiter l'affaire directement, le chef d'escadron qui dirigeait et encadrait les équipes les avait rejoints, accompagné de deux officiers de police judiciaire de la brigade de recherche de Domfront. Mais M. le maire avait également devant lui un multimillionnaire, surgi du ciel en hélicoptère et qu'il avait fallu rhabiller, ainsi que son pilote privé et son garde du corps, qui semblait tout droit échappé de *Matrix* ; le conseiller municipal Philippe Dévy, Joseph Lantier, éberlué, et quelques amis dont il avait compris vaguement qu'ils se prenaient pour des chevaliers du roi Arthur ; mais encore une bonne sœur, et un Italien que l'on avait retrouvé armé d'un fusil de précision, qui se disait émissaire du Vatican et montrait un passeport censé l'attester. Sans parler d'un blessé et d'un autre cadavre sur les bras, reposant désormais ailleurs dans un sac mortuaire. Et encore, on avait laissé un journaliste à l'entrée.

Ce n'était plus une salle d'interrogatoire, mais de conférence.

Mais bon Dieu de bon Dieu…

M. le maire Bernard Roult fit une grimace.

— Peut-on m'expliquer ce qui se passe ici ?

Le chef d'escadron, un certain André, solide gaillard élancé et aux tempes grisonnantes que Judith comme tous les « invités » à Domfront découvrait pour la première fois, se lança. Presque sexagénaire, regard bleu acier et joues creuses, il était tout près de la retraite. Venu prendre la mesure de ces nouveaux développements et de leur lien éventuel avec le meurtre de Florent, il n'avait aucune envie de plaisanter, ou que l'affaire enfle davantage. Il jeta d'une voix sèche :

— En effet, c'est la question qui s'impose.

Il désigna l'Orsis qu'il avait déposé devant eux sur une petite table, naturellement débarrassé de ses munitions et désormais sous scellés. Judith, mains jointes à la même petite table, Anselmo à ses côtés, Richard blême, les autres assis ou debout : tous s'entre-regardèrent.

On entendit une mouche voler. Le chef d'escadron se racla la gorge.

— Nous sommes en train de vérifier qui vous êtes. Mais je ne m'attendais pas, ce matin, à faire appeler les services pontificaux ou le colonel des Gardes suisses du Vatican par un gendarme de Domfront. Et dites-moi…

Il fit de nouveau un signe en direction du fusil de précision :

— … On se promène souvent avec des fusils de sniper au Vatican ? C'est pour la protection du pape ? Parce qu'il vient rarement à Domfront.

Anselmo toussa.

— Pourquoi êtes-vous venu ? insista André.

— *Ma*, pour protéger sœur Guillemarche, qui se sentait menacée depuis hier.

— Ah. Et pardonnez-moi, intervint Dévy, plissant les yeux, mais… On envoie quelqu'un comme vous chaque fois qu'un religieux ou une religieuse se sent menacée ? Quelle est votre… fonction, exactement ?

Anselmo marqua une pause, puis :

— Je suis agent diplomatique de la Cité du Vatican… donc protégé par l'immunité.

— *Agent diplomatique.* Avec ce genre d'attirail. Mmh. Et vous ?

Le maire, le chef d'escadron et les gendarmes se tournèrent vers Richard.

— Vous êtes aussi agent diplomatique ? jeta André. Nous découvrons que vous semblez euh… une sorte de célébrité *très* fortunée… Vous débarquez de nulle part au milieu d'une scène de meurtre, et on vous retrouve dans une cave le lendemain ? Je réitère ma question : que faites-vous ici ? Vous cherchiez des porcelaines chinoises ?

Depuis l'intervention des autorités au manoir, Richard était au bord de l'explosion. Mais un regard de Bertrand Lévêque, dit Arthur – qui disposait toujours de son portable… –, le calma, pour une énième fois. Il mesurait soudain à quel point cette situation absurde risquait, ni plus ni moins, de faire vaciller son empire.

Tout cela était surréaliste. Il grommela :

— Moi aussi, je vous réitère ma réponse : ce M. Lévêque et moi étions en train de… discuter du prix de certains de ses meubles et de ses tableaux. Je suis collectionneur et je suis venu faire… du tourisme dans cette belle région !

Puis il eut un sourire, qui tenait davantage du rictus.

— Mais à dire vrai, je ne pense pas rester.

— Mmh, commenta le maire. Vous étiez en train de négocier… en slip. Et vous aussi…

Il désigna Hector.

— … Vous vous déplacez avec un homme armé.

Arthur baissa les yeux, sourcils froncés. Les traits de Richard se figèrent. Puis, glacial :

— Vous aurez compris qu'il s'occupe de ma protection.

Le maire se passa la langue sur les lèvres.

— Écoutez. Vos façons de « négocier » ne me regardent pas. Mais nos capacités sont limitées, ici. Et je ne vous parle pas des conséquences politiques. Je ne veux pas de publicité négative. Nous sommes en train de lancer une énorme opération pluriannuelle de sauvegarde du patrimoine et de rayonnement culturel de Domfront et de la Normandie. Le moins que l'on puisse dire est que tout cela est tragique et si les médias s'en emparent, ce qui est fort probable, ce sera la cata : les réseaux vont s'emballer, et tout cela n'arrangera personne. Mais pourrons-nous l'éviter ?

Il pivota vers Bertrand Lévêque.

— … Bertrand, toi le premier et la plupart de ceux qui sont mêlés à cette affaire êtes des connaissances ou des amis, en dehors de nos invités surprises ! Alors, par pitié : donnez-nous une explication plausible à cette pagaille invraisemblable, et nous ferons tout rentrer dans l'ordre. Qu'en dites-vous ?

De nouveau, on entendit une mouche voler.

Le chef d'escadron renchérit :

— Nous avons deux cadavres sur les bras. Certaines informations différemment sourcées nous ont été remontées, comme quoi… un rôdeur aurait été aperçu, quittant les lieux, le soir du meurtre de Florent Nicolas. Cependant, c'est bien étrange, car rien chez lui ne semble avoir été volé. À tout hasard, l'un d'entre vous en saurait-il davantage à ce sujet ?

Arthur se racla la gorge à son tour. Assis sur une chaise également, il croisa les mains sur l'un de ses genoux, et dit d'une voix ferme et posée :

— C'est effectivement ce que j'ai entendu.

Le regard désabusé du maire se tourna vers Arthur, son ami… et visiblement « leader d'opinion » des quelques « chasseurs », ces fameuses « connaissances ou amis » qui avaient effectivement menacé Judith.

— Et sont-ce les mêmes « sources » qui auraient menacé mademoi… notre sœur ici présente ? Mais enfin, qu'est-ce qui leur a pris ?

— C'est un malentendu, Bernard, répondit Arthur. Nos amis ont cru repérer le rôdeur en question et…

Il coula un regard insistant en direction de Judith.

— … Ils ont pensé que sœur Guillemarche était le rôdeur. Mais, ma sœur, je ne crois guère m'avancer en présentant en leur nom leurs plus plates et sincères excuses pour cette très regrettable confusion.

Judith se contenta d'un hoquet.

— C'est la meilleure.

Le maire considéra Joseph.

— Joseph ? Quelque chose à ajouter ?

Autre membre du conseil municipal de Domfront, Joseph leva les mains en signe de dénégation, honteux, et se tassa un peu plus dans sa nouvelle chaise.

— Moi ? Oh, non, non, rien de plus…

— Je vois.

Le chef d'escadron serra les maxillaires et, d'un geste tranchant, signifia d'une voix sans réplique :

— Bon, ça SUFFIT, les conneries ! Pardon, Bernard – je veux dire, monsieur le maire –, mais ces gens nous racontent n'importe quoi ! Et le deuxième cadavre ! Cet homme étendu dans *votre* cave, Bertrand Lévêque, vous rendez-vous compte ? Il n'avait sur lui aucun papier d'identité ! Alors je vous le demande à tous : *QUI EST-CE ?*

Nouveau silence. Anselmo toussa encore. Puis soudain Richard ouvrit de grands yeux. Il regarda Arthur, puis André, et écarta les bras.

— Mais enfin… c'était lui, le rôdeur !

Le front d'Arthur s'éclaira. La mine grave, il se tourna vers le maire et le chef d'escadron.

Tout le monde se regarda.

— Le rôdeur, confirma Arthur.

— Le rôdeur, ajouta Joseph après un regard noir d'Arthur.

Judith leva les yeux au ciel. Anselmo fixait un point indéterminé devant lui.

Silence. Puis, clignant des paupières à répétition, joignant les mains comme pour se rassembler, Richard expliqua d'une traite, bafouillant un peu :

— Nous étions en train de… de négocier quand ce fou est arrivé et nous a menacés d'un fusil de chasse. Il parlait de manière désordonnée, peut-être un illuminé, un échappé d'asile, que sais-je ! Il nous a entraînés à la cave. J'ai…

J'ai résisté de toutes mes forces en bravant le danger ! Et il m'a frappé à la tête. Regardez, vous pouvez vérifier.

Il montra l'arrière de son crâne en passant la main sur sa bosse :

— Aïe, ça me fait encore mal ! Je me suis réveillé ligoté, bâillonné… ainsi que mon garde du corps, et dans la… la tenue épouvantable que vous savez.

— C'est cela, renchérit Arthur. Ce rôdeur nous a menacés. Cet homme dont nous ignorons l'identité était sans doute sous l'influence de stupéfiants, ou au contraire, en manque… Enfin, c'est l'impression que j'ai eue. Mais le garde du corps de monsieur est un professionnel. Il a heureusement réussi à se libérer. Ils se sont battus et… le coup est parti. C'est très malheureux, mais… Je pourrai témoigner, ainsi que les autres personnes présentes à ce moment, qu'il s'agissait de légitime défense. Creusez, et vous trouverez sûrement de nouvelles preuves. Comme pour Florent Nicolas !

— Oui, dit Richard, opinant du chef à plusieurs reprises. Il était en manque, en grand manque, manifestement.

Le chef d'escadron, dents toujours serrées, apostropha Hector.

— Et vous, vous confirmez ces élucub… cette version, vous aussi ?

— Exact, répondit simplement Hector derrière ses lunettes noires, d'une voix froide. C'est exact.

— Ah ça, on peut le remercier ! dit Richard, forçant son enthousiasme.

— Et vous, donc, monsieur Pritchard, vous ne comptez pas porter plainte ?

— *Porter plainte* ? M… Mais non, pas du tout ! Pourquoi voudrais-je porter plainte, puisque… Hem !

Puisque justice est faite, et que l'affaire est réglée ? N'est-ce pas ! Je voudrais surtout… quitter cette ville, si vous m'y autorisez.

André plissa les yeux.

— Je vois.

Nouveau silence.

— Pardon, reprit-il, mais ce billet retrouvé sur ce pauvre Florent, là : *SALE TRAÎTRE.* Quelqu'un aurait-il une explication à ce sujet, là encore ?

De nouveau, on s'entre-regarda. Judith tapota la table des doigts.

— Bon. Tous dehors, grommela le chef d'escadron.

— Non, mais André, je ne veux pas qu'ils restent ici… dit le maire.

— Ne vous inquiétez pas.

Il jeta un regard noir sur l'assemblée, et soudain ;

— Ne CROYEZ pas vous en tirer comme cela ! Nous ne savons pas encore tout, mais avons tout de vous : empreintes, dossiers, coordonnées, tout ! Nous allons demander les confirmations et procéder à tous les recoupements. Tous mes agents disponibles vont prendre soigneusement vos dépositions de manière séparée. Après quoi, ma sœur, vous et votre… votre bouledogue, je vous demanderai de quitter la ville demain au plus tard, avant l'aube. Et si vous dites vrai et qu'il faut discuter avec le Vatican, le pape, saint Pierre ou Jésus lui-même, eh bien, nous le ferons ! Vous n'êtes pas au-dessus des lois ! Est-ce clair ?

Judith leva les yeux.

— Comment ? Demain ? Mais…

Voyons, cela ne tenait pas debout. Ils auraient dû tous se retrouver en garde à vue immédiate ! Judith était bien peu au fait de ce genre de procédures – mais comment expliquer une telle entorse à ce qui semblait le simple bon sens ?

Elle voulut répondre, mais Anselmo l'en dissuada et lui coupa la parole :

— *Si.* C'est parfaitement clair, acheva-t-il.

— C'est aussi valable pour vous et votre dogue à vous, monsieur Pritchard ! renchérit le chef d'escadron. Je le répète, nous allons vous interroger un par un et faire toutes les vérifications d'usage, puis l'enquête suivra son cours. Monsieur Pritchard, vous pouvez quitter Domfront… J'aime autant ne pas vous avoir dans les pattes ! Mais restez en territoire français, ou je m'arrangerai pour lâcher sur vous les médias et tous les chiens du monde !

— Oui, oui. Entendu. Merci. Merci, monsieur l'agent ! Je veux dire… chef !

Sous les yeux du maire éberlué, la procession sortit de la salle d'interrogatoire, en se bousculant. Bernard se prit la tête dans les mains. Alors qu'il quittait la pièce à son tour pour regagner l'hôtel de ville, le maire se retourna sur le seuil.

— André, je compte sur vous pour éclaircir cette affaire invraisemblable.

Le chef d'escadron se contenta d'opiner du chef en silence. Quand il fut parti, Bertrand Levêque, *alias* Arthur, se dirigea lui aussi vers la sortie… Mais André le retint.

— Arthur. Je m'occupe de tout. Mais, nom de Dieu, c'est quoi ce bordel ? T'as intérêt à me faire le ménage rapidement.

— Promis. Je m'occupe du millionnaire. Il ne sera pas un danger. Je t'expliquerai tout… Et toi aussi… Nettoie tout de ton côté… *Lohengrin.*

Une heure plus tard, Richard Pritchard regagnait l'hélicoptère, resté jusque-là posé dans le champ près du manoir, pales immobiles, en compagnie d'Hector et de son pilote. Juste avant de remonter dans le cockpit, il se tourna une dernière fois vers le bocage. Il regarda vers là-bas, au loin, en direction du piton de grès où s'étendait la cité médiévale de Domfront.

Il poussa un juron et tapa un moment du pied comme un enfant impatient. Puis il redressa le buste, inspira et, s'adressant au monde, leva un index tournoyant.

— Je n'ai jamais vu une ville de tarés pareils. Je suis obligé de me retirer pour le moment ! Mais, croyez-moi, je n'ai pas dit mon dernier mot ! Foi de Richard !

Il chercha une sentence ultime et définitive, le doigt encore suspendu en l'air ; et, ne la trouvant pas, il finit par jeter :

— Je... Je reviendrai !

Avant de refermer d'un geste plein de panache la porte de l'hélicoptère.

Après l'une des plus insolites dépositions de l'histoire de la gendarmerie de Domfront, Judith, étourdie, se retrouva avec Anselmo, un peu à l'écart, pour tenter de goûter un minimum de retour au calme. C'était déjà la fin de l'après-midi. Ils s'assirent sur un petit muret, au bord de l'un des jardins de la cité. Celle-ci avait l'avantage de posséder de nombreuses parcelles anciennes, édifiées en espaliers adossés aux remparts, et dont on pouvait encore deviner des traces. Carrés privatifs ou vestiges de jardins de congrégations religieuses, cette jolie efflorescence avait conduit les auteurs du XIXe à dépeindre Domfront comme une « cité dans un écrin de verdure ». Aujourd'hui, on cherchait à valoriser les paysages environnants en ayant recours aux plasticiens et aux créations d'artistes, derrière l'hôtel de ville et le long du sentier des Cent Marches. Il en résultait des jardins éphémères inspirés des jardins médiévaux, épousant délicatement la pente des lieux, truffés de pommiers ou de rosiers blancs, ou des espaces contemplatifs tissés de vannerie sauvage. Ici, une tapisserie végétale ornait le grillage surplombant le site ; là, des souches servaient d'assises près d'un jeu de dames en bois, tandis qu'un canon ou une échelle illustrait la prise des anciens remparts de la ville, et que des lianes formant dragon s'accrochaient aux fortifications de jadis. Ronces, clématites, cépées de noisetiers se mêlaient tout autour en subtiles symphonies végétales.

Judith baissa les yeux en soupirant et en se prenant la tête entre les paumes.

— Je n'ai rien compris, jeta-t-elle, à la fois angoissée, lasse et soulagée.

Anselmo posa sur son épaule une main rassurante.

Au-dessus d'eux, le temps était encore couvert. Des nuages gris et lourds roulaient en moutonnant.

— Oui, tout cela cache quelque chose. Mais ne vous inquiétez pas. La situation va se calmer. Nous sommes protégés. Il n'est pas de leur intérêt de faire enfler ce qui se passe ici. Et notre cher Dino… Dino pèsera de tout son poids pour faire retomber le soufflé – ce qui est aussi notre intérêt.

— Oui, mais je ne sais plus que penser et…

Elle hocha la tête dans le vide. Il y eut un silence. Anselmo regarda droit devant lui.

— Judith, au sujet de Dino, je… J'ai quelque chose à vous dire. Quand lui avez-vous parlé pour la dernière fois ?

Elle le regarda de ses grands yeux bleus.

— Eh bien, au moment des expertises, juste avant d'arriver ici ! Depuis, nous avons communiqué de manière cryptée, vous connaissez les protocoles mieux que moi.

— Bien sûr. Et vous… vous n'avez pas trouvé sa voix un peu… particulière ?

Judith cilla.

— Comment ça ? Non… Il demeure d'un naturel enjoué… Bonhomme, même dans l'adversité, mais je ne vous apprends rien ! Sa passion l'a toujours emporté sur tout le reste. Mais… pourquoi ?

Anselmo eut l'air gêné. Ce genre d'expression lui était suffisamment peu coutumier pour alerter Judith aussitôt.

— Eh bien, Judith, j'ai hésité, et je ne veux pas en rajouter, hein, *ma*, je préfère vous le dire, il… il a un cancer. Il ne lui reste que quelques mois.

Judith se raidit et eut un mouvement de recul.

— Il n'a pas osé vous en parler, et, ces derniers temps, ce n'était ni le lieu ni le moment. Sa… *come se dice*, sa pudeur aussi, sans doute, l'a retenu. Je le connais bien, vous savez. J'ai senti qu'il ne serait pas hostile à ce que, selon les circonstances, ce… ce soit moi qui révèle son secret. Bien sûr, ce n'est pas facile pour lui.

Judith posa sa main sur l'avant-bras d'Anselmo. C'était un choc. Ses sourcils s'arquèrent encore.

— Oh, non… Il ne manquait plus que ça…

Elle aussi le connaissait depuis près de trente ans maintenant. Dino, l'éternel Dino des collections et des archives du Vatican ! L'érudit, le sage conseiller… Le filou aussi, et un furieux passionné d'histoire de l'art, en effet. Dino, perpétuellement courbé à son bureau sous la brise italienne, Dino en quête jamais assouvie de résolution des grands mystères bibliques… Dino qu'elle avait rencontré lors de l'affaire de Notre-Dame-sous-Terre, le Dino émerveillé par la Menorah, qui l'avait chargée de retrouver la lance de la Destinée puis le trésor du Temple avec l'École biblique et archéologique de Jérusalem… Une sorte de père de toujours. Accentuées par tous ces récents chocs émotionnels, la tristesse subite et la nervosité de Judith menacèrent de rompre les digues : les larmes lui venaient aux yeux.

— C'est le pancréas. Il suit des séances de chimiothérapie mais… c'est sans espoir.

— Il… Il faut que je l'appelle, dit-elle en cherchant son portable.

— Non. Pas pour le moment. Cela ne nous servirait pas dans la situation actuelle… Nous avons bien d'autres chats à fouetter, et vous n'aurez pas le temps d'échanger convenablement. Là encore, ce n'est ni le moment ni le lieu. Mais ne vous inquiétez pas. Il pense à vous et il sait que vous pensez à lui. Il m'a simplement envoyé un petit mot disant…

— … disant ?

— *Bravo, la discrétion* undercover*, c'est réussi.*

Judith eut un petit sourire. C'était bien du Dino.

Anselmo se leva.

— Bon, il n'a pas tort. Réglons cette affaire et allons le voir. Que diriez-vous de trouver le Graal et de rentrer à la maison ? Ce n'est pas si compliqué, tout de même !

Il mit les poings sur les hanches et se fit soucieux.

— Et tout cela avant demain… ou la situation risque d'imploser, et tout sera perdu. Alors, qu'est-ce qu'on fait ? Par où recommence-t-on ?

Judith réfléchit quelques secondes, puis retourna au poème, dont le texte figurait toujours recopié sur son smartphone Excalibur :

Et à deux lieues de là volez
Au pont de l'eau vous abreuver
Dessous la chambre de majesté
Au vallon calme et secret vous comprendrez
Qu'à rebours il faut marcher
Où sur les pas du Christ enfin
Et selon le vœu du croisé
Au centre du Soleil de Vérité
Cent cinquante onces d'or du poids sacré
Le voyageur devra poser
Suivant les pions de l'Échiquier
Et enfin pour l'éternité
Divine Lumière sera donnée.

— Il faut… Il faut retourner sur ses pas. Se… Se retourner sur soi, je pense que… c'est une image. C'est un poème, donc… il y a un mélange de choses littérales et de métaphores.

Anselmo se pencha et lut.

— Dino m'avait communiqué certains éléments. J'ai lu le rapport. Voyons… *À rebours il faut marcher ?* Qu'est-ce que cela pourrait signifier ?

— Une invitation à entrer en soi ? Et à l'introspection ? Je crois que c'est une sorte de conseil, ou d'injonction à faire le chemin en sens contraire. À quitter le chemin usuel, apparemment balisé, le chemin « tout tracé », pour… revenir sur soi, sur ses pas. Et trouver le soleil, sans doute la vérité de la lumière intérieure. Il faut croire que les signes doivent apparaître à l'élu.

— Ah, oui ! L'élu au cœur pur ! L'humilité et l'innocence ! Nous voilà bien avancés.

Elle leva le visage. Allait-elle être toute seule à y croire ?

— Mais, comme je vous le disais, il faut peut-être tout autant prendre l'image au pied de la lettre. Retourner physiquement où tout a commencé. *Sur les pas du Christ*, dit le poème. Comme un calvaire à l'envers. Un calvaire avec ses différentes stations… Le nôtre, celui de tous. Inspiré de celui de Jérusalem, mais… à rebours. Vers l'origine de notre quête !

— Et de celle de Peredur ? *Le vœu du croisé.* Mais alors quoi ! À Damas ? On ne va pas aller à Damas, tout de même !

— Non ! Mais là où tout a commencé pour nous. Et pour Chrétien ! Le poème a été écrit après, souvenez-vous, Anselmo.

Dans le ciel, les nuages s'écartèrent, dévoilant brièvement le soleil.

Soudain, de chauds rayons dispensèrent leur onde bienfaisante. Judith leva les yeux vers cette caresse consolante et eut un sourire. Elle osa un bref instant ouvrir les paupières pour le contempler.

Cet astre rond, éblouissant, qui dardait ses flèches d'or…

Une image…

Une image…

Brusquement, quelque chose s'alluma dans ses yeux bleus.

— Non, Anselmo ! Pas à Damas !

Elle se dressa à son tour.

— Dans la crypte… Bien sûr ! Nous nous sommes fait promener. Mais c'est une quête. Une trajectoire métaphorique. Et intérieure aussi. C'est incroyable. Mais ça fonctionne. C'était bien l'intention du poète. Nous perdre, pour mieux nous retrouver. Comme la littérature, oh… oh, oui, je comprends, Anselmo. Et c'est sublime ! Il propose un voyage sublime, jusqu'au Graal. Et pour cela, il faut retourner sur les pas du Christ et de Peredur. Mon Dieu, j'ai peut-être une idée.

Elle se tourna vers lui.

— Depuis le début, la clé est dans la crypte !

Judith marchait avec empressement, de nouveau en direction du centre de la vieille ville. Les mains dans les poches de son grand manteau, visiblement concentrée, elle évoqua soudain à Anselmo un chien d'arrêt guettant sa proie, truffe au ras du sol !

L'Italien courait presque sur ses talons.

— Une balance. Une balance, une balance ! souffla-t-elle.

— *Come ?* demanda Anselmo.

— Il nous faut une balance.

— Une balance, mais pour quoi faire ?

— Et une de précision, de préférence, ajouta-t-elle sans daigner répondre à Anselmo.

Ils croisèrent quelques Domfrontais, dont un gendarme, qui les considéra sans aménité.

— Oubliez-les, dit Judith. Ne faites attention à personne. Vite… Une pharmacie, peut-être ? Ou que sais-je ?

Ils avisèrent bientôt une pharmacie, en effet, dont la devanture tenait un peu de la boutique d'alchimiste. Judith en poussa la porte avec une sorte de frénésie à peine contenue. Le battant s'ouvrit en tintant, et la bonne sœur s'empressa de se diriger vers le comptoir. La pharmacienne qui se présenta, brune quinquagénaire à lunettes et très maigre, aux cheveux noirs et bouclés, expliqua qu'elle était aussi herboriste ; oui, par chance, elle disposait d'une balance à l'ancienne. Pour une fois, le sort leur était favorable : Judith attrapa de nouveau Excalibur et, toujours concentrée, dans son monde, y chercha la calculette. Lorsque la pharmacienne eut la gentillesse de lui confier sa balance, Judith regarda autour d'elle comme un pigeon, puis commença un étrange ballet. La pharmacienne disposait de différents poids, jusqu'à trois kilos. Judith parlementa quelques secondes en posant diverses questions, forçant son ton enjoué tandis que la pharmacienne s'efforçait de lui répondre d'un ton un peu pincé et dépassé… Puis Judith attrapa un lot de lourds shampooings, les posa, compléta avec deux lotions, une petite boîte de boules Quies. Elle ôta une lotion, la remit…

— *Ma Judith, per l'amor di Dio*, qu'est-ce que vous faites ? s'enquit Anselmo en grimaçant.

— La précision, murmura Judith. Vous comprenez ? Le degré de précision.

Elle ajouta encore un pot de lait en poudre pour bébé, deux pommades…

Enfin, elle pesa, ôta, repositionna des sachets de coton.

Elle regarda de nouveau la balance…

— Non mais, en effet, à quoi jouez-vous ? reprit la pharmacienne.

Puis Judith arbora un air satisfait. À la fin de ses petits calculs, elle ramassa tout ce qui se trouvait sur la balance, tout ce qu'elle avait déjà pesé… Puis, les bras pleins, elle décocha à la pharmacienne son plus beau sourire :

— Je prends tout ça. Vous auriez un petit sac ?

Le jour déclinait lorsque Judith et Anselmo arrivèrent sur le site de la crypte. Ils s'attendaient à le voir gardé, surveillé de quelque façon par la gendarmerie ou, au moins, à y déranger quelque archéologue errant ; au contraire, curieusement, l'endroit était parfaitement désert. Le temps leur sembla soudain curieux… changeant. Le jeu alternatif entre les nuages et les déchirures du couchant nimbait maintenant Notre-Dame-sur-l'Eau, et le cimetière qui la jouxtait, d'une lumière étrange, presque surréelle. Comme une lueur d'éclipse. Le silence environnant, aussi, les frappa soudain. Judith, un peu échevelée, se tenait encore dans son manteau long, sale et déchiré depuis sa mésaventure à la fosse Arthour. Anselmo, lui, restait impeccable et paré de pied en cap dans son costume Gammarelli – mais, désormais, il était sans arme. Ils se regardèrent, Anselmo toujours sans comprendre… puis ils avancèrent vers la bouche d'ombre.

On approchait.

On approchait de quelque chose.

18.

Cent cinquante onces d'or pour l'échiquier

Domfront
Avril 2023

Quelques instants plus tard, au bas de l'escalier aménagé et suintant, ils étaient dans la crypte, où Judith actionna les spots électriques.

Qu'à rebours il faut marcher
Où sur les pas du Christ enfin
Et selon le vœu du croisé
Au centre du Soleil de Vérité
Cent cinquante onces d'or du poids sacré
Le voyageur devra poser
Suivant les pions de l'Échiquier
Et enfin pour l'éternité
Divine Lumière sera donnée.

— Et voilà, dit Judith.

Anselmo, ébahi, regarda la Table ronde.

Il lui fallut un moment pour prendre à son tour la mesure de ce qu'il avait sous les yeux, craignant de comprendre. Il lâcha même un rire nerveux, avant de retrouver son flegme habituel. Judith désigna du menton le centre de la Table, pénétrée d'une soudaine et complice gravité. Cette petite salle, cette crypte, avec au centre, l'engloutissant tout entière, la Table croisée de douze épées qui convergeaient vers le cœur, pointant comme une boussole l'endroit précis qui aurait dû accueillir la Sainte Coupe. Et bien sûr, toujours au centre, l'inscription en latin qui rappelait le début du poème des parchemins : *Hoc est, ubi vos have ut aperi oculos cordis vestri !* « C'est ici qu'il faut ouvrir les yeux de son cœur ! » Le cœur de la rosace de pierre. Et ces douze épées, rayonnant depuis le centre... Oui, comme une boussole, ou bien...

— *Le Soleil de Vérité*, dit Judith.

Bien sûr. Il suffisait de prendre un peu de hauteur.

C'était d'une biblique simplicité : la Table était le Soleil.

— Ça me trottait dans la tête, dit Judith. Et dans le jardin en le voyant sortir des nuages, je l'ai revue, cette Table, et ça m'a paru comme une évidence. Le soleil arthurien. Évidemment. Je l'avais sous les yeux depuis le départ. Il m'a aveuglée...

La gorge sèche, Anselmo la regarda.

— Le... Les hasards sont heureux, *fratella.*

Judith planta son regard dans celui de l'Italien.

— Anselmo... Précisément. S'il n'y avait pas de hasard ?

Ils regardèrent la Table ensemble.

— Le soleil arthurien... et le Graal au centre.

— Mais justement il n'y est pas, dit Anselmo.

— *Cent cinquante onces d'or du poids sacré*, murmura Judith.

— Comment ? grimaça Anselmo.

Elle eut un sourire, et pourtant le sentiment de sourde et mystérieuse importance de la situation teintait ses traits d'une pâleur inattendue. Elle enchaîna :

— Au Moyen Âge, l'once d'or vaut trente et un grammes.

Elle prit une inspiration et, tout en tournant autour de la Table, sans en quitter le centre des yeux, elle jeta presque d'une traite :

— Mais, en vérité, c'était un peu plus compliqué. La valeur de la livre variait suivant les provinces, entre trois cent quatre-vingts et cinq cent cinquante-deux grammes, si je me souviens bien. J'ai épluché toutes ces questions pendant des années…

— En effet, reconnut Anselmo. Alors, ce n'est peut-être pas un hasard si c'est *vous* qui vous trouvez là.

— Mais il fallait notamment distinguer entre la *livre de poids*, utilisée en médecine, qui était divisée en douze onces, et la *livre de poids de marc*, utilisée par les marchands, qui valait deux marcs, soit seize onces. Une once valait huit gros, et chaque gros valait soixante-douze grains.

— Et alors ? Je n'y comprends rien. Des grains ?

— Oui, bien sûr. Le grain servait de base à l'unité de mesure. D'abord des grains d'orge, ou de froment, mais évidemment, dans le détail, le poids d'un grain à un autre pouvait varier… Alors, le résultat restait un peu approximatif. C'est pourquoi on a préféré user de grains de laiton. Le système suivait une logique de suite géométrique de raison deux, avec pour premier terme deux ou trois selon les unités. Mais bref, oubliez ça. C'est l'once qui nous intéresse. Rien n'est laissé au hasard dans le poème non plus.

Or le tableau des poids évoque… un échiquier, et l'once vient du latin *uncia*…

— *La douzième part*, murmura à son tour Anselmo, plissant les yeux.

Il regarda Judith.

— La vôtre, chevalière ?

Judith sourit, continuant de tourner autour de la Table.

— La douzième part ! Et tenez-vous bien. L'once dont il est question est fatalement l'*once troy.* C'est l'unité utilisée dans les pays anglo-saxons, et aujourd'hui encore au niveau international, pour les métaux précieux… L'or et l'argent, ou les pierres. La valeur d'une once troy d'or est exprimée en dollars ou en euros. C'est ce que je vérifiais tout à l'heure. Elle équivaut exactement à 31,1034768 grammes. Mais son nom viendrait… *de la ville de Troyes*, où elle était en usage au Moyen Âge, les jours de foires, de fêtes et de grands marchés – *depuis au moins 1185* !

Anselmo hocha la tête.

— C'est *incredibile.*

— Oui. Pas de hasard, en effet, Anselmo ! 1185… Pile dans la tranche historique supposée où Chrétien écrit *Il Conte del Graal.* Maintenant…

La voix de Judith se colorait d'une excitation à peine contenue :

— … Nous sommes sur la voie, et voilà pourquoi il ne faut plus lâcher. *Cent cinquante onces d'or du poids sacré…*

— Le poids sacré… Le poids du Graal qui devait être placé au centre de la Table.

— Voilà, vous saisissez ? Si nous retenons l'once d'or à trente et un grammes et des poussières, ce poids équivaut exactement à…

Elle reprit Excalibur et lui glissa son calcul sous les yeux :

— … 4 665,52152 grammes, soit un peu plus de 4,6 kilogrammes.

Le visage d'Anselmo s'illumina : il avait compris.

Judith ouvrit son manteau pour attraper son sac à pharmacie…

Elle le fit doucement osciller devant les yeux du Faucon blanc.

Elle se courba alors, pour ne pas dire s'allongea sur la Table, pour y déposer en son centre shampooings, lotions, lait en poudre et autres sachets de coton.

— Pardonnez-nous, Seigneur, dit la bonne sœur. On fait avec ce qu'on a.

Anselmo regarda faire.

— Judith… Ma sœur. Mon enfant. Ma fille. Vous êtes sûre ? *Perché* moi aussi j'ai vu les films. Dans *Indiana Jones*, il croit que ça marche, puis après il évite des flèches empoisonnées, des araignées et *una grande palla*, une grosse boule qui roule.

Judith lui envoya un sourire sous son regard bleu…

… et acheva de poser une lotion capillaire au centre de la Table.

Quatre mille six cent soixante-cinq grammes étaient rassemblés à l'endroit qui devait accueillir la Sacrée Coupe.

Le temps suspendit son vol.

Quatre mille six cent soixante-cinq grammes.

Anselmo tendit l'oreille.

Judith leva les yeux vers les voûtes de la crypte.

— On y est.

Rien.

Le silence se prolongea. S'étira.

Rien.

Lentement, comme dessillée, Judith sentit les traits de son visage s'affaisser.

Nerveux, Anselmo passa la main dans ses cheveux noirs. La lèvre supérieure de Judith trembla d'une déception qui menaçait de la submerger.

Bien sûr… Qu'avait-elle pensé ? Tout cela était insensé. Ridicule. Grotesque. À quelle foi stupide et suspendue à un fil, à quel délire s'était-elle raccrochée, tout ce temps, telle une naufragée ? À quoi avait-elle voulu croire, emportée elle-même, comme dans l'un de ces grands romans où l'on finissait par s'égarer à confondre ces songes enchantés avec la réalité ? Mais, voyons, le monde n'était pas ainsi ! Il ne l'avait jamais été, ne le serait jamais !

Sa main soudain froide, tremblante elle aussi, lâcha sur la lotion le sac plastique de pharmacie, qui vint doucement s'y enrouler, tandis qu'un pli amer déformait sa bouche.

4 665,52152 grammes.

Et il y eut un bruit.

Sec. Un claquement. Très bref, mais suivi d'un chuintement, une expiration de la pierre, un soupir – et dont l'écho rebondit contre les murs, sous les voûtes de la crypte. Inexplicablement, autour d'eux, les lampes grésillèrent.

Oh, nom de D…

Judith leva aussitôt les yeux. Anselmo se figea sur place et la regarda.

Le son était venu de… du pied massif de la Table.

L'un et l'autre se baissèrent. Ils se retrouvèrent côte à côte de façon presque comique, le Faucon blanc et la bonne sœur, à quatre pattes, plissant les paupières.

Sur l'un des angles du pied carré de la Table, une plaque de pierre s'était ouverte, libérant dans la poussière un compartiment creux.

Judith sentit une grosse boule rouler dans sa gorge. Elle tendit la main vers le recoin obscur, derrière l'étrange panneau de pierre qui venait de coulisser. De coulisser, ou de se libérer… Après combien de siècles ? Au bout de ses doigts, Judith devina le coin d'un… morceau de bois ?

Elle aventura sa main davantage… et attrapa un objet rectangulaire, qu'elle extirpa lentement du compartiment.

Elle souffla dessus pour en libérer encore une importante pellicule de poussière. Celle-ci s'envola en petit nuage, poudre de perlimpinpin. Judith manqua d'éternuer, mais la poussière venait de dévoiler des motifs, peints à même le bois, qui ne pouvaient tromper.

C'était un échiquier.

Un petit échiquier alternant les cases brun clair et brun plus sombre, avec une sorte de… de liseré rouge et or, terni par les siècles.

Judith échangea un regard avec Anselmo.

L'échiquier devait faire quinze centimètres par vingt, guère davantage. Il semblait à la fois assez grossier dans sa facture, très ancien bien sûr, ses couleurs étaient fanées ; mais le bois était demeuré impeccable. Du bois de chêne ? Il pesait tout de même son poids, avec une profondeur de trois centimètres environ. Surtout, sur chaque case concernée étaient représentés les pions que l'échiquier aurait dû accueillir, exécutés avec une certaine précision en noir ou blanc. Les tours, surmontées de trois créneaux. Les petits fantassins à boule ronde. Les fous. Les chevaux dressés. Et, naturellement, les deux rois et reines, de part et d'autre, en majesté.

Le motif de l'échiquier, figuration classique de l'affrontement entre le Bien et le Mal, faisait aussi partie de la légende et particulièrement chez les continuateurs de Chrétien, ce qui n'était sans doute pas non plus une coïncidence. Judith savait que le jeu avait été introduit en Europe à partir du Xe siècle par les Arabes, même si on ignorait encore où il avait été inventé exactement. Il dérivait, disait-on, du *shatranj* ou *chatrang*, lui-même version perse du *chaturanga* de l'Inde classique. Les règles actuelles en avaient été fixées à partir de la fin du XVe siècle, mais on y jouait en France bien avant. Gauvain dans *Le Conte du Graal* faisait usage d'un *eschaquier* dans la tour d'Escavalon ; deux sites se répondaient, tels le château de Domfront et Notre-Dame-sur-l'Eau, ici supposé « château » du Graal : celui du roi Pêcheur et celui des Reines, ou de la Merveille, où se trouvait un *eschaquier magique*, contre lequel, dans la *Deuxième continuation* du mythe attribuée à Wauchier de Denain, Perceval perdait plusieurs parties !

L'échiquier ! songea Judith. *Inspiré, sans doute, de l'échiquier vivant de Damas, au souvenir de Peredur et du traître Eusipas... Une partie d'échecs, oui, dans l'espace et dans le temps ! Et te voilà donc... Non pas à Damas en Orient, mais bien ici même, à Domfront. Un symbole ultime, ou presque. À l'image des hommes, toujours luttant, bercés de leurs rêves de conquêtes jamais achevées !*

— Et les croquis, murmura Judith. Bien sûr. Les croquis de la fin du roman de Chrétien. Il s'agit maintenant de vérifier l'hypothèse...

Peu d'enluminures, ou de lettres aux efflorescences travaillées, mâtinées de chimères ou d'angelots, mais une écriture constante bien que chargée : on pouvait penser raisonnablement que ce n'était pas là l'œuvre d'un ou plusieurs moines copistes, pourtant principaux pourvoyeurs des grands textes de l'époque. En revanche, il y avait bel et bien… des croquis*! Voilà qui était bien plus inattendu… Ils ne pouvaient manquer de sauter aux yeux, essentiellement sur les trois derniers rouleaux, que Judith n'avait pu découvrir qu'ici, dans sa cellule, avant leur envoi. Et qu'y voyait-on ? Judith ne se lassait pas de cet examen : une épée. Une lance. Une charrette. Une figure grotesque. Un pont, sur une rivière. Un enfant. Un échiquier où étaient représentés grossièrement, à leur place, la dame, le roi, un cavalier. Deux anges. Et pour finir, sur presque une demi-feuille, un calice.*

Judith réfléchit une seconde. *La dame, le roi, le cavalier.* Du côté des blancs, forcément. Un instant, ses doigts restèrent suspendus au-dessus de l'échiquier.

… Suivant les pions de l'Échiquier…

Comme un échiquier vivant… Un échiquier donnant la vie.

Alors, conformément aux parchemins, elle posa lentement le pouce, l'index et le majeur, ensemble, sur le cavalier, la dame et le roi.

Il y eut un déclic, tout simple.

Judith put ouvrir l'échiquier, tel un écrin ou une boîte à bijoux.

Un petit trésor.

Humble, mais qui leur sembla soudain contenir comme un écho du monde entier.

Les yeux de Judith et d'Anselmo s'agrandirent. Ils retinrent leur respiration.

Là, au revers du couvercle de la boîte échiquier, figurait un plan.

Le plan. Le plan de tous les trésors du monde qui, fatalement, en sa qualité de carte au trésor, indiquait, en un endroit précis, une croix. Une croix templière.

Impossible de se tromper, désormais, sur la nature du plan que Judith, à force de travail et de réflexion, ne put manquer de reconnaître aussitôt ; et cette évidence lumineuse lui sauta au visage. Il représentait sans le moindre doute les anciennes fondations de l'église de Notre-Dame-sur-l'Eau, du temps du baptême d'Aliénor par Aliénor et de Chrétien de Troyes, avant la démolition des bas-côtés. Du temps de la splendeur de ce monument hanté par le souvenir. Et la croix désignait sans ambiguïté un emplacement proche de la crypte où Judith et Anselmo se trouvaient, elle-même identifiée par un petit rectangle gravé et dotée d'un escalier rejoignant jadis l'une des chapelles latérales. La croix, elle, signalait cependant un emplacement hors des anciens murs… Mais tout près ! Il devait être facile maintenant de débusquer le lieu exact ; et, comme pour dissiper enfin tout malentendu, elle était accompagnée d'une mention latine : *HIC JACET IN MILES PEREDUR.*

Ici repose le chevalier Peredur.

Bien sûr, songea Judith. L'endroit où Peredur avait dû être enterré. Peut-être par Chrétien lui-même, au lendemain de leur nuit de feu.

Le véritable testament du chevalier.

Une stèle à l'abandon parmi les autres et les plaques du cimetière jouxtant Notre-Dame-sur-l'Eau.

Elle se redressa, l'échiquier en main, Anselmo à sa suite, qui s'épousseta une seconde en jurant en italien. Il avait compris.

— Allons-y, dit-elle dans un souffle.

Ils s'extirpèrent de la crypte en moins d'une minute ; entre-temps, la nuit était tombée ; des nuages noirs passaient devant une lune qui leur sembla d'une grosseur anormale et d'une couleur rousse évoquant toujours quelque éclipse lointaine. Des lambeaux d'ombres s'allongeaient de toutes parts autour d'eux. De nouveau, un vent froid s'était levé, balayant sur son front les mèches blondes de Judith. Elle prit ses repères par rapport aux fouilles, aux fondations d'origine, à la crypte figurant sur le plan. Elle marcha à grands pas en les comptant depuis la limite des anciennes travées latérales. Les pans de son manteau s'agitaient à ses flancs. Puis, à quelque quatre mètres de la crypte, elle s'arrêta, entre deux plaques mortuaires plus récentes. Dans un carré de verdure encombré d'herbes folles. Était-ce le caractère brutalement tellurique de l'endroit, l'excitation pénétrée de ce moment ? Elle se pétrifia, et une vibration, presque comme une décharge électrique, sourdant au-dessous de ses pieds depuis les entrailles de la Terre, remontant à la racine de ses cheveux, la parcourut tout entière, jusqu'à la laisser tremblante. Judith en insolite paratonnerre. Les mains crispées, le menton levé, raide, les paupières fermées, elle frissonna. Anselmo s'en aperçut et posa une main sur son bras.

— Judith… Ça va ?

Elle se tourna vers lui tandis qu'une mèche folle balayait son œil bleu.

— C'est là.

Et elle ajouta, la bouche sèche :

— Il va falloir creuser.

Mais, soudain, Anselmo leva le visage à son tour, et ses traits se durcirent.

Là, là et là, en même temps, quelque chose avait bougé.

Partout autour d'eux.

Il garda la main sur l'avant-bras de Judith et la serra.

— Attendez. Nous ne sommes pas seuls, jeta-t-il d'une voix ferme.

Et ce fut alors qu'*ils* sortirent de l'ombre.

ACCOMPLIR LA QUÊTE

19.

Nous ne sommes pas seuls

Domfront
Fin du XIIe *siècle / avril 2023*

Le tailleur de pierre donna quelques derniers petits coups et se redressa, les épaules endolories.

Il souffla sur son œuvre pour en évacuer la poussière, puis se tourna vers Chrétien.

— Ça y est, dit-il. Votre… Votre message, poème ou je ne sais quoi est sauf.

Au centre de la Table, cœur de la rosace de pierre et du soleil rayonnant, là où aurait dû se trouver la Sainte Coupe et où convergeaient les pointes d'épées grossières, l'artisan venait d'achever de graver les premiers mots du poème évoquant les parchemins que Chrétien s'apprêtait aussi à laisser en héritage. Un héritage fol et infini. Pour la postérité, la mention d'une date rappellerait l'origine du tout : l'an de la nuit de feu, *MCLXI*, également date du baptême d'Aliénor par Aliénor.

Hoc est, ubi vos have ut aperi oculos cordis vestri !
C'est ici qu'il faut ouvrir les yeux de son cœur !

Il eut un petit sourire.

Le tailleur hirsute, un homme bâti comme un ogre, trapu et large d'épaules, le nez épaté et une trogne de guerrier, abaissa son marteau et s'essuya une main sur le revers de son tablier de cuir. Des particules de pierre et de poussière blanche s'étaient mêlées à ses cheveux et à ses sourcils broussailleux, lui donnant un air presque comique. Il ajouta, sa bouche s'ourlant d'un pli étrange :

— Votre... mécanisme aussi fonctionne, quoi que vous vouliez en faire. Vous savez que j'ai travaillé au Mont-Saint-Michel ?

Et il commença à dérouler le fil de ses souvenirs. Mais déjà le trouvère ne l'écoutait plus. Il leva les yeux au ciel, songeur. Il replongeait dans la forêt de son inspiration, peuplée d'aventures inouïes, de trésors et de talismans d'outre-monde. Il avait conçu la quête du Graal comme fondée sur la recherche de réparation du péché originel : le roi ayant cédé à la corruption et sa faute ayant déséquilibré le monde, il cherchait désespérément à restaurer l'ordre perdu, la source de régénération qui lui offrirait de se laver, de retrouver son trône – le siège périlleux. Le retour du roi. Mais à ce souvenir s'ajoutait, dans l'esprit du trouvère, celui d'autres objets merveilleux, d'autres talismans, les reliques de la Passion, le tailloir d'argent où étaient découpés les mets les plus exquis et inépuisables, la pierre de souveraineté où étaient acclamés les souverains, le trône de sagesse des dieux et des monarques, ou encore l'épée dans la pierre du perron de Merlin, tranchant le Bien du Mal... Et la fameuse Table ronde. Celle qui se trouvait là, sous ses yeux. Elle qui « tournoyait comme le monde », réalisant la conjonction ultime en rassemblant les chevaliers qui rapporteraient à chaque Pentecôte le fruit ou le récit de leurs exploits. Une légende arabe d'Espagne ne disait-elle pas elle aussi qu'existait une véritable et fabuleuse Table ronde ayant appartenu au roi Salomon, découverte dans un palais de Tolède au VIIe siècle par des conquérants musulmans ? Fallait-il y voir l'effet d'une secrète dissémination du mythe de la part des mêmes templiers, compagnons de Peredur ? De ce Galahad à la peau brune venu à la rencontre du poète Chrétien de Troyes ? Galahad qui avait justement projeté de partir en Espagne… Mais voilà : depuis, il avait trouvé la mort ici à Domfront, à son tour. Un matin, Chrétien avait appris que son cœur s'était simplement arrêté. Il était seul, sans famille. La plupart ignoraient son passé de légende. Sa dépouille avait été jetée dans un fossé, ou inhumée à la hâte sous une croix branlante, Chrétien ne savait même pas où.

Et un jour viendrait sa mort également, celle de Chrétien lui-même.

Peut-être pas si lointaine.

Le trouvère eut une moue pénétrée. Il lui faudrait un successeur. Un autre passeur. Comme pour les Douze. Toujours cette filiation au Temple et à la tradition salomonienne, jusqu'à la nef de bois qui de quatre mille ans ne pourrait pourrir, construite sur les ordres de Salomon, répondant à une injonction de sa femme : navire portant l'épée de David, dans un lit aux montants faits de l'arbre de Vie du paradis terrestre, et que la postérité dirait avoir convoyé le Saint Graal en Occident trois siècles plus tard. Dans certaines traditions, le Graal serait dit d'émeraude, offert au roi Salomon par la reine de Saba avant de servir au dernier repas du Christ, puis à recueillir le précieux sang. Le Saint Calice était comme la source d'une poésie sans fin. Une efflorescence. En attendant, Chrétien revint au réel et, reportant son attention sur la Table et l'inscription gravée en son centre, se contenta de dire :

— Tout est bien. La boucle est bouclée. C'est fini, ou plutôt…

Il prit une inspiration, posant les mains sur ses hanches :

— Ou plutôt, tout commence.

Judith retint son souffle.

Ils s'étaient montrés un à un, et pourtant presque en même temps.

Figures de craie dans de grands manteaux sombres, au cœur de la nuit nouvelle.

Les ombres étaient sorties des fourrés, des buissons, de l'angle de Notre-Dame-sur-l'Eau, des tombes, en profitant d'un éclair de lune, avant qu'elle ne disparaisse derrière les nuages noirs.

Arthur, bien sûr, et les châtelains des trois manoirs des environs de Rouellé, Érec et Hector, l'historien et le retraité paléographe, moins Bedivere l'architecte, blessé et à l'hôpital ; Gauvain, Yvain et Galahad, deux ébénistes et le troisième dirigeant la biscuiterie de Lonlay, Lancelot désormais héritier du domaine de Robert le Saucier, Tristan le peintre et galeriste de la haute ville, Bohort, le menuisier et meurtrier de Florent, et Judith, bien qu'elle ignorât son surnom, reconnut avec stupeur celui qu'on appelait Lohengrin, et qui dirigeait… ni plus ni moins que la gendarmerie de Domfront !

Les Témoins étaient rassemblés.

Seigneur. Que veulent-ils ?

Les lambeaux d'obscurité continuaient de s'allonger autour d'eux, on eût dit une étrange confrérie, mais à visage découvert, comme s'il ne servait plus à rien de se cacher. Non loin, une corneille crailla. Ils se tenaient en arc de cercle autour des tombes, face à Judith et à Anselmo, pour les cerner. Le vent froid agitait doucement les pans de leurs vêtements. Le Faucon blanc se mit sur ses gardes mais réprima un juron, les dents serrées. Un seul, sans arme et contre dix costauds, cette fois ce ne serait pas gagné. Judith campait sur le carré de verdure.

Il y eut un long, long silence, où l'on n'entendit plus que le hululement de ce satané vent… puis la voix profonde d'Arthur retentit :

— Nous vous attendions.

Il esquissa un sourire, que tous devinèrent malgré la pénombre.

— Monsieur, vous serez notre Merlin, dit-il en désignant le Faucon blanc du menton.

Nouveau silence, presque solennel, puis il ajouta :

— En définitive, nous avons bien fait de vous suivre à la trace, plutôt que de vous faire fuir, sœur… Guillemarche, c'est cela ? Vous nous avez déjà beaucoup montré à quel point vous êtes… douée.

Ils se regardèrent. Les cheveux de Judith continuaient de balayer son front.

— Il va falloir creuser, répondit-elle seulement.

Comme en réponse à cette nouvelle évidence, et sur un autre signe d'Arthur, des pelles apparurent presque miraculeusement entre les mains des Témoins.

— Cela aussi, nous l'attendions.

Le cercle se referma sur Judith, Anselmo… et le trésor ?

Il fallait creuser.

Et c'était normal.

De toute éternité, là où il y avait un trésor, il fallait creuser.

Tandis que tous se dirigeaient vers l'endroit dit, Lancelot se pencha vers Arthur en confidence et murmura :

— Mais, bon Dieu, pourquoi tu nous as fait apporter des pelles ? Pourquoi on les aide, en plus ? Je ne comprends pas ce qu...

— Au contraire, tu sais bien pourquoi, chuchota Arthur en retour. Pour vérifier si elle a raison. Laissons-la travailler... Et, le moment venu...

Il sourit.

— ... nous prendrons la main.

Il se produisit alors quelque chose de bien étrange, cette nuit-là, à Domfront.

Car, dans le vent, des silhouettes noires en manteaux et blousons allant et venant, se détachant à peine sur l'encre de la nuit, creusèrent sous la masse déchiquetée de l'église multiséculaire de Notre-Dame-sur-l'Eau, où jadis s'étaient fixés les yeux d'Aliénor, d'Henri Plantagenêt, de Robert de Torigni, l'abbé du Mont-Saint-Michel, et de Chrétien de Troyes. Les nuages roulaient. Le faisceau de lampes torches se mit à balayer le site archéologique. Le clocher de Notre-Dame semblait soudain un immense oiseau noir penché sur ce spectacle secret. Les pelles fendaient l'espace obscur, en arc de cercle, dans un silence cadencé. Le bruit de la terre, en revanche, paraissait résonner, faisant écho au cri de mystérieux engoulevents. Cette nuit-là, on cherchait le Graal ! Les mottes retombaient en pluie lourde sur l'herbe folle, là, dessus le toit de ce sanctuaire tellurique, posé entre les tombes. Judith se tenait assise sur un rocher voisin, tandis que le Faucon blanc, Merlin improvisé, restait debout entre les stèles. Arthur et les Témoins attendaient ou se relayaient aussi, impatients, ahanant, guettant, après presque mille ou deux mille ans, la réponse à une question sublime, vertigineuse, trop grande pour eux : la Sainte Coupe existait-elle ? Ils creusèrent, creusèrent… sur une profondeur de deux mètres.

Judith, tête vacillante, était sur le point de s'endormir, ou de mourir de froid et d'humidité…

Lorsqu'il y eut un *bong*.

Un son, un choc, qui parut les réveiller. Tous se figèrent instantanément, puis se regardèrent.

La lune était rouge, et le vent tomba d'un coup.

Bong, bong.

Alors, on s'activa de plus belle pour déblayer.

Et bientôt, sous leurs yeux, apparut… un cercueil.

Un cercueil de bois oblong, de la taille d'un homme.

De la taille d'un colosse.

Deux des Témoins en évacuèrent ce qui subsistait de terre et de poussière. Le bois était bien conservé, mais très humide. Ils l'ouvrirent au moyen des pelles, sans guère de mal. Une exhalaison en jaillit, comme un long soupir.

Et ils le virent.

De lui il ne restait que les os, bien sûr. Deux orbites vides, presque interrogatives, et ce sourire à l'air sarcastique propre aux squelettes. De vagues résidus de cheveux, fils de fer pailletés. Le cadavre avait été enfoui avec ses quelques biens, pour ainsi dire rien, sinon des vestiges d'armure poussiéreux et dépareillés. Mais, au cœur de la tombe, le gisant aux bras croisés semblait veiller sur les derniers lambeaux de la croix templière qui lui barrait le torse, en rappel de son allégeance. Ni épée ni le souvenir de cet écu brisé au Dragon abandonné dans la crypte, car le cercueil était déjà lourd, de pauvre facture, sans le moindre signe distinctif, et assez étroit. Pour autant, la dépouille présentait des proportions qui ne pouvaient tromper : l'homme enterré ici avait sans doute été de haute stature, particulièrement pour l'époque, pas loin d'un mètre quatre-vingt-dix. En d'autres heures, on eût salué cette découverte comme primordiale, on eût sablé le champagne et pris immédiatement les mille précautions nécessaires à la sauvegarde de ce prodige : avoir retrouvé la trace d'un chevalier du XIIe siècle remarquablement conservé malgré les inévitables outrages du temps. Mais, en cet instant, quatre des Témoins, Bedivere, Tristan, Bohort et Gauvain, étaient auprès du cercueil, au fond du trou, sous le faisceau des torches, à l'instar des flambeaux d'autrefois, et levaient les yeux vers les autres disséminés autour de l'excavation, tandis que quelques gouttelettes de pluie se mettaient à tomber. Si la pluie venait pour de bon, songea Judith, cela finirait vite en bourbier. Le trou lui-même pouvait devenir dangereux. Les hommes en contrebas se tournèrent vers Arthur, boucles de cheveux noirs sur des fronts humides, les mains sur leur pelle.

— Oui, mais alors… C'est tout ?

— … Qu'est-ce qu'on fait ?

Relevée de sa pierre, Judith s'était avancée entre les stèles. Elle se baissa, tombant presque au liseré de la fosse, essayant de mieux discerner l'intérieur sous le faisceau des torches.

— Peredur, jeta-t-elle dans un murmure. C'est lui. Mon Dieu… C'est lui !

Ce fut comme une rencontre, longtemps rêvée, espérée… Tant et si bien qu'un instant, dans un sourire, Judith crut qu'elle allait pleurer !

Mais elle se reprit… car oui, sans doute Peredur était-il là, sous leurs yeux, telle… une preuve ? Mais il manquait encore l'essentiel !

— D'accord, un chevalier mort, mais… il n'y a rien du tout !

En profanateurs, ils avaient commencé de fouailler à l'intérieur de la tombe, s'échinant à évacuer les pièces d'armure, sans trop oser toucher aux ossements eux-mêmes, aux lambeaux de tissu, et surtout pas à ce crâne aux orbites vides, qui les mirait en riant. « Rien, rien, rien ! » répétaient-ils. Et en effet, rien autour du corps, rien entre les mains, sous le buste ou à ses pieds… Rien ! En tout cas, pas de coupe sacrée, de lance de la Destinée, de couronne d'épines ou de… de baguette magique ! Tous se penchaient sur la sépulture, avec l'impression étrange que le sens de l'univers entier dépendait maintenant de ces brèves recherches. Ces vaines recherches.

— Ce… Ce n'est pas possible, dit Judith. Tout concorde, pourtant ! Il est là lui-même comme… un testament. Son propre testament. Le testament, c'est lui. Sa dépouille est un signe. C'est ici ! Forcément ici ! Avec lui, quelque part !

Mais sa voix vibrait, cette fois, d'un accent presque désespéré.

Elle secoua la tête, puis :

— Levez-le.

— Hein ?

— Levez-le.

Les autres la regardèrent, interloqués.

— Je veux dire, pas le chevalier. Le cercueil.

Ils se considérèrent mutuellement sans bien comprendre. Mais l'ensemble pesait son poids, quatre hommes étaient un minimum. On convint d'ôter les pièces d'armure, qui volèrent en cadence. On s'écarta pour les récupérer hors du trou et les mettre de côté. On tenta d'épargner les os, dont certains craquèrent en résonnant sous la lune en des bruits sinistres, mais aux grands maux les grands remèdes. Ah, on avait imaginé un château merveilleux, un Camelot d'or ou un château du roi Pêcheur, dressé splendide au faîte d'une montagne illuminée, cerné d'anges tournoyants et gardé de vestales ! Mais là, sous les nuages, dans le cimetière bordant l'église Notre-Dame-sur-l'Eau, ils désossaient un cadavre de mille ans ou presque, au fond d'un trou, quelque part dans l'Ouest.

Enfin, lorsqu'ils eurent à peu près fini, un cinquième Témoin descendit dans la fosse. Toujours impeccable dans son costume Gammarelli, Anselmo hésitait à les y suivre. Il se racla la gorge. À cinq – *Oh, hisse !* –, ils purent enfin, et malgré l'absence de cordes, soulever assez le cercueil pour qu'en surplomb le reste de ce petit cercle de conspirateurs, brinquebalant la pauvre dépouille mortuaire entre les morceaux de bois, puisse le récupérer et l'extraire de la fosse. On s'écarta alors une nouvelle fois, et un maigre cortège navigua doucement entre les stèles de façon à porter le cercueil à l'abri autant que possible, là-bas, sous les gouttières et les figures sculptées de Notre-Dame-sur-l'Eau. Heureusement, si le crachin se faisait persistant, pour le moment la pluie semblait se contenir. Les larmes du ciel elles-mêmes paraissaient attendre l'issue définitive de cette folle quête.

Le cercueil une fois posé à l'abri des gouttières, ils le recouvrirent de l'une des bâches dont avaient usé les archéologues pour leurs fouilles, afin de le préserver au mieux, et retournèrent vers l'excavation.

BONG.

Dans la terre humide, un bruit avait résonné à nouveau.

À l'endroit même où s'était trouvé le cercueil.

Il y avait en effet comme une dalle, une autre stèle, ou… une trappe.

— Il y a quelque chose, lança Tristan, la bouche sèche.

Ils la dégagèrent à son tour, nettoyant les bords. Elle était de pierre grise, sans doute de grès, propre au pays, rien de surprenant à ce titre – si ce n'était qu'elle avait de toute évidence été placée là intentionnellement. Elle devait faire quelque soixante centimètres par quarante. Et ils s'aperçurent qu'elle était gravée d'une sorte de sceau. Évoquant presque les anciens dolmens druidiques.

— Oui, et il y a comme, euh… une marque ?

Le cœur de Judith bondit dans sa poitrine.

— Laissez-moi descendre, dit-elle. Allez ! Aidez-moi à descendre !

Judith s'agitait, nerveuse, et son ton n'appelait pas de réponse. Bedivere leva les yeux vers Arthur. Celui-ci se contenta d'un signe du menton. Anselmo et deux Témoins aidèrent Judith à descendre, la réceptionnant telle une feuille légère dans leurs bras, son manteau se salissant, au passage, contre les parois de la fosse. Puis elle s'agenouilla et souffla sur le sceau. Elle le balaya de la main, évacuant encore des particules de terre. Oui, la dalle était gravée, mais pas à la manière des stèles avoisinantes – et on était tout aussi loin des légendaires sceaux d'apocalypse portés sur les lettres aux églises d'Orient, figurant dans les récits eschatologiques de saint Jean. Pour autant, le sceau était assez complexe.

— Des rinceaux, qui semblent inspirés de manuscrits, dit Judith. C'est un motif courant de chapiteau : un masque engoulant, une tête de félin crachant des rinceaux.

Un lion ? Comme si on entrait dans une église, une cathédrale souterraine…

— Ou… la représentation d'un vitrail.

— Un… un sceau trinitaire ? Il y a trois autres bêtes au-dessous. Un… un aigle, ou un pélican. Une licorne ? Et celui-là, aux ailes déployées…

De là-haut, Anselmo et Arthur l'observaient. Judith réfléchissait à toute vitesse.

— Un phénix. C'est un phénix, continua-t-elle. J'en ai vu d'autres représentations.

Un pélican, un phénix, une licorne. Symboles christologiques que Judith identifiait parfaitement pour les avoir croisés à de nombreuses reprises dans les motifs architecturaux ou dans les livres, à commencer, par exemple, par *Le Bestiaire divin* de Guillaume de Normandie. Le pélican : assailli par ses enfants devenus grands, il les tuait puis se déchirait les flancs, usant de son sang répandu sur eux pour les ressusciter. La signification était comparable lorsqu'il s'agissait d'un aigle – symbole biblique et solaire dont David témoignait dans le psaume CII par la formule : « Ta jeunesse te sera renouvelée comme celle de l'aigle. » Aigle ou pélican, il s'agissait d'emblèmes de la Passion et de la Rédemption. Il en allait de même, bien sûr, pour le phénix renaissant de ses cendres, Christ régénéré au troisième jour dans la splendeur de son corps glorieux… Et de la licorne, merveilleuse, traditionnellement associée à l'Immaculée Conception ! Ces différentes créatures faisaient aussi figure de synthèmes parfaitement connus des herméneutes, soulignant le lien entre le Graal et l'alchimie. Mille symboles rejoignaient les substances versées dans l'athanor, le fourneau philosophique où s'accomplissait le magistère par la maîtrise de la fluidité mercurielle, et où, enfin, le

« plomb » serait changé en « or ». Une fois de plus, on naviguait parmi les ombres de symboles chrétiens puissants et presque hallucinatoires, léonins ou solaires, croisant le souvenir alchimique et invitant toujours à libérer l'esprit de la matière, pour livrer la froide raison à la poésie du cœur. Retrouver le merveilleux.

Transmutation.

Ils tentèrent de l'ouvrir, brisant symboliquement le sceau.

Il y eut de nouveau un chuintement. Un souffle.

De petites cascades de poussières.

Cette fois, ce fut un trou, un puits, une bouche d'ombre.

Tristan y plongea la main.

Rien. Un vide. *Le* vide.

Éternel ?

Ce fut l'impression qu'ils eurent, surtout lorsqu'ils y laissèrent tomber une pierre, guettant l'écho d'un choc, d'un bruit en retour… Quelque chose, n'importe quoi ! Un son mat, liquide, un *toc*, un *plouf* ? Mais rien ne vint. Était-ce seulement parce que le vent continuait de hululer, vaguement lugubre, comme un avertissement, *Vous qui entrez ici, abandonnez toute espérance* ? Était-ce une porte, une bouche d'enfer, ou de paradis ? Tristan regarda Judith en silence. Ils tendaient l'oreille en vain. Arthur demanda à les rejoindre à son tour. Bedivere dut ressortir.

Judith contempla le trou noir.

— Je… Je veux descendre.

Arthur s'accroupit à son côté, un genou en terre près de la trappe. Le faisceau d'une torche alla se perdre dans le conduit, ne dévoilant que les parois de grès et de terre.

— Vous êtes folle. On ne voit rien et on n'entend rien au-dessous. Et puis, c'est trop petit, voyons ! Il n'y a pas la place.

Le trou ne semblait en effet pas suffisamment large pour laisser passer aucun d'entre eux. Trop costauds. Un enfant s'y serait glissé sans mal, ou bien quelqu'un d'un peu plus grand mais mince, cependant…

— Moi, je peux, dit Judith. Il y a assez d'espace pour moi.

Elle se tut, puis reprit :

— Il doit y avoir une explication. Il y a forcément quelque chose là-dessous. Suspendez-moi, au moins ? Et…

— Ma sœur, nous avions des pelles… Mais nous n'avons pas de cordes.

Judith leva vers lui des prunelles vibrantes.

— Et alors ? Vous voulez vraiment attendre ? Je crois que… que cela fait partie du jeu.

— Du jeu ?

— De la quête. Qui, je vous l'accorde… est tout sauf un jeu.

Ils se turent.

— Je dois y aller.

Arthur soudain lui sourit, puis se redressa, avant de regarder Lancelot.

— Merci, ça ira. Je crois que cette fois nous y sommes… Peut-être. Nous allons revenir avec la déblayeuse, tout le matériel nécessaire, et nous nous occuperons du reste. Sœur Guillemarche, merci de votre contribution. Lancelot…

Celui-ci comprit. En un instant, cinq des Témoins s'approchèrent en cercle d'Anselmo.

Arthur fit un autre signe à Tristan et à Bohort, désignant Judith.

— Faites-la remonter.

Judith les regarda à son tour, comprenant alors, en panique.

— Q… Quoi ?

Là-haut le cercle, de nouveau, se refermait sur l'Italien.

— Désolé, mon ami. Nous sommes les Gardiens, les Témoins, tu le sais bien. C'est à nous de veiller sur ce qu'il y a là-dessous… Quoi que nous y trouvions. Je crois que la partie est terminée.

Un contre cinq ?

Anselmo se raidit encore.

Mais pas en posture de combat.

Et soudain, il siffla brièvement.

On entendit des bruits dans les taillis voisins.

Les Témoins tournèrent la tête.

Judith, sentant que quelque chose se tramait sans pouvoir rien voir, leva le visage depuis la fosse.

— Que se passe-t-il ?

Eux aussi sortirent ensemble. Sept hommes, de noir vêtu.

Trois venaient de contourner le muret cernant l'abord de Notre-Dame-sur-l'Eau. Deux de derrière l'église et des berges de la Varenne. Deux depuis les buissons près des stèles et du bocage voisin. Ils s'étaient approchés entre-temps, tels des félins, dans un silence absolu.

Lancelot bafouilla :

— Nous ne sommes pas seuls.

Et Anselmo se contenta de proférer à voix haute, pour que Judith entende :

— Damoclès !

Judith sourit.

Sept agents de la Sapinière, services secrets du Vatican, étaient à leur tour sortis de l'ombre.

Anselmo écarta les bras.

— Terminée, la partie ? *Non sono sicuro…* Je ne suis pas sûr !

Et il ajouta en guise de défense :

— Que croyez-vous… mon ami ? Nous parlons, potentiellement, du Graal. Vous êtes les Veilleurs, mais nous sommes le Vatican. *Scusi.*

Il fit un signe rapide. Les agents, qui avaient suivi la même formation que les Suisses dans les massifs alpins, krav-maga et combat rapproché, maniement des armes tactiques et à courte portée, protocoles de sécurité, étaient numériquement moins nombreux, même avec Anselmo… mais expérimentés au-delà de l'imaginable, et armés. Arthur et quatre Témoins étaient au fond de la fosse avec Judith.

Il n'y avait *pas* de partie.

À leur tour, les Gardiens étaient encerclés.

Judith héla Anselmo :

— Il faut que j'aille voir.

Arthur hésita. Judith monta d'un cran.

— Hé, quoi ? Vous voulez faire des cordes avec des pulls ? Suspendez-moi… par les bras. Je verrai bien si je touche quelque chose. Ou si je *vois* quelque chose. Donnez-moi une torche.

Anselmo haussa les sourcils. Inutile d'essayer de la dissuader. Arthur hocha la tête en direction de Tristan et de Bohort.

— Eh bien ! Elle veut descendre ? Qu'elle descende, et qu'elle nous dise.

Il planta ses yeux dans ceux de Judith, brillants.

— Qu'elle nous dise *enfin.*

20.

Graal

Domfront
Avril 2023

Témoins et agents de la Sapinière s'étaient approchés de la sépulture.

Deux Témoins tenaient Judith sous les aisselles tandis qu'elle se glissait dans le conduit.

— Elle devrait enlever son manteau.

— Au contraire, si vous permettez. Le conduit est étroit et il me protège des parois.

— Alors ? Vous… Vous voyez quelque chose ?

Elle balaya le faisceau lumineux de sa torche au-dessous d'elle, en contrebas.

— Non. Je passe à peine. Et je ne sens rien, je ne vois rien.

— Judith, *sorella mia*, êtes-vous sûre que…

— Une seconde !

Elle ferma les yeux. Des images singulières traversèrent son esprit.

Judith inspira.

L'image lui vint de Lancelot, illuminé, chevauchant vers Camelot pour la Saint-Jean d'été, la Dame du lac garantissant son passage des eaux, à l'image de l'émergence du Christ après son onction de baptême dans le Jourdain. Pourquoi pensait-elle soudain au Chevalier de la charrette ? Finalisant son initiation, Lancelot devait conquérir le château de la Douloureuse Garde, courant vers le secret de sa naissance et de sa mort. Perceval, Gauvin, Galahad, tous avaient leur quête, et leur quête dans la quête…

Chaque chevalier avait ses épreuves…

Le siège périlleux, le pont de l'Épée…

Judith ouvrit les yeux.

Le siège… Ou le saut.

Le saut périlleux.

Il fallait parfois s'en remettre à Dieu.

— Lâchez-moi, dit Judith.

— Comment ? rétorqua Arthur.

— Ah, là… Non, non. Remontez-la ! ordonna Anselmo.

Mais Judith n'était pas déterminée à remonter. S'ils allaient chercher des cordes, ou de quoi excaver davantage le conduit, un autre ou d'autres qu'elle descendraient. Oh, ce n'était guère pour la primeur de l'éventuelle découverte. Mais Dieu seul savait alors ce qu'ils trouveraient, justement, et ce qu'ils en feraient – si jamais… !

— Lâchez-moi, insista-t-elle.

Elle sentit leurs mains trembler… mais les Témoins qui la soutenaient ne semblaient pas prêts à obtempérer.

Alors, mue par sa subite inspiration, Judith ferma de nouveau les yeux. Elle leva les bras, tout simplement, pour se dérober. Les Témoins ne s'attendaient pas à ce mouvement. Ils cherchèrent en vain à la retenir. Les manches de Judith glissèrent d'un coup sous leurs yeux et manquèrent de craquer, mais leurs mains ne trouvaient plus de prise. Et comme au ralenti, telle une fleur déployant ses pétales, les pans de son manteau flottant comme des voiles autour d'elle, Judith, en chandelle, leur échappa.

La bouche d'Anselmo s'agrandit de stupeur. Arthur se précipita, trop tard.

Toute droite, Judith tombait.

— JUDITH ! hurla Anselmo.

Certaines secondes sont parfois ourlées d'éternité.

Combien de temps dura sa chute ? Une seconde peut-être, ou bien un an. Judith avait basculé, telle Alice au pays des merveilles. L'antre. La matrice. La caverne originelle. La source. Il lui sembla atterrir sur un étrange tapis de feuilles, qui volèrent sous la violence du choc. Ses yeux papillonnèrent dans le noir. Elle crut voir danser un ballet de lucioles, à moins que ce ne fussent des myriades d'étoiles, tel un instantané de l'univers et de ses constellations… Puis elle exhala un soupir et s'évanouit. Là encore, combien de temps resta-t-elle absente à elle-même ? Elle serait à tout jamais incapable de le dire. C'était comme si elle avait effleuré, touché le concept de néant, un néant d'absence à soi, celui de l'avant ou peut-être de l'après-monde, une case manquante. Enfin, elle remua de nouveau les paupières. *Suis-je morte ?* se demanda-t-elle un instant. Mais les étoiles multicolores revinrent. Des fourmis et d'autres lucioles reprirent leur étrange ballet à son regard. Les voix d'Anselmo et d'Arthur lui parvinrent, étouffées cependant, lointaines, amorties, d'un autre monde elles aussi – venues de là-haut, quelque part. Judith se remit sur pied lentement, portant une main à sa tête, à ses cheveux, dont elle évacua une feuille sèche et craquante, décomposée.

Son dos lui faisait mal… Mais rien de cassé, ce qui devait être déjà en soi un miracle. Une araignée s'en fut. Elle nettoya machinalement les pans de son manteau, qu'elle avait conservé malgré tout dans sa chute. Pour autant, elle n'y voyait rien.

Judith ? Judith ?

Il lui sembla évoluer dans un rêve. Impossible de retrouver la torche, qui avait dû se briser. Une main en visière sur le front, vacillante, elle leva le visage vers le conduit d'où elle était tombée, mais elle était bel et bien dans le noir complet. Elle chercha son portable dans sa poche et tapota dessus à répétition, tout en se signalant enfin à l'attention d'Anselmo et de l'assemblée anxieuse qui l'attendait là-haut. Sa bouche lui parut du plâtre lorsqu'elle articula, du plus fort qu'elle pût :

— T… Tout va bien ! Vous m'entendez ? Je suis entière. Ma chute a été amortie par… je ne sais pas, une couverture, un tapis de feuilles. Attendez-moi ! Attendez ici… Je reviens !

Elle sentit alors sous ses doigts les zébrures sur l'écran de son téléphone brisé.

Excalibur était *kaput*.

— Merde… Merde !

Judith, Judith !

Elle tâtonna. Elle devait être dans une petite caverne. Seules, par endroits, les entrailles suintantes d'humidité dégageaient des perles de lumière d'argent, imperceptibles scintillements. Judith eut presque le sentiment que cette caverne respirait, était vivante ; mais c'était là sans doute le contrecoup de sa chute et du choc à sa tête. Elle était prise de vertige et peinait à assurer ses pas. Son dos la lança de nouveau. Elle entendait son propre souffle, mesurait les pulsations de son cœur et du sang battant à ses tempes. Elle parvint à trouver l'un de ces murs de la petite grotte déchiquetée de terre et de grès. Pour ne pas céder à la panique – le noir, ce noir complet, comme celui des terreurs nocturnes de toutes les chambres d'enfant ! –, elle ferma les yeux et se concentra, se contentant de suivre les contours de la paroi.

Pense à ce qui t'a conduit ici. L'histoire. Le roman. La poésie.

Un trou, donc ! Mais il n'était pas incongru d'imaginer que le lieu abritant le Graal fût caché dans un trou ou une crevasse, Judith le savait. Certains l'avaient situé dans le cratère d'un volcan éteint renvoyant au *krater* des dieux grecs ; circularité du monde perdu, en écho à la circonférence du récipient sacré, *Takt-i-Taqdis* des Perses, *Cœur du monde* de Haggard et des enceintes miraculeuses, telles les îles recelant leurs magiques prêtresses ! Les *lost race tales,* ou histoires de mondes perdus, s'étaient à l'envi emparées de la légende, à commencer par les aventures d'Allan Quatermain et des *Mines du roi Salomon,* du même Haggard. Passages hérissés de stalagmites, corps pétrifiés annonçant la mort blanche aux impurs, squelettes armés défendant le sanctuaire, cathédrales souterraines ou cryptes secrètes... Le Graal, en son cratère ! Judith songea à tous ces mondes interdits, villes mortes ou cités joyaux, et ce même jusqu'aux lointaines contrées africaines ! Comme Quatermain, un Tarzan lui-même, « chevalier crispé », était-il autre chose qu'un Perceval réinventé ? La geste des croisades s'était plus ou moins consciemment greffée sur l'aventure coloniale, surtout britannique, préparant l'apogée de l'*heroic fantasy* ou du genre *sword and sorcery* d'un Howard et de *Conan le Barbare.* Dans ce cratère gisait aussi une Afrique fantôme ou intérieure, en écho à ces quêtes d'un monde fabuleux, ces épopées fantastiques truffées de héros conquérants. À l'image de la fascination du victorianisme puritain découvrant jadis le «monde sauvage», Quatermain ou Tarzan étaient des chevaliers du Graal en quête de lumière, comme, plus récemment, une Lara Croft à la recherche du «berceau de la vie». Dans le cycle de Haggard, *She* boirait à la coupe de vie qui, à l'instar du Graal perdu d'Avalon, devait être trouvé sous terre. Jusqu'à l'épopée sublime de Gilgamesh, où l'on expliquait pourquoi l'homme ne devait pas avoir accès à l'immortalité ! *L'immortalité…*

La recherche d'immortalité.

Le point commun.

Le but final ? Ou bien le leurre, le piège ultime ?

Judith revint à la réalité brute du présent.

Dans ce noir berceau, elle commença à paniquer.

Et si, dans son labyrinthe intérieur, elle se perdait pour de bon, pour jamais ?

Les battements de son cœur s'accélérèrent. Elle lutta soudain contre une irrépressible bouffée d'angoisse qui montait… montait… Pourrait-elle revenir en arrière ? Y avait-il seulement une iss…

Au moment même où elle y songeait, la caverne sembla s'évaser et s'ouvrir sur… un couloir ?

Oui. Oui !

Un couloir, ou un boyau.

Judith le suivit, toujours en tâtonnant.

Les voix derrière elle, les voix du dehors s'étaient désormais tues pour de bon. De nouveau, elle n'entendit plus que son souffle, éprouvant l'humidité sous ses doigts, mesurant la pulsation du sang à ses tempes. Seule. Mais maintenant, plus le choix. Elle irait jusqu'au bout. Elle saurait enfin. Elle saurait si tout cela n'était qu'invention, ou bien…

Brusquement, elle se figea.

Une brise était venue à elle, presque poétique elle aussi.

Et elle entendit… un rire.

Comme un rire sous cape, celui d'un enfant qui pouffait et l'invitait à s'approcher.

À avancer encore.

Seuls elle et un enfant pouvaient passer.

Elle avait dû se jeter, se laisser tomber, se laisser aller.

Judith écouta le silence reprendre ses droits. Puis, de nouveau, une voix d'enfant. Presque familière.

Mon Dieu. Mon Dieu, ce n'est pas possible.

Elle reprit sa marche, tâtonnant dans l'obscurité. Son souffle se faisait bruyant.

Puis ses doigts rencontrèrent, devant elle, du tissu.

Du tissu ?

Les pans d'un rideau.

Judith, le cœur battant, les écarta.

Elle crut alors rêver.

Non, ce n'étaient pas ces tombereaux de richesses, ces mille objets sertis de pierres précieuses, ces innombrables coffres de pièces d'or et de calices étincelants d'autrefois, ruisselant en cascade, dégorgeant de la salle tel le feu d'un dragon ! Mais soudain, une lueur lui apparut. Une entêtante odeur d'encens vint enfler ses narines. Et devant elle se trouvait un pont, de quelques mètres. Un pont de pierre, ouvert sur un abîme béant. Et au bout de ce pont…

Elle eut le vertige et faillit s'effondrer encore, sans retour cette fois.

Au bout du pont se tenait un enfant, cheveux au vent, parcouru d'une brise de lumière.

Il lui sourit et elle le reconnut instantanément.

— É… Élie ?

Ses larmes jaillirent.

— Élie, c'est toi ?

Elle frissonna tout entière. Ses membres tremblaient. Judith, pétrifiée, fit un effort surhumain pour ne pas s'évanouir de nouveau ; mais, incrédule, elle ne pouvait détacher les yeux de cet enfant à la frimousse rieuse, à la chevelure bouclée en bataille, dans un habit de lin blanc qui rappelait celui de son lit d'hôpital, ce lit puant de mort, celui où Judith avait serré dans ses bras ce même corps, mais agonisant, vitreux, blessé, exsangue, minéral, ce corps de douleur – pas le corps glorieux nimbé de cette aura de douceur qu'elle avait sous les yeux.

— Élie… Parle-moi…

Elle tendit une main, avançant d'un pas.

Soudain, la voix de l'enfant retentit. Claire, complice, haut perchée, ce… C'était bien celle d'Élie !

— Attends, Judith.

Et en même temps il lui sembla que d'autres inflexions s'y mêlaient, des inflexions d'outre-monde, étrange modulation de fréquence, timbre au diapason de l'ailleurs.

— C… Comment ?

— As-tu assez cru, Judith ?

La question la laissa pantelante. Elle ne savait que répondre, n'osait plus bouger devant ce prodige. Elle s'aperçut que derrière l'enfant se tenaient deux femmes, portant des flambeaux, qui parurent sortir de l'ombre, vestales au visage indistinct qui encadraient une sorte d'autel dont le centre était encore dissimulé à ses yeux – car Élie et la lumière qui émanait de lui le lui cachaient, en guise de protection peut-être. Elle ignorait où elle était, une autre caverne, la grotte ultime peut-être, le sanctuaire, le saint des saints, une vaste salle carrée, la nef à colonnade de la fameuse cathédrale souterraine – elle ne voyait que le pont, l'enfant de lumière, les deux femmes muettes encadrant l'autel derrière lui. Comme une scène de théâtre. Sobre. Dépouillée. Simple. Irréelle. Surréelle.

— Qu'es-tu venue chercher ici, Judith ? demanda Élie.

Judith balbutiait, aussi l'enfant reprit-il patiemment :

— N'as-tu pas toujours su que chaque quête était intérieure ?

L'impossible séraphin fit une pause solennelle, puis :

— Te voilà parvenue au moment suprême, Judith. Au moment ultime. Te voilà arrivée, au havre, peut-être. Ou bien à la plus amère des désillusions. Te voici sur le seuil, au terme de ton voyage. Retourne-toi, et tu verras qu'il fut comme un pèlerinage… ou un calvaire ! En réfléchissant bien, tu y décèlerais le même nombre de stations qu'en ce jour ou Ton Ami monta vers le Golgotha. Chaque vie, Judith, est une Passion. Et un voyage.

— Élie…

Elle voulut soudain avancer vers cet enfant, cet amour innocent pour lequel elle s'était vidée de ses larmes, rêvant de le retrouver, de le serrer enfin dans ses bras, toute douleur transmuée, transfigurée – et il serait revenu ainsi, des ténèbres de la mort, comme recraché du ciel des anges ! Et maintenant qu'il était là, qu'elle l'avait à portée de main, elle voulait éprouver sa chair, vérifier qu'il était bel et bien vivant, que ce n'était pas qu'un songe, encore et toujours un songe fuyant !

Mais l'enfant la mit en garde.

— Tu ne franchiras pas ce pont qui nous sépare, Judith, sans répondre d'abord à une question.

Elle s'arrêta net et le regarda de ses prunelles bleues, vibrantes.

— Une… Une question ?

L'enfant joignit les mains et se passa la langue sur les lèvres. Puis il eut un sourire doux, inclina légèrement la tête et planta à son tour ses yeux dans ceux de Judith.

— Sœur Guillemarche, si tu avais le pouvoir de me ressusciter, moi, Élie, en cet instant même, si tu avais le pouvoir de faire renaître à la vie ce corps de douleur que tu as tant chéri et accompagné dans la mort, pour le retrouver, me retrouver enfin… Si donc tu avais ce pouvoir, le ferais-tu ?

Les lèvres de Judith tremblèrent.

Et elle répondit.

Lorsqu'elle revint à elle, elle était allongée à l'endroit même où elle était tombée. Sa tête lui faisait mal. Elle palpa une blessure au niveau de son front, d'où coulait un filet de sang. Un moment, elle vit danser autour d'elle le même ballet de lucioles, les myriades d'étoiles. Les voix d'Anselmo et d'Arthur lui parvinrent, de là-haut, plus présentes. Son dos lui faisait mal. Elle se remit sur pied lentement, portant une main à sa tête et ses cheveux, dont elle évacua une feuille décomposée.

Une araignée s'en fut.

Judith ? Judith ?

Il lui sembla être dans un rêve. Impossible de retrouver la torche, qui avait dû se briser. Une main en visière sur le front, vacillante, elle leva le visage vers le conduit d'où elle avait dû choir, mais ne vit que le noir complet. Cette fois, elle devina le faisceau d'autres lampes… Et une corde tomba devant elle, tel un serpent.

— Accrochez-vous ! On vous remonte !

Sa bouche lui parut du plâtre lorsqu'elle articula, du plus fort qu'elle put :

— O… Oui ! Entendu !

Quand on l'extirpa de la fosse, elle ne put s'empêcher un gémissement ; ses membres étaient comme roidis de froid et pesaient des tonnes. Anselmo s'approcha. Les autres aussi.

— Judith ! Tout va bien ? demanda l'Italien.

— Alors… ALORS ? demanda Arthur, les yeux brillants.

Soutenue par Anselmo, Judith reprit son souffle, glacée, les mains serrées contre sa poitrine. Les Témoins voulurent s'avancer, mais restèrent tenus en respect ; tous regardèrent Judith, suspendus à ses lèvres.

Enfin, la voix tremblante, elle assena :

— Il… Il n'y avait rien.

Un silence absolument glacial accueillit la sentence, et un frisson incrédule parcourut l'assemblée, particulièrement des Gardiens. On n'osait le penser. Ni même le concevoir. Le temps s'arrêta.

— Je crois que vous et les vôtres êtes déliés de vos serments, dit Judith en se tournant vers Arthur.

Anselmo la prit par les épaules, l'enlaçant pour la réchauffer. Il jeta :

— *Va bene !* Elle a besoin de repos. Tout cela n'était qu'un délire. Du roman. C'est allé beaucoup trop loin. Nous partons.

Immédiatement, une haie d'honneur se posta de part et d'autre de Judith et Anselmo. Mais la voix d'Arthur, telle une supplique, résonna dans le vent :

— Enfin, ce n'est pas possible ! Tout cela pour…

— … rien du tout, répliqua Judith.

Elle leva les yeux vers Anselmo.

— Nous allons prévenir en haut lieu qu'il faut arrêter les frais et oublier ce triste épisode.

Elle considéra de nouveau les Témoins et les apostropha :

— C'est la fin d'une longue histoire, et d'une longue chaîne d'erreurs ! Les miennes comprises. Maintenant, descendez à votre tour si vous voulez. Déblayez, creusez, vérifiez ! Retournez toute la terre si cela vous amuse ! Que pensiez-vous ? Qu'est-ce que le Graal ?

Elle se détourna et soudain, comme si les digues rompaient une nouvelle fois, ses larmes jaillirent.

— Un mirage. Un mirage, vous entendez ? C'est un mirage qui n'a jamais existé !

ÉPILOGUE
RENTRER CHEZ SOI

Rien du tout

Cassel, Domfront
Vatican, basilique Saint-Pierre-de-Rome
Mai 2023 / entre 1180 et 1190

Comme d'habitude, la limousine noire et scintillante s'arrêta au bas du parc, devant le château Wilhelmshöhe, près de Cassel en Allemagne, Land de Hesse. Le voiturier en costume sombre impeccable ouvrit la portière du véhicule dans une inclinaison de buste. Richie s'extirpa du véhicule en reposant son verre à scotch, remit sa casquette à l'endroit et remonta l'allée de gravier avant de franchir les grands battants de l'entrée entre les deux hommes gantés de blanc. Une fois le hall dépassé, il se prêta au contrôle rétinien, et ses Nike Air glissèrent derechef sur des tapis luxueux, en direction du salon de conférence, tandis qu'il attrapait cette fois un Nikka Coffey Grain sur un plateau et passait sous les mille luminescences du lustre à la lumière tombant sur les fauteuils club et leurs petites tables rondes. Enfin, les appariteurs l'introduisirent auprès des Dix du club. Comme de coutume, le Magistrat en perruque ruisselante avait pris place tout au bout, sous le Dürer et ses bustes à l'antique. Mme Minh jouait déjà de l'éventail en discutant avec Cheikh Yassine, Spencer posait son Stetson sur la table en échangeant de grasses plaisanteries avec Youri, le roi des télécoms. Le reste des multimillionnaires arriva dans les minutes suivantes, et chacun fit le bilan de ses dernières opérations en cours. Youri avait armé un bateau avec Mme Minh en quête de l'épave d'un galion espagnol réputé échoué au large des côtes du Nicaragua, dans le Pacifique. Cheikh Yassine venait d'entreprendre des fouilles en Jordanie. Spencer était convaincu d'être au bord de trouver les vestiges ensevelis d'une ancienne cité inca en Amazonie, que naturellement le pied de l'homme n'avait jamais foulés. Mais il ne fallait pas se moquer : parfois, un Elon Musk jaillissait de ces aventures saugrenues, pour le meilleur ou pour le pire, et vous envoyait dans l'espace, ou un Bill Gates surgi de presque nulle part inventait l'Internet et changeait le monde.

Vint le tour de Richard.

— Ha, ha ! Oui, alors, eh bien, après examen et approfondissement de ma piste – vous vous souvenez –, elle s'est avérée un cul-de-sac. Oublions, oublions. Je suis tombé sur des fous.

Le Magistrat regarda Richard d'un air neutre, pivotant légèrement dans son fauteuil profond, les mains jointes. Les visages des neuf autres de Cassel se tournèrent également vers Richard. Celui-ci haussa les épaules sous sa casquette et écarta les bras au-dessus de son T-shirt *Green Lantern.*

— Vous savez mieux que moi combien de fois cela arrive ! À mon grand dam, ce ne sera qu'une de plus ! Mais, allons ! Mes informations initiales – et, pour tout dire, mon intuition – étaient erronées. Du… hem… pardonnez-moi l'expression, du pipeau. Du gros, bon pipeau. *Dead end.*

Richard Pritchard fit un grand sourire, accompagné d'un geste catégorique.

— Rien du tout, je vous l'ai dit, ha, ha ! Il n'y avait *rien du tout.*

Le Magistrat accueillit la sentence de son même air neutre. Mais ce fut alors que Richard sortit sa botte secrète.

— Cependant…

Il saisit son portable et montra une photo.

— À la suite de négociations serrées avec des collectionneurs particulièrement retors, qui mériteraient d'ailleurs d'être parmi nous, j'ai réussi à mettre la main sur… une pièce unique.

Il exhiba à la cantonade, qui ne pouvait voir grand-chose, un vase constellé de magnifiques reflets violets, exposé sur fond noir, qui paraissait semé de lumières translucides.

— … Il s'agit d'un vase d'améthyste, néo-assyrien, du VIIIe siècle av. J.-C. Après les conquêtes d'Adad-Nirari II à la fin du Xe siècle ! Retrouvé dans le berceau universel de la Mésopotamie ! Un souvenir de l'âge du fer, et du plus grand empire du monde de l'époque !

Fier de son coup, il laissa planer un silence, tandis qu'un murmure admiratif parcourait l'assemblée.

— Et qui vous aurait débusqué, ou concédé ce joyau ?

— Il y a certaines sources que je n'ai pu divulguer, même à vous… chevaliers ! Mais j'ai dû payer le prix fort, je vous le garantis !

Richard fit un clin d'œil en remballant son portable.

Non, il n'était pas revenu avec ses hélicoptères, ses jeeps et autres moyens paramilitaires pour retourner toute la

Normandie. Finalement, il avait choisi un autre angle, à la réflexion bien plus pertinent et somme toute plus rémunérateur. L'angle qu'il connaissait le mieux et qui avait toujours fait son succès. Celui de la négociation.

L'un de ses derniers messages, signé Dino Lorenzo, disait :

À vous ce modeste présent, à nous l'oubli de Domfront.
Rassurez-vous : en effet, il n'y avait rien du tout.

Richard sourit : il n'avait pas complètement perdu son temps.

Arthur se renfonça dans son fauteuil.

Ce qu'il restait des Témoins était rassemblé autour d'une autre table.

Mais ce soir était un soir spécial. Un soir aussi historique et romanesque que secret. Ils avaient creusé, déblayé, retourné toute la terre en effet, au point de déranger les plaques et les stèles de Notre-Dame-sur-l'Eau. Ils étaient descendus dans les profondeurs en quête du trésor… Et ils n'avaient rien trouvé. Alors…

Y aurait-il encore ces « longues soirées d'érudition », ces discussions sur la paléographie, l'épigraphie, l'histoire et l'archéologie, ces réunions à la veillée, à rêver de reconquérir ce fameux trésor dont ils avaient fini par oublier s'il était réel ou imaginaire ? Ce songe fantasmagorique de société occulte ou de confrérie passant les siècles ? Que faire des Bedivere aux muscles parfaits, Bohort l'exilé, Karadoc Briefbras, Galahad le Faucon d'été ? Que faire des Gauvain, Lancelot du Lac, Chevalier blanc ou de la charrette, Lohengrin, Chevalier au cygne, Tristan, Yvain Chevalier au lion, Perceval ? Que faire de lui, Arthur ? Adieu, les passeurs de flambeaux ? Si le Graal n'était pas, ou qu'il demeurait quelque part, si loin si proche, sans plus jamais d'espoir d'être trouvé, à quoi bon entretenir ce rêve fou ? Ce soir se dénouait peut-être pour toujours le nœud entre l'histoire et la légende. À l'extérieur du manoir plongé dans la nuit, il pleuvait. Il pleuvait sur la ferme, son pressoir, sa cave et ses fournils, sur le puits, la cour et les dépendances, sur les tours d'angle et le dôme à l'impériale, les écuries et le colombier, sur le bassin et la chapelle, la terrasse et l'ancien jardin, sur le bocage. À l'intérieur, entre les lourds rideaux tirés du salon, Arthur s'apprêtait à prendre la parole pour une ultime allocution. Il n'avait plus la force. Surtout, il n'avait plus le sens. Derrière lui, châtelain et maître de la confrérie, le clocher de Saint-Julien trônait encore, peint de jaune et de gris. Le regard fixe, mais la mine grave et troublée, Arthur mirait sans les voir, de l'autre côté, les grandes portes du salon donnant sur le superbe escalier de granite. Non loin d'eux crépitait un immense feu de cheminée.

— Mes amis, nous sommes réunis ce soir pour une occasion… sans doute définitive.

Comme le temps de l'origine était loin !

— Nous, les Douze, en souvenir du chevalier Peredur fils d'Arthvawr fils d'Aberthol fils de Dafydd fils de Gruffudd fils de Meredydd, chevalier gallois de Barry, compté de Glamorgan, et des chevaliers d'Orient, nous acceptons la charge qui nous est confiée de veiller à tout jamais sur la Coupe-qui-ne-peut-être-nommée, et de La protéger jusqu'au sacrifice ultime, de sorte qu'Elle ne tombe jamais aux mains des forces obscures et malignes de ce monde…

— Mais ainsi le sort en a-t-il décidé. Nous avions juré de refléter humblement sa lumière, d'honorer sa puissance et d'être dignes de l'alliance faite entre Dieu et les hommes. Nous avons tous tenté de rester fidèles à notre héritage et à ce… ce rêve, que nous voulions perpétuer, du Saint Graal. Mais nous voilà…

Sa bouche se déforma d'un pli amer.

— … démolis, en quelque sorte, il faut bien le reconnaître. Sans doute le Graal n'est-il pas destiné à être découvert ou à être déterré. Pour autant… Allons ! Nous mesurions bien, tous, que nous portions autre chose que la garde ou le songe d'un simple trésor matériel, depuis les Templiers. Nous nous rêvions en chevaliers de jadis ! Mais les époques ont mué, les temps ont changé. Nous savons cependant que ce que nous défendions était autre chose. Que le Graal est ailleurs que dans un simple sanctuaire, sinon celui qui nous est le plus cher… N'est-ce pas ? Disons-nous qu'aujourd'hui, et au vu des derniers événements, il risquait d'être dévoyé. Ainsi, si nous suivons les enseignements de l'histoire, et les valeurs auxquelles nous-mêmes étions si attachés, celles que nous dressions comme phare et lumière… il est peut-être temps d'arrêter une quête et une mission, au sens littéral, sans objet. Alors, ce soir, je voudrais prononcer solennellement la dissolution effective de notre confrérie. La dissolution des Témoins.

Et je vais demander à chacun d'entre vous de poser son épée de justice sur cette Table, auprès de la mienne, pour jurer sur sa vie, son honneur et sa descendance qu'il restera fidèle à notre secret, qu'il le transmettra à un Veilleur de confiance au soir de ses jours, ou que la communauté y pourvoira et veillera sur chacun de ses membres, dans ce siècle et au-delà, jusqu'à ce que les signes du Seigneur nous libèrent de notre mission. Ainsi parlent ce soir les douze chevaliers, douze autour de cette Table ronde.

— Il n'y aura plus de remplaçants ni même de transmission. Il semble que cette petite sœur Guillemarche qui a pris pour nous le visage du destin avait raison. Chacun pourra se considérer libéré de son serment. Disons-nous encore que, quand bien même nous aurions trouvé quelque chose, si Gardiens, si Veilleurs il doit y avoir, ce ne peut plus être nous. Car, malgré tout, nous avons trahi notre mémoire, par certains de nos actes. Ce que, comme je vous le disais, on aurait jadis qualifié de chevalerie dévoyée.

Alors, l'un après l'autre, les Veilleurs posèrent l'épée à leur tour sur le fourreau de pierre sculptée, comme prêt à les recevoir, dans de nouveaux chuintements, et prononcèrent le serment. À la fin, Chrétien saisit l'épée qui était la sienne. Oui, lui aussi ! Lui aussi, pour l'occasion, se faisait moine, chevalier et gardien. Car les Douze étaient réunis enfin, une fois de plus, et parmi eux se trouvait le poète et trouvère légendaire. Il devenait l'un d'eux, car il connaissait le secret et aurait son rôle à jouer pour l'avenir… Bien sûr, comment aurait-il pu en aller autrement ?

À la fin, un silence profond s'abattit sur le salon. Arthur se leva et s'approcha des grandes fenêtres. Il soupira, écoutant le vent, regardant la pluie ruisseler au-dehors. Tout cela n'était-il pas, après tout, une conclusion logique ?

La fin de l'histoire, tant clamée, tant espérée par certains – son anéantissement final ? Ce désenchantement du monde voulu par tant de « science » et de « progrès », d'*hubris* matérialiste ? Plus de Graal ou de *Nom de la rose* ? Tous s'étaient raconté une histoire et avaient couru, des siècles durant, après… un roman. Le rêve de Camelot était-il bel et bien mort ? Et avec lui les légendes, les mythes, le grand cycle arthurien ? Ou, du moins, ne restaient-ils que comme le vestige d'un passé nostalgique et révolu ? Il n'y avait plus guère de place pour cela aujourd'hui. L'honneur, la courtoisie, la chevalerie, l'amour fou, les quêtes éperdues, le rêve de justice et de tolérance, tout cela faisait rire, on préférait se glorifier de médiocrité, de douce fange. La foi se mourait. L'universalisme, l'humanisme chrétien semblaient renvoyés à des rêves d'un autre temps. Derrière Arthur, les Témoins vides regardaient devant eux : sans plus de témoignage à donner, sans plus de secret à garder, sans plus d'horizon à défendre. Sans plus rien à faire. N'étaient-ils plus que des pitres, de gentils farceurs un peu illuminés, des automates, condamnés à répéter mécaniquement les rituels surannés d'une geste simiesque ? Ils se taisaient seulement, fixant la Table ronde redevenue carrée, ou rectangulaire, peu importait, avec leurs portables ridicules en guise d'épées – Arthur, lui, les oubliait en observant la pluie par la fenêtre.

En même temps, soulagé, et honteux de ce soulagement, il sentit ses épaules s'affaisser, se libérer d'un poids. Fallait-il, alors, accepter cet oubli ?

Quand soudain, songeant à cette nuit folle, à Judith s'extirpant de la tombe, « l'image du destin », il eut une idée saugrenue. Il pensa aussi, sans le comprendre, et presque inconsciemment, à Chrétien de Troyes, l'origine de tout.

Et un petit sourire, au travers de ces curieuses larmes qui montaient en lui, se dessina sur ses lèvres, comme un au revoir.

Sa respiration se faisait sifflante. Ses yeux chaviraient. Ses lèvres avaient bleui. Il faisait peine à voir, allongé sur cette couche sale, la chair déjà rattrapée par sa corruption, baigné de sueur dans ce drap humide d'une mort annoncée. De temps à autre, ses membres se faisaient roides, il ouvrait grand les paupières et se tendait. Sa bouche cherchait de l'air, il redressait la tête d'un coup avant de la laisser retomber sur son oreiller maculé de crasse et d'auréoles jaunâtres. Ou bien ses traits se crispaient en une grimace épouvantable, sous ses cheveux humides, en bataille. Puis il se calmait, figé dans l'angoisse d'une attente épaisse, douloureuse. Guettant la crise suivante. À ses côtés, en robe de bure marron, se tenait un jeune chanoine tonsuré. Un peu gauche, il paraissait à peine sorti de l'adolescence et se nommait Addos de Melch. Il s'activait comme il le pouvait. Peut-être était-ce aussi pour faire diversion, ne pas sans cesse jeter les yeux sur ce spectacle de désolation – une pauvre agonie humaine –, qui ne faisait que le renvoyer à son impuissance. Alors, Addos rangeait une fois encore le bureau non loin et, les bras pleins de parchemins, s'occupait à dérouler puis à enrouler des *volumen*, avant de les classer. Sortant de sa torpeur et le voyant ainsi parcourir des yeux l'un de ses parchemins, Chrétien lui dit, d'une voix faible :

— C… Comme tout est fragile, Addos. Le fil de la vie… Comme celui de ce poème. Un… Un souffle, et il n'en reste rien.

Les yeux d'Addos se levèrent.

— Un poème ? *(Il s'anima.)* Certes. Mais ce que vous avez fait est plus qu'un poème. Ce… C'est un monument ! C'est extraordinaire ! Un souffle ? Maître, c'est le mot !

Chrétien, pas dupe, eut un petit sourire au milieu de ses affres.

Oui, il avait commis un souffle d'amour, en définitive. Une chanson, la belle chanson d'un Graal qu'il aurait voulu comme lui : éternelle. Ne lui avait-on pas aussi attribué des mélodies d'amour, dont *Amors tençon et bataille* et *D'amors qui m'a tolu a moi* ? Des couplets inspirés des *cansos* occitanes, la *coblas doblas* en schéma rythmique. À l'imitation de Bernart de Ventadour et Raimbaut d'Aurenga, il était devenu le premier trouvère connu à s'inspirer des formes poétiques occitanes, chantre de la conquête d'une harmonie Nord-Sud, entre les cours d'Aliénor d'Aquitaine et de France, puis de France et d'Angleterre. Oui, il avait été au cœur de… quelque chose.

Une pulsation. Un battement. Cette pulsation qui, à présent, allait s'amenuisant…

— Ad… Addos… Écoute.

Sa respiration se faisait de plus en plus sifflante.

Siiiiiiffle.

La mort approchait.

L'image, la mémoire de son cher Peredur, étincelle de l'ordre et du chaos, se fit jour dans son esprit. Il se souvint avec émotion de leur nuit dans l'église, au seuil d'une autre mort, celle du chevalier venu s'échouer en agonie dans ses bras, ce croisé jailli de l'ombre et d'un tournoi sans ennemi ; ce chevalier qui déjà luttait contre une autre nuit, un autre crépuscule. Ce Peredur qui avait tant vu et tant connu, quand Chrétien, lui, n'avait d'arme qu'une pauvre plume, dansant au vent. Il fallait des gens pour vivre les événements, d'autres pour les raconter, les mettre en forme, les réinventer. Chrétien ferma les yeux. Un monument avait jailli là, dans le berceau de cette nuit folle. Une incandescence, l'essence alchimique du Graal, dont cette obscurité avait accouché.

— Je dois te dire quelque chose. T… Tu as vu… Tu as écouté. Je… J'ai écrit les derniers parchemins. J'étais pressé par le temps, je… je suis allé plus vite. C'était la fin du roman. La fin du cycle. Ou… le début ? Je ne sais plus très bien. Mais Addos, écoute, c'est très important. Ces parchemins que j'ai écrits sans presque plus de vue, à la bougie, dont tu as fait les dessins, ainsi que je te l'ai demandé… Le latin nous a permis de leur donner… le relief singulier que je voulais. M… M… Merci. Sans toi, je n'aurais pu. Mais l'œuvre est achevée, alors…

Siiiiiiffle.

Il toussa.

— Ces parchemins… Tu iras les déposer dans le coffre que j'ai préparé, à l'endroit où je t'ai dit. Dans… dans la crypte de Notre-Dame-sur-l'Eau. Sous l'église, il y a… un rêve.

Il s'arrêta et se tendit de douleur. Puis, quand ce fut passé :

— Je suis un Veilleur. Toi aussi. Tu seras… le suivant ! Avant que le soir tombe, avant que vienne l'aurore suivante, j'ai une histoire à te raconter. Une longue histoire, qui m'a embrasé, embrassé… moi, et combien d'autres ! Addos, jeune Addos, sois poète ! Sois poète, toujours ! Tu seras celui à qui je… je vais la transmettre. Mais es-tu seulement prêt ?

Dieu, Dieu d'amour, donne-moi le temps. Pour ta création.

— Oh, maître, je le suis ! Je le suis ! De quoi que vous parliez, je le suis ! Ces parchemins… Je crois que je n'ai pas tout compris. Ou bien que je n'ose pas !

Alors, Chrétien lui raconta. Il lui raconta tout.

Toute la nuit.

Addos demeura prostré, assommé longtemps.

Quand vint l'aube, Chrétien exsangue allait mourir. Addos s'approcha de lui. Le trouvère était en ce moment ultime attendant chaque être humain, où tous les mensonges, toutes les pitreries, les postures, toutes les arrogances étaient vaines, et où ne demeuraient que deux options – la négation ou l'espoir, le doute en pivot. Et toujours une légende à écrire. Ailleurs, peut-être.

Alors, le poète dit, avec un sourire fugace sur ses lèvres craquelées :

— Oh, Addos, maintenant que je ne suis plus… ou à peine… que vas-tu faire ?

Siiiiiiffle.

Réunissant ses dernières forces, Chrétien poursuivit :

— Souvent en éccriv… vant je me demandd… dais, me p… p… parlant à moi-même… Crois-tu que ton œuvre survivra ? Humain, brin de paille, poussière de rien ! Le cc… crois-tu ?

Addos s'était rapproché. Chrétien attrapa son bras.

— Add… ddddooos… Que reste-t-il de… de ce que nous aimons, de qui nous aimons, et de nos œuvres ? De notre travail pour le Bien ? Édifiant, humble, en pleine lumière, factice, vrai, dans l'ombre éternelle ? Moi je n… ne sais pas. Ah, Addos ! Si tu avais c… c… connu cela ! Peut-être le pourras-tu… Tu es jeune… La cour colorée et bruyante de M… M… Marie de Champagne… de Philippe de Flandre en amoureux ! Et m… m… moi ! Je ne sais pas vraiment. J'ai fait de mon mieux. J'ai fait ce que j'ai pu.

Il aurait aimé essayer de se redresser sur son séant, ajuster le piteux oreiller de plumes derrière lui.

Les plumes. Ma plume…

— Ma plume, Addos !

Le jeune chanoine s'exécuta, mit le bureau en pagaille pour la trouver. Des parchemins roulèrent au sol. Enfin, il la débusqua, la précieuse épée des poètes, il revint vers lui et la lui tendit. Son attitude empressée fit sourire Chrétien.

— Exc… Excalibur… Il y aura… d'autres Veilleurs, Addos. D'autres rois.

Chrétien serra la plume contre son cœur.

— Merci.

Les yeux fermés, il demanda :

— Mais t… t… tu ne m'as pas dit. Que vas-tu faire ?

Addos lui caressa le front et lui parla doucement :

— Je dois me rendre chez un ami pour, disons, compléter avec lui la formation que j'ai entreprise avec vous. J'apprends l'allemand. Vous vous souvenez de mon voyage en Bavière, il y a quelques mois ? Je l'ai rencontré à Eschenbach. Il a une vingtaine d'années. Je lui avais déjà beaucoup parlé de vous, d'ailleurs, maître. Je lui ai fait lire plusieurs copies de vos œuvres et j'ai raconté nombre de vos contes. Il a été transporté, subjugué. Il vous admire énormément. Il suit vos pas et commence comme trouvère, *Minnesänger*. C'est ainsi qu'ils les appellent là-bas ! Mais vous le savez. Vous êtes, à ses yeux… un *Meister*.

— Alors toi, Addos… Lui aussi. Un de… des Douze… Transmettre… voilé…

Soudain, Chrétien n'eut plus mal. Il se sentit aspiré par un grand nuage noir. Sa main trembla, on eût dit qu'il écrivait encore.

— Je… Je vois.

Il Conte del Graal.

— T… Ton am… m… mi… Comment s'appelle-t-il ?

Addos eut un sourire faible, tandis que le nuage prenait possession de Chrétien.

Il posa une main sur son front.

— Oh, il s'appelle Wolfram, maître.

Une cathédrale, une vibrante cathédrale de pierre et de lumière apparut à Chrétien, étourdie sous un firmament immense, ou bien souterraine peut-être.

Puis un château, un château…

Cameloooottt…

Sssssssiiiiiiiiiiiiiiiiiiiiiiiiiiiiiiiiiiiffffffffffffffffffle.

Chrétien de Troyes, le plus grand poète du Moyen Âge, rendit son dernier souffle.

— Wolfram von Eschenbach, acheva Addos.

Le colis, une sorte de petit coffre-fort numérique luisant de facture ultra-moderne, fut rapporté par Anselmo, fermement tenu entre ses mains. Il pesait son poids. Le Faucon blanc entra par la porte Sainte-Anne, salua les Suisses de faction qui s'inclinèrent en le laissant passer. Il frôla l'imposante tour de l'IOR, la banque vaticane, avant de se glisser sous les arcades en direction des appartements du pape et de la secrétairerie d'État. Là, on lui indiqua que le directeur des collections était en rendez-vous au Palazzo del Sant'Uffizio. Anselmo se dirigea donc vers la basilique par la colonnade du Bernin jusqu'à la cour du Saint-Office. Il avisa bientôt la façade rose orangé du bâtiment abritant la Congrégation pour la doctrine de la foi, jadis appelée Sacrée Congrégation, siège de l'Inquisition, de sinistre mémoire, servant à la fois de tribunal et de prison à l'Église catholique. Aujourd'hui inscrit au Patrimoine mondial de l'humanité, le bâtiment veillait désormais sur les archives apostoliques du Vatican, parmi les mieux gardées et les plus mystérieuses au monde – véritable moulin à fantasmes, compilant rapports de tortures morbides et d'autres minutes des temps les plus sombres, du Moyen Âge à la Seconde Guerre mondiale. Anselmo se fit annoncer et trouva le directeur des collections dans ce petit bureau qu'il venait occuper parfois ici, pour travailler, et qui donnait directement sur la cour.

Enfin, il tendit le coffre à Dino Lorenzo, qui leva vers lui des yeux étonnés.

Dino avait vieilli, et à dire vrai on peinait à le reconnaître. Ses roses bajoues d'antan, qui s'agitaient parfois comme des œufs en gelée, étaient tombées. Ses traits étaient émaciés. Sur son front, les rides avaient gagné la bataille. Plus d'embonpoint, il était presque maigre. Son regard, bien que toujours vif, s'était creusé, cerné sous l'effet de la maladie. Son teint avait viré à un jaune cireux, et les deux touffes de cheveux sèches sur ses tempes avaient achevé de blanchir.

— De la part de Judith, se contenta de dire Anselmo.

Dino regarda le coffre.

— Elle se recueille à la basilique et vous y attend.

Anselmo s'inclina, puis, sans plus de cérémonie, tourna les talons.

Les flammes d'une myriade de bougies vacillaient sous les voûtes.

Judith se trouvait en la basilique Saint-Pierre de Rome, devant la chapelle du Saint-Sacrement et la chaire de Saint-Pierre, la *cathedra Petri* présentée comme ayant été utilisée par l'apôtre – en vérité, sans doute une création du XIIe siècle. Jadis, le trône s'était dégradé rapidement, et Alexandre VII avait décidé de lui redonner sa splendeur : le Bernin s'était acquitté de la tâche en créant ce grand trône de bronze où il avait inséré la chaire, portée par les statues de bronze massives figurant quatre docteurs de l'Église : Ambroise et Augustin pour l'Église latine, Athanase et Jean Chrysostome pour l'Église grecque. Au-dessus de la *cathedra Petri*, un éclat de lumière entrait toujours par son emblématique fenêtre d'albâtre jaune, rayonnante, illuminant au centre la colombe de l'Esprit-Saint. Non loin, dans la chapelle du Saint-Sacrement, la version miniature du Tempietto de Bramante, petite chapelle marquant le lieu de la mort de saint Pierre, retenait l'attention de la foule encore nombreuse à cette heure. De chaque côté se trouvait un ange, l'un regardant fixement avec un sourire d'adoration, l'autre à la recherche d'un fidèle à qui souhaiter la bienvenue. Et là-bas à l'entrée, la *Pietà* déroulait son tissu de marbre et son voile sublime, du visage de Marie à son Fils de douleur étendu dans ses bras.

Au cœur de l'immense basilique, Judith ne se lassait jamais de l'atmosphère du lieu.

Elle avisa un Suisse, qu'elle salua, au fond, dans un sourire.

Elle caressa machinalement la médaille à son cou.

L'endroit était comme traversé, nimbé d'une douce lumière d'avant-couchant, qui tombait en rais sur la religieuse.

Elle pensait à Dino.

Dino, qui était et demeurait son mentor, en quelque sorte. Un peu comme le Merlin de la légende arthurienne. Ou Panoramix, dans son genre – elle sourit. Et, bien sûr, le Gandalf du *Seigneur des anneaux* : autre archétype du conseiller des rois celtes, héros romantique ou shakespearien. Qui pouvait ignorer que l'Anneau unique était comme un décalque du Graal ? Et si cet anneau de pouvoir, tant convoité, venait à être possédé par l'Ennemi, Sauron, comme le Graal, l'arche ou la lance de la Destinée, qu'en serait-il du monde en effet – notre Terre du Milieu ? N'était-ce pas ce qui avait déchiré l'âme de Peredur et dicté sa conduite, puis celle des Douze et des Témoins, décidant finalement de dissimuler au monde la coupe sacrée ? N'était-ce pas cette allégorie du pouvoir mal contrôlé qui, tel le feu prométhéen, prolongeait depuis l'Antiquité la mémoire de cette longue histoire, transmise, voilée ou cryptée elle aussi, à l'infini ? C'était également *Le Vase d'or* d'E. T. A. Hoffmann et de son héros Anselme qui, en précurseur de l'humanité future, allant de veillée en veillée en quête de la connaissance suprême à la suite de sa rencontre avec un archiviste, découvrait en définitive le temple sublime dont sortiraient son bel amour, Serpentine, et le vase d'or ! Le Graal ultime de l'Atlantide, une Atlantide au fond tout intérieure. Cette île où le bienheureux pourrait vivre enfin joyeux et comblé, dans la demeure poétique de ses secrètes pensées ! La béatitude du Graal était alors celle d'une vie passée dans la poésie, où était révélé le plus profond mystère de la nature, la sainte et universelle harmonie, dans la pleine joie d'un sens retrouvé, d'une vie réconciliée, réenchantée. Trouver le Graal, c'était gagner le monde de la poésie. D'où, peut-être, le poème de Chrétien qui, comme sa vie même, avait provoqué, justifié toute cette aventure.

C'était le cœur gros que, sentant confusément tout cela, Judith songeait à Dino, Dino malade, mais en Gardien, en Veilleur lui aussi, sans doute.

Elle songeait également à sa communauté, ses sœurs qu'elle retrouverait bientôt, au 140 de la rue du Bac, en la chapelle Notre-Dame-de-la-Médaille-Miraculeuse desservant la maison des Filles de la Charité, à Paris.

Embrassant sa médaille, Judith inspira. Elle vit Damas, et les batailles et la poussière du désert, la cuirasse de Peredur étincelant au soleil, la croix templière se mêlant de sang dans le verger du combat au pied de la forteresse du roi Pêcheur ; elle vit le jeune Chrétien de Troyes encore insouciant assister au baptême d'Aliénor, et trouver le chevalier moribond luttant contre les ombres au seuil de la nuit. Puis l'aube éclatante et striée de couleurs après la nuit de feu, Chrétien vaincu mais illuminé s'affalant devant Notre-Dame-sur-l'Eau, sa plume exigeant de courir les parchemins... Elle le vit travailler sans relâche désormais, affairé à construire sa cathédrale, le cycle d'Arthur et des chevaliers du Graal ! Puis le retour de Galahad à la peau brune, la crypte embrasée, les épées de la Table, le secret de l'échiquier, la longue lignée des Veilleurs, Témoins courant les siècles jusqu'aux temps présents. Aujourd'hui, à Domfront, les poiriers refleurissaient, et bientôt les Médiévales reprendraient, qui verraient de nouveau s'allumer les souvenirs, les rires et les chants des temps anciens, dans la joyeuse reconstitution d'un Moyen Âge réinventé. La rêverie de Judith la perdit encore dans l'épopée de Wolfram et des pères de la littérature, les contes à la veillée, les légendes et mythes de toujours, dans le charme suranné des romans courtois qui écumaient les cours d'amour... Ces cours où s'égayaient jadis les belles princesses occitanes en pays cathare, et celles de l'Ouest celte, breton et normand, dans la clarté aiguë d'un Moyen Âge qui n'était pas que ténèbres ! Au pied des châteaux du vertige, forteresses imprenables et autres citadelles du silence, là où, en même temps que l'essor de la scolastique et des universités, se jouaient des olympiades de rhéteurs et de troubadours, ménestrels, princes des poètes et stupéfiants jongleurs de mots ! Alors resplendissaient Guillem de Cabestany, Peire Vidal, Marcabru, Guillaume IX, Aliénor, Esclarmonde de Foix, alors chantaient les lais de Marie de France et de Marguerite de Navarre, mécènes, inspiratrices, poétesses d'amour ! Tous ces poètes et poétesses, pourquoi étaient-ils là ? Mais pour le chercher et le protéger, eux aussi. Le Graal ! Le bien le plus précieux, et le grand flambeau de la geste romanesque ! La liberté, la vérité, les cris intérieurs de lumière blessée et d'anges déchus !

Rex Arturus, rex quondam futurus.

Et Judith repensa à cette nuit-là.

À ce qui s'était vraiment passé sous la tombe du chevalier.

Pourquoi moi ?

— Tu ne franchiras pas ce pont qui nous sépare, Judith, sans répondre d'abord à une question.

Elle s'arrêta net et le regarda de ses prunelles bleues, vibrantes.

— Une... une question ?

L'enfant joignit les mains et se passa la langue sur les lèvres. Puis il eut un sourire doux, inclina légèrement la tête et planta à son tour ses yeux dans ceux de Judith.

— Sœur Guillemarche, si tu avais le pouvoir de me ressusciter, moi, Élie, en cet instant même, si tu avais le pouvoir de faire renaître à la vie ce corps de douleur que tu as tant chéri et accompagné dans la mort, pour le retrouver, me retrouver enfin… Si donc tu avais ce pouvoir, le ferais-tu ?

Les lèvres de Judith tremblèrent.

Et elle répondit :

— N… Non, Élie. Non, je ne le ferais pas !

Anselmo n'était pas reparti aussitôt vers sa Lombardie. Après son entrevue éclair avec Dino, il s'était contenté de s'arrêter un moment, de nouveau sous la colonnade du Bernin, presque à l'une des extrémités. Il s'était adossé à un pilier pour regarder, songeur, la foule qui allait et venait, et les ombres s'étendre, mangeant peu à peu la pointe de l'obélisque de la place Saint-Pierre. Le soleil achevait sa course et s'apprêtait à disparaître derrière la basilique lorsque Dino, s'aidant d'une canne et un peu claudicant, sortit à son tour. Il fut surpris de croiser le garde du corps, méditatif, qui n'avait pas bougé. Comme s'il l'attendait.

— Anselmo…

Ils se saluèrent à nouveau.

— Sacrée Judith… dit Dino. La Menorah, la Lance de la Destinée…

— Dino, qu'avez-vous fait du coffre ? demanda Anselmo.

— Oh, je l'ai mis au secret. Pour perpétuer une longue tradition.

Son regard se perdit dans le vide.

— C'est sans doute mieux ainsi, en effet, reprit Dino. Vous savez ce que disait Pascal, Anselmo. *Raison pourquoi on aime mieux la chasse que la prise.*

Une lueur pétillante passa dans les prunelles du directeur des collections.

Anselmo et lui avaient toujours été en même temps assez proches et assez lointains. Mais, après tout, ils se connaissaient depuis plus de quarante ans. Ce fut l'une des rares fois, et la dernière, où Dino mit familièrement sa main sur l'épaule d'Anselmo. Oui, Klingsor était toujours là, et les ennemis du Graal, Klingsor était ce cancer qui rongeait Dino de l'intérieur, cette souffrance et cette violence qui sourdaient sans cesse et se libéraient en bouffées, promptes à vouloir engloutir le monde pour jamais. Oh, oui, Klingsor était là ! Les ennemis du Graal existaient ! Mais… et s'il fallait en quelque sorte retourner la proposition ? Que pouvait faire chacun d'entre nous pour lutter contre eux, contre la violence, la barbarie, la folie ? Que pouvais-je faire, moi, pour contrer la souffrance du monde ?

Dino et Anselmo contemplèrent la coupole irisée de couleurs.

Camelot ?

— Il y aura toujours des Veilleurs, Anselmo.

Le Faucon blanc se tourna vers Dino.

— Dino, qu'y avait-il dans le coffre ?

— Oh, mon ami, je peux mourir content, dit seulement Dino.

Au fait, songea-t-il, *n'est-il pas vrai que boire dans la coupe du Graal donne l'immortalité ? Ou la guérison de tous les maux ?*

L'immortalité en ce monde n'était sans doute pas souhaitable. Mais la guérison… Le plus important était peut-être, seulement, d'y croire.

Dino eut un nouveau sourire, plus intérieur cette fois.

Une boutade, un rêve qui s'éveillait.
Alors, mon grand… Une petite goutte ?

Dino… Qu'y avait-il dans le coffre ?

Judith leva le visage vers la *cathedra Petri*. Qu'était le Graal ? Pas ce passeport pour l'immortalité dont certains rêvaient, ou un blanc-seing réservé à des chevaliers purs et nobles, de rares élus – mais la coupe bue pour le salut des faibles, des pécheurs, des opprimés ! La vie éternelle qu'il proposait n'était pas l'immortalité du corps… mais bien la vraie vie éternelle, la véritable, au-delà de la mort ! Le Graal n'était pas un tour de passe-passe, de magie, de résurrection. C'était lui la Table, celle qui faisait tournoyer le monde, l'espoir de l'univers, ce qu'il restait lorsque tout semblait perdu ! Où était le Graal ? Dans le cœur d'espérance et d'innocence de l'enfant que chacun avait été. Pas seulement la pierre philosophale, creuset de toutes les connaissances et d'une réalité supérieure, l'harmonie de l'être se fondant dans l'harmonie de l'univers et de ses lois, ou la coupe inépuisable des bienfaits. Mais la tension vers le Bien. La quête du bonheur et de la consolation pour une humanité enfin débarrassée de souffrance.

Pourquoi moi ?

Le monde ne pouvait qu'ignorer le fond de l'affaire, que Judith, peut-être, s'était d'abord réfugiée dans cette vie religieuse qui l'avait si longtemps tentée parce qu'elle ne s'était jamais pardonné la mort de cet enfant qu'on lui avait jadis confié, et que, depuis des années, ses prières étaient devenues des appels au secours. Mais cela ne pouvait être le ressort ultime de sa foi. Il lui fallait l'abandon, la confiance, la joie aussi, la joie sans réserve. Oui, sa foi avait vacillé devant l'horreur d'un monde où chaque jour mouraient des innocents, et où « chacun cherchait son Graal » sans jamais le découvrir – ou en ne trouvant que poussière. Ne disait-on pas que la quête du Saint Graal révélait la vérité de chaque être, de son âme ? Que seul le cœur pur saurait deviner la vérité ? À mesure que l'étau se resserrait, Judith en avait été de plus en plus convaincue. Que le Graal fût alors réel ou fictif, elle avait su que la clé définitive de l'énigme se cachait dans cette caverne, quelque part, cette matrice – et peut-être la clé de son énigme intérieure. Celle qui la sauverait de ses propres ténèbres. Là-bas, dans la résidence d'Aliénor et au berceau de l'inspiration de Chrétien de Troyes.

Mais toi, s'était dit Judith, en es-tu digne ? Sac de doutes et de larmes, de joies, de douleurs et de regrets, es-tu assez pure ? Le vaudras-tu ? Le mériteras-tu ?

Et l'enfant, alors, avait parlé.

L'enfant sourit.

— Telle était l'énigme du Graal. Et... tu as bien répondu, Judith.

Les traits de Judith fondirent.

— Il n'appartient pas à l'homme d'avoir pouvoir sur la vie et la mort, de décider de la résurrection. Toute la confusion vient de ce qu'il confond la vie d'en bas et celle d'en haut, l'immortalité comme un sésame fou. Tu vas renaître, Judith. Tu vas revivre, déployer tes ailes. Libérée de tes deuils. Non pas immortelle, mais vraiment vivante, et dans l'attente de l'autre vie, la vraie vie éternelle qui appartient à Dieu. Au monde, tu porteras ce message. Mais viens maintenant ; approche.

— Mais alors, demanda Dino, quel est le plus beau, le roman ou la vérité ?

Judith n'eut pas à se retourner.

Elle se contenta de sourire.

— J'avais besoin de prier.

Dino avança d'un pas. Il l'avait rejointe dans la basilique.

Il joignit les mains sur sa canne, et leva avec elle les yeux vers la chaire.

Judith se souvint qu'au plus fort de ce qu'il convenait d'appeler une « expérience mystique », celle-ci, bien que tenant du rêve éveillé, lui avait paru à échelle humaine. Réaliste. Accessible. Soudain concrète. Incarnée. Comme le Christ, une incarnation avant résurrection. Elle songea à la communion, à une hostie qu'elle imagina dressée dans la lumière, un sceau, devant un vitrail transpercé de couleurs. Elle se souvint des symboles, le phénix, le pélican, le lion, la licorne. Oui, elle était ressuscitée. Re-née à elle-même. Mais pas pour devenir immortelle ! En tout cas, pas en cette vie.

Pour vivre et accomplir sa vie en femme de bien, en juste.

— Vous avez vu… Anselmo ? demanda-t-elle à Dino.

Elle s'était avancée sur le pont, et il lui parut soudain si étroit qu'elle craignit un instant de glisser, ou bien qu'il s'effondre sous ses pieds. Et elle serait avalée par l'abîme, découpée peut-être par quelque secrète épée, engloutie par un subit éboulement ! Mais rien de tout cela ne vint, son pas fut plus assuré, et elle put marcher.

Enfin, elle fut de l'autre côté, devant l'enfant.

Celui-ci écarta les mains vers le ciel.

— Tu ne seras jamais seule, Judith, plus jamais. Pourquoi la solitude de cette vie, de toutes ces vies de

combats et de souffrances ? Et comment vivre sans Dieu, quelle justice sans Son regard ? Dans l'écho de ton aventure, dans ce murmure, se logera ce que l'humanité a de plus précieux, son vrai Graal. C'est modeste, Judith. Mais c'est le Tout. Le comprends-tu ? Le Graal… c'est l'espérance du Graal.

— Un jour, Judith, dit Dino, nous arriverons tous aux havres gris. Pour moi, ce sera très prochainement. Vous le savez, maintenant, n'est-ce pas ?

Judith le regarda, les yeux brillants, éplorée.

Il lui sembla à la fois changé, vaincu, l'ombre de lui-même – et parfaitement semblable. Mais la fatigue et la douleur de ses traits ne pouvaient manquer de la toucher profondément. Il s'en rendit compte, mais, étonnamment, ses yeux se firent malicieux. Comme ils l'avaient toujours été. Il eut un sourire confiant.

— Dino…

De l'amour passa dans leur regard.

— Ne vous inquiétez pas, Judith. Je suis prêt. Bientôt, mon combat… Et un jour le vôtre, ici, sera terminé. D'autres le poursuivront. D'ici là… nous avons encore du travail.

Ils se turent et se contentèrent un moment d'écouter le silence, seulement perturbé par le brouhaha un peu étouffé de la foule qui circulait encore dans la basilique.

Puis Dino demanda :

— Judith… Que s'est-il passé exactement… en dessous ?

Alors, l'enfant s'écarta.

Et elle le vit. Sur l'autel, entre les deux femmes, qui refluèrent dans l'ombre, pour ne la laisser qu'avec lui.

Le Graal.

Il n'était pas serti de joyaux ou enchâssé de rubis rouge sang. Ce n'était pas davantage une humble coupe de charpentier… Il était liseré d'or pur, oui, mais comme mêlé de terre, et… de sang.

Le Saint Graal.

Il n'était pas… Il n'était pas…

Il n'était pas là. Au sens où la raison commune pouvait l'entendre.

Sa présence défiait la raison par son absence. Et inversement. Pourtant, il brillait d'un tel éclat qu'il semblait la seule source de lumière de cette caverne. Ou de cette cathédrale hantée d'invisibles colonnes.

Pouvait-on le toucher ?

Judith tendit la main.

L'enfant sourit, la regarda.

— Tout est accompli. Un jour, nous nous reverrons.

Il recula lentement à son tour, allant s'évanouissant dans la pénombre, jusqu'à disparaître complètement.

Judith vacilla.

Telle une sphère de cristal réfléchissant la lumière par toute sa surface, songea Judith, le sens des mythes dépassait le simple moment du temps ou le creuset dans lequel ils étaient conçus pour nous murmurer quelque leçon essentielle au-delà des âges et de l'espace. Quelque chose de notre humanité. Et dans un monde ravagé par les bombardements d'une information omniprésente, compulsive et névrotique, combien de « héros dans l'errance » confrontés au doute et au tragique de leur existence, en quête de leur « légende personnelle » et d'un Graal intérieur toujours fuyant, accueillaient les psychologues, psychothérapeutes, psychanalystes, psychiatres ? *Qui suis-je, d'où viens-je, où vais-je ?* Questionnement éternel du Narcisse guérissable seulement parce qu'en quête du soi dans les profondeurs de l'humain, en quête de l'être du dedans que certains, comme Judith, nommaient le Verbe.

Le regard de sœur Guillemarche se noya dans les bougies autour de la chaire.

Elle se souvint d'une autre phrase de Pascal, au sujet de la quête de Dieu.

Cette quête n'était-elle pas la même, en vérité, que celle du Graal ?

Tu ne me chercherais pas si tu ne m'avais déjà trouvé.

Judith sentit des larmes voiler sa vue. Mais ce n'étaient pas des larmes de tristesse. C'étaient des larmes de joie. Ce qu'elle avait sorti ce soir-là, en s'échappant du trou, de la bouche d'ombre. Enveloppé et caché dans le revers de son manteau, assez lourd en effet, mais à l'abri du revers, suffisamment ample. L'objet qui s'était tu, avait cessé de luire, comme pour l'aider. L'objet de sens insensé !

Anselmo avait enlacé Judith, et elle avait gardé l'objet contre elle, serrant les bras en grelottant sous son manteau.

Elle l'avait trouvé.

Et mis au refuge, déjà, loin du monde et de ses tempêtes…

Car il valait mieux continuer de le chercher.

— Ce qu'il s'est passé, Dino ?

Elle ferma les paupières. Elle le revit. Elle revit l'enfant.

Et le Saint Graal, dans sa splendeur.

Du roman ?

Alors, elle rouvrit les yeux.

Je suis avec Toi. Tu es avec nous.

— J'ai trouvé ce que je cherchais. Et je sais comment porter la nouvelle.

Le Graal était à l'abri.

Dans son cœur… et au cœur de la cité de Pierre. Pour toujours.

… Et enfin pour l'éternité
Divine Lumière sera donnée.

Judith sourit. De nouveau, elle avait envie d'embrasser le monde.

Et quelque part, à des centaines de kilomètres de là, sous les étoiles montantes, le crépuscule tombait sur les fleurs blanches des poiriers et le cœur battant de la vieille cité médiévale de Domfront.

SOURCES ET REMERCIEMENTS

Merci à Hervé Morin, président de la région Normandie, au Conseil régional de Normandie, à Bernard Soul, maire de Domfront-en-Poiraie, Bernard Davy, adjoint au maire, Florian Hervieux, Nathalie Legrand et à l'ensemble de l'équipe municipale ; Anne Ravard, Chloé Leroy, Manon Malinge et Chloé Leonetti et l'agence In Extenso : merci à tous et à toutes pour leur chaleureux accueil et la conduite de ce beau projet. Merci, bien sûr, à mes éditrices, Noëlle Meimaroglou et Delphine Roché.

Un grand merci avec un clin d'œil particulier à Marie-Pierre Baudry, spécialiste de l'histoire médiévale, docteur en archéologie médiévale et histoire de l'art, pour ses lectures aussi précieuses qu'attentives, qu'elle reçoive ce texte en hommage à son propre travail.

J'ai utilisé comme sources principales pour ce livre : les fiches historiques de Jean-Philippe Cormier, président de l'Association pour la restauration du château de Domfront, remarquables et très complètes, qu'il en soit remercié ; Hyppolite Sauvage, article sur le site de Normandie Héritage, extrait de : *Légendes normandes*, huitième édition, 1927 ; j'ai abondamment puisé dans le travail collectif du Cercle d'études nouvelles d'anthropologie (CENA), *La Légende arthurienne, racines et réceptions. Herméneutiques sociales,* n° 7, du printemps-été 2007, et je remercie tous ses auteurs : Gil Alonso Mier, Jean-François Beauchêne, Pierre Besses, Jean Paul Lelu, Lauric Guillaud, Alain Lefèbvre, Véronique Liard, Gilles Susong, Paul Verdier, sous la direction scientifique de Georges Bertin et de Michel Vital Le Bossé. J'ai consulté également les ouvrages de Georges Bertin suivants : *Guide des chevaliers de la Table ronde en Normandie*, éd. Corlet, 1991 ; *Promenades littéraires avec Lancelot du Lac*, en collaboration avec Claude et Léon Gaignebet, Michel Vital Le Bossé, Corlet, 1992 ; *La Quête du Saint Graal et l'imaginaire, essai d'anthropologie de l'imaginaire arthurien*, Corlet, préfacé par Gilbert Durand. Et *L'Imaginaire des chevaliers de la Table ronde*, autre collectif du CENA in *Herméneutiques sociales*, CENA, 2003. S'y ajoutent d'innombrables articles Wikipédia sur Chrétien de Troyes, Perceval, la quête du Graal, etc.

Merci à tous.

pca
cmb
édition pré-presse
livres numériques

44400 Rezé

Cet ouvrage a été achevé d'imprimer en février 2024
dans les presses de Normandie Roto Impression s.a.s.
61250 Lonrai
N° éditeur : 66827/01 – N° imprimeur : 2400797

Imprimé en France